JOHN WRAY

DIE RECHTE HAND DES SCHLAFES

Roman

Aus dem Amerikanischen
von Peter Knecht

Berlin Verlag

Die Originalausgabe erschien 2001 unter dem Titel
The Right Hand of Sleep
bei Alfred A. Knopf, New York

Umschlaggestaltung:
Nina Rothfos und Patrick Gabler, Hamburg
Gesetzt aus der Palatino und Optima
durch Dörlemann Satz, Lemförde
Druck und Bindung: GGP Media, Pößneck
Printed in Germany 2002
ISBN 3-8270-0075-0

Eine Botschaft wurde mir abgenommen
Von der rechten Hand des Schlafes:

»Blaue, zerstörte Berge,
Recht-händiger Himmel,
Meine Heimkehr zu Euch füllt mich
mit blasser Übelkeit.«
PETER LEDERER

Den geschichtskundigen Beobachter kann es schwerlich überraschen, wenn er erfährt, in welche Richtung die bislang gewonnenen Erkenntnisse zu dem Mordfall in Niessen weisen.
VILLACHER TAGEBLATT, 8. SEPTEMBER 1938

NIESSEN
12. OKTOBER 1917

Zuerst kam ein Junge aus dem Haus mit dem dunkel gedeckten steilen Dach und den ausgeblichenen, mit Efeu überwachsenen Mauern, von denen der Putz bröckelte. Er schritt ungelenk die Sandsteinstufen hinunter und nestelte dabei nervös an den Trägern seines Tornisters. Ein hoch aufgeschossener Junge, um die sechzehn, siebzehn Jahre alt. Am Tor hielt er an; etwas vornübergebeugt stand er da und wartete. Er lächelte, sein Atem ging schnell. Es war ein schöner Herbsttag. Der Junge schloss einen Moment lang die Augen: durch die Lider hindurch spürte er das Sonnenlicht.

Dann kamen die anderen, ein Mann und eine Frau, die Eltern des Jungen. Der Mann bewegte sich langsam, sein beigefarbener Anzug war ordentlich gebügelt, bauschte sich aber weit um seinen Körper, als wäre er für einen größeren Mann gemacht worden. Auch seine Gesichtszüge wirkten, als wären sie ihm zu groß und nicht seine eigenen, ein Ensemble von unzusammenhängenden Grimassen, mittendrin ein unsicherer Blick, der auf den Jungen fiel und von ihm weg auf das Spalier und auf das alte Haus hinter ihnen irrte. Die Frau ging einen halben Schritt hinter ihm und führte ihn am Ellbogen die Stufen hinab. Sie war noch jung. Ihre ganze Haltung wirkte stolz und streng. Der Junge schlug die Augen auf, als er sie kommen hörte, und sah zu ihnen hin. Er lächelte immer noch, aber das Lächeln galt nicht ihnen; es wurde ihm bewusst, und er presste die Lippen aufeinander. Er stand am Tor und beobachtete sie, lange Zeit, so schien es. Endlich waren sie bei ihm, und die drei traten hinaus auf die Straße.

Sie gingen untergehakt in Richtung auf die graue Mauer am Kanal, hinter der man lebhaft farbige Dächer sah. Es roch nach Holzfeuer. Am Kanal bogen sie ab in eine enge Gasse. Die Frau betrachtete schweigend den Jungen. Er und ihr Mann redeten in gleichgültigem Ton miteinander, aber sie hörte nicht zu. Der Mann sah den Jungen nicht an beim Reden, er schaute auch nicht auf den Weg, sein Blick ging wie immer irgendwo in die Ferne. Der Junge redete immer weiter, nur um die Minuten auszufüllen, und behielt das Gesicht seines Vaters fest im Blick. Von Zeit zu Zeit lachte er gezwungen auf.

Nach einigen Minuten kamen sie an eine gekieste Allee, die zu einer gemauerten Brücke und aus der Stadt hinaus führte. Sie blieben auf der Brücke stehen und schauten ins Wasser hinab. Nach einer Weile kam ein Mann mit einem teigigen Gesicht auf einem Fahrrad gefahren. Die Frau winkte ihm zu, und er blieb bei ihnen stehen.

»Na, Oskar«, sagte der Mann und grinste den Jungen an. »Jetzt geht's also los. Wurde ja auch Zeit, was?«

»Ja, Onkel Gustl.«

»Ja, und wir sind stolz auf dich. Verdammt stolz.«

»Wir sind überhaupt nicht stolz, Gustl«, sagte die Frau.

Der Mann auf dem Fahrrad grinste. »Mütter nehmen solche Sachen immer gleich tragisch.« Er klopfte dem Jungen auf die Schulter. »Jeder hat sein Päckchen zu tragen, wie man so sagt.«

»Warum bist du noch nicht in Italien?«, fragte der Junge.

»Das Herz, Oskar, das weißt du doch. Das blöde Herzklopfen.« Er seufzte. »Aber, na ja, an der Heimatfront werden auch gute Männer gebraucht, sagt der Kaiser. Oder nicht, Karl?«

Der Vater des Jungen gab einen Laut von sich, den man als Zustimmung deuten konnte. Er blickte durch die Allee mit ihren weiß getünchten Weidenstämmen in Richtung Bahnhof.

»Wir müssen weiter, Gustl«, sagte die Frau ruhig. »Du kommst zum Essen heute Abend?«

»Ja, ja, Dora.« Er atmete tief und wandte sich dem Jungen zu. »Also, Oskar«, sagte er mit einem Augenzwinkern, »tu deine

Pflicht bei den Katzelmachern. Heiz denen tüchtig ein, das bist du deinen Lieben daheim schuldig.«
»Jetzt reicht's, Gustl«, sagte die Frau. »Also wirklich!«
»Wiedersehen, Onkel Gustl. Ich tu mein Bestes.«
»Das nehm ich doch schwer an.«
»Der Zug, Dora«, sagte der Vater drängend.

Als er so, eskortiert von seinen Eltern, in Eile die Bahnhofstraße entlanggging, kam dem Jungen zum ersten Mal die Bedeutungsschwere dessen, was gerade passierte, zum Bewusstsein, und er sah immer wieder über die Schulter zurück. Gerahmt von den gestutzten Weiden der Allee, eingefasst von dem Berg dahinter, lag das Städtchen in der Sonne da wie auf einer alten Brosche gemalt, und zugleich war es, als entfernte es sich mit stampfenden Rädern, tauchte ein in den Wald. In ein und demselben Moment erkannte er, dass es schön war und dass es für immer aus seinem Leben verschwand. Seine Mutter redete jetzt gehetzt und drängend auf ihn ein; sein Vater schritt so schnell dahin, wie er nur konnte, er keuchte und riss bei jedem Atemzug die Augen weit auf. Dem Jungen wurde bewusst, dass er auf dem ganzen Weg seine Mutter nicht angeschaut hatte, und er brachte es auch jetzt nicht über sich, obwohl ihm klar war, dass er ihr wehtat. Ich weiß, wie sie aussieht, dachte er. Ich weiß, wie sie jetzt in diesem Augenblick aussieht. Ich brauche sie nicht anzusehen.
»Hast du genug warme Sachen eingepackt, Oskar?«, sagte sie. »Hast du genug Wintersachen dabei?«
»*Maman*«, sagte er und lachte. »Ich kann mir doch nicht aussuchen, was ich anziehen will. Ich kriege doch eine Uniform.« Er sah seinen Vater an. Der nickte ernst.
»Findest du das so komisch, Karl?« Die Stimme der Mutter klang gespannt, gereizt, humorlos.
»Ein bisschen schon, Dora. Nur ein bisschen.«
»Ich dachte an Unterwäsche, Oskar«, sagte die Mutter und zog

den Sohn mit sich vorwärts. Der Vater hinter ihnen lachte leise auf.

Am Bahnhof zeigte der Junge seinen Einberufungsbescheid und bekam eine Fahrkarte. Auf dem Bahnsteig standen noch etliche andere Familien, aber er hielt sich mit seinen Eltern abseits und starrte in die Richtung, aus der der Zug kommen sollte. Eine von den Frauen schluchzte und klammerte sich an ihre beiden Söhne, Zwillinge mit breiten Schultern und rötlichen Haaren. Sie tuschelten und schnitten Grimassen.

»Wer ist das?«, fragte die Mutter des Jungen. »Wer ist die Frau mit diesen zwei Jungen, Karl?« Sie runzelte die Stirn. »Ich kenne überhaupt niemanden von all diesen Leuten hier.«

»Aber natürlich kennst du die, *Maman*«, sagte der Junge. Er sah dabei seinen Vater an und verdrehte die Augen. »Das sind Franz und Christian Rindt. Ihr Bruder Willi hat das neue Gasthaus am Marktplatz, gegenüber von Ryslavy. Und die daneben kennst du auch: Erich, Maria und Peter Hoffenreich.«

Der Körper der Mutter straffte sich. »Na ja, für mich gibt es nach wie vor nur *einen* Gasthof in Niessen: den Niessener Hof.« Sie sah ihren Mann an, der ungerührt auf die Gleise blickte. Ihre Lippen waren verkniffen, und sie wirkte geziert und komisch. Als ob sie gerade in eine Frucht aus Wachs gebissen hätte, dachte der Junge. Durch und durch freudlos, und das nicht nur wegen *Père*. Sie war schon immer so gewesen, auch als es ihm noch besser ging. Ganz die feine Dame aus der Provinz. Er dachte wieder daran, dass er auch ohne den Krieg schon bald von ihnen fortgegangen wäre, ob es ihnen gefiel oder nicht.

»Der Krieg macht uns alle gleich, *Maman*«, meinte der Junge. »Das hat unser Kaiser gesagt.«

Sein Vater hob eine Hand vor seinen Mund. »Tu dir keinen Zwang an«, sagte die Mutter. »Lach ruhig, Karl.« Aber auch sie musste lächeln.

In diesem Moment zeigte jemand nach vorn, und die drei sahen jetzt über den Bäumen die erste Dampfwolke. »Ja, Oskar«, sagte seine Mutter ruhig. Sie hatte ihm die Hände auf die Schultern gelegt und sah ihn forschend an, musterte ihn gründlich mit großen entschlossenen Augen. Für den Fall, dass ich nicht zurückkomme, dachte der Junge und bewegte den Gedanken hin und her, um zu spüren, wie er sich anfühlte. Er sah an ihr vorbei auf seinen Vater, der bewegungslos fasziniert den Zug beobachtete, als passierte jetzt das Unentrinnbare, auf das er gewartet hatte. Das ist es nicht, dachte der Junge. Das ist es nicht, aber es erinnert ihn daran.

Eine Minute lang sprach keiner von ihnen ein Wort. Hinter ihnen weinte Frau Rindt und verwünschte in ihrem Gebirgsdialekt den Krieg.

»Führ ein Tagebuch, Oskar«, sagte sein Vater, als der Zug den Bahnhof fast erreicht hatte. »Mir zuliebe, ja? Schreib alle die nichtigen Kleinigkeiten auf. Es gibt bestimmt jede Menge Absurditäten. Schick es mir in Fortsetzungen zusammen mit deinen Briefen. Ich habe so ein Tagebuch für meinen *Père* geführt, als ich in Dalmatien im Krieg war.« Er lächelte. »Tust du mir den Gefallen?« Seine Stimme war sehr sanft, fast beschwörend.

Der Junge warf einen Blick auf seine Mutter. »Würde dir das helfen, *Père*?«, fragte er zögernd.

Sein Vater nickte. »Es wäre wirklich nett von dir. Deinen alten Großvater hat es damals davor bewahrt, an Langeweile einzugehen.« Er hob langsam, widerstrebend die Schultern – es sah aus, als kämpfte er verbissen gegen eine Kraft an, die sie nach oben zog. »Sei so gut, Oskar. Damit ich nicht in diesem netten Nest am Ende der Welt langsam verrotte.«

»Bitte, Karl«, sagte die Mutter des Jungen, jetzt plötzlich wieder streng.

»Entschuldige, Dora. War doch nur Spaß.«

»Das kannst du nicht machen, Karl. Nicht jetzt, hörst du?«

»Ist ja gut, *Maman*, mein Gott!«, sagte der Junge. »Lass gut sein!« Hinter sich hörte er schon das Geräusch des Zugs.

»Entschuldige, Dora«, sagte sein Vater. »Ich hab doch nur Spaß gemacht. Wir werden ihn nie wiedersehen, weißt du.«
»Karl!« Sie zitterte jetzt.
»Bitte, *Maman*. Lass ihn. Bitte.«
»Oskar«, sagte sie und hielt seinen Arm fest. Dann war der Zug da.

Die Zukunft
März 1938

Sie waren zu zweit im Abteil: der Raucher und Voxlauer. Die Glut der Zigarette hüpfte unruhig auf der Fensterscheibe auf und ab, verweilte und glomm dann wieder über den rötlichen Wiesen und Städtchen. Der Mann rauchte mit Andacht und klopfte mit den Absätzen einen langsamen Rhythmus. Der Rauch kräuselte sich vor seinen Lippen und zog zu einer Lüftungsöffnung im Fenster. Draußen zogen auf beiden Seiten dunkle Äcker vorbei und helle Streifen, die von den letzten Sonnenstrahlen beschienen wurden. In den Häusern gingen die Lichter an, und zwischen den gepflügten Feldern bewegten sich Menschen und Fahrzeuge auf sie zu. Wie an jedem beliebigen anderen Tag.

Voxlauer wuchtete das Bündel mit seinen Sachen aus dem Gepäcknetz und nahm den letzten Rest Proviant heraus, ein Stück in Kohl eingewickelten Speck und einen Kanten Pumpernickel. Er war jetzt froh, dass er die Feldflasche mitgenommen hatte, die er vor ein paar Wochen in einer Schublade zwischen alten Uniformstücken gefunden hatte. »Hat die Andrej gehört?«, hatte er Anna gefragt. Er stand vor dem Bett. Sie hatte genickt, müde den Kopf gehoben und wieder sinken lassen. Einige Tage danach hatte sie ihn daran erinnert und gesagt, er könnte die Feldflasche vielleicht brauchen, wenn er fortmüsste. Tatsächlich hatte er sie früher brauchen können, als sie beide gedacht hatten, und er war in dieser Woche auf der Reise oft dankbar dafür gewesen, wenn er gesüßten braunen Tee oder frisches Wasser mit einem Schnitz Zitrone darin trinken konnte.

Er fand die Feldflasche, schraubte sie auf und goss den letzten Schluck Tee in einen Becher, an dessen Rand das Wort »voll« in kyrillischen Buchstaben eingraviert war. Der Mann gegenüber drückte seine Zigarette aus und drehte sich eine neue über der Zeitung, die er auf seinem Schoß ausgebreitet hatte. Immer wenn der Zug sich in einer Biegung dem Fluss näherte, erhellten die Lichter in den Abteilen beim Vorbeifahren Gruppen von Weiden am Ufer.

An der Grenze warteten sie lange in völligem Schweigen. Zwei ungarische Zöllner inspizierten das Gepäck auf dem Gang und kritzelten etwas in dicke, in Wachstuch gebundene Notizbücher. Sie gaben dem Schaffner eine Quittung, stempelten Frachtpapiere und gingen weiter. Nach einer Weile kam die Passkontrolle. Die österreichischen Beamten waren besser angezogen, weniger effizient und freundlicher als die Ungarn. Der Chef der Grenzstation machte persönlich den Reisenden seine Aufwartung. Er war angetrunken. Bevor er sich die Pässe zeigen ließ, setzte er sich erst einmal hin und band seine Schnürsenkel. »Man fragt sich, wofür Winterstiefel gut sein sollen, die das Wasser durchlassen«, sagte er grinsend. Der jüngere Beamte, der ihn begleitete, blieb stehen. »Das ist mir ein Rätsel, wirklich wahr«, murmelte sein Vorgesetzter und wiegte betrübt den Kopf. Als die Schnürsenkel zu seiner Zufriedenheit gebunden waren, nahm er eine straffere Haltung an und verlangte in eher amtlichem Ton die Pässe.

Voxlauer schaute auf die Gleise und Weichen hinaus und zählte die Bolzen und Stöße. Der Pass des anderen war geprüft und für gut befunden worden. Ein Geschäftsmann aus Wien; er besaß eine Lampenfabrik. Er steckte seinen Pass ein und bot dem Grenzbeamten Papier und Tabak an. »Nein, danke, Herr Silbermann«, sagte dieser mit verbindlichem Lächeln. Sein Begleiter nahm das Angebot freudig an und machte sich daran, an die schmierige Holztür des Abteils gelehnt, eine Zigarette zu drehen. Dabei verstreute er ziemlich viel Tabak auf seinen Uniformrock. Der Kontrolleur wandte sich jetzt Voxlauer zu. Er musterte kritisch dessen fadenscheinige Kleidung und forderte ihn noch einmal auf, seine Papiere vorzuzeigen.

Voxlauer fasste in die Tasche und gab das grüne Büchlein, das noch ganz neu und ungebraucht aussah, dem Beamten. Der Mann war jünger als Voxlauer und der andere Reisende, aber er hatte bereits die leicht gebückte Haltung derer, die ihr Leben in Zügen verbringen. Als er den Pass durchblätterte, runzelte er die Stirn. »Da ist ja kein einziger Stempel von uns drin.«
»Ich weiß«, sagte Voxlauer. »Ich habe ihn im Ausland bekommen.«
»Und was ist aus Ihrem alten Pass geworden?«
»Den haben sie mir weggenommen.«
»Wann?«
»Im Krieg.«
Einen Moment lang herrschte Schweigen. »Sie waren im Krieg?«, fragte der Grenzbeamte.
»Ja.«
»Wohnort?«
»Niessen bei Villach.«
»Und wo im Ausland waren Sie zuletzt?«
»In der Ukraine.«
Wieder Schweigen. Voxlauer sah den Kontrolleur an. Dem Geschäftsmann war sichtlich unwohl zu Mute. Nach kurzem Überlegen gab der Beamte den Pass zum Stempeln an seinen Untergebenen weiter, der seine Zigarette fertig gerollt hatte. Dann wurde das Büchlein Voxlauer wieder ausgehändigt, und die zwei Uniformierten verabschiedeten sich. »Wiedersehen, Eli«, sagte der Inspektor. »Sehen wir uns zu Ostern wieder?«
»Mit einem Butterlamm unter jedem Arm«, sagte der Geschäftsmann. »Und ich bringe Ihnen auch was für Ihre Verdauungsbeschwerden mit.«
»Ich bitte Sie, Herr Silbermann«, lachte der Grenzer, »so kann es unmöglich weitergehen.« Der andere lachte auch. Die zwei Uniformierten betrachteten wohlwollend die beiden Männer im Abteil. Der Kontrolleur hielt noch einmal kurz inne, als er ging.
»Willkommen daheim, Herr Voxlauer. Grüßen Sie den Süden von mir.«

»Ich bin ganz überrascht. Ich hatte Sie für einen Russen gehalten«, sagte der Geschäftsmann, als der Zug sich wieder in Bewegung setzte. »Sie sehen so aus, wenn ich das sagen darf.«
»Tja. Tut mir Leid, wenn ich Sie enttäuscht habe.«
»Sind Sie Nihilist?«
»Ob ich was bin?«
»Nihilist. Sie waren doch ziemlich lange in Russland.« Er machte eine Pause. »Das ist doch nicht so abwegig, oder?«
Voxlauer lächelte. »Sagen wir mal, ich war ein Sympathisant.«
Der Geschäftsmann nickte. »Sind Sie aus der Steiermark?«
»Fast. Aus Kärnten.«
»Dachte ich mir doch: Kärnten oder Steiermark. Elias Silbermann aus Wien.«
»Oskar Voxlauer.« Er schüttelte ihm die Hand.
»Sind Sie mit Karl verwandt?«
»Mit wem?«
»Also hören Sie, Herr Voxlauer! Mit dem Komponisten.«
Voxlauer schaute ihn an. »Mit dem Komponisten Karl«, wiederholte er.
»Operetten. Melodien mit Herz. Die waren damals, als wir Kinder waren, groß in Mode. Die kennen Sie bestimmt noch.« Er begann eine Walzermelodie zu summen.
»Ja, jetzt erinnere ich mich. Ich war lange weg. Ist aber leider kein Verwandter von mir.«
»Was für ein Name ist das überhaupt: Voxlauer? Das wollte ich immer schon wissen. Ist das bayerisch?«
»Österreichisch, nehme ich doch an«, sagte Voxlauer.
»Na, ich bin da nicht so sicher.«
»Und wie ist das mit Ihrem Namen, Herr … wie heißen Sie doch gleich?«, fragte Voxlauer unbewegt.
Der Geschäftsmann antwortete nicht. Sie schwiegen eine Weile.
»Ich habe auch gedient«, sagte der Geschäftsmann nach einigen Minuten. Es klang fast, als wollte er sich verteidigen. »In Tirol.«
Er beugte sich nach vorn und hob das eine Hosenbein ein wenig

an. Eine bläuliche Narbe wurde sichtbar. »Das war in der letzten großen Zeit.« Er lächelte.
Voxlauer sagte nichts dazu. Die Lichter auf dem Gang flackerten, als der Zug über eine Weiche ratterte. Nach einem Ruck nach links liefen die Räder wieder lautlos oder doch leise.
»Das ganze verdammte Zeug da gehört mir«, sagte der Geschäftsmann und deutete auf die Kisten. »Meine besten Stücke.«
»Was ist da drin?«, fragte Voxlauer.
»Wolfram in Barren.«
»Ah.«
»Ja, genau.« Er lachte. »Und was treiben Sie, Herr Voxlauer?«
Voxlauer saß da und sah aus dem Fenster. »Was ich treibe? Nichts.«
»In der Branche sind heutzutage ziemlich viele tätig.«
»Das heißt«, fügte Voxlauer nach einer kurzen Pause hinzu, »eigentlich Landwirtschaft.«
»Also was nun: Nichts oder Landwirtschaft?«, fragte der Geschäftsmann augenzwinkernd.
»Was Ihnen lieber ist.«
»Also, wenn ich's mir raussuchen kann, dann ist mir Nichts lieber als Landwirtschaft.« Er lachte. »Und alles lieber als Lampen verhökern.« Er schwieg einen Moment. »Zum Glück ist das nicht meine einzige Berufung. Eigentlich bin ich Pianist.«
Voxlauer rieb sich die Augen. »Ein hartes Brot, heutzutage, kann ich mir vorstellen.«
Der Geschäftsmann betrachtete ihn eine Weile durch den Rauch in dem schummrigen Abteil. »Sind Sie seit dem Krieg nie mehr daheim gewesen?«, fragte er endlich.
»Nein.«
»Es hat sich viel verändert, Herr Voxlauer. Sehr viel.«
Voxlauer gab keine Antwort. Die ersten höheren Gebäude und Ansammlungen von Lichtern kündigten an, dass man sich den Vororten der Hauptstadt näherte. Im Norden war der Fluss, und jenseits davon wurde das Gewimmel von Lichtern immer dichter.

Sie signalisierten Gebäude und Familien, deutsche Sprache, Bücher, Fabriken. Das Gefühl von Taubheit, das ihm vertraut war, solange er zurückdenken konnte, machte sich wieder bemerkbar, er nahm es wahr wie das leise Zischen von Gaslicht. Er machte keine Anstrengungen zu verstehen, was Silbermann redete.
»Viele von uns fürchten um ihren Lebensunterhalt.«
»Wie bitte?«
»Wegen der Zustände im Reich.«
»Ich habe von alledem keine Ahnung«, sagte Voxlauer.
»Ich dachte, vielleicht sind Sie ja ein Illegaler. Viele von denen kommen jetzt zurück.«
»Ein Illegaler?«
Silbermann nickte. »Ein Illegaler. Ein Nazi.« Er riss den Arm zum Gruß hoch.
»Ach so«, sagte Voxlauer. »Dann käme ich ja wohl nicht gerade aus der Ukraine, oder?«
Silbermann zuckte die Achseln. »Na ja, wahrscheinlich nicht.«
Sie fuhren jetzt ganz nahe am Fluss. Der Sand unter dem Bahndamm fiel steil zum Wasser hin ab. Silbermann starrte unverwandt aus dem Fenster oder auf sein Spiegelbild in der Scheibe und ließ dabei die Tabaksdose nervös von der einen Hand in die andere wandern. Nur um der hektischen Bewegung ein Ende zu setzen, bat Voxlauer ihn um eine Zigarette.
»Mit Vergnügen«, sagte Silbermann abwesend und breitete die Zeitung auf seinem Schoß aus. Voxlauer schloss die Augen, er lauschte dem Geraschel, das Silbermanns Finger machten, und seinem eigenen kontrolliert ruhigen Atem. Dem gleichmäßigen Rhythmus der Räder. Dem Klappern der Tür.
»So, das hätten wir«, sagte Silbermann heiter nach einer Weile. Er drehte die Papierenden zart zurecht, während er nach den Zündhölzern Ausschau hielt. Er fand sie schließlich auf dem Fußboden. Die Zigarette wurde angezündet, Voxlauer sah dem Rauch nach, der sich an der Scheibe entlang nach oben schlängelte.
Die Zigarette zog gut. Voxlauer starrte zum Lüftungsschlitz em-

por. Silbermann drehte noch eine und blickte immer wieder aus dem Fenster. »Zwanzig Minuten noch«, bemerkte er und sah lächelnd hoch.
»Für Sie. Ich fahre ja weiter nach Kärnten.«
»Ach so, ja. Haben Sie dort Familie?«
»Wenn man so will, ja«, sagte Voxlauer. »Eine Mutter.«
»Tja, die Mütter. Man fragt sich, wie die damit fertig werden.«
»Die schaffen das ganz gut.«
Silbermann schaute von seiner Zeitung auf. Die Gleise stiegen jetzt an auf das Niveau der niedrigsten Häuser neben der Strecke. In mittlerer Entfernung sah man die schwerfälligen Wohnblocks aus der Zeit der Jahrhundertwende, die gleichmäßig hell erleuchtete Fläche der inneren Stadt, dahinter erhob sich bläulich dunkel der spitze Turm des Stephansdoms. »Wie lange treiben sie schon Landwirtschaft, Herr Voxlauer?«
Voxlauer wandte sich vom Fenster ab. »Solange ich zurückdenken kann.«

Man ließ uns am frühen Morgen zu unseren Stellungen an der Isonzofront marschieren, die dreißig Kilometer vom Bahnhof entfernt war. Wir trugen Ölzeug und Wasserstiefel, die sie von der Front geholt und in aller Eile neu aufgearbeitet hatten. Es war Oktober, und es schneite in nassen, schweren Flocken. Als wir die hinteren Linien erreichten, trafen wir auf ein paar Schanzsoldaten, die uns verwirrt anglotzten und uns den Weg wiesen: immer den Berg hinauf. Kein Mensch schien uns erwartet zu haben. Überall Männer, die über den Schnee fluchten und auf improvisierten Schlitten Kisten und Packen den Berg hinauf- und hinunterzogen. Der Krieg ging seinem Ende zu, aber das wussten wir noch nicht. Mein Bataillon setzte sich aus furchtsamen älteren Männern und verschüchtert dreinblickenden heimwehkranken Jugendlichen zusammen; wir sollten an die Stelle eines Bataillons treten, das im September in den Bergen um Caporetto vollständig aufgerieben worden war. Ich war im Dezember des vorigen Jahres sechzehn geworden und der

Jüngste in der Truppe. Ich hatte noch keinerlei eigene Gedanken oder Ideen. Ich litt nicht unter Heimweh, ich vermisste weder meine Familie noch Niessen. Ich war glücklich, dass ich in den Krieg ziehen durfte.

Sie ließen uns keine Zeit zum Faulenzen: wir mussten leere Geschosshülsen und Feuerholz zusammentragen. Knapp unterhalb der Baumgrenze wurde eine vorgeschobene Grabenstellung eröffnet, in die wir noch am selben Tag mit acht Zwanzig-Millimeter-Mörsern und drei oder vier Dutzend Maschinengewehren einrückten. An den Geschützen standen lauter Dienstgrade zwischen fünfundzwanzig und vierzig, Leute, die schon seit fast einem Jahr an dieser Front im Einsatz waren; die meisten hatten seit Monaten keinen Urlaub mehr gehabt. Sie nahmen von unserer Ankunft kaum Notiz.

Die erste Nacht war sehr ruhig. Ein Leutnant inspizierte unsere frisch ausgehobenen Stellungen und schrie uns an, weil das Wasser in den Gräben stand. Er hatte tiefe Ringe unter den Augen und eine schlechte Haltung und entschuldigte sich kurz darauf bei uns, dass ihm die Nerven durchgegangen waren. Später am Abend sah ich ihn in sich zusammengesunken auf einer Kiste vor der Offiziersmesse sitzen; er zuckte mit Armen und Beinen und redete im Schlaf. Am Morgen erfuhren wir, dass sieben Mann desertiert waren.

Die Dinge waren bereits ins Rollen gekommen, aber wir merkten noch nichts davon. Ich staunte mit großen Augen alles um mich herum an – ich rechnete jeden Augenblick damit, dass mir jemand auf die Schliche kommen und mich zurück auf die Schule schicken würde, wo ich hingehörte. Als das Trommelfeuer einsetzte an diesem zweiten Tag, robbten die Offiziere von einem Unterstand zum nächsten und bedankten sich bei uns, dass wir nicht davongelaufen waren. In zwei oder drei Wochen, sagten sie, kämen die Deutschen. Bis dahin sollten wir unsere Stellungen halten; wir sollten nur ab und zu das Feuer erwidern und abwarten.

Ende November trafen sechs deutsche Bataillone ein. Wir hatten kaum Boden gewonnen; praktisch dauernd unter Mörserbeschuss, waren wir allenfalls zehn oder zwanzig Meter weit auf einen steilen schneebedeckten Hang vorgedrungen. Die erste Begeisterung war einer nervös gespannten Erschöpfung gewichen, einer ungeduldigen Erwartung, dass endlich etwas Bedeutendes passierte. Es hatte die ganze Zeit keine wirkliche Offensive stattgefunden. Die verlassenen Gräben hinter uns waren voller Schlamm und leerer Konservendosen und Geschosshülsen. Um zu uns zu gelangen, mussten die Deutschen Balken und Planken legen, auf denen ihre mit Ketten ausgerüsteten Transportfahrzeuge langsam vorrücken konnten. Offenbar kamen sie zu der Einschätzung, dass die Lage verzweifelt war, denn sie verließen ihre Fahrzeuge nicht, während ihre Offiziere die Front besichtigten, und kamen erst heraus, als es ihnen ausdrücklich befohlen wurde. Vielleicht haben sie es dort drinnen gemütlich, dachte ich. Ich sah fasziniert zu, wie Infanteristen und Kanoniere, einer nach dem anderen, selbstgewiss und gelassen von ihren mobilen Himmelbetten herabstiegen. Das war das erste Mal, dass ich sie beneidete.

Die Deutschen hatten neue, leichtere Geschütze und schnellfeuernde Mörser und Chlorgasgranaten. Sie bewegten sich unter uns wie Wesen aus höheren Sphären, glatt rasiert und gebieterisch, und sie brachten uns das Laden bei. Alle redeten von einer letzten großen Offensive vor dem Wintereinbruch. Die Deutschen hielten uns im Großen und Ganzen für einen unfähigen Haufen, der sich bis zum Ende des Kriegs nicht vom Fleck bewegt hätte, wenn nicht die neue Artillerie gekommen wäre. Tullberg, ihr Kommandeur, verglich uns mit lauter faulen Zähnen, die jedes Mal zu heulen anfingen, wenn ein kalter Wind blies. Die meisten von uns fanden die Deutschen unausstehlich, aber ich bemühte mich voller Eifer, von ihnen zu lernen, vor allem was den Umgang mit den Geschützen betraf. Mein Vater hatte mir oft erklärt, dass unser Land zwar in den Künsten führend war, dass er aber die moderne Welt erst in Berlin und Leipzig so richtig kennen gelernt habe. »Die Deutschen sind unsere Vettern, an denen wir uns orientieren müssen, Oskar«, sagte er oft. »Wir müssen von ihnen lernen, ob es uns gefällt oder nicht.«

Die neuen Granaten waren schwarz und flogen praktisch ohne jedes Geräusch. Ich erinnere mich genau daran: der dumpfe Knall der Kanone und gleich danach das feine Klicken, gedämpft und hell zugleich, wie wenn eine Tasse oder ein Löffel aus geringer Höhe auf einen Teppich fällt. Die Gasgranaten waren blau und weiß. Die Richtschützen waren alle Deutsche. Sie trugen gesteppte Anoraks und gelbe Schutzhandschuhe aus Rindsleder.

Als die zwölfte Offensive in Gang kam, hatte der Winter richtig eingesetzt, und die neuen Gräben, die wir aushoben, liefen oft durch hohe Schneeverwehungen. Wir waren näher an den Italienern als je zuvor. Mörsergranaten schlugen durch die Wälle wie durch Löschpapier, die Wucht gewaltiger Explosionen ließ uns wie Tauben auseinanderstieben. Die Deutschen hatten eine ganz neue Art Krieg mitgebracht, das merkten wahrscheinlich auch die Italiener. Ich versuchte mir vorzustellen, wie sie da oben in ihren Schützengräben hockten und dieselbe Angst spürten, die jetzt auch mich befiel, aber es wollte mir nicht recht gelingen: sie blieben farblos und ohne Profil, bloße Karikaturen. Gelegentlich hörte man in den Feuerpausen Stimmen, aber der Schnee und die Bäume und der ständige Wind ließen sie unscharf und leblos klingen. Bei Nacht hörten wir manchmal Fetzen von Gesang.

Zwei Tage vor der Offensive hörte der Artilleriebeschuss fast vollständig auf. Allen war klar, dass die Italiener Bescheid wussten, aber die Deutschen waren gelassen und voller Zuversicht. An dem Tag des Angriffs saßen wir in einer langen Reihe im Graben und traten uns, während wir auf den Befehl warteten, auf die Stiefelspitzen, um unsere erfrorenen Zehen wieder zu spüren. Mitten in der Nacht ging es dann endlich los.

Das Bombardement dauerte über sieben Stunden an. Ich war als Ladeschütze einem deutschen Feldwebel namens Wachmann zugeteilt, der ein Herrenmensch, aber nicht unfreundlich war und immer ausspuckte, wenn er Befehle gab. Sein Humor, der oft auf Kosten anderer ging und etwas Prahlerisches hatte, erinnerte mich an meinen Onkel Gustl, mit dem er auch den Kaiser-Wilhelm-

Schnurrbart gemeinsam hatte. Ich wollte unbedingt Gnade vor seinen Augen finden. Wir schossen im Acht-Minuten-Takt: wir gaben der Infanterie Feuerschutz, machten eine Pause, damit die Leute Deckung suchen konnten, und feuerten dann wieder. Nach dreieinhalb Stunden waren meine Hände gefühllos vor Kälte, und Wachmann schickte mich nach hinten, damit ich mir gefütterte Handschuhe holte. Im Graben hinter der Front hatte man das Gefühl, dass das Schießen weit weg war, und in dem schmalen Streifen Himmel zwischen den Grabenrändern sah man ein Muster aus Wolken und dünnen rostfarbenen Rauchschwaden. Ich war lange unterwegs.

Als ich in die Stellung zurückkam, sah ich, dass die Brustwehr eingefallen war, und im nächsten Moment erblickte ich Wachmann, der mit dem Rücken im Schnee lag, die Augen geschlossen, blutend, im Gesicht und an den Schultern violett gezackte Verbrennungen. Er wälzte sich hin und her, die Arme eng an den Körper gedrückt, und murmelte etwas Unverständliches durch die geschwärzten Zähne. Sein Schnurrbart und die Augenbrauen waren weggesengt, sein Gesicht sah aus, als hätte sich das Fleisch von den Knochen gelöst und irgendwie seitlich verschoben. Ich wusste, als ich ihn ansah, dass überall um mich herum Schlachtenlärm tobte und dass ich selbst auf ihn einschrie, aber ich hörte nichts von alledem, ich hörte nur das Geräusch, das Wachmann machte, als er zu sprechen versuchte. Es war grauenhaft. Ich stand eine Weile reglos da und hörte zu. Ich überlegte fieberhaft, ob ich ihn anfassen sollte oder nicht oder ob ich seine Pistole nehmen und ihn erschießen sollte. Danach setzten mit einem Mal das Krachen der Explosionen und das Gestotter meiner eigenen Stimme wieder ein. Ich rannte zum Graben zurück, der nun plötzlich voll von Infanteristen war, und rief nach einem Offizier. »Es hat den Feldwebel erwischt«, schrie ich dem Richtschützen in der nächsten Geschützstellung zu. Der drehte sich um und schaute mich an, als hätte ich ihn um Geld angeschnorrt. »Geh auf deinen Posten, du Schwachkopf«, brüllte er und scheuchte mich mit seinen gelben Handschuhen weg.

Ich rannte zurück durch den Rauch. Die Brustwehr war noch weiter eingebrochen, der Mörser war gegen den Stapel Granaten gekippt. Wachmann lag noch da, sein Kopf hing nach hinten; ein dicker Faden Schleim an seinem Mund sah aus wie ein ragender Stoßzahn. Ich betrachtete ihn eine Weile, wartete, dass er sich bewegte, dann rannte ich in die andere Ecke des Unterstands und erbrach mich. Danach saß ich gegen einen Haufen leerer Geschosshülsen gelehnt da und tat lange Zeit gar nichts, während um mich herum die Kanonen donnerten. Ich wusste, dass das, was passiert war, in keinem Zusammenhang mit der Tatsache stand, dass ich weggegangen war, um die Handschuhe zu holen, aber eben die Erkenntnis, dass nichts von alledem, was ich hätte tun oder lassen können, am Gang der Dinge etwas geändert hätte, vermittelte mir das Gefühl, dass ich eigentlich hätte da sein müssen, als die Granate einschlug. Wachmann lag auf der anderen Seite des Haufens, aber ich konnte ihn nicht mehr ansehen. Ich fühlte mich sehr klein und sehr leicht. Ein sonderbarer Geruch lag in der Luft – es roch wie die Köpfe von Streichhölzern, die feucht geworden sind. Die Luft gerann mir im Mund, das Atmen fiel mir schwer. Ich streckte mich auf dem Boden aus und versuchte, vollkommen still zu liegen, während ich dem Spiel von Wolken und Rauch am Himmel zusah. Stunden vergingen. Das Feuer von der anderen Seite der Front wurde schwächer und schwächer wie das Rattern eines Zugs, der sich immer weiter entfernt, und erstarb endlich ganz. Eine halbe Stunde lang war nichts zu hören als ein feucht gedämpftes Summen. Dann verschwand auch dieses Geräusch. Es war still, eindringlich, unüberhörbar still – ein Schweigen wie das zwischen den dröhnenden Schlägen einer ungeheuer großen Glocke.

Voxlauer erwachte, als der Zug in die letzte Schlucht zwischen Kalksteinfelsen einfuhr, die sich hinaus in die Ebene wand. Es war spät in der Nacht. Sein Puls beschleunigte sich, und er spürte eine kalte, schwere Last auf Stirn und Schultern. Er wandte sich zum Fenster. Der Gang war jetzt frei, die Kisten waren verschwunden, und im Licht, das nach draußen fiel, sah er die Felsen neben der Strecke. Natürlich hätten es irgendwelche beliebigen Felswände sein können, aber er wusste, dass es die letzte Schlucht war, und in seinem Hirn drängten sich die Erinnerungen, und er fand seine Angst befremdlich und kindlich. Er wusste nicht, warum und wovor er sich fürchten sollte, aber er konnte nichts dagegen tun. Es kostete ihn große Anstrengung, die Felswände genau anzusehen. Gut fünfzig Meter tiefer floss der Bach, der bald unter dem Kies verschwinden würde, um zwei Kilometer weiter in dem alten Heilbad bei Kreuzbrunn wieder an die Oberfläche zu treten. Sein Atem ließ die Scheibe beschlagen, aber er wischte sie nicht ab, sondern blickte durch den Dunstfleck, der sich ausbreitete und wieder schrumpfte, hinaus auf die vorbeifliegenden Nadelbäume. Die trüben weißen Lichter des Heilbads erschienen; hier weitete sich die Schlucht, fächerte sich auf in fichtenbestandene Rinnen, die links und rechts in sanften Bögen wegstrebten und verschwanden. Dann kam der Fluss und die Biegung, an der zum ersten Mal die Kirchtürme sichtbar wurden, dahinter aufragend wie das Wrack eines gestrandeten Schiffs die Ruine. Links sah man zwischen Weiden die Hauptstraße nach Süden, nach Italien, rechts den Kanal, hinter dem sich im Halbrund das Städtchen, zum Gebirgswald hin ansteigend, an die Berge drängte. Er schnappte nach Atem wie ein Neugeborenes, es fühlte sich fremd an. Aber als die Luft einströmte, trank er sie wie Nektar.

Er entschied sich gegen das vordere Tor. Bestimmt saß Maman, ein bisschen kleiner, als er sie in Erinnerung hatte, aber sonst unverändert, dort vor dem alten Haus auf der Veranda und erwartete ihn. An der letzten Biegung des Kanals nahm er den schmalen Weg durch den Obstgarten. Die Bäume sahen noch weitgehend so aus, wie er sie sich vorgestellt hatte, wenn auch etwas dürftiger, und der Kiesweg war fast ganz zugewachsen. Er schloss daraus, dass Greiss, der alte Gärtner, gestorben war oder sich endgültig zur Ruhe gesetzt hatte und nach Judenbach gezogen war, wo sein Sohn eine kleine Landwirtschaft besaß. Dann fiel ihm ein, dass Greiss schon damals vor zwanzig Jahren sehr alt gewesen war und dass sie den Sohn drei Wochen vor Voxlauer eingezogen hatten. Der Sohn war fünf oder sechs Jahre älter als Voxlauer gewesen, ein Rothaariger mit milchweißer Haut, und als die Schwester in den Niessener Hof kam und ihm die Nachricht brachte, war er in Tränen ausgebrochen; er hatte seine Schuhe ausgezogen und sich geweigert, mit ihr heimzugehen. Und dann war der Alte gekommen und hatte ihn mit sich fortgeschleppt in den Garten hinter dem Haus und ihn mit einem Pappelstock geprügelt, bis endlich Maman die Fensterläden aufriss und in ihrer typischen diktatorischen Art hinausschrie: »Es reicht!« Und der Sohn hatte sich bei ihr und bei allen entschuldigt und war gleich am nächsten Tag fortgefahren an die Isonzofront.

Er fand das hintere Gartentor verschlossen. Er schob seinen Tornister unter den mit Flechten überwachsenen Zaunplanken durch nach innen und kletterte darüber, wie er es früher immer gemacht hatte, wenn er spät in der Nacht aus dem Niessener Hof heimgekommen war. Beim Heruntersteigen trat er auf einen Karren, der dort abgestellt war; das Holz war so verrottet, dass er mit dem rechten Fuß glatt durchbrach. Er fluchte im Dunkeln, befreite seinen Fuß und tastete dann am Boden umher nach seinem Gepäck. Er fand es, richtete sich auf und ging so leise wie möglich um den Schuppen herum.

Sie hörte ihn, als er auf der kleinen Brücke den Bach überquerte; er schritt gerade an dem alten Spalier vorbei, da gingen im Haus die Lichter an. Er hatte sich vorgestellt, dass er in aller Heimlichkeit mitten in der Nacht ankommen würde und dass nur das leere Haus und sie ihn erwarteten, aber *so* hatte er es sich nicht gedacht. Als ob überhaupt nichts passiert wäre. Sie stand auf der Eingangstreppe und erwartete ihn, als er am vorderen Tor anlangte. Sie sah ihn lange an und tat so, als erkenne sie ihn nicht wieder; endlich lächelte sie fast schmerzlich und führte ihn zur Veranda hinauf.

»Grüß dich, Maman«, sagte er. Es fiel ihm schwer, in ihr die Person wiederzufinden, die er im Gedächtnis hatte. Sie wirkte alt, schrecklich alt, unglaublich, selbst wenn man bedachte, was sie alles durchgemacht hatte. Sie ist bestimmt krank, dachte er plötzlich. Der Gedanke breitete sich langsam in ihm aus, überkam ihn mit einer Kälte, die Jahrzehnte zurückzureichen schien. Wie lange ist sie wohl schon so?, überlegte er. Wann hat das angefangen? In dem kalten Licht, das über allem lag, schien ihm nun deutlich, dass sich vor drei oder vier Jahren in ihren Briefen etwas verändert hatte: es war darin ein schärferer Vorwurf, es klang schriller, dringlicher. Aber ich hätte nie geglaubt, dass sie so aussehen könnte, dachte er. Mein Gott! Sie ist doch kaum älter als sechzig.
Ja. Und Anna war erst achtundvierzig, und sie ist gestorben. Die Kälte ging wieder über ihn hinweg, und er stand wortlos, bewegungslos da und starrte sie an.
Sie betrachtete ihn immer noch schweigend, versuchte wie er, das Erschrecken zu relativieren, sich zu fassen. Nach und nach erhellten sich ihre runzligen Züge, sie lächelte. Sie umarmte und drückte ihn, und er spürte, wie welk und leicht sie geworden war.
»Du warst so lange fort«, sagte sie endlich – es klang fast wie eine Entschuldigung. Ihre Stimme war viel freundlicher, als er erwartet hatte.
»Kennst du mich nicht mehr wieder, Maman?«
»Ach, Oskar, natürlich kenne ich dich.« Sie blickte ihn unverwandt an, das Gesicht zu einer sonderbaren Grimasse verzogen; er konnte nicht sagen, ob es Kummer ausdrückte oder angestrengtes Nachdenken oder irgendeine lang gehütete und fast vergessene Gefühlsbewegung. Die Falten und der grimmige Ernst um ihre strahlenden harten Augen waren schwer zu deuten. Und um ihren Mund spielte immer noch etwas von dem Lächeln.
»Ich hatte so viel zu sagen«, begann sie schließlich stockend. »Aber ich habe alles vergessen. Das macht nichts. Ich bin einfach so glücklich, dass du wieder da bist. Ich bin so froh, dass ich dich wiedersehen darf.« Sie hatte Tränen in den Augen.

»Ich bin auch glücklich, dass ich dich wiederhabe, Maman.«
»Aber du freust dich nicht, dass du wieder daheim bist?«
Er sah sich um, blickte auf die Veranda, den Garten. »Bis jetzt fühle ich mich noch gar nicht richtig wieder da.«
»Das wird schon noch kommen.« Sie lächelte jetzt nicht mehr, aber sie wirkte zuversichtlicher und nicht mehr so befangen. »Du kennst doch deine Mutter noch, oder? Die Frau, die dir das Leben geschenkt hat.«
Er grinste. »Ich dachte, du hättest mich verleugnet, Maman.«
Sie musste lachen. »Musste ich ja, sonst hätten sie mich noch aus der Kirche ausgestoßen. Das wirst du mir doch hoffentlich nicht zum Vorwurf machen?« Sie lächelte wieder und nahm seinen Arm. »Bist du müde von der Reise? Hast du Hunger? Soll ich dir was zu essen machen?«
»Danke, Maman. Ich bin eigentlich nur erschöpft. Du brauchst meinetwegen nicht den Herd anzuheizen.«
Sie lachte leise. »Der Herd ist jetzt schon fast zwanzig Jahre lang heiß, du Herumtreiber.«

»Maman! Je meurs de faim!«, sagte Voxlauer am nächsten Morgen und trat an den Küchentisch. Der Himmel draußen war strahlend blau, und die Sonne schien auf seinen Stuhl so wie an den Sonntagen damals, wenn sie hungrig vom Gottesdienst heimkamen und, während das Essen im Ofen warm wurde, seinem Vater zuhörten, der im Wohnzimmer Klavier spielte. Seine Mutter machte sich am Küchentisch zu schaffen, und er stand an die Wand gelehnt da und lauschte auf die Musik und das knarren des Klavierhockers, auf dem Père saß und sich nach vorn beugte oder zurücklehnte, und er stellte ihn sich vor dort auf der anderen Seite der Wand, elegant und in sein Spiel versunken, erhaben über solche Nichtigkeiten wie Kirchgang und Tischdecken. Manchmal brach die Musik plötzlich ab, und dann hörte er die Feder über Papier kratzen, oder sein Vater summte eine Weile unexakt vor sich hin, bevor es weiterging. »Karl, bitte!«, rief Maman dann je-

des Mal, wenn das Essen bereit stand, und die Musik fiel vom Allegro ins Adagio, und bald danach erschien dann Père wohlgelaunt in der Tür.

»Heute ist es wie Sonntag«, sagte Voxlauer und nahm sich seinen Stuhl. »Ich habe lange geschlafen.«

Sie lächelte. »Du hast bis Sonntag durchgeschlafen. Aber ich denke, du hast das gebraucht.«

Er schaute sie an. »Ich bin weit gefahren diese Woche.«

»Ich weiß, Oskar. Kein Wunder, dass du müde warst. Wie hast du geschlafen?«

»Sehr gut.«

»Schön.«

»Na ja, ein bisschen beengt vielleicht.«

Sie lächelte wieder. »Du bist gewachsen und das Gästezimmer nicht.«

Er nickte. »Es hat sich fast nichts verändert.«

»Mehr als du denkst, Oskar.«

»Was meinst du damit?«

»Na ja«, sagte sie und ging zum Herd hinüber, »in der Stadt schon.«

»Ach so.« Er sah starr zum Fenster hinaus auf die Mauer am Kanal. »Ist der Unterschied zu früher wirklich so groß?«

»Ich weiß Bescheid, Oskar«, sagte sie und wischte sich die Hände an einem Handtuch ab. »Ich kenne deine großen Ideale. Ich habe die Bücher gelesen, die du mir empfohlen hast. Ich habe deine Briefe gelesen, viele waren es ja nicht. Ob du meine gelesen hast, frage ich mich.«

Voxlauer gab keine Antwort. »Das mit den großen Idealen ist einige Zeit her«, sagte er.

»Das glaube ich dir.« Sie musterte ihn eine Weile. »Es hat sich viel verändert in der Stadt.«

Der Kanal draußen vor dem Fenster funkelte immer mehr, je höher die Sonne stieg. Hier und da schaukelten, wie von einer sanften Strömung erfasst, tellergroße Eisstücke. Er stellte müßige

Überlegungen darüber an, was für Fische wohl darunter schwimmen mochten.

»Du kommst gerade rechtzeitig zu den Wahlen«, sagte sie und stellte den Kaffee und einen Teller Semmeln auf den Tisch. »Um elf kommt Irma Gratzer.«

»Was für Wahlen?«

Sie zuckte die Achseln. »Die Gemeinderäte. Die haben sowieso nichts zu sagen.« Sie blinzelte.

»Ich bin ja gar nicht hier gemeldet.«

Sie kicherte heiter und wedelte mit der Hand. »Das werden wir dann gleich als Erstes erledigen.«

»Ich möchte noch nicht in die Stadt gehen.«

»Oskar.«

»Ja?«

Sie hielt inne, blickte ihm in die Augen. Ihre Züge wurden weich. »Na, mach, was du willst.«

Er hörte ihre Schritte auf dem Kies und atmete auf. Sein gealtertes Gesicht hatte sie erschreckt. Er hatte ihr Fotos geschickt, aber das war Jahre her. Bilder vom Haus und von den Pferden. Von ihm und Anna an ihrem dritten Hochzeitstag. Er ging ins Wohnzimmer, um nach den Fotos zu suchen.

Der Raum wirkte, als wäre hier die letzten zwanzig Jahre nichts angefasst worden. Die Aquarelle hingen verblasst in ihren vergoldeten Rahmen an den Wänden, auf dem Esstisch lag eine verstaubte Decke. Es roch, als wäre das Zimmer lange Zeit von der Welt abgeschottet gewesen und vergessen worden; er wusste aber, dass seine Mutter täglich hier durchgehen musste, wenn sie auf die Veranda wollte. Dort war eine Wäscheleine gespannt, auf der, wie er nun sah, sein Leintuch hing und in der Morgensonne trocknete. Er setzte sich mit dem Rücken zur Sonne auf die warmen Fliesen und öffnete einen Umschlag mit Fotos.

Sie waren wahllos in mehreren Bündeln verschiedener Größe zusammengebunden. Er knüpfte die Bindfäden auf und reihte die

Bilder, die aus demselben Jahr jeweils in einem Stapel vereint, in chronologischer Ordnung vor der gelb gefliesten Mauer der Veranda auf. Das erste, das ihm ins Auge stach, war ein großes überbelichtetes Foto von seinem Vater: bekleidet mit einem Schlapphut und einer Lodenjacke, stand er auf der Eingangstreppe des Opernhauses und deutete mit dem Finger auf den Boden. Auf der Rückseite des Abzugs stand in der pedantisch exakt verschnörkelten Schrift seines Vaters: »Neue Schuhe«. Eine Frau – vielleicht Maman, aber es konnte auch jemand anders sein – stand etwas abseits und winkte mit einem gemusterten Halstuch.

Auf dem nächsten Bild war sie deutlich zu erkennen. Sie blickte kokett indigniert in die Kamera, ihr spielerisch gespitzter Mund passte überhaupt nicht zu der Vorstellung, die er von ihr hatte. Auf dem dritten Foto saß sein Vater, jetzt ohne Hut, mit übereinandergeschlagenen Beinen auf der Treppe; er grinste und fuchtelte mit einem Taktstock in der Luft umher. Auf die Rückseite hatte er geschrieben: »Narreteien«. Voxlauer sah das Bild lange an und versuchte sich das Leben seiner Eltern vor seiner Geburt vorzustellen, als seine Mutter noch an der Oper und sein Vater gesund war und komponierte. Er sah sie mit gemessener Würde am Kanal promenieren und die Grüße anderer Spaziergänger erwidern und bemühte sich, ein Bild zu konstruieren, das sie, um vieles jünger, in einer ähnlichen Szene in Arnstadt oder in Teplitz-Schönau oder in Berlin zeigte. Aber stattdessen drängte sich wie immer die Erinnerung an Père in seinem letzten Lebensjahr dazwischen: er sah ihn auf der Bank ganz hinten im Obstgarten sitzen, ausgehöhlt und verwirrt und maßlos gealtert; das war die Krankheit, aber auch der schleichende Verfall der Dinge überhaupt – die Ermordung der Kaiserin und des Erzherzogs Franz Ferdinand, die Streiks und die Unruhen und die Idiotien, die der Kaiser von sich gab, und mehr als alles andere die unvorstellbaren Dimensionen dieses Kriegs. Voxlauer nahm das Bild vorsichtig an den Rändern und legte es zur Seite.

Es folgte eine Reihe von Bildern, die ihm wohl vertraut waren. Sie zeigten Maman in verschiedenen Rollen, die sie in der Zeit vor ihrer Ehe gesungen hatte. Es waren für Präsentationszwecke gemachte professionelle Aufnahmen, in genau einstudierten Posen vor gemalten antiken Grabmälern und Laubengängen. *La Bohème, Rigoletto, La Traviata.* Die Namen hatten ihn als Kind bezaubert. Die Goldränder der Daguerreotypien waren verblasst und abgegriffen. Maman mit siebzehn in *Aida,* kaum zu erkennen hinter Schleiern und Flitter, auf einem großformatigen Porträt. Das Opernhaus von Arnstadt, verwittert und düster. Ein Bild von seinem Vater, sichtlich gealtert und bei schlechter Gesundheit – er war damals ungefähr fünfzig –, bekleidet mit einem weit geschnittenen Sommerhemd, in einem Liegestuhl auf der Veranda; in der Hand hielt er eine ramponierte Ausgabe von Fenimore Coopers *Die Ansiedler,* aus der er seinem Sohn vorlas.

Später fand er auch die Bilder von Anna auf dem Hof und auf dem Markt in Tscherkassy. Das eine Foto zeigte sie vor dem Haus, das Gesicht konturlos im harten Sonnenlicht, die Reflexe auf den Schmelzwasserlachen hinter ihr ließen die Umrisse ihrer Gestalt verschwimmen. Ihr Haar, zu zwei dicken Zöpfen geflochten, schimmerte in warmen Sepiatönen. Ihr Mund stand ein bisschen offen, als ob sie mit ihm redete, während er mit dem geliehenen Fotoapparat hantierte. Die Hände hatte sie in Höhe der Taille aufeinander gelegt. Auf dem Foto in Tscherkassy waren sie beide zu sehen: sie standen eine Armlänge weit voneinander getrennt da und blickten argwöhnisch in die Kamera, als wäre es ihnen unangenehm, so in ihrer Privatsphäre beobachtet zu werden. Seine Wangen waren eingefallen, er wirkte ausgezehrt von den Strapazen des unsteten Lebens, sein Bart war ungleichmäßig und schütter, ein Jünglingsbart oder ein löchriger Bettlerbart. Auch diese Bilder hatten schon jetzt etwas von gestellten Reklamefotos: Szenen aus einem ganz und gar imaginären Leben. Und dieses Wohnzimmer und diese Veranda, die er sich in den vergangenen Jahren nie deutlich hatte vorstellen können, wurden wie in seiner frühesten Kindheit wieder zum Urbild all dessen, was er kannte und verstand.

Irgendwann am Nachmittag schlief er auf dem Teppich ein. Als er aufwachte, stellte er fest, dass eine Bettdecke über ihn gebreitet war; auf einem Taschentuch neben seinem Kopf lag ein halb aufgeblühtes Schneeglöckchen. Durch den Hausflur waren die Stimmen von Maman und einer anderen Frau zu hören.

»... hat ein ausschweifendes Leben geführt. So etwas rächt sich natürlich.«

»Was hat sie eigentlich genau gehabt?«

»Es war die Leber.«

»Aha, die Leber.«

Die Stimme der Frau schnitt unangenehm schrill in die gleichmäßige Sprechmelodie der Mutter ein, es war, wie wenn man eine Münze in ruhiges Wasser wirft. Sie war Voxlauer irgendwoher bekannt, aber er bemühte sich nicht darum, sie zu identifizieren. Sie redeten jetzt über ihn und seine Aussichten hier. Er hörte ihnen eine Weile lang zu, wie man zuhört, wenn das Radio von irgendeiner Katastrophe in irgendeinem fernen Land berichtet, oder wie ein schläfriges Kind, an dessen Ohr das Plaudern der Erwachsenen dringt, die nach dem Abendessen entspannt in ihren Sesseln sitzen und rauchen und reden. Er zog sich die Decke über den Kopf.

»Ich habe diese Verbindung nie gebilligt.«

»Was ist aus dem ersten Mann geworden?«

»Ich habe nicht die leiseste Ahnung. Wahrscheinlich auch die Leber.«

»Tja, Dora.«

Eine Weile war es still. Man hörte, wie Tee eingeschenkt wurde, man roch den Duft. Voxlauer war immer noch sehr müde und ließ sich im Wechsel von Schlafen und Wachen dahintreiben, während ihr Gespräch über ihn immer wieder an die Ränder seines Bewusstseins drang.

»Und dieses Gesicht! Wie ein richtiger Bolschewik.«

»Ja. Du musst ihn unbedingt rasieren, bevor du ihn unter Leute gehen lässt.«

»Ach, Irma. Er hat mich doch noch nie an sich herangelassen.«

»Tja.« Schweigen. »Wo willst du denn mit ihm hin?«
»Ich weiß nicht. Zu Herbst vielleicht.«
»Mit diesem Bart? In ein Kaffeehaus?«
»Er ist ein guter Junge, trotz allem. Die Leute hier kennen unsere Familie noch, glaube ich.«
»Ja, natürlich, Dora. Was das betrifft, habe ich gar keinen Zweifel.«
»Und sie erinnern sich auch noch an ihn, manche jedenfalls.«
Wieder Schweigen. »Ja, einige schon.«
»Paul Ryslavy zum Beispiel.«
»Aber er war so lange weg, Dora. Und er hat die ganze Zeit unter lauter Russen gelebt.«
»Daran ist nur diese Frau schuld.« Sie schimpfte halblaut. »Dieses Weibsstück!«
»Tja.«
»Bitte?«
»Tja, Dora –«
»Es war Leberkrebs«, sagte Voxlauer und trat in die Küche.

»Rate mal, wen ich heute getroffen habe«, sagte Maman heiter und langte nach der Seife hinter ihm. »Im Wahllokal.«
»Wen?«
»Schwester Milnitsch.« Sie warf ihm einen Blick zu. »Kati.«
»Nein! Kati ist bei den Dominikanerinnen?«
»Zwanzig Jahre schon.«
Voxlauer pfiff leise durch die Zähne. »Die muss ich ja ganz schön beeindruckt haben.«
»Ha! Bilde dir bloß nichts ein, Oskar!«
»Na, na. Ich meine ja nur.« Er wrang das Küchentuch aus und nahm ihr drei angeschlagene Meißener Unterteller aus der Hand. »Und die kriegen Ausgang heutzutage?«
»Nur zum Wählen. Sie werden in einem Auto des Bischofs runter in die Stadt gefahren, und wenn sie fertig sind, bringt sie der Chauffeur gleich wieder zurück.«

»Kati Milnitsch. An die habe ich seit einer Ewigkeit nicht mehr gedacht.«
»Ja, ich auch nicht, Oskar. Sie sah hübsch aus in ihrer Schwesterntracht. Du würdest Augen machen.«
»Nein, bestimmt nicht.«
»Na, auch gut.« Sie leerte die Spülwanne in den Ausguss. »Trotzdem, Oskar, da hast du was verpasst«, sagte sie.
Voxlauer stellte die Teller hin und schnitt eine Grimasse. »Maman. Ich war damals sechzehn.«
»Ich war gerade achtzehn, als dein Père und ich geheiratet haben.«
Voxlauer gab keine Antwort.
»Oskar?«
»Ich möchte nicht über Père reden.«
Sie schwieg und blickte starr auf die Unterteller. »Du bist schon so alt, Oskar«, sagte sie endlich. »Wer will dich denn jetzt noch?« Sie verstummte wieder. »Früher warst du schön. Richtig schön. Das sage ich ganz ehrlich.«
»Ich war schon einmal verheiratet.«
Sie nahm die Teller, die vor ihm standen, stapelte sie, trug sie zum Geschirrschrank und räumte sie sorgsam, einen nach dem anderen, ein.
»Ich möchte kein Wort über sie hören, Maman.« Er schwieg einen Moment und blickte sie an. »Kein Wort. Ich warne dich.«
»Worüber sollen wir sonst reden, Oskar?« Sie verstummte. »Ich hab überhaupt nichts gesagt«, fügte sie dann, immer noch zum Schrank hin gewandt, hinzu. »Ich hab noch gar nichts gesagt.«
»Das ist gelogen«, sagte Voxlauer ruhig.

Nach dem Abendessen rasierte er mit dem Messer seines Vaters den Bart ab und ließ sich von ihr vor dem großen Spiegel, den sie aus ihrer Zeit an der Oper hinübergerettet hatte, die Haare schneiden. Dann trat er, immer noch in den Kleidern, die er auf der Reise getragen hatte, hinaus in die Dämmerung und spazierte durch den Garten.

An der Brücke bog er vom Weg ab und ging etwa eine Minute lang am Bach entlang bis zu dem Grenzstein am südlichen Ende des Grundstücks. Dann wandte er sich nach links, überquerte mit einem großen Schritt den Bach und bahnte sich durch dichtes Farngestrüpp seinen Weg, bis er die Grenze des Anwesens östlich des Obstgartens abgeschritten hatte. Manche Stellen erkannte er kaum wieder; dort standen nun plötzlich ausgewachsene Bäume, die es seiner Erinnerung nach nie gegeben hatte. Der Pavillon aus Birkenholz an der Nordwestecke des Obstgartens war halb verfallen; die Bodenbretter fühlten sich unter seinen Füßen schwammig und seifig an. Die Läden des Hauses, in dem Greiss und sein Sohn gewohnt hatten, waren geschlossen, die Tür war abgesperrt. Die offene Scheune daneben war leer, nur der Karren, auf den er in der Nacht davor gestiegen war, stand darin. Er fragte sich, wer ihn wohl dahin gebracht hatte. Seine Mutter? Nein, sie war zu alt dafür. Nicht zu alt, verbesserte er sich. Noch nicht.

»Trotzdem«, sagte Voxlauer laut, »sie sieht alt aus.«

Der Gemüsegarten im Schatten der Schiefermauer lag unter einer dünnen Eisdecke. Von den Spalierlatten hingen knöcherne Weinranken vom vergangenen Jahr und raschelten in zäher Erbitterung, als er daran vorbeistreifte. Als er um die Ecke des Hauses bog, stand Maman auf der Veranda und erwartete ihn. »Komm nicht so spät zurück«, rief sie ihm zu. Er antwortete nicht, machte nur eine knappe Handbewegung in ihre Richtung und trat auf die Straße, an deren Rand noch Schnee lag.

Hinter dem Kanal führte die Straße in engen Kurven zu dem narbigen Granitbuckel hinauf, auf dem die Ruine emporragte. Die geschwärzten Mauern wirkten wie eine riesige Bühnenkulisse, düster romantisch und fragil, dahinter lag vor der Kälte geschützt die weite Ebene. Eine Leiter führte auf das Dach der verfallenen Sakristei; er stieg hinauf und blickte über das Land zu Füßen des Hügels.

Sankt Michael und der Marktplatz lagen leer und unbevölkert da, nur einige Autos und Lieferwagen standen ordentlich nebeneinander aufgereiht im Schnee, und ein paar Hunde trieben sich am Brunnen herum, der zum Schutz gegen den Frost mit Brettern verschlagen war. Der Niessener Hof und das Gasthaus der Familie Rindt standen einander gegenüber, getrennt durch die Bahnhofstraße. Diese war weitgehend unbeleuchtet. Ihm fiel auf, dass viele der Geschäfte, die es hier früher gegeben hatte, verschwunden waren. Ein Zug fuhr gerade ab. Jenseits der Gleise schloss sich an die Stadt mit ihren Gassen und Sträßchen eine Reihe von neueren Wohnhäusern mit großzügiger geschnittenen Grundstücken an, weiter draußen lagen die ersten kleinen Bauernhöfe. Er suchte nach dem Bach und fand die Stelle am Kanal, wo er sich verzweigte; er folgte seinem Lauf in den Garten, am Haus vorbei, wo noch Licht brannte, und wieder hinaus dann und immer an der Hauptstraße entlang zwischen den Weiden nach Süden. Dazwischen fuhr lautlos der Zug, die zwei Schlusslichter flackerten. Er wandte sich ab und kletterte die Leiter hinunter. Der Himmel war klar und kalt.

Der Richtschütze von der Nachbarstellung kam irgendwann herüber, um nach dem Feldwebel zu sehen. Er fragte mich, ob ich verwundet sei, und ich schüttelte den Kopf. Er schaute mich kurz an, dann sagte er, ich solle meinen Helm aufsetzen. Ich suchte ihn im Schnee, fand ihn aber nirgends. Er befahl mir, die Beine des Feldwebels zu nehmen, er selbst beugte sich steif über dessen Oberkörper, packte den Schaffellkragen seiner Jacke und wuchtete ihn hoch. Es klang, wie wenn Stoff zerreißt, als er den Feldwebel hochhob, eine kleine Lawine ging von der Brustwehr nieder, und gelblicher Schnee ergoss sich über unsere Stiefel. Stolpernd und rutschend schleppten wir die Leiche nach hinten; die Planken über die Gräben waren glitschig. Auf halber Strecke erschienen zwei Leute mit einer Trage und nahmen uns den Feldwebel ab. Wir waren in Rufweite der Zelte hinter der Linie, und ich wünschte mir sehnlich weiterzugehen. Wenn ich mich recht erinnere, brach ich hier in Tränen aus. Ich bebte und weinte hemmungslos und machte keinen Versuch, meinen Zustand zu verbergen. Mir wurde wieder schlecht, ich ging ein paar Schritte beiseite und sah den Männern mit der Trage nach, die sich zwischen den Bombentrichtern taumelnd auf die Zelte zubewegten. Der Richtschütze zupfte mich am Ärmel, und wir drehten uns um und machten uns auf den Weg den Hang hinauf zu den verlassenen Stellungen.

Als wir die Front erreichten, sahen wir gerade noch, wie die letzten Abteilungen den Kamm überquerten und verschwanden. Das Bataillon des Richtschützen war ohne ihn abmarschiert, und er bekam Angst, man könnte ihn für einen Deserteur halten. Ich hatte den Eindruck, dass die Offensive ein großer Erfolg gewesen war: nur ein kleiner Teil eines Bataillons war zurückgeblieben, um für den Transport der Geschütze nach vorn zu sorgen. Wir standen auf einer der Planken und sahen auf die leeren Gräben hinunter.

»Haben Sie eine Waffe?«, fragte der Richtschütze.

»Jawohl.«

»Und?«

»Bitte?«

»Ist die Ihnen in die Hose gerutscht, oder was? Wo, verdammt, ist Ihr Gewehr?«

»In der Stellung hatte ich's noch.«

Er fluchte. »Auf was warten Sie dann? Holen Sie's!«

Ich ging in die zerschossene Geschützstellung und suchte im Schnee und in den Trümmern mein Gewehr. Der Mörser war nicht mehr da, und ich fand auch sonst nichts. Ich setzte mich wieder auf den Boden neben den Haufen Geschosshülsen. Irgendwann stand ich wieder auf und schaute mich um. Der Richtschütze war nicht mehr da. Weit unten bewegte sich auf einem Pfad ein Trupp Maultiere, die mit Mörsern beladen waren. Ich sah ihnen zu, bis sie aus meinem Sichtfeld verschwanden, und starrte dann noch lange auf ferne Baumwipfel und dachte an gar nichts.

Die Nacht verbrachte ich in einem eingeschneiten Proviantzelt auf der anderen Seite der Front. Die Italiener hatten ihre Stellungen offenbar fluchtartig verlassen und kaum etwas mitgenommen. Zwi-

schen Kisten mit Mehl und Bohnen und Pökelfleisch lagen in zwei großen Haufen gesteppte Winteruniformen, schiefergrau, am Revers den venezianischen Löwen. Ich machte mir daraus eine Art Bett und schlüpfte darunter. All die Mäntel und Jacken waren schwer, und ich musste daran denken, wie es den Feldwebel in den Schnee gedrückt hatte; ich stellte mir die Gewalt der Explosion wie das Gewicht des Stoffhaufens vor, der auf mir lag, nur unendlich viel mächtiger und auf allen Seiten zugleich. Dann musste ich über mich selbst lachen, die Vorstellung, dass eine Lawine von Uniformen in dem Unterstand explodierte, war zu grotesk. Die Wirklichkeit sah anders aus. Eine Granate hatte eingeschlagen. Der Mann war überall verbrannt.
Der Schnee auf der Hangseite hatte das Zelt tief niedergedrückt. Wenn ich auf die Kisten stieg, konnte ich den Kopf aus einer Öffnung im Dach stecken und die Gegend überblicken. Der Himmel war weit und klar, und als die Nacht hereinbrach, leuchteten hinter den Zelten, zu denen sie die Leiche des Feldwebels gebracht hatten, Feuer auf. Ich sah sein schwarz verbranntes Gesicht voller Blut und Geifer vor mir und dachte: So werde ich ihn in Erinnerung behalten. Seine Familie und seine Freunde werden sich dies oder jenes vorstellen, wenn sie an ihn denken – ich sehe ihn so. Mir war schwindlig. Dass ich da war, als Wachmann starb, erschien mir nun plötzlich als ein Privileg, der Ausdruck seines Gesichts, der Anblick seines Körpers wie ein Geheimnis, in das nur ich eingeweiht war. Nur ich hatte es gesehen. Der Richtschütze hatte vielleicht etwas davon erfahren, aber ich hatte alles gesehen. Nur die Explosion nicht. Ich dachte wieder, jetzt nur noch vage, dass ich bei ihm hätte sein sollen, als die Granate einschlug. Flüchtig kam mir der Brief, den ich am Tag davor erhalten hatte, in den Sinn; Maman hatte mir darin mitgeteilt, was mit meinem Vater passiert war. Der Feuerschein, der dort unten auf den Zeltwänden spielte, war wunderschön, aber die Vorstellung, dass ich dorthin gehen könnte, war mir vollkommen fremd. Ein Pochen und Beben durchlief mich, so heftig, dass die Kisten, auf denen ich stand, ins Wanken gerieten, aber ich empfand es nicht als unangenehm, mir war nur schwindlig.

Nach einer Weile wurde mir kalt. Ich stieg hinunter ins Zelt und vergrub mich wieder unter den Uniformen, bis nur noch die Nasenspitze und die Augen hervorsahen. Ich lag ganz still und fantasierte, dass mitten in der Nacht die Italiener zurückkommen und mich entdecken würden. Ich dachte wieder an Wachmann, wie wir ihn hochgehoben hatten, an den Schnee, der an seinem Rücken gehaftet hatte wie Schweineborsten. Der Wind pfiff immer lauter, durch die Öffnung im Dach wurde ständig Schnee hereingetrieben. Schließlich schlief ich ein.

Als ich aufwachte, lag Schnee auf meinem Gesicht, aber mein ganzer Körper war warm – zum ersten Mal seit Wochen –, und ich fühlte mich vergessen und wohl. Ich stand auf und ging vors Zelt zum Pissen; es war schon spät am Morgen und blendend hell. Unterhalb des Hanges sah ich eine Gruppe von Männern im Kreis herumstehen und rauchen und reden. Sie trugen, so kam es mir zuerst vor, türkische Uniformen, aber als ich genauer hinsah, erkannte ich an der typischen Kopfbedeckung, dass es unsere Husaren waren. Ich holte meinen Rucksack aus dem Zelt und machte mich auf den Weg den steilen Hang hinunter. In dem tiefen Schnee zwischen den Felsen kam man nur langsam voran, ich brauchte lange für den Abstieg. Einmal fiel ich hin und riss mir ein Loch in meine Jacke. Als ich danach aus einer Gruppe von Kiefern ins Freie hinaustrat, krachte ein Schuss, aber ich konnte jetzt nicht mehr umkehren. Ich blickte auf und sah einen mit einem Flanellhemd bekleideten Mann: er wankte ein paar Schritte vorwärts und fiel dann mit dem Gesicht in den Schnee. Gleich darauf bemerkte mich der Mann, der geschossen hatte. Er befahl mir, mit erhobenen Händen herunterzukommen. Die anderen drehten sich jetzt zu mir um und sahen mir zu. Als ich das ebene Gelände erreichte, legte ich sehr behutsam meinen Rucksack ab und hob dann wieder die Hände. Ich hatte den Mann, der in den Schnee gefallen war, nicht deutlich sehen können, aber er war jedenfalls kein Italiener, und ich wusste, dass sie mich nicht zu den Zelten durchlassen würden.

Zwei Husaren kamen her, packten mich an den Armen und führten

mich in den Kreis. Sie fragten mich nach meinem Namen, nach meinem Bataillon und meinem Regiment, und ich gab Auskunft. Der Offizier mit der Pistole, ein Rittmeister, zeigte auf den Riss an der Schulter meiner Uniformjacke. »Wie ist das passiert?«, fragte er.
»Gerade eben, Herr Rittmeister. Ich bin hingefallen.«
»Wie haben Sie Ihr Bataillon verloren?«
»Während des Trommelfeuers, Herr Rittmeister. Ich war Ladeschütze in einer Mörserbatterie. Senfgas. Der Feldwebel ist gefallen.«
Der Rittmeister runzelte die Stirn. »Was für ein Feldwebel?«
»Feldwebel Wachmann, Herr Rittmeister. Von den Deutschen.«
»Sind Sie verwundet?«
»Nein, Herr Rittmeister.«
Einen Augenblick lang war es still. »Wie haben Sie Ihr Bataillon verloren?«, fragte der Rittmeister. Der Ton war immer noch sachlich, nüchtern. Mein linker Arm zitterte jetzt. Die anderen waren näher an mich herangerückt; ich sah den weißen Dunst ihres Atems hinter dem Rittmeister. Er stand vor mir wie ein Gymnasiallehrer vor seinem Schüler. Ich wollte ihm erzählen, wie das mit Wachmann und dem Richtschützen gewesen und was alles passiert war, aber in dem Moment wurde mir plötzlich bewusst, dass er die Pistole immer noch in der Hand hielt, und ich sah, dass der Ausdruck in seinem Gesicht sich verändert hatte. »Also, wie haben Sie Ihr Bataillon verloren?«, wiederholte er.
»Ich bin bei dem Feldwebel geblieben. Auf meinem Posten, Herr Rittmeister.«
Wieder war es still. Jemand kicherte leise.
»Erschießen Sie den Mann«, sagte der Rittmeister trocken und hielt mir seine Pistole hin.
Der Kreis öffnete sich, und ich sah einen Mann im Schnee knien. Er war bis auf die Unterwäsche ausgezogen. Tränen liefen über seine Wangen und sammelten sich in seinem Bart und in den Falten seines Gesichts. Ich stand ein paar Sekunden lang regungslos, wortlos da. »Wer ist das?«, fragte ich.
»Ein Deserteur«, sagte der Rittmeister. Einer von den Soldaten hin-

ter mir spuckte aus. Hinter meinen Augen gellte eine Stimme; es war nicht meine, und sie gehörte überhaupt keinem lebenden Wesen und war doch gleichwohl eine Stimme, so schrill und durchdringend wie der Ton einer Dampfpfeife. Alles um mich herum verschwamm. Ich trat einen halben Schritt zurück und spürte eine Hand an meinem Rücken. »Ich kenn dich«, sagte der Mann im Schnee und schaute zu mir auf.

Ich starrte ihn an. »Ich kenn dich«, wiederholte er. Er hatte zu weinen aufgehört und blickte mit weit geöffneten Augen auf mich oder auf etwas unmittelbar hinter mir. Den Bruchteil einer Sekunde lang dachte ich, dass er vielleicht gar nicht mit mir oder mit einem der Männer sprach, sondern zu Gott. »Ich kenn dich«, sagte er noch einmal und lächelte.

»Maul halten!«, schrie der Offizier. Es war ein schrilles, scharfes Kreischen wie das in meinem Kopf, das immer schlimmer wurde, und ich fuhr unwillkürlich zurück. Der Mann am Boden sah mich starr an und wiegte sich wie in Trance hin und her. Geifer klebte in seinem Bart und an seinen Lippen. Er streckte seine linke Hand zu mir empor, als erwartete er, dass ich ihm aufhülfe.

»Kennen Sie den Mann?«, fragte der Rittmeister und sah mir ins Gesicht.

»Nein, Herr Rittmeister«, sagte ich. Ich hob die Pistole und schoss.

Als er am Tor ankam, saß Maman immer noch so da wie vorher, als er fortgegangen war. Sie schrak hoch, als er die Stufen hinaufging. Erst jetzt erkannte er, dass sie geschlafen hatte. »Du kannst einen ganz schön erschrecken«, murmelte sie.

»Das wollte ich nicht. Tut mir Leid.«

»Ist schon gut.«

Er blieb eine Weile neben ihr stehen und schaute auf die Bäume.

»Führt der alte Ryslavy noch den Niessener Hof?«

»Nein. Alban ist letzten Winter gestorben. Pauli führt jetzt den Betrieb.«

»Pauli.«

»Er hat nach dir gefragt.«
»Wie geht's ihm?«
»Ganz gut. Hoffen wir, dass es so bleibt, Oskar.«
Er schwieg eine Weile. Dann fragte er: »Wann hat das überhaupt angefangen, ich meine: dass die Dinge hier anders geworden sind?«
Sie seufzte leise, es war kaum ein Geräusch, mehr ein Atmen mit enger Brust. »Bis jetzt ist eigentlich noch gar nichts passiert.«
»Aber du machst dir Sorgen um Pauli, oder nicht?«
Sie zuckte die Achseln. »Er hat eine Tochter.«
Er spähte zu dem Buckel hinüber. Er dachte an Pauli und den alten Ryslavy und an den Niessener Hof und an den Tisch, an dem er am liebsten gesessen hatte, und da wurde ihm auf einmal bewusst, wie alt er schon war. Selbst der Krieg schien ihm sehr weit weg.
»Ich habe deine Briefe gelesen, Maman. Ich habe nicht dran geglaubt, dass sich wirklich was verändert.« Sie sah ihn an, als er das sagte. Er konnte ihr Gesicht im Dunkeln nicht ausmachen, aber er merkte, dass sie ihm den Kopf zugewandt hatte. Er holte tief Luft.
»Es gab so viel übertriebenes Geschwätz um uns herum damals.« Er hielt inne. »Ich kann es nicht richtig erklären. Wir haben nicht viel erfahren, jedenfalls nichts Eindeutiges. Es gab Gerüchte. Ich wollte gern glauben, dass sich was verändert hatte. Wenn es wirklich anders geworden wäre, hätte ich zurückkommen können.« Er machte eine Pause. »Oder vielleicht wollte ich ja eher, dass sich nichts verändert. Könnte schon sein, ja.« Er lachte.
Sie sah ihn an. »Und was für einen Eindruck hast du jetzt?«
Er runzelte die Stirn. »Na ja, mir kommt's so vor, als sei alles beim Alten geblieben.«
»Es ist nicht beim Alten geblieben, Oskar.«
Er stand ganz nahe bei ihr, leicht nach vorn gebeugt. »Was ist mit Pauli?«, fragte er. »Hat er Ärger mit Rindt?«
»Mhm.«
»Rindt gehört zu den Nazis, oder?«

Sie gab keine Antwort.
»Dieser Drecksack.«
»Ja, Oskar.« Sie seufzte.
Er legte ihr die Hand auf die Schulter. Unter dem Stoff war wenig davon zu spüren, dass hier Leben war. Er fühlte, wie sie einatmete, eine leichte Bewegung der Knochen. »Und dass du weg warst all die Jahre, hat es mir nicht leichter gemacht«, sagte sie leise.
»Ich war krank, Maman. Und außerdem war ich verheiratet.«
»Wenn du's so nennen willst.«
Er nahm seine Hand weg und griff nach der Tür. »Jetzt komm mit rein ins Haus.«
»Noch eine Minute.«
»Na dann: noch eine Minute.« Er ging ins Wohnzimmer und schloss die Tür hinter sich. Sie blieb draußen sitzen, fest in ihre Decken gewickelt.

Bei genauerer Betrachtung erwies sich erst so recht, wie heruntergekommen das Gasthaus der Familie Rindt war. In einigen der Männer, die auf der überdachten Terrasse vor dem Haus in geflochtenen Sesseln fläzten, erkannte Voxlauer beim Vorbeigehen Trunkenbolde aus seiner Jugend wieder, und neben ihnen dösten etliche andere Säufer, die dem Aussehen nach ihre Söhne sein konnten, in der warmen Mittagssonne. Trockener Schnee wirbelte um die Tische. Viele der Fenster waren mit Brettern vernagelt. Im Eingangsbereich lagen Zementsäcke gestapelt, die an Sandsäcke vor einem Bunker denken ließen. Eine Frau im Dirndl stand in der Tür und beobachtete ihn. Er grüßte einen der Männer, an dessen Namen er sich erinnerte, und ging auf die andere Seite der Straße zum Niessener Hof.

Das Gebäude wirkte, verglichen mit seinem Gegenüber, einigermaßen gut erhalten, wenn auch einige Fenster in den oberen Stockwerken vernagelt waren und da und dort einzelne Dachplatten lose zu sein schienen. Die Fassade war vor nicht allzu langer Zeit frisch gestrichen worden, und als er eintrat, stellte er fest, dass das Haus innen in leidlich gutem Zustand war. Es herrschte nicht allzu viel Betrieb, aber ein paar Tische waren doch besetzt. Darum bemüht, möglichst wenig Aufsehen zu erregen, beugte er sich über den Schanktisch und fragte das Mädchen, das dort Bier zapfte, wo er Herrn Ryslavy finden könne. Sie wies mit einer trägen Handbewegung nach hinten. »In seinem Büro«, sagte sie.

In einem kleinen düsteren Raum neben der Küche saß Ryslavy mit dem Rücken zur Tür in einem alten Ledersessel und telefonierte mit lauter Stimme. Die Kammer war kaum ein Büro zu

nennen, überall standen Kisten mit Wein und Bierflaschen herum. Voxlauer wartete eine Weile in der Küche, endlich klopfte er vorsichtig an den Türrahmen. Ryslavy wandte sich um und sah ihn an, er murmelte eine Entschuldigung und legte den Hörer auf. Einige Sekunden lang betrachtete er Voxlauer und kratzte sein rundes stoppeliges Kinn, dann stand er auf. »Ich hatte einen Kosaken erwartet«, sagte er und trat einen Schritt vor.
»Du hättest mich gestern sehen sollen. Ich hab ausgesehen wie Dschingis Khan.«
»So ist es viel besser«, sagte Ryslavy lächelnd. Seine Zähne hatten die Farbe von gedunkeltem Kiefernholz. Er trat ruhelos von einem Fuß auf den anderen. »Man muss sich wenigstens darum bemühen, dass man nicht noch älter aussieht, als man ist.«
»Du hättest mich gestern sehen sollen.«
Der Boden war übersät mit Quittungen und Belegen in allen Farben, manche trugen noch den blauen Aufdruck »K & K« aus der Zeit der Monarchie. Eine Angelrute aus rot lackiertem Bambus hing in einer Ecke über einer Tasche aus olivgrünem Wachstuch. Es stank nach Pfeifenrauch und Stempelfarbe. Ryslavy stand einen Moment unschlüssig da, dann kam er hinter dem Schreibtisch hervor. »Damit du gewarnt bist: Ich habe in all der Zeit, in der du fort warst, nichts anderes getan, als fett zu werden. Wenn ich nicht grade angeln war.«
»Das eine schließt das andere nicht aus.«
»Und fortgepflanzt hab ich mich auch. Ich hab eine Tochter. Die schöne Emelia.«
»Maman hat es mir erzählt. Ich glaube, ich bin ihr bereits begegnet. Sie steht hinterm Tresen.«
»Ja.«
»Oder war das vielleicht die Dame des Hauses?«
Ryslavy schnitt eine Grimasse. »Die Dame des Hauses! Die ist mit einem Amerikaner durchgebrannt, vor zwei Jahren im April.«
»Mit einem Amerikaner?«
»So ein schmieriger Dreckskerl.«

»Das tut mir Leid.«
Ryslavy schwieg.
»Eigentlich tut's mir eher Leid, dass ich das verpasst hab.«
»Du kannst es glauben oder nicht«, sagte Ryslavy grinsend, »der war Baptist. Wie er im Buch steht. So eine Art Missionar. Wenn ich nicht schon vorher Atheist gewesen wäre, wäre ich's damals geworden.«

Sie setzten sich an einen Tisch in der Gaststube, tranken Bier aus Steinkrügen und schauten hinaus auf den Platz. Ryslavy stopfte umständlich seine Pfeife. Er schaute Voxlauer an. »Du siehst müde aus.«
»Bin ich auch. Ich bin dauernd müde.«
»Wie hieß sie mit Mädchennamen?«
»Rhyukina.« Voxlauer spielte nervös mit seinem Bierkrug. »Wir waren nie verheiratet.«
Ryslavy biss auf seiner Pfeife herum. »Natürlich hat mir das alles deine Mutter schon erzählt«, begann er bedächtig. »Ich hab mich in dieser Sache immer wie ein älterer Bruder von dir gefühlt. Und so fühl ich mich auch jetzt noch.«
»Ich weiß.«
»Du hast dir eine schwierige Zeit rausgesucht. Die Dinge sind kompliziert, vor allem für mich und Emelia.«
»Ich weiß. Aber ich hab es mir nicht ausgesucht.«
Sie saßen eine Weile schweigend da. Ryslavy zündete seine Pfeife an. »Brauchst du Geld?«
»Danke. Nein.«
»Wir würden dich liebend gern hier einstellen, wenn du das willst, jetzt, wo du rasiert und frisch gebadet bist.«
»Ich brauch kein Geld. Ich bin jetzt eine halbe Woche da und hab dieses Kaff schon wieder satt.«
»Das glaub ich dir nicht.«
»Na ja, ich kann jedenfalls hier nicht leben.«
Sie tranken von ihrem Bier. Ryslavy wurde ernst.

»Ich versteh dich nicht, Oskar. Deine Mutter …«

»Ich hatte gehofft, ich könnte irgendwo in der näheren Umgebung was finden. Als Senner auf einer Alm meinetwegen.«

»So dass du die Stadt gar nicht mehr betreten musst?«

»Nur um meine Mutter zu besuchen.«

Ryslavy lächelte. »Und der Rest der Bevölkerung? Wir können dir gestohlen bleiben, oder was?«

Voxlauer schaute zum Fenster hinaus auf die Terrasse vor der Kneipe von Rindt.

»Das ist auch eine Antwort«, sagte Ryslavy. »Ich hab's verstanden.« Er nahm einen Schluck Bier. »Man könnte meinen, du hättest dich verändert in all der Zeit. Das ist offensichtlich ein Irrtum.«

Voxlauer zuckte die Achseln. »Mir war diese Stadt nie besonders sympathisch, Pauli.«

»Aber die Leute, die hier leben, Oskar«, sagte Ryslavy vorwurfsvoll und stellte seinen Krug ab. »Die Menschen.«

»Ja, die Menschen. Mein Vater, meine Mutter. Mein Vater ist tot, das weißt du, und das wissen alle hier. Und die wissen auch sonst noch das eine oder andere von mir, soweit ich das mitkriege. Aber warum ich hier wegwollte und warum ich zurückgekommen bin, davon haben die nicht die leiseste Ahnung.« Er beugte sich vor und holte tief Luft.

»Natürlich nicht, Oskar. Ich wollte ja auch gar nicht sagen, dass du den Leuten was schuldig bist.«

»Und dir auch nicht. Oder ihr.«

»Nein.«

Voxlauer schloss die Augen. Das Atmen fiel ihm schwer wie immer, wenn er das Gefühl hatte, den Boden unter den Füßen zu verlieren. Er musste weg von hier, das wusste er, aber ihm wurde jetzt plötzlich klar, dass sie ihn vielleicht nicht weglassen würden, Maman und Pauli und die übrigen. Onkel Gustl, Irma Gratzer, Kati Milnitsch und alle möglichen anderen Leute. Er fühlte sich schwindlig und ließ langsam den einen Arm sinken, so dass er neben der Rückenlehne herunterhing. Er stellte sich vor, Rys-

lavy würde ihn gespannt beobachten, aber als er die Augen öffnete, schaute der andere gelassen zum Fenster hinaus und paffte seine Pfeife. Voxlauer schloss die Augen wieder. Nach einer Weile räusperte sich Ryslavy.
»Das mit deinem Vater tut mir Leid, Oskar.«
»Schon gut.«
»Ich hab gehört, du warst krank.«
»Ja.«
»Ich hab nie rauskriegen können, was es eigentlich war. Hat es mit dem Krieg zu tun?«
Voxlauer lächelte. »Ja. Es hat mit dem Krieg zu tun.«
»Und was hast du genau gehabt?«
»Das waren Anfälle.« Er kratzte sich am Hinterkopf. »Oder eher: es sind Anfälle.«
»Was für Anfälle?«
»Ich krieg keine Luft mehr und solche Geschichten. Manchmal sehe ich Bilder.«
Ryslavy runzelte die Stirn. »Was für Bilder? Aus dem Krieg?«
Voxlauer lächelte. »Katholisches Zeugs. Das würdest du sowieso nicht verstehen, Pauli.«
»Und wie ich das verstehe! Ich bin selber ein halber Katholik. Ich glaub treu und fest an den Alkohol. Frag deine papistischen Glaubensbrüder, das wird dir jeder bestätigen.«
»Ich rede nicht gern darüber.«
»Hm«, machte Ryslavy. Sie saßen eine Weile schweigend da.
»Ist es mit der Zeit besser geworden?«, fragte Ryslavy endlich.
Voxlauer vergrub die Hände in den Hosentaschen und beugte den Oberkörper nach vorn, die Fußspitzen unter dem Tisch eng aneinander gedrückt. Draußen auf dem Platz fiel dünner, trockener Schnee. »Ich dachte, es wäre besser geworden«, sagte er.

Am Abend tranken sie und spielten Tarock und aßen Koteletts und Semmelknödel, die in gewaltigen Mengen aufgetragen wurden. Das Mädchen räumte den Tisch ab, dann setzte sie sich zu

ihnen und spielte ein paar Runden mit. »Emelia, das ist dein alter Onkel Oskar«, sagte Ryslavy. »Oskar, das ist Emelia.«
»Freut mich, Onkel Oskar«, sagte das Mädchen lächelnd und sah in ihre Karten.
Später stand sie vom Tisch auf und brachte ein Tablett mit Schinken und geräucherten Forellenfilets. Sie aßen den Fisch auf kleinen Stückchen Brot mit ein bisschen Butter darauf.
»Ah, das war köstlich«, seufzte Voxlauer und lehnte sich zurück.
»Fisch will schwimmen, heißt es«, sagte Ryslavy und holte eine schlanke Flasche unter dem Tisch hervor. Er goss den Wein in zwei langstielige Gläser und fuhr dann fort mit seinen Erläuterungen über Grundforelle und Bachforelle und über die feinen Unterschiede zwischen ihnen, lebendig wie auch im Kochtopf. Er erzählte, dass er die Teiche in dem Tal oberhalb vom Holzerkreuz gepachtet hatte und dort Forellen züchtete und dass er, nachdem sich herumgesprochen hatte, dass das etwas ganz Besonderes war, gezwungen gewesen war, einen Rentner zu engagieren, der dort oben wohnte und aufpasste. Aber der alte Mann hatte getrunken und war schließlich zu nichts mehr zu gebrauchen, und den letzten Winter seines Lebens brachte er hauptsächlich drüben bei Rindt zu, wo er sich einfach auf der Bank ausstreckte, wenn er genug hatte. Voxlauer hörte geduldig und interessiert zu.
»Im Oktober erwischten wir dann drei junge Burschen auf dem Boot von dem alten Saufloch, die mit seiner Schrotflinte Forellen gewildert haben.«
»Und was ist aus ihm geworden?«
»Wir haben ihn im Januar in einer Schneewehe gefunden. Er hatte nichts als seinen Mantel und lange Unterhosen an. Die Tochter kassiert immer noch seine Rente. Das ist vielleicht eine«, sagte Ryslavy und grinste.
»Was soll das heißen?«, fragte Voxlauer.
»Komische Sache. War Lehrerin in Niessen. Sieht ein bisschen jüdisch aus. Pikanterweise – weißt du, der alte Säufer war sein

Leben lang ein Judenhasser wie nur je einer. Er hat Papa inbrünstig verabscheut. Das hat ihn freilich nicht daran gehindert, für ihn zu arbeiten, um ein bisschen was nebenbei zu verdienen, zum Versaufen, ist ja klar.«
»Klar.«
Ryslavy grinste. »Na jedenfalls, die hat was.«
»Ohne Zweifel. Und was ist mit der Hütte, in der er gewohnt hat?«
Ryslavy zuckte die Achseln. »Ein Raum mit einem Dach drüber. Einen Kamin gibt's auch.«
»Wo ist die genau?«
»Bei dem unteren Weiher. Gleich neben dem Zufluss gibt es ein Stück Sumpfwiese, weißt du noch?«
»Ja, so ungefähr weiß ich's jetzt wieder.«
»Na ja, und da steht die Hütte.«
»Da steht sie? Na, dann nehm ich sie doch«, sagte Voxlauer. »Du hast mich überredet.«
Ryslavy schaute ihn verunsichert an. »Wie bitte?«
»Danke, Pauli«, sagte Voxlauer. »Ich nehm sie.« Er ignorierte die Einwände seines verdutzten Freundes und blieb mit einer rabiaten Entschiedenheit bei seinem Entschluss, die selbst die Tochter überraschte, als sie dazukam. Sie blieb an der Tür stehen, in der Hand ein Tablett mit kandierten Birnen, und beobachtete die Szene.
»Mir hat er denselben Wunsch abgeschlagen«, sagte sie beleidigt.

Maman zeigte sich kaum überrascht, als er es ihr erzählte. Sie sah ihn nicht an, blickte über seine Schulter in den dämmrigen Himmel über der Ruine. »Mehr als eine Woche zu erwarten, war wohl nicht realistisch«, sagte sie.
»Ich geh doch nur bis zu den Teichen, Maman. Ich muss meinen Lebensunterhalt verdienen.«
Sie lächelte. »Wir werden dich hier unten nicht mehr zu sehen kriegen. Allenfalls einmal die Woche.«
»Ich muss meinen Lebensunterhalt verdienen«, wiederholte er.

Sie deckte schon den Tisch fürs Abendessen. »Gustl kommt heute Abend«, sagte sie heiter.

Gustl kam pünktlich um sieben mit dem Fahrrad. Voxlauer hörte ihn durch die offene Wohnzimmertür vor sich hin schimpfen und trat auf die Veranda hinaus. »Grüß dich, Onkel Gustl«, rief er. Gustl winkte ihm flüchtig zu. Er war gerade dabei, aus einer karierten Packtasche eine dreckverkrustete Kette zu kramen. Er fluchte halblaut und spuckte auf den Kies.

»Horch! Der Bolschewik! Wart nur, bis ich dich in die Finger krieg, mein Lieber.«

»Hier braucht man doch keine Kette, Onkel Gustl.«

»Unsichere Zeiten, Oskar, glaub mir.« Gustl ließ das kleine Vorhängeschloss zuschnappen, steckte den Schlüssel ins Hutband und nickte. Er lugte hinauf zur Veranda. »Wo hast du deinen berüchtigten Bart gelassen?«

»Den lass ich jetzt nach innen wachsen.«

»Aha.«

»Maman, Gustl ist da.«

»Ich hab ihn schon gehört«, sagte sie und kam heraus auf die Treppe. »Sag ihm, er soll bei Gottschak ein paar Flaschen Bier holen.«

»Hab ich schon, Dora«, sagte Gustl und lachte.

Sie saßen am Wohnzimmertisch, auf dem eine weiße Tischdecke lag, und aßen Nudeln und Kohl und Salzkartoffeln und bittere Erbsen aus der Dose in verwässerter Butter. Immer wieder trat Maman ihn unter dem Tisch ans Schienbein.

»Ah, jetzt versteh ich, was du meinst, Onkel Gustl.«

»Tatsächlich? In den letzten paar Jahren hat sich einiges getan. Dem kleinen Mann hilft das natürlich überhaupt nichts.«

»Dir hat's also jedenfalls nichts geholfen.«

»Nicht die Bohne. Der Jude nimmt mir mein Getreide ab wie vorher auch.«

»Wenn du Glück hast, Gustl«, sagte Maman.
Gustl wandte verdrossen den Kopf. »Glück oder nicht, meine Liebe, darauf kommt's nicht an. Ich hab fünfunddreißig Jahre lang darum gebettelt, dass man mir einen anständigen Preis zahlt, und jedes Mal eins auf den Sack gekriegt, und da war von Glück nie die Rede.«
Voxlauer lächelte. »Aua! Wie fühlt sich das an, Onkel Gustl?«
»Jetzt reiz ihn doch nicht noch, Oskar.«
»Ich sag ja nur. Für mich klingt das durch und durch nach Pech.«
Gustl legte die Gabel hin. »War das vielleicht Pech, dass der Jude dieses Land erobert hat? Nicht mit Waffengewalt, sondern klammheimlich. Dass der Schmarotzer mit seinen dunklen Machenschaften unermüdlich darauf hingearbeitet hat, die Früchte der deutschen Scholle an sich zu reißen? O nein.« Gustl räusperte sich, legte eine rhetorische Kunstpause ein und begann von neuem. »War es vielleicht Pech, dass er – entschuldige, Oskar – den Bolschewismus nach Europa eingeschleppt hat? Ganz bestimmt nicht. Das war vielmehr der Erfolg tausendjähriger intriganter Wühlarbeit. Du kannst ja vielleicht nichts dafür, dass du es nicht besser weißt.« Hoheitsvoll führte er seine Gabel zum Mund.
Maman richtete sich im Stuhl auf, dass die Lehne knackte. »Um Himmels willen, Gustl, du redest ja daher wie der Schönerer persönlich. Überhaupt: was geht uns die deutsche Scholle an?«
Gustl blickte sie, dann ihn an, die Augen weit aufgerissen und voller Mitleid. »Ich weiß nicht, wer von euch beiden weiter hinter dem Mond lebt«, sagte er nach einer Weile.

Am nächsten Morgen kam sie dazu, wie er gerade mit einem altersschwachen Rechen den harten ebenen Boden um die Linden herum bearbeitete. Das ganze Unkraut und Gestrüpp, das zwischen den Bäumen gewuchert hatte, lag etwas abseits in einem Haufen da, den er mit Steinen aus dem Bach beschwert hatte.
»Was willst du mit dem Haufen da machen?«, fragte sie.

»Ich weiß nicht«, sagte Voxlauer.
»Wann gehst du fort?«
»Ich weiß noch nicht.«
Sie stand eine Weile neben ihm, regungslos und schweigend. Sie sah ihn nicht an, schaute aber auch nicht weg. »Wirklich nicht?«, fragte sie leise.
»Morgen«, sagte Voxlauer.

Die ersten Sonnenstrahlen fielen auf die Veranda, als er seine Sachen packte. Er fragte sie, ob er ein paar Bücher aus dem Wohnzimmer mitnehmen dürfe, damit er an den Abenden was zu lesen habe. Er nahm ein altes Tierlexikon mit, ein Bestimmungsbuch zur Identifizierung von Schmetterlingen und Nachtfaltern und einen schon ziemlich brüchigen Leinenband mit *Ausgewählten Werken* von Goethe. Er schlug die Bücher in Wachspapier ein, nahm die Lebensmittel, die sie für ihn gekauft hatte, legte seine Wäsche zusammen und einen Regenmantel aus grünem Wachstuch dazu und verstaute alles in seinem Rucksack. Er fragte, ob er einige von den Fotografien haben könne. Sie runzelte die Stirn. »Ich kann mir nicht vorstellen, wofür du die brauchst«, sagte sie. Dafür brachte sie ihm zwei dicke Wollpullover mit Zopfmuster, die seinem Vater gehört hatten, und eine grüne Filzkappe. »Hat er dir wenigstens erlaubt, Fische zu fangen?«
»So viel ich will.«
»Papas Angelrute ist oben auf dem Dachboden.«
»Die brauche ich nicht.«
»Na gut«, sagte sie.
»Ja.«
»Ich hoffe doch, du rasierst dich, wenn du in die Stadt kommst.«
»Dann brauch ich aber noch Papas Rasiermesser.«
Sie ging in die Küche und holte das Messer und den Rasierpinsel. Einen Moment lang wirkte sie verjüngt, als sie auf die Veranda hinaustrat. Er erinnerte sich an ihr Gesicht an dem Tag, als er fortfuhr an die Isonzofront, und ihm wurde plötzlich bewusst, dass

er ungefähr so alt war wie sie damals. Sie wich seinem Blick aus. »Ich weiß nicht, was ich erwartet hatte«, sagte sie. »Aber das nicht. Bestimmt nicht.«

»Es gibt jetzt eine Straße, hat Pauli gesagt. Von Pergau aus. Du könntest ja mal Irma fragen, ob sie dich fährt.«

»Werner braucht sein Auto im Geschäft.«

»Maman.«

»Du hast ja Recht.« Sie lächelte und küsste ihn auf die Wange. Er hatte sich zu ihr hinabgebeugt. Er spürte ihre trockenen Lippen und ihre zerknitterte Haut, die sich an sein Gesicht schmiegte. Dann trat er von ihr weg, schulterte sein Gepäck und ging fort.

Er hatte im Niessener Hof gefrühstückt und den Schlüssel abgeholt und war dann zusammen mit Ryslavy, der ihn ein Stück begleitete, aufgebrochen. Sie gingen am alten Schulhaus vorbei. »Ein Jagdgewehr und eine Schrotflinte stehen in dem Schrank neben dem Ofen«, sagte Ryslavy. »Die wirst du erst mal reinigen müssen. Öl und eine Schachtel mit vierzig Patronen findest du in irgendeiner von den Schubladen. Wenn ich mich recht erinnere, ist auch noch eine Dose mit loser Munition da.«

»Dann kann ich mir meine Fische ja auch schießen«, sagte Voxlauer.

»Nimm lieber die Angel, Oskar. Sei so nett. Am Bach, wo das Wasser schnell fließt, sind die grünen Fliegen am besten. Wo wenig Strömung ist, brauchst du was Schwereres. Da kannst du die orangefarbenen nehmen.«

»Jetzt fang bloß nicht an, mich zu bemuttern, Pauli. Bloß das nicht.«

»Ich komm dich besuchen«, sagte Ryslavy. »Nächste Woche.« Er klopfte Voxlauer zum Abschied auf die Schulter und winkte ihm nach bis zu der Stelle, wo der Weg hinter den letzten verlassenen Scheunen in einer Biegung verschwand. Voxlauer konnte nicht umhin zu bemerken, dass er, wie er da stand und winkte, erleichtert wirkte.

Das Tal war mehr eine hoch gelegene feuchte Senke zwischen den Kuppen der Birker Berge im Norden und einem Halbrund aus gelben Felswänden, die im Südwesten und Westen aufragten. Zu seinem oberen Ende gelangte man über eine bewaldete Passhöhe oberhalb einer schindelgedeckten Kapelle, die auf dem Land des alten Holzerhofs stand. Von da fiel das Tal in sanftem Bogen zu Füßen der schroffen Felsen ab. Die steilen Hänge auf beiden Seiten waren dicht bewaldet, aber an den Ufern des Bachs, der unterhalb der Passhöhe entsprang, entwickelte sich im Sommer eine üppig wuchernde Wiesenvegetation, die Unmengen von Schmetterlingen anlockte. Als Bub hatte er Stunden an den Teichen zugebracht und, ausgerüstet mit Netz und Dose, Schlankjungfern gejagt, die dicht über dem Wasser schwebten, um im nächsten Augenblick, so jäh, dass die Augen nichts wahrnahmen als ein kupfernes Aufblitzen, zu verschwinden. Er hatte konzentriert auf eine Stelle gestarrt, bis wieder eine Libelle vorbeikam, metallisch changierend im schräg einfallenden Licht, und das Spiel hatte von neuem begonnen.

Nachdem er eine Stunde lang durch den Nadelwald unterhalb der Kapelle aufgestiegen war, gelangte er auf die mit Bauschutt befestigte Straße, die zum Holzerhof führte. Ein Stück weiter lag die Zufahrt zum Tal kahl und frei von Schnee unter dem stumpf weißen Himmel. Die Straße zu den Fischteichen zweigte nach links ab und lief in einem Bogen an einer dichten Kiefernschonung entlang. Er ging geradeaus, vorbei an der baufälligen Kapelle, auf ein Haus zu, aus dessen Schornstein Rauch aufstieg. Er

ließ seinen Rucksack am Gartentor stehen und rief einen Gruß zum Haus hinauf.
Eine in Tracht gekleidete Frau erschien in der Tür und lud ihn ein, näher zu kommen. Sie nickte ihm zu, als er die Eingangsstufen hinaufstieg, und führte ihn schweigend in einen Vorraum. Ihr Haar war nach hinten gekämmt und zu einem dunkel silbernen Dutt aufgesteckt. Um die Schultern trug sie ein Wolltuch. Sie könnte Annas Mutter sein, dachte Voxlauer. Nüchtern und freundlich. Wahrscheinlich sehen die alten Bäuerinnen überall auf der Welt gleich aus. Maman ist ganz anders, das sieht man sofort, sogar jetzt noch, wo sie alt ist. »Entschuldigen Sie die Störung«, sagte er und verbeugte sich leicht.
»Ach«, antwortete die Frau. Sie nahm ihm den Mantel ab und führte ihn in die Küche. »Kommen Sie nur herein ins Warme, junger Herr.«
»Oskar Voxlauer«, sagte Voxlauer freundlich lächelnd mit einer Verbeugung.
»Ich heiße Annemarie Holzer. Setzen Sie sich und ruhen Sie ein bisschen aus, Herr Voxlauer.«
»Danke. Ich ziehe jetzt in Paul Ryslavys Hütte, um bei den Fischteichen nach dem Rechten zu sehen«, sagte er und setzte sich an den Tisch beim Fenster.
»Ich weiß. Herr Ryslavy hatte heute früh angerufen.«
»Sie haben hier Telefon?«
»Wir sind schließlich nicht in Russland«, sagte die Frau lächelnd.
»Da haben Sie Recht. Tja, ich dachte, ich könnte bei Ihnen ein Stück Speck kaufen oder auch Würste.«
»Wir haben geräucherten Speck und Schinken. Vielleicht wollen Sie auch frischen Rahm?«
»Danke, ja. Das wäre sehr freundlich.«
Sie brachte Rauchfleisch und einen Krug mit Rahm. Dann goss sie aus einer blau emaillierten Milchkanne Milch in einen Becher, maß ein kleines Quantum Schnaps ab, mischte es dazu und stellte die Flasche ab. Die Milch war noch kuhwarm, und am Rand des

Bechers setzte sich eine feine gelbe Schliere Rahm ab. Der Schnaps verlieh der Milch einen rosa durchsichtigen Schmelz wie Feuerschein auf einer Schneewehe. Sie goss sich selbst auch eine Tasse voll ein.

»Prost«, sagte er und erhob seinen Becher.

»Prost.«

Aus einem Stück Papier wickelte sie einen Kanten Schwarzbrot und ein Stück dunkel geräucherten Speck. Sie schnitt von dem Speck lange glänzende Streifen ab, so dünn, dass das Licht durchschimmerte, und legte je zwei davon auf dicke Scheiben Brot. »Mahlzeit«, sagte sie. Voxlauer dankte. Der Speck war wunderbar, gerade richtig salzig und harmonierte großartig mit dem Schnaps. Sie aßen schweigend und sahen zu, wie das Licht über den Baumspitzen und den Dächern der fernen Stadt dort unten golden aufflammte und verdämmerte.

»Das war gescheit vom alten Ryslavy, dass er Land gekauft hat«, sagte die Frau nach einer Weile. »Mit Holz lässt sich immer noch Geld verdienen. Es ist fast das Einzige heutzutage, was sicher ist.« Sie füllte seinen leeren Becher.

»Na ja, der Niessener Hof ist schließlich auch noch da.«

»Man wird sehen, wie weit er damit kommt«, sagte die Frau. Er schaute sie an. Sie sah aus wie jemand, der es aufgegeben hatte, sich über anderer Leute Sorgen den Kopf zu zerbrechen, aber noch nicht lange. Er hatte immer noch das Gefühl, dass sie ihn an irgendjemanden erinnerte, aber er dachte jetzt nicht an Annas Mutter, es war jemand anders. Vielleicht eine Tante. Er fühlte sich sehr jung, wie er hier in dieser Küche saß und Milch mit Schnaps trank. Sie blickte zum Fenster hinaus, ein Lächeln spielte um ihre Lippen. »Alle möglichen Leute ziehen jetzt auf den Berg. Die Gegend ist schon richtig bevölkert.«

»Was meinen Sie damit?«

»Na ja, da ist erstens mal diese Kolonie drunten in Pergau. Eisbaden und Freikörperkultur und solche Sachen.« Sie schüttelte den Kopf. »Und dann all die Leute, die zum Angeln raufkommen.«

Voxlauer lachte. »Was ist das da in Pergau? Zurück zur Natur oder so was in der Art?«
Die Frau verdrehte die Augen. »Das weiß der Himmel, Herr Voxlauer. Wir armen Trottel kennen nur Tratsch.«
»Und sonst?«
»Na, die Schullehrerin auch. Die wohnt auf dem Pergauer Sattel.«
»Pergau ist immerhin ein gutes Stück weit weg.«
»Ja, sollte man meinen.« Die Frau lachte. »Aber diese Freikörpermenschen sind große Bergwanderer.«
Sie saßen noch eine Weile in der dämmrigen Stube und redeten über die Kolonie und eine ähnliche Gemeinschaft drunten in Villach. Einige von denen waren letzten Herbst von der Polizei festgenommen worden, nachdem sie, nur mit Feigenblättern und Winterpantoffeln bekleidet, im Stadtpark aufmarschiert waren. Beide redeten sie über ihre Familien und entdeckten, dass sie väterlicherseits entfernt miteinander verwandt waren. Voxlauer bezahlte die Sahne und den Speck und wollte ihr auch für den Schnaps Geld geben, aber sie nahm es nicht an. Draußen am Hang schwand langsam das letzte Tageslicht. Sie ging hinaus und kam mit einer Paraffinlampe zurück. Sie zündete sie an und stellte sie auf den Tisch.
»Sie gehen jetzt besser«, sagte sie. »Meine Söhne kommen bald heim, und dann gibt es Ärger. Die mögen Ryslavy nicht.«
»Warum?«
Die Frau beugte sich vor und deutete pantomimisch eine krumme Nase an. Sie zuckte die Achseln.
»Ach so«, sagte Voxlauer. Er dankte ihr für die Gastfreundschaft und ging.

Als er auf der anderen Seite von der Passhöhe abstieg, war es dunkel. Es nieselte, und gelblicher Dunst stieg vom Straßengraben auf. Die Straße lief zwischen eingezäunten Weiden dahin, die jetzt im Winter nicht genutzt wurden, und dann durch eine zweite Schonung. Das Land jenseits davon gehörte Ryslavy; drei Bienenkästen, die am Waldrand standen, bezeichneten die Grenze.

Die Kästen waren früher rot, grün und orange gestrichen gewesen, aber auf dem verwitterten Holz hafteten nur mehr spärliche Farbreste. Innen sahen die Kästen aus wie Schränke mit vier Fächern, die oberen zwei waren dicht mit Waben zugebaut. Einige vereinzelte Bienen krabbelten träge umher. Voxlauer kratzte mit dem Daumennagel an einer der Wabenkammern und brachte ein längliches grau-braunes Stückchen Honig daraus hervor.
Als er um die letzte Biegung oberhalb der Teiche kam, stieg ihm ganz fein der Geruch von Holzfeuer in die Nase, und er sah an einer Stelle schwach die Lichter von Pergau blinken. Die Straße fiel unvermittelt ab in eine dicht bewaldete Senke und führte nach kurzer Strecke ebenso übergangslos ins Freie und am zugefrorenen Wasser entlang. Über dem Eis lag eine dünne Schicht Neuschnee, der im diffusen Licht der Sterne milchig schimmerte. Der Schnee dämpfte das Geräusch seiner Schritte, als er zwischen den niedrigen Bäumen dahinging. Am unteren Ende des Teichs sah er einen Kahn am Ufer vertäut. Er war eingefroren und im Dunkeln unter seiner schneebedeckten Plane kaum zu erkennen. Das Eis war hier schwarz und blank. Man sah die kieselsteingroßen Luftblasen, die sich durchs Eis zogen wie Schwärme von kleinen Fischen. Er rüttelte am Boot, trat an die Bordwand, aber es rührte sich nicht.
Eine Reihe von kleinen Wasserfällen bezeichnete den Lauf des Bachs zum unteren Teich. Die Straße führte in drei scharfen Kurven am steilen Südufer entlang und über eine Holzbrücke zur flacheren Nordseite hinüber. Am Rand des Uferstreifens beim Einlauf des Teichs stand die Hütte. Sie zeichnete sich grau schimmernd im Dunkel vor den hohen Bäumen ab, die Fenster in der weiß verputzten Mauer wirkten wie leere Augenhöhlen. Eines von zwei schweren Fässern vor der Tür war umgestürzt, leere Konservendosen und Zeitungspapier ergossen sich fächerförmig über den Schnee. Fuchs- und Wieselspuren liefen aus allen Richtungen darauf zu, scharf gezeichnet wie auf einem Filmnegativ. Voxlauer stellte das Fass wieder auf und rückte es auf die Seite,

dann holte er den Schlüssel aus der Tasche und steckte ihn in das rostige Schloss. Er musste einige Kraft anwenden, um die Tür zu öffnen, die Angeln knarrten laut. Ein saurer Geruch von Schweiß und Rauch schlug ihm entgegen, als er eintrat und die Tür hinter sich schloss.

Der Raum war feucht und niedrig. Ein Kachelofen in der Mitte teilte ihn in zwei Hälften. Voxlauer setzte seinen Rucksack auf der Ofenbank ab und tastete im Dunkeln nach Streichhölzern.
Er fand eine Petroleumlampe, hielt sie schräg, bis er das Öl am Docht deutlich roch, dann machte er Licht und ging daran, die Hütte in Augenschein zu nehmen.
Links vom Ofen stand vor einem schießschartenartigen Fenster ein Tisch an der buckligen Wand. Ein Stuhl lag dabei, es sah aus, als hätte ihn jemand, der hastig vom Tisch aufstand, nach hinten umgestoßen. In einer Ecke stand ein Gewehrschrank mit offener Tür. Auf der anderen Seite des Ofens bildete der Raum eine Nische. Er ging hinüber und betrachtete sie näher. Da lag ein Strohsack, auf dem noch deutlich, wie ein Daumenabdruck in einem Klumpen Kitt, die Umrisse eines kleinen zusammengekrümmten Körpers zu erkennen waren. Die Kuhle am Kopfende war mit silbernen Haaren übersät. Die Wolldecken, die in einem Haufen beisammen lagen, dünsteten einen widerlichen Uringeruch aus. Er trug sie zum Schrank und stopfte sie hinein. Auch an den Decken klebten überall Haare, kurz und drahtig wie von einem Terrier.
Mit einiger Anstrengung wuchtete er die Matratze aus dem Bettgestell und klopfte sie mit einem Schüreisen, das er gefunden hatte, um den Körperabdruck zum Verschwinden zu bringen. Eine Wolke von Stroh und Staub und Haaren erfüllte den Raum. Der Form der Kuhle nach zu urteilen, war der alte Mann sehr schmächtig und bucklig gewesen. Voxlauer stellte sich vor, wie er hier gelegen hatte, eingehüllt in Decken, und wie sein regelmäßi-

ges Schnarchen den Raum erfüllt hatte. Bald werde ich auch so sein, dachte er. Aber mit weißen Haaren. Père war nahe dran damals, als ich fortfuhr. Ein Brief kam ihm in den Sinn, der letzte, den sie ihm gemeinsam an die Front geschrieben hatten: Maman wird immer zänkischer. Sie sieht mich jetzt finster an, aber es ist nun einmal wahr. Wir sind beide vor lauter Kummer ganz senil geworden. Kann es denn wirklich an der Front so schlimm um uns stehen, wie Du sagst? Das quält mich sehr. Es ist verständlich, wenn Du so empfindest, aber Du darfst doch niemals daran zweifeln, dass am Ende unser Kaiser siegen wird. Es wäre schrecklich, Oskar, den Glauben daran zu verlieren, Du darfst ihn nicht verlieren! Die Deutschen haben in ihrem Hochmut und ihrer mystischen Begeisterung für den Heldentod diesen grauenhaften Krieg angefangen, und wir werden ihn mit Gottes Hilfe für sie zu Ende bringen. Ich wünsche mir nichts sehnlicher, als dass ich zusammen mit Euch im Bunker sitzen dürfte, aber ich weiß, Du bist kein Feigling und wirst Deine Pflicht tun, so schwer es auch sein mag, und wirst schon bald zu uns zurückkommen. Lieber Oskar, ich vermisse Dich mehr, als ich sagen kann. Bitte schreibe mir nur das Gute – ich kann das andere einfach nicht aushalten. Das war alles. Und dann in ihrer Handschrift: Zieh den Kopf ein im Graben. Irmas Leo ist letzten Samstag nördlich von Udine gefallen. Eine Kugel hat ihn getroffen, als er sich eine Zigarette anzündete. Père hat wieder Mut gefasst. Je t'aime, mon petit soldat! Maman.

Er ging zur Tür und öffnete sie, blieb einen Moment stehen und atmete tief die kalte Luft ein, dann schob er einen Keil unter die Tür, damit sie nicht zufiel, und ging zurück zum Bett. Er saß eine Weile im Halbdunkel da und murmelte vor sich hin.

Er fühlte sich verbraucht und ausgelaugt, unendlich alt. Älter, als Père je gewesen war. Er saß reglos da. »Nicht ganz, Oskar«, sagte er laut in die Stille hinein. »Ein paar Jahre sind's noch.« Er blickte sich in dem Raum um. Ich werde diese Fehler nicht machen, dachte er. Keine Kinder. Keine Frau. Ich könnte es jetzt gleich tun. Niemand würde um mich weinen.

Außer Maman, dachte er plötzlich. Außer ihr. Er stellte sie sich vor wie damals vor zwanzig Jahren, als er jenen hysterisch hingekritzelten Brief bekommen hatte: wie sie dastand in ihrem schwarzen Seidenkostüm, verschleiert, über ihr ein bleicher Himmel, taub für die verlogenen Tröstungen, die der Pfarrer mit dünner Vogelstimme vortrug, hinter ihr dicht gedrängt ganz Niessen, wie sie nur starr auf die lang gestreckte Grube im Gras blickte. War es das, was sie nun von ihm erwartete? Er atmete tief durch und dachte an Anna. Sie hatte sich Gedanken um ihn gemacht, hatte eine Zeit lang damit gerechnet, nachdem er ihr von Père erzählt hatte.
In gewissem Sinn habe ich es bereits getan, dachte er. Nicht so wie Père, noch schlimmer: Ich habe es zweimal getan. Mich selbst aus der Welt geschafft. Das Bild des zerknitterten, von Schnee durchnässten Briefs erschien vor seinen Augen, und er sah sich selbst auf einer feuchten Militärdecke liegen am Tag vor Beginn der zwölften Offensive, wie er ihren Brief las und spürte, wie es mit unausweichlicher Notwendigkeit auf ihn zukam: Er hat das Abscheulichste getan, so hassenswert und egoistisch wie nichts sonst. Das Allerschlimmste, das Einzige, was noch übrig war, mein lieber Kleiner … Und so immer weiter in sinnlosem Leerlauf. Sie ersparte ihm nichts, bis ins letzte Detail beschrieb sie ihm jenen Tag, wie die Papiere auf dem Tisch angeordnet waren und wie der Stuhl mit der geflochtenen Lehne nach hinten umgestoßen dalag, das umgekippte Tintenfass. Und er dachte zuerst: Sie macht Literatur draus, sogar daraus noch. Der Junge in dem Bett über ihm hatte sich herausgelehnt und neugierig zu ihm hinuntergesehen.
»Was ist los, Voxlauer?«
Er hatte sich nicht bewegt, nichts gesagt, er hatte nur schwach keuchend geatmet, ein Geräusch, wie wenn eine Bürste über einen Lederriemen streicht:
»Ahhh. Ahh.«
»Voxlauer? He?«
»Was?«

»Du machst so ein komisches Geräusch.«

»Ja.«

»Was ist los?«

»Mein Vater.«

»Was?«

»Er hat sich erschossen. Ahh. Er hat sich erschossen, hörst du?«

Dann ein tiefes Schweigen, das alles einhüllte.

»Oskar?«

»Ahhh«, sagte Voxlauer laut und hörte zu, wie das Geräusch in der Kälte verhallte.

Er stand auf und klopfte den Strohsack mit dem Schüreisen, bis der Geruch ihm fast den Atem nahm. Er ging zur Tür, um frische Luft zu schöpfen, und machte dann weiter. Als er fertig war, hängte er die Lampe an einen Haken über der Tür, ging hinaus zum Holzstoß und holte sechs große Scheite und einen Arm voll Reisig zum Anzünden. Unter der Ofenbank fand er einen Besen und ein Kehrblech; er fegte das lose Stroh zusammen und warf es in den Ofen. Auf dem Rost lag dick weiße Asche, aber er brachte nicht mehr die Energie auf, sie herauszuräumen. Er schichtete Reisig und Brennholz auf, machte Feuer und öffnete die Lüftungsklappen. Dann breitete er seinen Mantel über die übelriechende Matratze und legte sich schlafen.

Am Abend gaben mir die Husaren einen Mantel und eine Filzdecke und ließen mich mit ihnen am Feuer sitzen. Die Bilder von meinem Vater, so wie ich ihn mir vorstellte, und von dem Feldwebel und dem Deserteur flossen ineinander und trennten sich wieder, bis ich schließlich an keinen von ihnen mehr denken konnte, ohne dass hinter ihm die beiden anderen erschienen. Es gab letztlich keinen Unterschied zwischen ihnen: alle drei waren gestorben. Sie waren einen schlimmen Tod gestorben, und ich hatte eine Rolle dabei gespielt und war selbst mit dem Leben davongekommen. In diesem Bewusstsein fühlte ich mich wie ein Gespenst, durchsichtig wie Luft, und ich wunderte mich, dass niemand von denen, die am Feuer saßen, das zu bemerken schien. Ich war ein Mensch aus solidem Fleisch und Blut gewesen, bevor ich den Deserteur erschossen hatte, aber er war grauenhaft langsam und unter großen Schmerzen gestorben, und ich hatte es nicht geschafft, noch einmal abzudrücken. Als er endlich tot dalag und ich wusste, dass ich in Sicherheit war, konnte ich einen Schritt von mir selbst wegtreten, ich schaffte es, an nichts zu denken und einfach zusammen mit den Husaren zu den Zelten zu gehen. Aber jetzt war es Nacht geworden, und ich hatte nicht richtig in meinen Körper zurückgefunden, ich irrte irgendwo draußen umher, während die Soldaten tranken und über ihre Vorgesetzten schimpften und sich über den Krieg unterhielten.

Von einigen Offizieren abgesehen, bestand die Schwadron aus lauter jungen Leuten, auch ein paar Kärntner waren darunter. Vor allem ein Junge, ich glaube, er hieß Alban, war sehr nett zu mir und teilte das bisschen wässrigen Schnaps und Schokolade, das er besaß, mit mir. Ich merkte, dass ich trotz allem, was mit mir geschah, essen und trinken und mich freundlich mit ihm unterhalten konnte. Wir tauschten Adressen aus und versprachen einander, dass wir uns nach dem Krieg im Niessener Hof treffen und einen trinken wollten. Er besorgte mir Bettzeug und einen Schlafplatz in einem Zelt bei drei anderen Soldaten. Der Rittmeister schaute dort vorbei, um mir zu sagen, dass ich spätestens am nächsten Abend um sechs wieder bei meiner Kompanie sein würde. Die Front liege jetzt fünfundzwanzig Kilometer weiter vorn, sagte er. Am Vormittag hätten unsere Truppen innerhalb einer knappen Stunde Caporetto genommen. Er stand im Eingang des Zelts und sprach in ganz sachlich gleichmütigem Ton, hinter ihm der klare Sternenhimmel. Die anderen kommentierten die Nachricht mit zufriedenem Gemurmel. »Das ist gut«, sagte ich nach einer Weile, nicht weil ich es besonders gut gefunden hätte – ich hatte überhaupt keine Meinung dazu oder zu etwas anderem –, sondern nur, weil es das Einfachste war. Einen Moment lang war es still. Ich sah auf zu dem Rittmeister, er schien zu erwarten, dass ich noch etwas dazu sagte.

»Das ist gut«, wiederholte ich. »Das waren vermutlich die Deutschen, Herr Rittmeister?«
»Das war das Gas«, sagte er, drehte sich um und ging.

Als wir am nächsten Morgen durch einen dichten Fichtenwald aufstiegen, schlug ich mich seitlich in die Büsche und machte mich davon. Die Schwadron hatte sich in verstreute Grüppchen aufgelöst, die sich ihren Weg durchs Gestrüpp bahnten, und niemand bemerkte meine Flucht. Ich machte mir keine Gedanken darüber, ob mich jemand gesehen hatte oder nicht, mir war ohnehin, als wäre ich bereits tot. Das Gas hatte mich umgebracht oder die Kälte oder der Geruch, der in der Luft lag, oder der Mann, den ich erschossen hatte – ich wusste es nicht, und es war auch völlig gleichgültig. Es war auch gleichgültig, wo ich schließlich, wenn es soweit war, liegen bleiben würde, ich wusste nur, dass ich nicht im Schnee liegen wollte wie der Feldwebel, eingehüllt in Gestank von Gas und Schießpulver.
Unterhalb der Fichten wurde das Gelände steiler und gewährte wenig Deckung. Ich rutschte und stolperte über den festen Firnschnee und die Spitzen von Baumschößlingen, die aus dem Schnee herausragten, talwärts. Nach einer Stunde erreichte ich die alte Frontlinie, und einige Stunden später stand ich vor dem ersten Bauernhof oberhalb von Tolmein. Ich konnte von dort den menschenleeren Hauptplatz sehen und die Kirche und dahinter den Bahnhof, von dem wir zur Front marschiert waren. Es war früher Nachmittag. Ein milder Frühlingswind wehte. Ich ging am Zaun entlang zur hinteren Seite des Hauses.
Der Garten wirkte verlassen, kein lebendes Wesen war zu sehen. Ich näherte mich vorsichtig, klopfte, wartete eine Weile, dann öffnete ich die Tür und trat ein. In der Küche standen und saßen und fläzten sieben Männer in verwaschenen blauen Drillichanzügen herum. Sie waren mit Repetiergewehren bewaffnet. Ich sah sie an, dann hob ich die Hände.
Die Männer musterten mich eine Weile. »Wir haben gedacht, jetzt kommt endlich die Magd mit der Milch«, sagte einer. Er sprach

schleppend mit einem starken Akzent, den ich zuerst für ungarisch hielt. Er sah mich noch eine Zeit lang an, dann machte er mir ein Zeichen, dass ich die Arme herunternehmen könne. Ich sagte nichts. »Was machst du hier?«, fragte der Mann. Er schaute auf meine Uniformjacke ohne Rangabzeichen.

»Ich hab geschaut, ob ich hier was zu essen finde«, antwortete ich.

Er lachte abfällig. »Hier ist nichts zu holen, Kleiner, glaub mir. Wir haben schon überall nachgeschaut. Bloß eine alte Hure ist im Kuhstall, die hat sich an ihren Strumpfbändern aufgehängt.« Einer der Männer hinter ihm bekreuzigte sich. Der erste Mann zuckte die Achseln.

»Das glaube ich nicht«, sagte ich.

»Schauen wir so aus, als ob wir was gegessen hätten?«, fragte der Mann müde.

Ich sah sie alle der Reihe nach an. Sie erwiderten meinen Blick mit niedergeschlagenen Mienen. Ihre Gesichter waren hager. »Eigentlich nicht«, sagte ich. Der Mann lächelte und nickte.

Es waren im ganzen neun. Sie waren von einer tschechischen Minenlegereinheit desertiert. Einige von ihnen hatten Drahtzangen und Bolzenschneider mitgenommen, die uns in der folgenden Zeit gute Dienste leisteten, wenn wir auf unserem Marsch nach Norden und Osten in Bauernhöfen und Hühnerställen, die am Weg lagen, Schlösser aufbrechen und Gitter aufschneiden mussten. Die Tschechen konnten ebenso wenig nach Böhmen zurück wie ich nach Kärnten, und so beschlossen wir, durch die weiten Ebenen nach Osten in Richtung Budapest zu ziehen. Untertags schliefen wir in Verstecken irgendwo im Gesträuch oder im Wald, und in der Nacht marschierten wir und stahlen Lebensmittel bei den Bauern, wenn sich die Gelegenheit bot. Wenn uns Leute über den Weg liefen, fuchtelten wir drohend mit unseren Gewehren und jagten sie in die Flucht.

Wir hielten uns immer ungefähr in östlicher Richtung und vermieden größere Siedlungen; wir wollten nur möglichst weit weg von Österreich, bevor der Krieg zu Ende ging. Wir waren überzeugt, dass wir mit dem deutschen Gas den Krieg gewinnen würden und dass man dann daran gehen würde, alle Deserteure aufzuspüren und umzubringen. Jan Tobacz, der Mann, mit dem ich zuerst gesprochen hatte, ein Zahnarzt aus Prag, hatte seine Frau und sein Kind bei Verwandten in Budweis untergebracht und hatte schreckliche Angst, dass man sie erschießen könnte. Damals kam mir zum ersten Mal überhaupt der Gedanke, dass das Reich für die Menschen im Osten etwas völlig anderes war als das, was wir zu Hause uns vorstellten, ein riesiges Gebilde, das von fremden Gesetzen regiert wurde, etwas, von dem man sich am besten fernhielt. Jan stammte aus einer wohlhabenden Prager Familie und hatte die herrschende Ordnung nie in Frage gestellt, bevor er in den Krieg musste. Er hatte fast zwei Jahre lang an der Isonzofront gekämpft und in den letzten Monaten nur auf eine Gelegenheit zu desertieren gewartet. Wir wurden in den folgenden Wochen Freunde und redeten miteinander viel über den Krieg, und wir bestärkten einander in der Überzeugung, dass es richtig gewesen war, ihm den Rücken zu kehren. Ich erkannte, dass die Ruhelosigkeit, die ich in den letzten Jahren gespürt hatte, eine unvermeidliche Reaktion auf die Enge der Kleinstadt gewesen war, ein Protest gegen die läppischen Drohungen und Verheißungen der Religion, gegen das zurückgezogene Leben, das wir geführt hatten, immer darauf bedacht, die Leute – ganz wenige Freunde ausgenommen – auf Abstand zu halten, zu verhindern, dass jemand merkte, wie es um meinen Vater stand. Jan war Sozialist, und ich lernte von ihm, mein früheres Leben als eine großbürgerliche und deswegen durch und durch schlechte Existenz zu betrachten, und die zierlich gedrechselten, angenehm unterhaltenden Kompositionen meines Vaters als groteske Sumpfblüten eines verderbten Systems. Ich begann die Musik, Niessen, den Krieg und alles Mögliche andere für den Tod meines Vaters verantwortlich zu machen. Je weiter wir nach Osten kamen, desto größer wurde mein Abscheu vor alledem, was man mich in meiner Erziehung schätzen und bewundern gelehrt hatte, von der Kunst französischer Konversation, die wir allabendlich nach dem Essen geübt hatten, bis zu der kultivierten Vorliebe meiner Mutter für italienische Nachspeisen.

Meinen siebzehnten Geburtstag feierten wir auf einem Feld neben einer Viehtränke irgendwo südwestlich von Budapest mit einem Festmahl: zwei junge Hasen, zusammen mit einer Karotte und einem Löffel voll ranziger Butter in einem kleinen Messingtopf. »Zu Ehren der Jahre, die noch vor dir liegen«, sagte Jan mit großartiger Gebärde. Ich sah ihn an und fühlte mich alt und schrecklich klar im Kopf. Schon damals wusste ich, dass ich Niessen lange Zeit nicht wiedersehen würde.

Zwei oder drei Nächte später kamen wir zu einem kleinen Bauernhof in der Nähe einer Stadt, ein paar niedrige Gebäude mit tief gezogenen Dächern, auf sumpfigem Gelände um einen Teich herum gruppiert. Wir setzten uns auf unsere Rucksäcke und warteten lange, dass sich jemand zeigte. Wir hatten zwei Tage lang nichts gegessen und starrten sehnsüchtig über das trübe Wasser hinüber zu den erleuchteten Fenstern. Offenbar wurde dort gefeiert. Endlich sagte Jan halblaut auf Tschechisch etwas zu zweien von den Männern. Sie standen auf und gingen um den Teich herum zum Tor. Wir sahen ihnen zu. »Ist das nicht ein bisschen gefährlich?«, fragte ich. »Die Leute da drin sind ja noch alle wach.«

Jan lachte. »Ich hab sie nur zum Betteln geschickt, Oskar.«

Wir warteten schweigend. Plötzlich hörten wir jemand rufen, das Tor sprang auf und die beiden Tschechen kamen angerannt. »Was ist los, verdammt?«, schrie Jan.

»Wir sollen reinkommen«, sagten die beiden. Sie konnten es selbst nicht recht glauben. »Wir alle.«

Als wir ins Haus traten, sahen wir, dass mitten in der Küche ein riesiger Tisch bereitstand, drum herum waren lange Bänke aufgestellt. Der Bauer und seine drei Söhne begrüßten uns freundlich und nötigten uns, Platz zu nehmen und zuzugreifen. Sie erklärten uns in sehr holprigem Deutsch, dass die Hausherrin Kartoffeln und Kraut für uns gekocht habe und gerade in die Räucherkammer gegangen sei, um noch Würste zu holen. Wir schauten die Leute völlig konsterniert an, wie verblödet vor Hunger; keiner wagte, irgendeine Frage zu stellen oder die Hand nach dem Essen auszustrecken.

Einige Minuten vergingen in betretenem, wenn auch freundlichem Schweigen, unterbrochen nur vom Knurren unserer Mägen, bis endlich die Bäuerin wiederkam und eine Platte voller Wurst und Fleisch und einen großen Laib Brot vor uns hinstellte, dazu einen Krug mit kühlem Bier. Wir müssen sie wie vom Schlag gerührt angeglotzt haben, denn sie musste lachen. Dann fuchtelte sie auffordernd mit den Händen und sagte: »Essen! Essen!«

Wir sahen einander noch einige Sekunden lang an, dann erschien ein idiotisches Grinsen auf unseren Gesichtern, und wir griffen zu.

Die Frau betrachtete uns voller Stolz, während wir aßen. Sie sprach besser deutsch als ihr Mann. Sie fragte uns, von welchem Regiment wir desertiert waren und wohin wir wollten. Sie interessierte sich besonders dafür, wie ich in diese Gesellschaft geraten war. »Wie hat es dich zu uns in den Osten verschlagen, kleiner Soldat?«, fragte sie mich.

»Reiner Zufall«, antwortete ich lächelnd und strich Butter auf ein Stück Brot.

»Das kannst du mir nicht weismachen«, sagte sie verhalten. »Ich weiß Bescheid.«

»Was wollen Sie damit sagen?«, fragte einer der Tschechen. Ich schaute auf. »Wie bitte?«, sagte ich mit vollem Mund.

Sie lachte. Ihre schwarz blitzenden Augen musterten uns. »Also bitte, meine Herren! Wir leben auf dem Land, aber nicht hinter dem Mond. Hier bei uns verbreiten sich Neuigkeiten schnell.« Sie zwinkerte ihrem Mann zu.

»Ich weiß immer noch nicht, was Sie meinen«, sagte ich.

Sie zuckte die Achseln. »Morgen ist doch der große Streik – für die Sieben Punkte. Davon habt ihr doch bestimmt gehört? Mein Mann geht hin und meine Söhne auch. Ihr könnt mitfahren, das ist doch bequemer als laufen, oder nicht?« Sie grinste.

Ich starrte sie verständnislos an. »Streik?«, fragte ich.

»Die Bolschewiken«, sagte der Bauer. »Die Bolschewiken, gute Leute.«

Es war das erste Mal, dass wir dieses Wort hörten.

Das Knarren der Tür weckte ihn am frühen Morgen auf. Der Raum war hell und kalt. Auf dem Bretterboden und um den kleinen Tisch herum tanzten Strohfitzelchen. Das Feuer war längst erloschen, und er fühlte sich klein und klamm, wie er da auf dem Bett lag. Er ging zum Ofen und heizte an, schloss die Tür, zog seine Jacke an, packte die Lebensmittel aus, die er gekauft hatte, stellte Wasser auf und machte Kaffee. Er trank zwei Tassen davon kochend heiß und spürte, wie die Kälte langsam aus Händen und Beinen wich. Dann stand er auf und trat an den offenen Schrank.
Er fand darin fünfundzwanzig Schuss Munition und eine große Schachtel Schrotpatronen. Die Flinte und das Gewehr waren dick verdreckt, und der Gewehrkolben war mit Einschusslöchern von Schrotkugeln übersät. Die Angelruten dagegen wirkten jungfräulich unversehrt, sorgsam in ihrer Tuchhülle verwahrt standen sie in einem Fach des Schranks. Die Fliegen ruhten einzeln verpackt in schmalen Korkschächtelchen. Nichts deutete darauf hin, dass sie je schon einmal benutzt worden waren. Sie schimmerten auf dem stumpf braunen Kork wie Präparate von exotischen Insekten, grell bunt und geheimnisvoll. Er nahm eine blutrote Fliege heraus; er spürte die Rundung des winzigen Hakens. Sie war federleicht. Er hob sie gegen das Licht, bewunderte das leuchtende Rot und strich mit dem Flaum über seine Nasenspitze.
Der Wald draußen vor dem Fenster lag im Sonnenlicht da, die Schmelzwasserpfützen auf der zerfurchten Eisfläche spiegelten und blitzten. Das Fass, das er am Abend aufgestellt hatte, war wieder umgekippt, und eine neue Spur von Abfall ergoss sich über das Gras. Die Luft war in einer Art feucht, wie man es nur im Spätherbst oder gegen Frühlingsanfang findet, die ganze Welt war von einem intensiv schillernden Glanz durchdrungen. Aber man spürte immer noch einen Strom kalter Luft über dem Boden und der Wasserfläche.

Als er später vor dem Haus saß und die Schrotflinte reinigte, sah er jenseits des Fischweihers eine Gestalt. Sie trug einen dunklen

Mantel und eine Hose aus schwerem Wollstoff. Man hätte sie für die eines Mannes halten können, wenn nicht das lange Haar gewesen wäre, das unter der grauen Filzkappe hervorquoll und das Gesicht verbarg. Die Frau ging am Waldrand entlang, trat vor einer Gruppe junger Birken hinaus ins Sonnenlicht und verschwand nach einer kurzen Weile wieder zwischen den Fichten.
Voxlauer blieb einen Moment ganz still sitzen. Dann nahm er seinen Lappen und putzte das Gewehr weiter. Sorgfältig rieb er Hammer und Zündnadel blank. Er nahm das Beil vom Holzstoß und hackte drei große Scheite in dünne Stücke zum Feueranmachen. Er trug das Kleinholz ins Haus und stapelte es unter der Ofenbank. Um den Ofen herum lagen verstreut einige Stückchen Rinde. Er klaubte sie abwesend zusammen. Dann setzte er seinen Hut auf und ging hinaus.
Die Spur lief den Hang am Weiher hinab, an steilen Stellen in engem Zickzackmuster. Die schweren Stiefel drückten sich deutlich im Waldboden ab. Er folgte der Spur bis hinauf zu einem alten Forstweg, der unterhalb der Felsen nach Westen führte. Er ging auf diesem Weg in östlicher Richtung bis zu einer Einmündung: das hier musste die Straße sein, die zur Kapelle hinaufführte. Er kehrte um und ging den Weg zurück, den er gekommen war. Dort, wo die Frau in die Sonne hinausgetreten war, war der Schnee abgetaut; in der aufgeweichten gelben Erde am Waldsaum zeichneten sich scharf drei Abdrücke von ihren Stiefeln ab. Es waren ganz neue Schuhe mit dicken Sohlen, kleine Schlammklumpen lagen neben jedem Abdruck. Ein abgebrochener Zweig verriet, wo sie durch die Birken ins Freie gegangen war. Voxlauer blickte sich immer wieder um, als er zwischen den weit verstreuten Bäumen hindurch zur Brücke und weiter zur Hütte schritt.
In dieser Nacht lag Voxlauer lange wach und dachte an die Frau. Sie war von Pergau gekommen, wahrscheinlich von dieser Kolonie. Sie bewegt sich wie ein alter Mann, dachte er. Vorsichtig und müde. Aber angezogen ist sie wie ein Rotarmist. Er spürte ein Lächeln in seinem Gesicht. Unwillkürlich musste er an Anna denken:

Anna in ihrem Seidenkleid, einem Relikt aus besseren Tagen, wie sie lachte, wenn er den Kaiser parodierte. »Ach, Franz Josef«, sagte sie dann immer und nickte ernst dazu, »ein schrecklicher Mann, wirklich.« Und er, Voxlauer, sagte: »Nein, der war nicht schrecklich, sondern nur ein Trottel«, und dann unterhielten sie sich ein bisschen und redeten in ganz beiläufigem Ton über den Krieg oder über irgendetwas anderes aus längst vergangener Zeit. Er sah Anna in der Uniform ihres toten Mannes hinter dem Haus stehen, steif vornübergebeugt; sie winkte ihm müde zu, als er in dem klapprigen Pferdewägelchen auf den Hof fuhr. Voxlauer lag noch einige Minuten lang da und starrte in die Dunkelheit über ihm, dann stand er auf, tastete sich zum Tisch und machte Licht.

Auf den zwei Regalbrettern an der Wand über dem Tisch standen Dosen und leere Tassen und Tüten mit Nägeln und Gips. Er stieg auf den Stuhl, um besser auf das obere Brett hinaufsehen zu können. Auch dort standen Konserven, Bohnen und Spinat und saure Heringe; zum Teil waren die Etiketten abgerissen oder unleserlich, so dass sich nicht mehr feststellen ließ, was die Dosen enthalten mochten. Am Ende des Bretts fand er einen Aktendeckel wie den, den er eine Woche vorher im Wohnzimmer seiner Mutter entdeckt hatte. Er nahm ihn herunter, um ihn am Tisch durchzusehen.

Die Mappe enthielt drei Tuschzeichnungen auf Karton: eine Naturstudie und zwei Porträts. Die Naturstudie fand er fade und nichtssagend, die Porträts dagegen – das eine zeigte eine Frau, das andere ein Kind mit langen Haaren – waren mit sparsamen Strichen fein gezeichnet und wunderschön. Voxlauer saß lange da und studierte sie im Schein der Lampe. Die Gesichter blickten ihn intensiv und direkt an, ohne Vorwurf, aber auch ohne Zärtlichkeit und Sympathie. Die Zeichnungen waren mit Sorgfalt und Bedacht ausgeführt, und die Ähnlichkeit der beiden Gesichter war unverkennbar. Ich muss Pauli danach fragen, dachte er. Der alte Mann, Bauer, muss sie gemacht haben. Er blieb noch eine Zeit lang sitzen und versuchte sich an die wenigen Einzelheiten

zu erinnern, die Pauli ihm mitgeteilt hatte. Endlich machte er die Lampe aus und legte sich wieder hin.
Ein Geräusch ließ ihn einige Stunden später hochschrecken. Er saß stocksteif da und tastete mit der Hand nach der Mauer. Das Feuer war ausgegangen, und er wusste im ersten Moment nicht, wo er sich befand und wie er dorthin gekommen war. Um ihn herum war alles schwarz, er fühlte sich benommen und fremd. Zwischen seinen Schulterblättern rann kalter Schweiß. Er zog sein Hemd aus, stand auf und horchte. Das Geräusch kam wieder – es war, als schlurften Stiefel über Kies, er hörte es ganz deutlich. Plötzlich wusste er wieder, wo er war; er bewegte sich leise durch die Dunkelheit in die Ecke, in der das Gewehr stand. Der Stahl des Laufs fühlte sich kalt an. Einen Moment lang stand er unschlüssig da, dann stellte er die Waffe wieder hin und ging zur Tür.
Die Tür schwang auf. Er hörte sie fortlaufen, bevor er sie sah: ein großer Fuchs und zwei halbwüchsige Welpen; sie verhielten einen Moment am Rand der Grasfläche, das Sternenlicht spiegelte sich in den großen Augen. Es waren schlanke, dunkle Tiere, ihre buschigen Schwänze standen gerade nach hinten ab. Sie wirkten, als wollten sie gerne bleiben, aus Neugier oder Hunger oder weil sie sich vor der Kälte scheuten. Das eine von den zwei Jungtieren trug die Gräten einer Forelle im Maul wie einen Haarreif. Sein Schwanz zuckte und schlug die Luft. Es schnüffelte und lief hin und her, immer näher zu ihm heran. Einmal war es so nahe, dass er sich nur ein bisschen nach vorn hätte beugen müssen, um es zu berühren. Es ließ die Fischgräten fallen und wandte sich dem Abfalleimer zu. Voxlauer saß im Schnee, ganz still, nur sein Atem tanzte in kleinen wirbelnden Wölkchen vor seinem Mund. Schließlich machte er eine Bewegung, zog seinen Mantel enger um sich, und die Füchse schossen lautlos davon in den Wald.
Seine Benommenheit war jetzt verflogen, er war hellwach, an Schlafen war nicht zu denken. Er machte Licht, holte das Schmetterlingsbuch aus seinem Rucksack und blätterte darin. Die Illustra-

tionen leuchteten so intensiv wie Ryslavys Fliegen, prächtig wie aus einer anderen Welt. Er saß mit geschlossenen Augen am Tisch und erinnerte sich an die Schmetterlinge, die in dem Tal lebten, die Schwalbenschwänze und Admirale und Trauermäntel, an die Flügel, die kaum schwer genug zu sein schienen, die Luft zu zerteilen. Die Farben, die er vor sich sah, waren dunkel, es schimmerten darin ein erdiges Feuer und das Braun von Harz und stehendem Wasser. Er sah wieder, wie er mit den nackten Armen tief in den grünen Leib des Teichs tauchte, er sah sie im haarigen Gewirr der Wasserpflanzen verschwinden. Sein Vater oder jemand anders ruderte das Boot und rief ihm zu, er solle aufpassen, dass er nicht ins Wasser fiele.

Als Voxlauer erwachte, zeigte sich schon grau hinter den Felsen der Morgen, und vom Waldsaum her drang helles Vogelgezwitscher. Seine Knochen taten ihm weh, und er fröstelte in seinem Mantel. Er hielt die Augen offen und lauschte. Das Pfeifen des Vogels steigerte sich bis zu einem Höhepunkt, brach ab und begann von neuem. Voxlauer spürte, dass er etwas geträumt hatte, und versuchte angestrengt, sich daran zu erinnern. Es gelang ihm nicht. Schließlich erhob er sich von dem Stuhl, ging zum Ofen und machte Feuer. Dann legte er sich aufs Bett und sah zu, wie der kleine Raum allmählich heller wurde.

Hier hat sich in den letzten hundert Jahren nichts verändert, dachte er. Mindestens. Schau dich doch um. Vier Wände, ein Tisch, ein Ofen. Eine Matratze, auf der ein Mensch liegt. Der Mensch ist das Einzige, was sich verändert hat. Und eigentlich macht auch das keinen Unterschied, ob der oder ein anderer da liegt. Dieses Zimmer hat sich in all den Jahren nicht verändert, als ich bei Anna war und in Italien, und auch davor ist es immer dasselbe gewesen. Bei dem Gedanken an Italien wurde ihm beklommen zu Mute, wie immer, und er lenkte behutsam seine Aufmerksamkeit wieder auf das Zimmer. Die breiten, buckligen Bodendielen, die Deckenbalken, den rissigen, bröckligen Putz. Wann sind diese Wände zum letzten Mal gestrichen worden? überlegte er. Das werde ich dieses

Frühjahr machen. Er schloss die Augen. Der Gedanke, dass der Raum immer derselbe geblieben war, lullte ihn ein, er wurde ganz allmählich ruhig. Hier könnte ich irgendwann meinen eigenen Namen vergessen, dachte er. Nichts zu trinken, keine Gesellschaft. Er dachte wieder an den alten Mann. »Hier gibt's kein Leben«, sagte er laut. Er lächelte. Er wusste, dass das gelogen war, aber es machte ihm Spaß, sich wie ein Kind klammheimlich und voller Hinterlist selbst was vorzulügen. Nach einer Weile schlug er die Augen auf und erhob sich vom Bett.

Wir schliefen in dieser Nacht auf Heuballen, die wir aus der Scheune geholt und auf dem Hof nebeneinander ausgelegt hatten. Früh am Morgen weckten uns die Söhne und brachten uns Kaffee. Wir nahmen unsere Rucksäcke und verteilten uns noch schlaftrunken auf zwei Karren, die von Maultieren gezogen wurden. Als wir aus dem Hof hinausfuhren, erschien das freundliche Gesicht der Bäuerin im Küchenfenster. Sie rief ihrem Mann auf Ungarisch etwas zu und lachte. Sie winkte uns, weit aus dem Fenster gelehnt, nach, bis wir um den Hügel vor dem Haus bogen.

Wir saßen zu fünft auf Heuballen in einem Wagen und rauchten zum ersten Mal seit der Zeit am Isonzo wieder Zigaretten. An den Rändern des morgendlichen Himmels zeigten sich die ersten Spuren von Mittagsdunst, und ich fühlte mich leicht und zufrieden. Die weiten Stoppelfelder neben der Straße stiegen und fielen in sanften Wellen, während wir uns langsam der tiefer gelegenen Hauptstadt näherten. Hin und wieder, wenn wir an einer Kreuzung oder einem Bahnübergang anhielten, trafen wir auf Leute, die Körbe mit Brot oder Käse oder Wein trugen. Sie wirkten heiter und unbeschwert, als wären sie auf dem Weg zu einem Fest.

Niemand schien besonders erstaunt darüber, uns hier zu sehen; es war eher, als bestätigte unsere Anwesenheit die Leute in irgendeiner Erwartung. Vielleicht, vermutete ich, bewies es in ihren Augen lediglich, dass in der großen Stadt eben alles Mögliche möglich ist. Von dem jüngsten Sohn, der ein bisschen Deutsch radebrechen konnte, erfuhr ich, dass Leute von weit her unterwegs waren, um die Streikaktionen aus der Nähe zu sehen. Als ich ihn fragte, was es mit den Bolschewiken auf sich habe, grinste er und klopfte mir auf die Schulter. »Die haben mit dem Krieg Schluss gemacht«, sagte er.

»Wann?«

»Jetzt.«

»Wie?«, sagte ich benommen. Ich glaubte nicht, was er über die Bolschewiken sagte und dass der Krieg zu Ende war. Andauernd behaupteten irgendwelche Leute, dass Frieden sei, und jedes Mal fanden sich Leichtgläubige, die es nachplapperten. »Wie haben sie das geschafft?«, fragte ich. Ich grinste dabei, weil ich damit rechnete, dass er bloß einen Witz gemacht hatte.

Er zuckte die Achseln. »Zar weg, Schluss mit Krieg.« Er blickte stolz seinen Vater an, der auf dem Kutschbock saß und die Zügel führte. »Mein Vater sagt, vielleicht marschiert er mit heute. Unser Onkel arbeitet in Gummifabrik. Aber heute arbeitet niemand dort. Verstehst du?« Er lachte wieder.

Ich antwortete nicht. Die abgeernteten Felder wichen mehr und mehr Kastanienwäldchen und Siedlungen mit ziegelgedeckten Häusern. »Gute Jacke«, sagte der Sohn und musterte mit unverhohlenem Begehren meinen Uniformrock aus Wollstoff. »Es war sehr kalt in Italien, oder?«

»Sehr kalt, ja.« Ich sah seine dicke Schaffellweste an. »Willst du tauschen?«

»Nicht schlecht für dich«, sagte der Sohn und grinste. Er zog die Weste aus und gab sie mir. Er war kleiner als ich, und meine Jacke hing lose an seinen mageren Schultern herunter. »Sie wird dich warmhalten im Winter«, sagte ich.

»Oder im Gefängnis«, ergänzte Jan. Die anderen lachten.

Als wir die Innenstadt erreichten, waren die Straßen bereits voller Menschen. Uniformierte rannten hektisch umher und versuchten die Leute dazu zu überreden, nach Hause zu gehen. Einige hundert Meter vom Fluss entfernt mussten wir unsere Karren stehen lassen und zu Fuß weitergehen. Überall drängten sich Menschen, die tranken und johlten und sich gebärdeten, als wäre der Krieg wirklich zu Ende. Sie trommelten gegen Türen und Laternenpfähle und auf Fahrzeuge, die ihnen begegneten, tanzten untergehakt auf den Gehsteigen. Ich bewegte mich wie in Trance vorwärts, umgeben von Leuten, die lachten und schrien und ohne jede Scheu Polizisten und Militär beschimpften und verhöhnten und mit Schulkreide Schmähparolen gegen den Kaiser und die Monarchie in Ungarn auf Pflaster und Mauern schrieben. Als ich mich so wie eine Ameise mitten im Gewimmel bewegte, versteckt in der Menge und plötzlich ein Teil von ihr, begann ich zum ersten Mal zu begreifen, dass es mir tatsächlich gelingen könnte, alles hinter mir zu lassen. Und nicht nur das – ich begann jetzt auch wieder selbstständig zu denken, als ob das Gedränge der Leiber um mich herum mich gewaltsam ins Bewusstsein zurückholte. Ich entwickelte, zuerst noch ganz leise und ruhig, eine Vorstellung davon, was ich werden wollte.

Die Menge wurde dichter, als wir uns dem Platz näherten. Der Demonstrationszug hatte sich bereits in Bewegung gesetzt. Als wir die Theresienstraße überquerten, schwoll der Lärm vor uns zu einem mächtigen Dröhnen an. Der Bauer und seine Söhne drängten sich mit den Ellbogen vorwärts, dabei deklamierten sie rhythmisch den Namen der Fabrik, in der der Onkel arbeitete: »Sol-ya … Sol-ya … Sol-ya.« Wieder erhob sich tosender Lärm und rollte über uns hinweg. Irgendetwas passierte ganz nahe vor uns, aber wir konnten nichts sehen. Die Leute versuchten, auf die Schultern ihrer Vorderleute zu klettern, aber sie konnten sich im wilden Gewoge der Menge nicht oben halten. Der Bauer und sein ältester Sohn, breitschultrig und stark wie Ochsen, bahnten sich mit roher Gewalt einen Weg, und wir Übrigen folgten ängstlich in ihrem Kielwasser. Plötzlich sahen wir uns gegen eine Kette verschreckter Polizisten gedrückt. Zwischen ihren Schultern sah ich den weiten, leeren Platz, dahinter die Donau, die langsam und düster dahinfloss, und jenseits davon am Hang die Häuser und Straßen von Buda. An den anderen Seiten des Platzes standen ebenfalls Polizeikordons und versperrten der dicht gedrängten Menge den Weg. Immer wieder erhob sich ganz plötzlich irgendwo in der Masse ein Schrei, oft der eines Einzelnen, und die Menschen in allen fünf Straßen, die zum Platz führten, antworteten in einem mächtig donnernden Chor. In der Mitte des Platzes stand, ordentlich in Reih und Glied gestaffelt, eine Kavallerieabteilung, bereit zum Eingreifen.

Einen Moment lang ließ der Druck der Masse hinter uns nach, und der Lärm ebbte ab. In diesen wenigen Sekunden der Ruhe war es so still, dass man das nervöse Scharren und Schnauben der Pferde hören konnte. Dann erhob sich auf der gegenüberliegenden Seite des Platzes ein neues Tosen, das anschwoll und über die Wipfel der Bäume hinweg zu uns herüberdrang und die Masse in blinder Konfusion nach allen Seiten auseinanderstreben ließ. Die Leute drückten sich nach hinten an die Häuserwände, um die Demonstranten durchzulassen, die jetzt von allen Straßen der Innenstadt her zu dem Platz marschierten. Der donnernde Lärm auf allen Seiten wurde um ein Vielfaches lauter. Die Polizisten in der Absperrkette wurden unsicher, sahen sich nach den Soldaten hinter ihnen um, dann gaben sie einfach auf und ließen uns durch.

Es war von Anfang an deutlich, dass niemand, nicht einmal die Streikenden, mit einer derart ungeheuren Menge Menschen gerechnet hatte. Man sagte mir später, es sei die größte Demonstration in der Geschichte der Hauptstadt gewesen. Ein paar Minuten nachdem die ersten Kolonnen von streikenden Arbeitern eingetroffen waren, war der Platz so dicht voller Menschen, dass man unmöglich mehr Streikende und Zuschauer, die die lächerlich schwachen Polizeikordons durchbrochen hatten, voneinander unterscheiden konnte. Der Lärm war ohrenbetäubend, ich hatte nie etwas Derartiges erlebt. Die Kavallerieeinheit war in dem Tumult kaum mehr auszumachen. Gelegentlich sah man einzelne Reiter, die auf ihre Pferde einschrien, hilflos fuchtelnd über dem Meer von Köpfen und Fäusten auftauchen. Der Demonstrationszug bewegte sich nun in einem riesigen Kreis um den Platz herum, die Leute deklamierten Parolen und sangen immer wieder ein Lied, das mir damals noch

unbekannt war, die Internationale. Bisweilen stimmte die Menge mit ein; es klang grotesk falsch – die meisten brüllten einfach irgendwie los, passend zu dem Tohuwabohu um sie herum. Einmal schaute ich mich um und sah Jan ein paar Schritte neben mir. »Leben denn in dieser Stadt lauter Bolschewiken?«, rief ich ihm zu. »Lauter Opportunisten, Oskar, Opportunisten!«, schrie er zurück. Er schien sich köstlich zu amüsieren. Wir lachten uns einen Moment lang über ein Meer von enthusiastischen Gesichtern hinweg zu. Irgendwo in dem Gewimmel schlug jemand ein paar Becken. Zwei vereinzelte Schüsse krachten, aber niemand achtete darauf. Plötzlich ging eine mächtige Welle durch die Menge und warf uns nach vorn auf das Pflaster. Ich hatte kaum Zeit, mich aufzurappeln, da ergriff mich eine zweite Welle und trug mich hinaus auf die Straße. Überall vermischten sich marschierende Demonstranten und Zuschauer, die schreckensbleichen Polizisten dazwischen waren so eingeklemmt, dass sie keine Möglichkeit hatten, ihre Schlagstöcke auch nur zu heben. Ich schaute über die Schulter nach hinten und sah Jan, der von mir weggerisssen wurde. »Ich fahre nach Osten«, schrie ich ihm zu, »nach Osten!« Er winkte fröhlich, rief etwas Unverständliches und verschwand im Getümmel.
Die Kavallerie hatte sich jetzt ganz hinten im Park zu einem Verteidigungsring formiert; die Soldaten saßen eng zusammengedrängt auf ihren Pferden und schossen in die Luft. Die Wellenbewegungen der Menge wurden heftiger: Nach jeder Salve wichen die Menschen erbittert zurück, um schon nach wenigen Sekunden wieder vorzurücken. Die ganze Szene ließ an die Bewegungen von Schlammmassen bei einem gewaltigen Erdrutsch denken. In der Menge um den Platz herum, die so gewaltsam vor und zurück gerissen wurde, machte sich langsam wirkliche Panik breit. Von einer dieser ungeheuren Sturzwellen erfasst, sah ich einen Moment lang einen der Reiter kippen und mit seinem Pferd in der wogenden Flut von Köpfen untergehen. Im nächsten Augenblick dann rannte ich inmitten von Tausenden anderer Menschen, alle ein einziger Körper, ein einziges Hirn, eine schmale Straße entlang, gejagt von Poli-

zisten und Kavallerie. Und du hast dir eingebildet, du hättest den Krieg ein für alle Mal hinter dir, dachte ich und grinste blöde, während ich so dahinhastete.

Am Abend dieses Tages stieg ich in einen Zug nach Czernowitz und zur Grenze. Überall herrschte besinnungslose Konfusion. Es gingen Gerüchte um, der Kaiser wolle ganz Ungarn an die Bolschewiken abtreten. Niemand forderte mich auf, meine Fahrkarte vorzuzeigen.

Während der Zug sich ratternd die ersten Steigungen der Karpaten hinaufquälte, versuchte ich, von den Geschäftsleuten und pensionierten Offizieren, die mit mir im Abteil saßen, Näheres über die Oktoberrevolution und den Waffenstillstand zu erfahren. Man sagte mir, die Bolschewiken hätten sich mit der russischen Marine verbündet und kurzerhand den Krieg mit Deutschland für beendet erklärt. Einige zaristische Generale, unter ihnen der Oberbefehlshaber des Heeres Duchonin, hätten jedoch dem neuen Regime die Gefolgschaft verweigert; sie kämpften als eigenmächtige Kriegsherren in den Wäldern von Polen und Schlesien nach wie vor gegen die Deutschen. Ich konnte überhaupt nicht beurteilen, wie glaubwürdig das alles war, was man mir erzählte. Ein alter Reserveleutnant aus Graz versicherte mir, der Zar halte sich in Nordungarn auf. Er stotterte und zwirbelte beim Sprechen andauernd nervös die Enden seines aschgrauen Backenbarts. Er war davon überzeugt, ich reiste in irgendeiner offiziellen Funktion, bis ich ihm gestand, dass ich desertiert war.

»Nun ja, ach so …«, stammelte er und rutschte verlegen auf seinem Sitz hin und her. »Vielleicht können Sie ja beim Zaren erwirken, dass er Sie gewissermaßen begnadigt?«

»Das glaube ich nicht«, antwortete ich. »Ich bin ja nicht aus seiner Armee desertiert.«

Eine schick in Seide gekleidete ältere Dame mischte sich ein: »Wie auch immer, Sie können ja wohl nicht gut bei den Bolschewiken Zuflucht suchen, junger Mann.«

»Warum nicht?«, fragte ich.

»Nun ja«, sagte der Reserveleutnant. Seine wohlmeinenden wässrigen Augen schweiften unruhig durchs Abteil. »Nun ja …«
»Die haben doch nichts, wofür es sich zu leben lohnt«, bemerkte die elegant frisierte zierliche Dame, die mir gegenüber saß, und strich mit ihren Patschhändchen über die mit Teakholz eingelegte Leiste am Fenster, als wollte sie mit dieser Geste näher erklären, was für höhere Werte sie im Sinn hatte.
»Ich will trotzdem hin. Ich bin selber Bolschewik«, sagte ich und richtete mich stolz in meinem Sitz auf. »Der Bolschewismus«, dozierte ich und gab eine Weisheit zum Besten, die mir selbst erst vor zwei Tagen zugeflogen war, »ist eine internationale Bewegung.« Ich erhob einen schmutzigen Zeigefinger. »Für ihn sind nur die Grenzen zwischen den Klassen relevant.«
»Aber Sie gehören eben nicht der richtigen Klasse an, junger Mann!«, sagte die Frau im Seidenkleid freundlich. Ich war so unvorsichtig gewesen, meinen Reisegefährten von meiner Familie zu erzählen.
»In dieser Bewegung wäre kein Platz für einen Karl Peter Voxlauer, das können Sie mir glauben«, versicherte der Leutnant.
»Dann kann man nur sagen: Ein Glück, dass er schon tot ist.« Das stopfte ihnen für eine Weile den Mund.
Sie gaben mir im Verlauf des Nachmittags noch allerlei zu bedenken. Ich hörte ihnen aufmerksam und heiter zu, als befände ich mich inmitten einer raffiniert konstruierten Burleske. Dass ich desertiert war, wurde lediglich als ein romantischer Verstoß gegen die Etikette gewertet; diesen Leuten war der Krieg längst widerwärtig geworden. Dass jedoch ein junger Österreicher aus gutbürgerlicher Familie mit der Revolution sympathisierte, war für sie eine ungeheuerliche Vorstellung, das war völlig unfassbar. Und so hatten sie denn schließlich keine andere Wahl, als mich zu ignorieren.

Am Vormittag streifte Voxlauer durch einen Kahlschlag auf dem nördlichen Höhenzug, um Wild aufzujagen, das im Unterholz zwischen den Fichten in Deckung lag. Kurz nach Mittag sprang ein Rehbock in einem weiten Bogen von seinem Lager im Ge-

strüpp auf, lief schräg auf Voxlauer zu, schlug dann einen Haken und galoppierte in panischer Flucht über die Baumstümpfe davon. Voxlauer hantierte ungeschickt mit dem Sicherungshebel, und das Tier war schon fast zu weit weg, als er mit beiden Läufen zugleich feuerte. Der Kolben schlug ihm so hart aufs Schlüsselbein, dass ihm das Wasser in die Augen schoss. Er knickte den Lauf und warf die noch rauchenden Patronenhülsen aus, während er sich durch das unebene Gelände auf den Bock zubewegte, der am Rand der Lichtung stand. Der Kopf des Tiers hing sonderbar schlaff gekippt, es verdrehte die Augen, die aus den Höhlen hervortraten und offenbar nichts mehr wahrnahmen. Voxlauer fischte zwei neue Patronen aus seiner Jackentasche, lud das Gewehr, zielte und drückte noch einmal beide Abzüge. Der Kopf des Bocks peitschte zur Seite, als ihn die Schrotladung traf; er machte noch ein paar schwankende Schritte und brach dann zusammen. Als Voxlauer bei ihm anlangte, atmete das Tier rasselnd durch die zerschossene Kehle, vor dem Maul stand rosafarbener Schaum. Er suchte in der Umgebung nach einem großen Stein, um damit dem Bock den Schädel einzuschlagen. Er fand einen, brauchte ihn aber nicht mehr: der Bock war bereits tot.
Voxlauer zog seine Beute ab. Die Decke schnitt er in Streifen, die er an die weißen Zweige eines noch blattlosen Strauchs hängte. Er brach das Tier auf, nahm die Eingeweide heraus und warf sie auf einen Haufen. Dann schnitt er den Magen, die Leber, die Nieren, das große dunkelrote Herz heraus. Der Magen platzte, als er ihn ungeschickt anfasste. Er warf ihn beiseite zu den Gedärmen, die anderen Innereien wickelte er in ein Stück von der Haut ein, das er mit Draht zuband. Den Rest des Nachmittags verbrachte er damit, das Wild zu zerlegen und die einzelnen Stücke in breite Streifen Haut zu verpacken. Das Gerippe ließ er für die Füchse liegen. Er legte die eingepackten Fleischstücke auf ein Laken, das er von der Hütte mitgebracht hatte, schlug die blutverschmierten Ecken zusammen und verknotete sie, so dass eine Art Sack entstand. Dann machte er sich auf den mühsamen Heimweg.

Der Sack war so schwer, dass Voxlauer ihn nicht tragen konnte, und so musste er ihn durchs Gestrüpp hinter sich herschleifen. Er verfing sich alle paar Meter an Wurzeln oder Ästen und widersetzte sich Voxlauers Zerren und Ziehen wie ein störrisches Tier. Er fluchte und schimpfte, schließlich drehte er sich um und versetzte dem Sack wütende Tritte. Dann wurde ihm plötzlich bewusst, was er da tat, und er musste lachen. Es war schon dunkel zwischen den Bäumen, und ihm war etwas schwindlig. Auf halber Höhe des Bergs merkte er, dass er gar keine klare Vorstellung davon hatte, in welche Richtung er ging. Er setzte sich auf den Waldboden, um ihn herum duftete es nach Harz. Er sah durch die Bäume hinauf zu den Wolken, deren Unterseiten rosa leuchteten. Der Himmel wanderte immer weiter nach Westen.

In dieser Nacht suchte ihn eine andere Erinnerung an Père heim, sanft beharrlich wie eine Motte, die um ein Licht kreist. Er und Père waren zusammen auf ihrem Lieblingsspazierweg, einem leicht abfallenden, von jungen Birken gesäumten Pfad, der von der Ruine zu einer kleinen Sumpfwiese führte. Das Licht schimmerte silbergrau durch die Baumkronen, und er schritt an Pères Hand über Wurzeln und Steine, das Gesicht verkniffen vor Anstrengung. Père ging zu schnell, er konnte dieses Tempo nicht mithalten. Der Vater starrte wie so oft geistesabwesend geradeaus und murmelte monoton, ohne die Lippen zu bewegen, vor sich hin wie Priester oder Ordensleute beim Brevierbeten. »Père«, sagte er und blieb stehen. »Père? Können wir nicht langsamer gehen?«
Père war stehen geblieben, als hätte ihn ein Schlag auf den Rücken getroffen. »Was war das, Oskar?«
»Du gehst zu schnell.«
»Was? O nein, Oskar, nein, kleiner Mann.« Er hatte gelächelt und dabei leicht die Augen zugekniffen, wie die Erwachsenen es immer taten, wenn sie einem Kind etwas Schwieriges oder Kompliziertes zu erklären versuchten. »Ich hab es eilig, Oskar. Darum gehe ich so schnell. Ich würde noch schneller gehen, wenn ich nur

könnte. Dann wäre mir wohler. Weißt du, Oskar, das ist schrecklich. Es ist schrecklich, wenn man immer so in Eile ist.«
Er hatte gelächelt und Père fragend angeschaut. Er dachte, das wäre eine Art Witz. Père gab ihm oft keine richtigen Antworten auf seine Fragen, wenn sie zusammen waren, sondern machte irgendwelche Witze. Oskar wusste genau, dass er keineswegs in Eile war. Sie hatten früh zu Abend gegessen, und Maman hatte ausdrücklich bemerkt, dass sie heute einmal in aller Ruhe und Gemütlichkeit spazieren konnten. Sie sagte das nicht oft, und deswegen hatte er es sich gemerkt.
Père war weitermarschiert, in noch schnellerem Tempo als vorher, und Oskar hatte wütend mit den Füßen gestampft und frustriert aufgeschrien: »Père! Père, bleib stehen! Renn doch nicht so schnell!«
Sein Vater hatte sich plötzlich umgedreht und war zu ihm gelaufen. Er hatte ihn grob an den Schultern gepackt und geschüttelt, dass sein Kopf hin und her pendelte wie eine Taschenuhr an einer Kette. Die Baumwipfel über ihm verschwammen und schwankten. »Ich kann nicht! Ich kann nicht! Ich kann nicht! Ich kann nicht! Ich kann nicht!«, hatte Père geschrien und ihn geschüttelt. »Ich hab's dir doch gesagt, Oskar. Mein Gott! Lass es …«
Er hatte ihn losgelassen und sich auf dem Weg im Kreis gedreht, den Blick starr in die Ferne gerichtet – offenbar hatte er ihn bereits vollkommen vergessen. »Lass es«, hatte Père in abwesendem Ton wiederholt, aber er sprach jetzt nicht mehr mit Oskar.
»Lass es was?«, hatte er Père verschreckt gefragt. Er war immer noch schockiert und stotterte. Dann hatte er aufgeschaut und gesehen, dass Père weinte. Schimmernde Tränenbäche liefen ihm übers Gesicht und auf sein feines weißes Hemd. Er hatte dann ebenfalls zu weinen begonnen. Père hatte sich immer weiter gedreht in schwindelnden Kreisen und dazu gelächelt und gelacht und geweint und immerfort die vier Worte wiederholt:
»Lass es jetzt passieren.«

Auf eine Zeit mit eiskalten verregneten Nächten folgten gleichmäßig warme Tage. Der Schnee schmolz, der dunkle Grasboden nahm das Wasser auf wie ein Schwamm. Das Eis auf den Fischweihern schwand langsam und wurde mehr und mehr von einer dünnen Schicht öligen Wassers überschwemmt. An einem dieser warmen Vormittage, als Voxlauer eben über die Brücke ging, tauchte am Ende der Straße ein Mann auf. Er war groß und mager und trug ein wehendes kuttenartiges Gewand mit Kapuze. Sein leuchtend weißer Haarschopf hüpfte und wippte, während der Mann die Steigung hinaufstapfte. Als er Voxlauer erblickte, ging er langsamer und näherte sich mit leichten Schritten, denen ein Spazierstock aus Bambus das Maß vorgab. Als er die Brücke erreicht hatte, stellte er seinen Stock neben sich auf den Schotter, lehnte sich leicht nach vorn und sah auf das Wasser hinunter. »Der Frühling gibt mit vollen Händen«, sagte er lachend.

»Sieht so aus, ja«, antwortete Voxlauer.

»Sie sind der neue Wildhüter.«

»Genau.«

»Oskar Voxlauer.«

»Ja.«

»Als Wildhüter, Herr Voxlauer, wissen Sie bestimmt besser als irgendjemand sonst die Wohltaten des Frühlings zu schätzen.«

Voxlauer sah ihn mit halb zugekniffenen Augen an. »Mit wem habe ich die Ehre?«

»Entschuldigen Sie! Professor Walter Adolf Piedernig.« Er verbeugte sich. »Von der Peireos-Gemeinschaft.«

»Der was?«
»Von der *Gemeinschaft*, junger Mann. Die Jünger des Peireos, genauer gesagt: der Lehre von den vier Körpersäften, wie sie in den so genannten Peireos-Schriften aus Damaskus überliefert ist und von jenem begnadeten Philosophen im Westen bekannt gemacht wurde.« Er blickte Voxlauer erwartungsvoll an. »Von der Kolonie«, sagte er schließlich.
»Ach, die in Pergau?«
»Etwas oberhalb von Pergau, ja.«
»Ach so«, sagte Voxlauer. Sie schwiegen eine Weile. Der alte Mann musterte den jüngeren mit wohlwollendem Blick. Dann drehte er sich um, hob die Hand vor die Stirn, damit die Sonne ihn nicht blendete, und blickte die Straße entlang.
»Sind Sie auf dem Weg zum Pass hinauf?«
»Ich will nur zu den Bienenstöcken.«
»Dann können wir ein Stück gemeinsam gehen. Ich habe mir heute die Kapelle auf der Birkerheide vorgenommen.«
»Die Kapelle?«, fragte Voxlauer und zog eine Augenbraue hoch.
»Na ja, eigentlich mehr die Heide.« Der Alte lachte. Das Ziegelrot seiner Haut war an Hals und Armen besonders intensiv, wo es im Kontrast zu dem Weiß seines grobleinenen Gewands stand. Sein Gesicht war runzlig wie das eines alten Seemanns, seine Stirn unter dem schneeweißen Haarschopf hatte die Farbe von gepflügter Erde. Er blickte gütig lächelnd über das Ufer des Teichs und das Wasser hin, als wollte er es segnen, die papierenen Lider fast ganz gegen das Sonnenlicht geschlossen, und wiegte sanft auf seinen unbeschuhten Füßen vor und zurück. Er drängte Voxlauer nicht zu reden, er schien ganz gelassen.

»Was zieht Sie da hinauf zur Heide?«, fragte Voxlauer, nachdem sie einige Minuten lang schweigend gegangen waren.
»Nichts Besonderes«, sagte Piedernig. »Die Aussicht.«
»Ich dachte, vielleicht gehen Sie jagen.«
Piedernig schritt gleichmütig dahin. »Ich werde Ihnen bestimmt

nicht in die Quere kommen, Herr Voxlauer. Die Jagd interessiert mich nicht. Da können Sie ganz beruhigt sein.«
»Ich selber habe mir tatsächlich überlegt, ob es sich vielleicht lohnen könnte, da hinzugehen.«
»Sie sind im Grunde genommen so wenig ein Jäger wie ich.« Piedernig sah ihn an, dann richtete er den Blick wieder auf die Straße. »Und ein Wildhüter sind Sie eigentlich auch nicht.«
»Bitte?«
»Ich habe Ihren Vater gekannt. Ich kenne auch ein paar von den Melodien, die er geschrieben hat.«
»Ah ja.«
»Es ist mir, ehrlich gesagt, schleierhaft, was jemand wie Sie in dieser elenden Bruchbude, in der Sie hausen, zu suchen hat.«
Voxlauer schaute blinzelnd in Richtung des Waldes. »Ich kann mich nicht erinnern, dass mein Vater je Ihren Namen erwähnt hätte.«
»Wir sind zusammen zur Schule gegangen. Aufs Gymnasium in Graz.«
»Soweit ich weiß, hat er nie von Ihnen gesprochen.«
»Ich habe nur gesagt, ich kannte ihn. Ich habe nicht behauptet, dass wir einander besonders nahe standen.«
Sie schwiegen eine Weile. Voxlauers Stiefel schlurften über den Boden. »Was haben Sie früher gemacht?«, fragte er. »Waren Sie irgendeine Art von Schullehrer?«
»Ungefähr so, wie Sie Wildhüter sind«, antwortete Piedernig. Er lächelte.
Sie gingen weiter bis zu dem Kahlschlag, an dessen Rand die Bienenstöcke standen wie Boote, die man zum Überwintern in einer Reihe am Ufer aufgestellt hat. »Diese Kästen sind in einem elenden Zustand«, sagte Piedernig. »Ich glaube nicht, dass der alte Bauer je einen Blick da reingeworfen hat. Der hatte wahrscheinlich Angst, dass er gestochen wird.«
»Haben Sie ihn gut gekannt?«
Piedernig zuckte die Achseln. »Gut genug. Ein armer Teufel. Ich war der Vorgesetzte seiner Tochter, als ich Wildhüter war, sozu-

sagen, zuständig für den hoffnungsvollen Nachwuchs der schönen Stadt Niessen.« Er spuckte unbekümmert aus. »Gut genug, um die Vermutung wagen zu können, dass diesen Bienen bestimmt keine übertriebene Fürsorge zuteil geworden ist.«

Voxlauer lachte. »Sie scheinen jedenfalls nicht allzu sehr gelitten zu haben.«

»Woher wissen Sie das?«

»Na ja«, sagte Voxlauer, »ich meinte nur ...«

Piedernig sah ihn streng an. »Sehen Sie denn den Unterschied zwischen einer Biene, der es schlecht geht, und einer, der es gut geht, Herr Voxlauer?«

»Ich bin nicht einmal sicher, ob ich eine tote von einer lebenden Biene unterscheiden könnte.«

»Besuchen Sie uns diese Woche in der Kolonie.« Piedernig blieb stehen und legte Voxlauer seine sonnengebräunte Hand auf die Schulter. »Unsere Bienen befinden sich in einem Zustand immerwährender ungetrübter Seligkeit.«

Voxlauer sah ihm zu, wie er sein Gewand raffte, behutsam ein kleines Rinnsal überquerte und zwischen den jungen Bäumen der Schonung verschwand. Erst einige Minuten später fiel Voxlauer ein, dass er ihn nach der Gestalt am Teich hätte fragen sollen.

In Czernowitz – jenseits davon gab es keinen zivilen Bahnverkehr mehr – verließ ich meine Reisegefährten und marschierte in das öde kleine Stadtzentrum in der Hoffnung, dort Genaueres über die aktuelle Lage an der Front zu erfahren und vielleicht eine Möglichkeit auszukundschaften, weiter nach Osten zu reisen. Der ebenso traurig wie würdevoll dreinblickende Postmeister, ein Jude aus der Hauptstadt, berichtete mir, an der Front bei Lemberg – sechs Zugstunden entfernt im Norden – schwiegen seit drei Wochen die Waffen, und die Truppen seien abgezogen; nur noch vereinzelte ungarische Deserteure trieben sich in der Gegend herum. Er frage sich, warum er selbst immer noch hier sei, sagte er. Er wiegte andauernd den Kopf hin und her – vielleicht tat er es bloß, damit er nicht ein-

schlief. Ich überschüttete ihn mit Fragen über den Osten, aber er schnaubte nur jedes Mal tonlos und zuckte die Achseln und fuhr damit fort, kleine Stapel Briefe von einer Seite seines imposanten, mit dem Bildnis eines Doppeladlers gezierten Schreibtischs auf die andere zu schieben. Er schaute kaum auf, als ich mich verabschiedete und ihm eine sichere Heimkehr nach Wien wünschte. Ich machte mich auf den Weg.
Ich bemerkte bereits eine Veränderung im Verhalten der Einheimischen mir gegenüber. Viele ließen sich nur mit offenkundigem Widerwillen dazu herbei, deutsch zu sprechen; sie gaben mir deutlich zu verstehen, dass sie es als unbillige Zumutung empfanden. Das Kaiserreich schwand schnell dahin, seine Herrlichkeit erlosch wie das Licht einer Lampe, der das Öl ausgeht, und mit ihm schwanden die letzten jener Selbsttäuschungen, die das ganze Konstrukt begreifbar gemacht hatten. Niemand schien besonders befremdet, wenn ich erzählte, dass ich zur ukrainischen Grenze wollte. Manche hielten mich für einen Deserteur, andere für einen Spion, aber allen schien es ziemlich egal zu sein. Gleichwohl stellte ich fest, dass die Leute mir immer misstrauischer begegneten, je mehr ich mich der Grenze näherte. Ich konnte manchmal ein Stück weit bis zum nächsten Feld auf einem Bauernkarren mitfahren, dann musste ich oft stundenlang marschieren, ehe wieder ein Fuhrwerk vorbeikam. Kein Mensch in dieser Gegend schien auch nur ein Wort Deutsch zu sprechen; ich hatte das Gefühl, dass auch mir die Sprache abhanden kam.
Bei Jzerneska überquerte ich den Dnjestr auf einer Fähre, die an einem über den Fluss gespannten Drahtseil hing. Mitten auf dem Wasser wurde mir bewusst, dass ich jetzt endlich frei war. Das schwere graue Wasser drängte strudelnd gegen die linke Seite des Boots und schwappte bisweilen über den Rand. Seine schiere Gewalt und Hartnäckigkeit schien mir zu bestätigen, dass ich wirklich entkommen war. Der Gedanke, dass ich jetzt im Land der Bolschewiken war, in einem Land, das für mich das Gegenteil von alledem verkörperte, was ich hinter mir gelassen hatte, stimmte mich heiter, und ich konnte es kaum erwarten, an Land zu kommen. Ich gestat-

tete mir einige Gedanken an Maman und Niessen, aber die Erinnerungen wurden mir allzu mächtig, und so lenkte ich denn meine Aufmerksamkeit wieder auf den Fluss. Am Ufer angekommen, gab ich dem Fährmann fast alles Geld, das ich noch hatte. Er nahm es mit einem wachsamen Lächeln entgegen. Zu meiner Überraschung sprach er recht gut Deutsch. »Ja«, sagte er und deutete auf die Münzen, »ich glaube auch, die wirst du nicht mehr brauchen. Die haben dort ein neues System eingeführt.«

»Wie geht das?«, fragte ich.

»Tauschhandel«, sagte er und streckte eine Hand aus. »Ich gebe dir diese Kartoffel, du gibst mir deine Frau.« Er lachte. Er hatte graue Haare und eine dunkle Hautfarbe, die an Sumpfwasser erinnerte. Sein zerlumptes Flickenhemd sah aus wie das Kostüm der Zigeunerin im *Troubadour.* »Das ist gut«, antwortete ich nach einer Weile. In meinem erschöpften Hirn kreisten wirr allerlei Gedanken darüber, was sein Witz – wenn es wirklich ein Witz war – bedeuten mochte und was daraus zu schließen war. Endlich fiel mir wieder ein, was Jan mir erklärt hatte, nämlich, dass im wahren Kommunismus das Kapital absterbe, und so zog ich den Schluss, dass die Bolschewiken bestimmt das Geld abgeschafft hatten. »Das ist gut«, sagte ich noch einmal, jetzt mit mehr Überzeugung.

Der Fährmann zuckte die Achseln; es war keine Geste der Hoffnungslosigkeit wie bei dem Postmeister in Czernowitz, und sie drückte auch nicht Skepsis aus, nur leere Gleichgültigkeit. Wir standen da, halb auf der Fähre, halb auf dem schwankenden Boden des schilfbewachsenen Ufers, und sahen zu, wie die Sonne über dem weiten, vollkommen offenen Land unterging. Ich spürte plötzlich Panik bei dem Gedanken, dass ich hier mutterseelenallein zurückbleiben sollte, aber der Fährmann schien es nicht eilig zu haben. Mit einer gelassenen, unbekümmerten Handbewegung streckte er mir ein Stück Kautabak hin.

»Das ist sehr freundlich von Ihnen«, sagte ich. Ich sah ihm in die Augen. »Haben Sie vielleicht sonst noch was dabei, was Sie entbehren könnten?«

Er blinzelte. Sein Gesicht im schwachen Abendlicht wirkte flach und farblos. »Zum Beispiel?«
»Etwas zu essen, Proviant«, sagte ich. Es klang in einer Weise drängend, die ich nicht beabsichtigt hatte.
Er musterte mich und grinste. »Das kostet aber was, kleiner Kaiser.«
Ich hatte gedacht, ich könnte irgendein Tauschgeschäft machen.
Er holte aus einem Winkel des Boots einen aufgeweichten Laib Brot hervor und ein bisschen Marmelade, die in feuchtes Packpapier eingewickelt war. »Vier Kronen, Majestät«, sagte er und tippte an seine Mütze.
Ich musste lachen. »Ich hab nur noch zwei Kronen. Mein Reich ist ein bisschen den Bach hinuntergegangen, wie Sie vielleicht bemerkt haben.«
Er schwieg eine Weile und spähte konzentriert in die Ferne, mit einem Ausdruck, als versuchte er eine winzig klein gedruckte Zeile zu lesen. »Na gut, zwei Kronen.«
Ich gab ihm mein letztes Geld. Er steckte es mit der gleichen gelassenen, sorglosen Bewegung ein, mit der er mir den Tabak gegeben hatte, und trat auf die Fähre. Immer noch stand die Sonne träge über dem Horizont. Das Bewusstsein, dass ich einen großen Moment erlebte, war verflogen, und ich fühlte nun in aller Schärfe meine Einsamkeit. Ein schmaler Pfad voller Pfützen führte in drei Windungen durch den Uferstreifen und dann immer schnurgerade durch endlos weites Grasland. Ich wandte mich noch einmal nach dem Fährmann um, in dessen Blick nun zum ersten Mal etwas wie verwunderte Neugier sichtbar wurde, als ob ihm erst jetzt aufgefallen wäre, dass ich in dieser Gegend eine reichlich sonderbare Erscheinung war. »Komme ich auf dem Weg da zu den Bolschewiken?«, fragte ich leise und wies linkisch auf den Pfad.
Der Ausdruck gemäßigter Neugier in seinem Gesicht wich einem der Überraschung und des Entzückens – er wirkte, als hätte man ihm soeben ein ganz wunderhübsches kleines Geschenk überreicht. »Ja, kleiner Kaiser. Irgendwann kommst du hin. Aber vorher musst du erst eine Weile marschieren.«

Ich drehte mich langsam um. »Wieso das?«
»Das Land gehört jetzt zum Heiligen Deutschen Reich«, antwortete er und verbeugte sich tief.

Voxlauer schaute in die Bienenkästen hinein. Sie wirkten öde und verlassen. Überall war der Boden mit dürren Bienenleichen übersät. Hie und da waren auch lebendige Tiere zu sehen, die, verwirrt durch das plötzlich einfallende grelle Licht, aufgeregt umherkrochen. Das Volk in dem gelben Kasten schien weniger gelitten zu haben als die anderen. Er schnitt von einer dunklen Honigwabe ein Stück ab und nahm es mit. Als er zur Straße zurückging, hielt er einen Moment an und sah nach Pergau hinunter, das umgeben von einem Kranz grafitgrauer Felder dalag. Die Schneegrenze war in der Woche davor immer höher bis zu den kahlen Gipfeln der Berge gewandert. In der Schonung vor ihm machte sich mattes Grün breit. Die geometrisch aufgereihten Pflänzchen wirkten verkümmert und unnatürlich vor den älteren Bäumen, die dahinter stolz und dunkel aufragten, und der Schatten der nackten Felsen, der über ihnen lag, schien ihre Blöße bedecken zu wollen. Als Voxlauer zu den Viehweiden kam, sah er, dass ein Stück Wiese neben der Straße mit Stacheldraht neu eingezäunt worden war. Dahinter graste eine Kuh. Sie muhte und ging mit erhobenem Kopf ein paar Schritte auf ihn zu. Er ging vorbei, ohne anzuhalten, und sie wandte sich wieder dem Gras zu.
Als er zum Holzerhof kam, rief eben eine Glocke zum Abendessen. Zwei Männer gingen gemächlich über die frisch umgegrabene Erde zum Haus. Er blieb am Straßenrand stehen und beobachtete sie. Es waren schlanke Männer mit langen Armen und Beinen. Sie blödelten miteinander, während sie mit großen Schritten durch den kleinen Obstgarten gingen, kratzten die letzten Restchen Schnee, die noch übrig waren, zusammen und bewarfen einander damit. Der Ältere schien ungefähr in Voxlauers Alter zu sein; unter seiner Wollmütze sahen ein paar Strähnen seines langen Haars hervor. Der Jüngere trug einen Bart, seine

weit auseinander stehenden Augen wirkten etwas einfältig. Er hatte seinen Filzhut schräg wie ein Barett aufgesetzt. Zwischen ihnen lief ein Hund. Das Tier nahm keine Notiz von Voxlauer, und auch seine Herren schienen ihn nicht bemerkt zu haben. Als sie das Haus schon fast erreicht hatten, trat Frau Holzer vor die Tür und rief ihnen zu, sie sollten Feuerholz aus dem Schuppen mitbringen. Sie blieb mit verschränkten Armen stehen, ganz das Bild einer gütigen Herrscherin, und wartete, bis die beiden, beladen mit großen Scheiten, zurückkamen. Dann drehte sie sich um und ging vor ihnen ins Haus.

Voxlauer nahm nicht den Weg durchs Tal, sondern stieg den Birker hinauf und ging auf dem Kamm in westlicher Richtung. Ein Ausläufer rechts führte zur Heide und zu den höheren Gipfeln weiter nördlich, links schlängelte sich das Tal, das nun ganz im Schatten lag. Nachdem er eine Stunde lang durch brusthohes Gebüsch gewandert war, das sich immer wieder an seiner Jacke und seinen Ärmeln verfing, gelangte er zu dem Kahlschlag, wo er den Rehbock erlegt hatte. Die Überreste des Kadavers lagen nun überall zerstreut im Gestrüpp. Auf dem Skelett wimmelte es vor kleinen schwarzen Ameisen, sie quollen aus den Augenhöhlen und aus den Eingeweiden. Scharfe Zähne hatten die Därme zerfetzt, einzelne Streifen hingen wie Lametta über den Farnwedeln und vergilbten in der Sonne. Der Gestank nahm Voxlauer fast den Atem. Er zog sich zurück und stieg wieder zum Kamm hinauf.

In Italien hatte er ähnlich zerfetzte Leichen gesehen, aber die Kälte hatte dafür gesorgt, dass ihm der Verwesungsgeruch erspart blieb. Von dem Gestank in der feuchten Luft wurde ihm schwindlig; er richtete die Augen fest auf den Boden und ging mit steifen Schritten unter den Bäumen dahin. Er musste an den tschechischen Infanteristen denken, der sich das Bein gebrochen hatte, als er über ein Grabenstück gesprungen war. Binnen weniger Stunden war die Wunde brandig geworden. Der Gestank, der unter den Salpeterkompressen hervorquoll, war so grauenhaft, dass die Sanitäter, als sie dann endlich kamen, um ihn fortzuschaffen, sich

feuchte Tücher vor Mund und Nase banden und beim Gehen das Gesicht zur Seite wandten. Der Kadaver des Bocks roch genauso oder doch ziemlich ähnlich. Voxlauer schloss die Augen und versuchte sich genau zu erinnern: an die Feuchtigkeit in den Schützenlöchern, das hell donnernde Geräusch, den Schwefelgeruch, der während der Artilleriegefechte in der Luft hing. Der Graben an der Isonzofront hatte eine besondere Duftnote gehabt, die alles durchdrang; der Gestank von Gas und Pisse sickerte tief in den Schnee, gefror dort und dünstete wieder aus, sobald es ein bisschen wärmer wurde. »So viel weiß ich noch«, sagte Voxlauer laut.
Es dämmerte, als er auf dem abfallenden Kamm weiterwanderte, an den Teichen fern unten im Tal vorbei bis zu einer schneebedeckten Felsenspitze, die einsam und nach allen Seiten frei aufragte. Von hier aus konnte er das gekrümmte Tal und die weite Ebene jenseits des Pergauer Sattels überblicken. Pergau wurde von einem Waldstück verdeckt, nur die Spitze des Kirchturms ragte zwischen den Wipfeln hervor. Oberhalb des Orts sah er in einer Senke inmitten gepflügter Felder eine Gruppe weißer Holzhäuschen. »Herr Piedernig, nehme ich an«, sagte Voxlauer mit einem ironischen Lächeln. Einige Zeit später war er in Pergau; leise schritt er über den gepflasterten Marktplatz.
Auf der Straße außerhalb des Ortes begegnete er hin und wieder Feldarbeitern, die ihn grüßten, aber er kam mit niemandem ins Gespräch. Der Ackerboden rund um Pergau war dünn, die Felder steil. Nach kurzer Wanderung gelangte Voxlauer wieder in waldiges Gelände. Eine Viertelstunde später kam er auf einem kleinen Sattel an einer Wegeinmündung vorbei, und bald danach erreichte er wieder Ryslavys Grund und Boden.

Am nächsten Morgen fiel Voxlauer die Honigwabe wieder ein, die er in die Tasche gesteckt hatte. Er bröckelte sie in eine Schüssel, tat Brotstückchen und Milch dazu und aß sie zum Frühstück. Dann nahm er zwei rote Fliegen aus der Kiste mit dem Angelzeug, holte die leichtere der beiden Ruten aus ihrer Segeltuchhülle und ging hinaus. Er wanderte an den Wasserfällen entlang den Bach hinauf bis zu einer Stelle, wo die reißende Strömung sich ruhig kreisend in einer klaren Gumpe brach. Forellen standen dort an Stellen mit schwacher Strömung; sie wechselten bisweilen in blitzschnell schießender Bewegung ihre Plätze und bildeten dann, dunkel über dem Bachgrund schwebend, neue labile Muster. Obwohl das Wasser ganz klar war, sah ihre Haut über dem Kies glanzlos wie angelaufenes Kupfer aus. Das Sonnenlicht spielte auf dem Bachbett; die netzartigen Muster zitterten, wenn sich die Wasseroberfläche kräuselte. Voxlauer trat einen Schritt vom Ufer zurück und warf mit hohen vorsichtigen Schwüngen die Schnur aus. Die Fliege tanzte über dem schäumenden Wasser oberhalb der Gumpe, dann ließ er sie eine Weile mit der Strömung und auf den Strudeln treiben, bevor er sie einholte und wieder auswarf.

Am späten Vormittag kehrte er mit drei Fischen heim. Er legte sie auf den Tisch, sie sahen ihn mit trübe werdenden Augen an. Sie waren klein, aber wunderschön; ihre glitschige Haut, die im Wasser kieselfarben ausgesehen hatte, schillerte jetzt wie mit geschliffenen Edelsteinen besetzt. Er nahm die Fische aus und filettierte sie. Einen bestäubte er mit Mehl, um ihn in Butter zu braten, die anderen wickelte er mit einem Büschel jungem Gras in Zeitungspapier und legte das Päckchen beiseite. Der Duft von Butter und Fisch verdrängte den dumpfen Geruch des Zimmers, er schlug sich auf Voxlauers Haut und seinen Kleidern nieder, bis er nichts mehr roch als diese gebratene Forelle und sein ganzer Körper vor Heißhunger fieberte. Er aß den Fisch im Stehen direkt aus der Pfanne, kratzte mit der Gabel die Kruste vom Boden ab und genoss den bitteren Geschmack. Es war jetzt heiß in dem kleinen Zimmer. Er ging hinaus und drehte gemächlich eine Runde um den Teich.

Am Nachmittag nahm er das Päckchen mit den übrigen Filets, steckte es in seinen Rucksack und machte sich auf den Weg nach Pergau hinunter. Der Himmel war mit kleinen Wölkchen übersät,

die die Sonne halb verdeckten, und das Spiel des aufstrahlenden und wieder verschwindenden Lichts illuminierte prächtig den Wald zu beiden Seiten des Wegs. Bei der Abzweigung nahm er den Weg, der nach links führte, und wanderte bergan bis zu einem aufgeweichten Acker. An dessen anderem Ende standen lose verstreut die Häuser der Kolonie, Holzhütten, zwischen denen schlammige Trampelpfade verliefen. An einer Wäscheleine hingen Betttücher. Vier Kinder mit schmutzigen Gesichtern spielten Kästchenhüpfen. Sie unterbrachen ihr Spiel, als er sich näherte. Eine in grobes Tuch gekleidete Frau nahm gerade Wäsche von der Leine. Sie fragte ihn nach seinem Namen und was er da wolle.
»Oskar Voxlauer. Ich wollte gern Herrn Piedernig besuchen, wenn das möglich ist.«
»Bei uns geht es normalerweise nicht so förmlich zu«, sagte die Frau und lachte. »Ich heiße Ruth.«
»Oskar Voxlauer«, wiederholte er und machte eine knappe Verbeugung.
»Walter und die anderen sind im großen Haus beim Essen.« Sie wandte sich um und deutete über die Köpfe der Kinder hinweg auf eine Hütte, die etwas höher war als die übrigen. »Richten Sie bitte aus, dass ich gleich komme.«
»Danke, Fräulein Ruth«, sagte Voxlauer. »Ich werde es bestellen.«
Aus dem Haus klang leise Musik, die er nicht einordnen konnte. Er hielt auf den Stufen vor der Tür inne und überlegte, ob es ein Stück von seinem Vater war oder ob er die Melodie vielleicht von einer der Schallplatten aus Annas Sammlung her kannte, aber die Töne verstummten, ehe er zu einem Ergebnis kam. Er gab sich einen Ruck und öffnete die Tür.
Der helle hohe Raum, in den er eintrat, nahm die ganze Länge des Hauses ein. Etwa ein Dutzend Frauen und Männer verschiedenen Alters, fast alle mit kurz geschnittenem Haar und sonnengebräunten Gesichtern, saßen mit gekreuzten Beinen auf dem Fußboden um ein Tischtuch herum, auf dem Schüsseln mit Walnüssen und eingemachtem Obst und Teller mit Käse und Schwarzbrot stan-

den. Piedernig ging mit einer dampfenden Teekanne herum und schenkte ein. Er sah auf, als Voxlauer eintrat, stellte die Kanne beiseite und schritt dem Gast entgegen, die Arme weit ausgebreitet. »Was ist denn das?«, fragte er und schaute auf das Päckchen in Voxlauers Hand. »Haben Sie uns etwas mitgebracht?«
»Der Frühling gibt mit vollen Händen«, sagte Voxlauer und überreichte das Päckchen.
»Das ist wohl wahr.« Piedernig machte das Papier auf und roch an den Filets. »Das ist jetzt genau das Richtige. Liebe Kinder«, fuhr er, an die Versammlung gewandt, fort, »wir haben heute wieder einmal einen Gast aus der Welt da draußen: Oskar Voxlauer, Wildhüter.« Er lächelte und sah Voxlauer an. »Rückt ein bisschen, damit er sich hinsetzen kann. Und du, Seppl, sieh zu, was du daraus machen kannst.« Er reichte das Päckchen einem schmächtigen Mann mit Halbglatze, der sogleich mit feierlichem Gehabe aufstand und in einem angrenzenden Raum verschwand.
»Oskar und ich haben einander neulich auf der Straße kennen gelernt, dem Frühling sei Dank«, verkündete Piedernig. Er forderte mit einer einladenden Handbewegung seinen Gast auf, vor dem Tischtuch Platz zu nehmen. »Seine Bienen machen ihm ein bisschen Sorgen.«
»Was für Sorgen?«, fragte eine kleine Rothaarige, die rechts von Voxlauer saß.
»Na ja, sie wirken nicht besonders lebhaft«, sagte Voxlauer und nahm sich eine Winterbirne.
»Wenn Sie in einer dieser Grabkammern hausen müssten, würden Sie auch nicht vor Leben strotzen«, sagte jemand auf der anderen Seite des Tuchs. Die Stimme war leise und sanft kratzig, wie wenn wollene Ärmel aneinander reiben. Die Frau, die geredet hatte, sah ihn ernst an. Sie war ein dunkler Typ mit einem runden Gesicht. Ihr Haar war nicht kurz geschnitten, sondern hing lang auf ihre Schultern herab. Sie trug ein geflicktes Hemd aus Segeltuch und eine olivgrüne Arbeitshose. Piedernig sagte mitten im allgemeinen Gelächter etwas zu ihr, und sie lächelte ihm müde zu.

»Genau. Und dann stören Sie die armen Tiere auch noch in ihrem gesunden Schlaf«, bekräftigte die rothaarige Frau.
Voxlauer schaute sie ärgerlich an. »Ich verstehe nicht viel von Bienen«, sagte er.
Piedernig zwinkerte schelmisch. »Oskar ist kein gewöhnlicher Wildhüter, er macht das nur nebenbei.«
Nach einer Weile kam Seppl mit den Forellen. Er hatte sie in Butter gebraten und auf Lauch gebettet; dazu gab es Salzkartoffeln. Viele in der Runde lehnten dankend ab, Piedernig dagegen verschlang seine Portion mit sichtlichem Genuss und entzücktem Stöhnen und leckte sich hinterher die Fingerspitzen. Die Rothaarige und ein bärtiger Mann hatten offenbar nur aus Höflichkeit von dem Gericht genommen; sie saßen da, vor sich den dampfenden Fisch, und blickten mit Unbehagen auf Voxlauer. Ein Mann mit einem blässlichen Jesuitengesicht starrte ihn über das Tischtuch hinweg penetrant an; seine Miene drückte Verblüffung aus.
»Wir essen normalerweise keinen Fisch, aus Prinzip«, erklärte Piedernig zwischen zwei Bissen. »Brüder des Stroms, Sie wissen schon. Und Sie, Fräulein Bauer, essen Sie nichts?«
»Ich glaube, ich gönne mir heute einmal einen Tag ohne Fisch«, sagte die Frau mit den langen Haaren, ohne Voxlauer anzusehen.
»Wunderbar. Sie tut ein gutes Werk. Oskar, darf ich Ihnen Fräulein Else Bauer vorstellen. Sie ist eine Nachbarin von uns; sie wohnt auch in diesem wilden Vorgebirge, in der Villa da drüben auf der anderen Seite.«
»›Villa‹ ist stark übertrieben«, protestierte die Frau und warf Piedernig wieder ein müdes Lächeln zu. Voxlauer musterte sie einen Moment lang schweigend.
»Sehr erfreut«, sagte er dann.
Die Mitglieder der Gemeinschaft stellten sich jetzt einer nach dem anderen vor, teils mit bereitwilliger Freundlichkeit, teils mürrisch widerstrebend. Männer wie Frauen trugen Hemden aus braunem, grob gewebtem Tuch und abgewetzte Hosen aus Sackleinen, nur Piedernig war hell gekleidet; er trug dasselbe weite

Gewand wie drei Tage zuvor. Zu Voxlauers Überraschung setzte der Mann mit der verblüfften Miene ein freudiges Grinsen auf und schüttelte ihm über das Tischtuch hinweg enthusiastisch die Hand. Piedernig thronte wie der Gautama Buddha nickend und einfältig lächelnd über der Szene. »Und jetzt«, verkündete er und hob einen Finger, »kommt der Wein.«

Seppl eilte beschwingten Schrittes in die Küche und kam mit zwei Flaschen Stachelbeerwein zurück, die mit Stopfen aus zusammengerollter Birkenrinde verschlossen waren. Die Flaschen machten die Runde; jeder beschnüffelte erst den Birkenkorken, bevor er seinen Steingutbecher füllte. Piedernig stand auf.

»Meine geliebten Kinder«, begann er und hob eine der Flaschen bis knapp unter sein Kinn. »Kinder und Jünger in Christus und seiner vierfaltigen Eucharistie, untergetaucht und neu getauft in dem reinen Bad der vier Säfte …«

Der Chor der Anwesenden setzte jetzt ein und begleitete kontrapunktisch Piedernigs Singsang: die Namen der vier Jahreszeiten wurden deklamiert, die Elemente Feuer, Wasser, Erde, Luft beschworen. Voxlauer saß schweigend da und starrte in seinen Becher.

»… und das Wasser und die feste Erde und das läuternde Feuer, Amen«, sagte Piedernig. Er seufzte verzückt. »Heil dem Frühling!«

»Heil dem Frühling!«, antwortete die Tischrunde. Piedernig setzte sich im Schneidersitz und hob seinen Becher. »Prost, Oskar!«

»Ja und Amen«, sagte Oskar erlöst. Er hob den Becher an seine Lippen und nahm einen tiefen Schluck. Der Wein war stark; er hatte einen leicht paraffinartigen Nachgeschmack und hinterließ ein feines Kitzeln im Mund. Voxlauer nickte genießerisch und lobte den Wein. Er hatte längere Zeit keinen Alkohol getrunken und spürte jetzt prompt die Wirkung des Getränks: Ruhe kam über ihn wie das milde Licht eines Sommerabends, er senkte entspannt blinzelnd die Lider. Eine kurze Weile saß er vollkommen zufrieden da, den Becher in der Hand, und hörte dem Rauschen des Gesprächs um ihn herum zu.

»Immerhin habe ich eine Wabe voll Honig da drin gefunden«, sagte er und genoss die Wärme, die sich zwischen seinen Schulterblättern ausgebreitet hatte. Niemand schien ihm zugehört zu haben. Die Frau namens Ruth war hereingekommen und hatte sich irgendwo links von ihm hingesetzt. Sie redete erregt auf Piedernig ein. Offenbar ging es um die Nazis. Voxlauer stellte widerstrebend seinen Becher ab und versuchte sich zu konzentrieren.
»Wenn sie kommen, Walter, warum sollten sie dann nicht überallhin kommen? Warum nur in die Städte und nicht auch zu uns ins Gebirge? Warum sollte es bei uns anders sein als in Deutschland und speziell in Bayern? Meinst du denn, die Leute hier sind so viel klüger?«
Piedernig schnaubte ärgerlich. »Das bestimmt nicht, meine Liebe. Aber dieser ›arische Sozialismus‹ kann doch nur im Dunstkreis von Männerwohnheimen gedeihen. Eine Seuche, die in der Großstadt entstanden und groß geworden ist, wie alle Dummheiten.« Er ließ seinen Blick mit selbstgefälligem Behagen über die Runde schweifen. Einige kommentierten seine Ausführungen mit zustimmendem Gemurmel. Er seufzte. »Die Pseudo-Religion schwärmerischer Bankangestellter. Der Traum kleiner Referendare vom Germanentum.« Links neben Voxlauer lachte jemand auf.
»Auf dem Land haben die nie viel Sympathien gewinnen können«, fuhr Piedernig fort. »Und den Leuten im Gebirge werden sie erst recht nicht imponieren mit ihren gestärkten Hemden und ihren Fantasieuniformen. Nein danke, wir haben schon genügend einheimische Fanatiker und Spinner. Die Leute auf dem Land haben zu viel gesunden Menschenverstand, um an dieser Sorte Oper Geschmack zu finden. Wir werden es sehen oder vielmehr: wir werden, behaupte ich, eben nichts von ihnen sehen, wenn sie kommen. Und das dauert nicht mehr lange, meine Kinder.« Er lehnte sich entspannt zurück und trank einen Schluck.
»In unserer Gegend hier machen die sich aber jetzt schon ziemlich breit«, sagte ein junger Bursche mit einem runden Gesicht, der rechts von Voxlauer saß.

»Mein lieber Kasperl, wenn du dabei die zwei stumpfsinnigen Dorfdeppen vom Holzerhof im Sinn hast, die den lieben langen Tag nur darauf lauern, dass ihnen was Warmblütiges über den Weg läuft, das sie bespringen können, dann finde ich das nicht recht überzeugend. Da müsstest du mir schon noch andere Fälle nennen. Was meinen Sie dazu, Herr Wildhüter?«
»Sind Sie denn wirklich sicher, dass sie kommen?«, fragte Voxlauer.
»Die werden kommen, und zwar bald«, sagte die Frau namens Else. Voxlauer sah sie an und musste wieder staunen, nicht über ihre Schönheit, sondern über die Aura von ruhiger Trauer, die sie umgab. Ihre Augen unter den schweren Lidern blickten nicht unfreundlich, aber doch wie aus großer Entfernung auf ihn, als ob sie gleichmütig die Welt und damit auch ihn und alles Wissen von ihm am Horizont entschwinden ließe. Er spürte jetzt etwas wie Furcht aufkeimen, eine vage böse Vorahnung, die auch eine Erinnerung sein konnte, so wie es die Musik gewesen war, die er gehört hatte, als er vor der Tür stand. Er wandte den Blick von ihr ab und nahm wieder den jungen Mann, Kasperl, ins Visier, der von neuem das Wort ergriffen hatte. Er sprach leise, aber mit unverkennbarem Trotz.
»Die jagen uns zum Teufel. Das ist das Erste, was sie machen werden. Die werden kommen und uns zum Teufel jagen.«
»Jetzt hör aber auf, Kasperl, mit diesen Unheilsprophezeiungen«, sagte Piedernig, »ich bitte dich.«
»Na, vielleicht auch nicht«, meinte Else und musterte die Gesichter in der Runde. »Vielleicht lassen sie uns einfach in Ruhe. Nach allem, was wir wissen, führen die nichts im Schilde, was uns beunruhigen müsste. Überhaupt was sollten die hier schon wollen? Wir können und müssen uns doch noch gar kein Urteil bilden. Warten wir's ab, was passiert, wenn sie da sind.« Sie hob den Becher an ihre Lippen und trank. »Vielleicht ist es sogar gut für uns, wenn sich hier mal was ändert.«
Eine kurze Weile lang herrschte Schweigen. »Veränderung,

Fräulein Else, das ist das Zauberwort für die Arbeitssklaven in der Stadt«, sagte Piedernig. »Stetige Regression im Namen des Fortschritts – das haben wir doch gründlich genug durchdiskutiert. Das ist schließlich der Grund, warum wir alle hier sind, oder nicht?«

»Ich meine eine *echte* Veränderung, Walter, einen wirklichen Fortschritt. Wenn sich in Niessen je etwas wirklich bewegt hätte, würde ich wahrscheinlich immer noch dort leben.«

»Fräulein Bauer hat sich aus dem Berufsleben zurückgezogen. Sie war Hauptschullehrerin«, erklärte Piedernig. »Man würde nie auf die Idee kommen, wenn man ihre politischen Ansichten kennt. Sehen Sie, jetzt wird sie rot! Sie ist peinlich berührt.« Er lachte. »Und was ist mit Ihnen, Oskar? Wovon haben Sie sich zurückgezogen?«

Voxlauer antwortete nicht. »Ich glaube, ich habe Sie neulich am Teich spazieren sehen«, sagte er zu Else.

»Ich kann nichts dafür, dass Ihre Teiche zwischen meinem Haus und der Stadt liegen, Herr Wildhüter«, entgegnete sie. Sie sah dabei Piedernig an, der entspannt im Schneidersitz dasaß, schläfrig blinzelnd wie eine ruhende Hauskatze, und leise vor sich hin summte. Zu Voxlauers Überraschung schloss auch sie die Augen, und alle anderen taten es ihr mit gemessenem Ernst nach. Ein körperloses Summen erfüllte dunkel vibrierend den Raum. Er sah, dass sich ihre Mundwinkel in der Andeutung eines Lächelns, das ihm zu gelten schien, ganz leicht kräuselten, aber es hob nicht jene Traurigkeit auf, die ihm beim ersten Blick aufgefallen war und die in allen ihren Zügen wie ein durchgehender Faden sichtbar blieb. Die Natur gibt mit vollen Händen, der Frühling strahlt hell. Arbeit läutert. Nahrung ist Segen. Eine angebissene Birne, schon ein bisschen braun, in einer Holzschale. Ein dunkelroter Fleck auf dem Tischtuch neben ihrer Hand.

»Sehen Sie, Oskar: unsere Bienen sind genauso schläfrig wie Ihre. Aber bei unseren ist es der Schlaf der Gerechten.«

Voxlauer lugte durch die blau gestrichene Klappe des Kastens. »Sie machen einen besseren Eindruck, ja«, sagte er.
Piedernig nickte. »Bienen produzieren Honig, so wie der Mensch Exkremente produziert. Das ist nun einmal ihre Natur. Aber in einem Scheißhaus verhalten sie sich genauso wie wir.«
»Und trotzdem bleiben sie Jahr für Jahr in diesen Häusern.«
»Sie können natürlich machen, was Sie für richtig halten«, meinte Piedernig. »Die da unten im Niessener Hof werden auch ohne Honig klarkommen, hab ich Recht?«
»Das ist mir egal«, sagte Voxlauer. Piedernig kicherte.
Das Sonnenlicht fiel schräg auf die mit Stroh bestreuten Trampelpfade zwischen den weiß gestrichenen Häusern und den Wäscheleinen. Piedernig marschierte los, und Voxlauer folgte ihm. Er fühlte sich benommen, ein Glücksgefühl machte sich langsam in ihm breit.
Sie gingen um einige Heuschober herum. Dahinter lag halb versteckt zwischen Häusern ein kleiner ebener Platz mit einem Schuppen und einem Garten. Die Kinder, die er bei seiner Ankunft gesehen hatte, jagten eine alte Ziege vor sich her, immer rund um den Schuppen; eine Frau in einem Kleid von derselben Farbe wie das Fell der Ziege saß auf einem Mäuerchen des terrassenförmig angelegten Gartens und sah ihnen zu. Die Kinder trugen dem feuchtkalten Wetter zum Trotz weder Hemd noch Schuhe; unter der bleichen schmutzigen Haut sah man ihre Muskeln und Sehnen spielen. Die Frau starrte die beiden Männer mit mürrischer Miene an. Piedernig würdigte sie keines Blickes. Er ging mit wippendem Haarschopf dahin, immer einen halben Schritt vor Voxlauer, weg von den Hütten und über ein Feld bis zur Straße. An ihrem Rand blieb er unvermittelt stehen, als wäre da ein Zaun, der ihn hinderte, das Feld zu verlassen. Voxlauer stand ebenfalls still und wartete darauf, dass Piedernig etwas sagte.
Dieser wandte sich um und wies nach oben zum Fuß der zerklüfteten Felsen. »Haben Sie gute Augen, Oskar? Sehen Sie diese Öff-

nung dort im Fels, ganz unten in dem verwaschen braungrauen Bereich, wo das schwefelgelbe Band aufhört?«

Voxlauer spähte hinauf. »Was ist damit?«

»Da hat früher ein Mann gelebt. Wir haben ihm manchmal was zu essen gegeben.«

»Stell dir vor!«

»Er hat dasselbe versucht wie Sie.« Piedernig sah ihn an. »Er hat genauso gedacht wie Sie, ziemlich genau.«

Voxlauer wandte den Blick von den Felsen ab und musterte Piedernig. »Was wissen Sie davon, wie ich denke, Herr Professor?«

Piedernig lächelte. »Regen Sie sich nicht auf, Oskar, bitte. Ich habe in den neun Jahren, die ich fern vom Irrsinn der Menschen zugebracht habe, mehr darüber gelernt, als ich hier sagen will. Ich habe mich in meinen Mußestunden ausgiebig mit Ihnen beschäftigt und glaube, dass ich Ihren Charakter verstehe und Ihre Ambitionen kenne.« Er klopfte Voxlauer auf die Schulter. »Sie selbst sind natürlich davon überzeugt, dass Sie keinerlei Ambitionen mehr haben.«

Voxlauer lächelte. »Und das ist eine Selbsttäuschung, stimmt's?«

»Der Mann in der Höhle da oben hat auch gemeint, er könnte die Welt einfach so von sich abtun. Und wir haben ihm zu essen gegeben. Zum Teil, glaube ich, aus Respekt vor seinen Überzeugungen. Aber mehr noch aus Sympathie.«

»Was für eine Art Mensch war er?«

»Eigentlich ein Typ, der jedermann vertraut ist. Reserviert. Voller Hass auf den, der er früher war. Ein Fanatiker, um ehrlich zu sein. Der käme heute prima in der Welt zurecht.«

»Ohne Zweifel.«

»Ja.« Piedernig verstummte.

»Und jetzt geben Sie mir zu essen.«

»Wir geben Ihnen was, und wir bekommen was von Ihnen, Oskar. Ihr Vorgänger damals brachte uns Kaninchen und Nüsse und andere Dinge, die wir gern annahmen. Ein sehr freundlicher unglücklicher Mann.«

»Was ist aus ihm geworden?«
»Er ist gestorben.«
»Sterben müssen wir alle«, sagte Voxlauer. »Danke für das Essen.«
Piedernig verbeugte sich. »Ihr Besuch war mir eine große Freude, Oskar. Wenn man in der Wildnis lebt, empfindet man die Gesellschaft eines gebildeten Menschen als ein Geschenk Gottes.«
»Ich bin nicht gebildet.«
»Ganz wie Sie wollen, Oskar. Wenn es Ihnen lieber ist. Vielleicht sind Sie damit einverstanden, wenn ich Sie den Sohn eines gebildeten Mannes nenne.«
Ein kurzes Schweigen folgte. »Sie sind ein Scharlatan«, sagte Voxlauer brüsk.
Piedernig seufzte. »Ja, in gewissem Sinn. Ich gestehe den Meinen vielleicht ein bisschen weniger zu als mir selbst.«
Voxlauer grinste. »Das hab ich bemerkt beim Essen.«
»Ich rede jetzt nicht von der Forelle, Herr Wildhüter«, sagte Piedernig streng.
»Wie auch immer, ich gönne es Ihnen von Herzen.«
»Sehr freundlich von Ihnen.« Piedernig lächelte. »Aber es ist, wie auch immer, eine Tatsache, dass Ihre Bienen sterben.« Er drehte sich um, winkte Voxlauer noch einmal über die Schulter zu und schritt durch das junge Gras heimwärts. Voxlauer sah ihm nach, bis er zwischen den Häusern verschwand. Er blieb noch ein paar Minuten stehen und beobachtete, wie in dieser kurzen Weile die Schatten des Abends auf dem weiten Feld von rechts nach links voranktrochen. Als er die Steigung hinabging, sah er zwischen den Stämmen der Fichten immer wieder einzelne Flecken mit stumpfem, schmutzigem Schnee in den letzten Sonnenstrahlen aufleuchten. An der Abzweigung blieb er stehen. Eine Weile starrte er geistesabwesend auf den Wald. Dann machte er kehrt und ging zurück den Hügel hinauf in Richtung der Kolonie.
Sie schritt gerade quer über das Feld, als er aus dem Wald herauskam. Er trat schnell wieder in den Schatten der Bäume, damit er ihr

nicht auf offenem Gelände begegnete. Sie wirkte nicht überrascht, als sie ihn wenig später befangen und nervös am Straßenrand stehen sah. Sie nickte ihm ernst zu, und sie wanderten gemeinsam dahin. Sie hatten etwa die halbe Strecke bis zur Einmündung geschafft, da fragte sie ihn, warum er auf sie gewartet habe.

»Ich habe einige Skizzen von Ihnen, glaube ich«, sagte Voxlauer.

Sie lächelte. »Aha. Keine Angst, Herr Voxlauer, ich werde Sie bestimmt nicht fragen, ob sie Ihnen gefallen.«

»Zwei Porträts. Und eine Pastellzeichnung, ein paar Enziane.«

»Die Pastellzeichnung ist von mir. Ich bin nicht sicher, ob ich sie haben will. Die Porträts können Sie jedenfalls behalten. Ich kann mich nicht einmal mehr dran erinnern.«

Voxlauer sah auf die Straße unter seinen Füßen. »Danke. Ich wäre Ihnen sehr verbunden, wenn Sie alle drei wieder an sich nehmen würden.«

Sie lachte, es klang gedämpft und dunkel. Ihre matten Augen sahen ihn an.

»Sind sie denn wirklich so schlecht?«

»Nein. Nein, sie sind wunderschön.«

»Sind es Porträts von mir?«

»Ja.«

»Dann gehören sie zu den Sachen meines Vaters. Machen Sie damit, was Sie wollen. Sie können sie aufhängen oder wegwerfen oder sonst was damit anfangen. Wie es Ihnen am liebsten ist.«

»Mir wäre es am liebsten, Fräulein Else, wenn Sie die Bilder nehmen würden. Ich wäre Ihnen dankbar dafür.«

Das Lächeln verschwand aus ihrem Gesicht, etwas wie Zorn stieg darin auf. »Ich will mit der Bruchbude, in der Sie hausen, Herr Voxlauer, nichts mehr zu tun haben, und ich wäre Ihnen über alle Maßen dankbar, wenn Sie aufhören würden, mich zu nötigen. Die Jahre, die ich dort verbracht habe, waren die schlimmsten in meinem Leben, und ich möchte nicht daran erinnert werden.«

Sie musterte ihn eingehend, als wollte sie von seinem Gesicht ablesen, welches die genau passenden Worte wären. »Die Leute, für die Sie arbeiten, haben meinem Vater die Selbstachtung und die Gesundheit geraubt. Sie sind so unmittelbar für seinen Ruin verantwortlich, als ob sie ihm jeden einzelnen Schluck eingeflößt und ihm danach das Kinn abgewischt hätten. Ich nehme an, man hat Ihnen eine andere Version der Geschichte erzählt, aber ich habe es damals selbst mit angesehen. Wenn Sie sich auch nur kurz in dieser muffigen Höhle umgesehen haben, müssen Sie wissen, wie er das letzte Jahr seines Lebens verbracht hat. Es hat mir wehgetan, Herr Voxlauer, daran zu denken, und es tut mir jetzt noch mehr weh.« Sie atmete tief durch. »Also quälen Sie mich in Gottes Namen nicht länger damit.«

»Das tut mir Leid, Fräulein Else«, sagte Voxlauer und ging schneller, um mit ihr Schritt zu halten. »Ich habe von alledem nichts gewusst. Ich hab es nicht böse gemeint.«

»Sie haben über meinen Vater gut genug Bescheid gewusst.«

»Dass er getrunken hat, ja.«

»Ja«, sagte sie und holte tief Luft. »Und ich weiß über Ihren Vater Bescheid.«

»Dann sind wir ja quitt, könnte man sagen.«

»Nicht ganz. Ihr Vater war ein berühmter Mann. Hoch geachtet und erfolgreich.«

»Mein Vater hat sich die letzten fünfzehn Jahre seines Lebens darum bemüht, dass man seine Musik spielte«, sagte Voxlauer. »Ohne jeden Erfolg.«

»Ihr Vater war ein großer Mann in der Stadt. Alle haben zu ihm aufgeschaut, alle! Sogar ich kann mich an ihn erinnern.«

»Er ist so elend gestorben wie Ihrer, genauso elend. Und ich behaupte, dass um den einen so viele Menschen getrauert haben wie um den anderen.«

»O ja. Aber wir wollten ja eigentlich über den Tod *meines* Vaters sprechen, oder nicht, Herr Voxlauer? Und über die Familie Ryslavy. Über Ihre« – sie stockte und suchte nach einem passenden Wort – »Herrschaft.«

»Der alte Ryslavy ist auch schon tot. Pauli hat mich engagiert.«

»Spielt das eine Rolle?«, fragte sie ruhig, den Blick beharrlich auf die Straße gerichtet. »Ist es denn möglich, dass der anders ist?«
Voxlauer blickte sie an, bis sie ihm endlich das Gesicht zuwandte. In ihren Zügen lag jetzt kein Ausdruck von Zorn mehr, nur matte Gleichgültigkeit. »Was wollen Sie damit sagen, Fräulein Else? Er kann nicht anders sein, weil er Jude ist? Ist es das?«
»Weil er der Sohn seines Vaters ist. Aus keinem anderen Grund.«
Sie schwieg einen Moment lang. »Das ist er doch, oder?«, fragte sie dann.
»Wie bitte?«
Sie lächelte. »Der Sohn seines Vaters.«
Voxlauer nickte ernst. »Ich habe nie Grund gehabt, etwas anderes anzunehmen.« Sie schritten eine Weile schweigend dahin. »Was die Stadt betrifft, so empfinde ich dasselbe wie Sie«, sagte er endlich. »Ich nehme an, das merkt jeder.«
»Ich habe bemerkt, dass Sie Niessen nicht mögen. Ob wir dasselbe empfinden oder nicht, das ist eine ganz andere Frage.«
»Na ja, zu den deutschen Nachbarn habe ich jedenfalls ein ganz anderes Verhältnis als Sie.«
Ihre Augen wurden weit. »Ja? Was für ein Verhältnis haben Sie denn?«
»Ich habe die Deutschen nie besonders gemocht. Mir ist nicht recht wohl bei der Vorstellung, eines Tages bei ihren Paraden mitmarschieren zu müssen.« Er stand stramm und hob eine Faust.
Else lachte. »Ich glaube, ein bisschen Exerzieren würde ihnen nicht schaden, Herr Voxlauer. Übrigens, die mit der Faust sind nicht die Deutschen. So machen es die Italiener.«
»Kann sein«, sagte Voxlauer. »Schon möglich. Aber die Italiener machen außerdem *gelato* und *cassata*. Dafür kann man ihnen schon ein paar Verrücktheiten durchgehen lassen.«
Sie lachte wieder, jetzt weniger rau. »Also, Herr Voxlauer.« Sie waren an der Stelle angelangt, wo sich der Weg gabelte. »Ich werde Sie von den Skizzen befreien, wenn sie Ihnen wirklich so schwer auf der Seele liegen. Lassen Sie die Blätter bei Herrn Pie-

dernig, wenn Sie das nächste Mal hinkommen. Haben Sie sonst noch was, was Sie loswerden wollen?«

Voxlauer richtete sich gerade auf. »Nein, sonst nichts. Herzlichen Dank.«

»Nun denn, guten Abend.«

»Guten Abend.«

Sie ging ein paar Schritte, dann drehte sie sich noch einmal halb zu ihm um. »Waren Sie neulich auf der Jagd?«, fragte sie über die Schulter. »Oben auf dem Kamm?«

»Ja, ich hab einen Rehbock geschossen.«

Sie nickte und ging langsam davon in den Wald. Voxlauer nahm den Weg zu Ryslavys Land. Gemächlich wanderte er bergan. Ab und zu blieb er stehen und schaute durch die Baumwipfel in die sinkende Sonne.

Im Lauf der folgenden sieben Wochen, als ich in der besetzten Ukraine durch die leere Eintönigkeit der Steppen, hie und da unterbrochen von einer Ansammlung erdfarbener Hütten ohne Fenster oder einer Wasserstelle inmitten von in aller Regel verlassenen Viehställen mit Lehmmauern, ostwärts wanderte, erfuhr ich zum ersten Mal so recht, was Hunger ist. Er weckte mich auf am Morgen und jagte mich unaufhaltsam weiter, obwohl ich längst alle Sehnsucht oder Hoffnung, ins Land der Bolschewiken zu gelangen, eingebüßt hatte, und ließ mich am Abend halb bewusstlos niedersinken, um mich am nächsten Tag weiterzutreiben. Ich aß alles, was ich erraffen, stehlen oder pantomimisch erbetteln konnte. Die meisten der Menschen, die mir über den Weg liefen, waren zu neugierig oder zu eingeschüchtert, um mich einfach fortzujagen. Ich lernte ein paar sehr nützliche Brocken Ukrainisch. Sie bewahrten mich nicht vor den Schlägen, die ich oft einstecken musste, wenn ich beim Stehlen erwischt wurde, aber wenigstens konnte ich zu verstehen geben, dass ich kein Soldat war. Die Prügel waren nicht allzu schlimm, nicht viel mehr als eine symbolische Bestrafung, denn die Männer, die mich schlugen, waren genauso entkräftet und

apathisch vor Hunger wie ich. Sie versetzten mir halbherzig ein paar Hiebe, durchsuchten meine Taschen und schlurften zurück in ihre Häuser. Ich war ohne jeden Wert für sie.
Weiter östlich wich die offene Steppe fruchtbarem Kulturland; ich traf auf weiß gestrichene Bauernhäuschen, vor denen sich schmale Ackerstreifen und Parzellen mit fetter dunkler Erde erstreckten, es gab Gutshöfe und Bäume und von Maultieren oder Pferden gezogene Fuhrwerke auf den Landstraßen. Ich lebte anfangs in ständiger Angst, den Deutschen in die Hände zu fallen oder den Partisanen, die mich vielleicht für einen Deutschen hielten, aber zu meiner großen Erleichterung zeigte sich bald, dass die Besetzung der Ukraine hauptsächlich als ein diplomatisch-taktischer Schachzug von Bedeutung war. In ein paar Städten fand ich noch Beamte des alten Regimes vor, die ähnlich deprimiert und verunsichert wie der Jude in Czernowitz weiter ihre Geschäfte führten, und konnte mich mit ihnen über die Bolschewiken und die Besatzungsarmee und den Krieg unterhalten – zum ersten Mal war ich dankbar für den Französischunterricht, den ich als Kind genossen hatte. Ich erfuhr, dass sich an der deutsch-sowjetischen Front, die nur ein paar Tagesmärsche weit entfernt lag, kaum noch etwas tat und dass niemand in der Ukraine eine bolschewistische oder sonst von den Russen initiierte Revolution herbeisehnte.
In einigen größeren Städten unterhielten die Bolschewiken, die Zaristen und die deutsche Armee je eigene Verwaltungsapparate, und die Leute, mit denen ich sprach, waren ganz verschiedener Ansicht darüber, welche von den drei Mächten nun tatsächlich regierte. Der Krieg zwischen Weißen und Roten kam damals bereits in Gang, obwohl das umkämpfte Territorium noch von den Deutschen besetzt war. Ich zog nach Osten in der mehr oder weniger vagen Hoffnung, nach Kiew zu gelangen, das angeblich vor ein paar Wochen befreit worden war. Ich lernte ein bisschen besser Ukrainisch, verstand bald die am häufigsten wiederkehrenden Fragen, Beleidigungen und Redewendungen und hatte langsam etwas mehr Erfolg bei meinen Bemühungen, Essen zu ergattern.

Ein paar Wochen später lernte ich Anna kennen. Sie war vor kurzem Witwe geworden oder nahm doch jedenfalls an, dass ihr Mann tot war, und lebte so gut es eben ging von ihrem »Grundbesitz«, wie sie das kleine Stück Land, das ihr gehörte, optimistisch nannte. Ich begegnete ihr eines Morgens auf dem Markt in Tscherkassy; ich war eben erst in der Stadt angekommen und konnte mich vor Hunger kaum auf den Beinen halten. Sie war eine auffällige Erscheinung, wie sie da am Rand des Markts stand, hoch gewachsen und mit einer geblümten Kittelschürze bekleidet. Sie verkaufte getrocknete Rettiche; auf dem Karren hinter ihr lagen halb volle Säcke mit Saatgut. Wunderbarerweise konnte sie ein bisschen Deutsch.

Ich sprach sie an: »Ich bin am Verhungern.«

»Ich brauche jemanden auf dem Hof«, antwortete sie auf Französisch. »Kannst du arbeiten?« Sie wiederholte auf Deutsch: »Arbeiten?«

»Ja, arbeiten«, sagte ich. Sie nickte ernst. Später begriff ich, dass sie sich fühlte, als hätte sie das große Los gezogen. Die meisten arbeitsfähigen Männer, die nicht irgendwo weit weg im Krieg waren, tranken, und die übrigen hatten etwas anderes zu tun, als sich auf einem Kleinbauernhof mit sieben Hektar ausgelaugtem Boden zu plagen. Sogar ich musste lachen, als ich ihr windiges Holzhäuschen sah, das so wirkte, als könnte es jeden Moment in den Dreck ringsum kippen. Sie führte mich hinein, setzte Wasser auf, damit ich mich warm waschen konnte, und kochte ein Festmahl für mich, wie ich es seit Niessener Zeiten nicht mehr gekostet hatte: in Honig geschmorte Karotten und Bratkartoffeln und sauer eingelegte Pilze und vier oder fünf Scheiben köstlich geräucherte Gänsebrust mit eingemachten Moosbeeren. Sie sah mir aufmerksam beim Essen zu. Später erzählte sie mir, sie habe sich die ganze Zeit staunend gefragt, wer ich wohl sei und wie es jemanden, der nur ein paar Brocken Ukrainisch und ein sonderbares Schulfranzösisch sprach, nach Tscherkassy verschlagen konnte. Sie stocherte ohne rechten Appetit in ihren Karotten und Kartoffeln herum und ließ mich nicht aus den kleinen grauen Augen. Ich erwartete jeden Augenblick, dass sie zur Besinnung kommen und mich fortjagen könnte, und schlang mein Essen so hastig in mich hinein, dass ich kaum etwas schmeckte. Endlich fing sie zu sprechen an.

»Warst du im Krieg?«, fragte sie auf Ukrainisch.

Ich glotzte sie verständnislos an. Dann legte ich die Gabel hin und zuckte resigniert die Schultern.

Sie runzelte die Stirn. »Krieg?«, wiederholte sie. Aus irgendeinem Grund war sie dazu übergegangen, in ihrer Muttersprache mit mir zu reden, obwohl sie eigentlich wissen musste, dass ich sie unmöglich verstehen konnte. Sie hatte ihr Französisch und ein bisschen Deutsch am Gymnasium in Kiew gelernt; sie hatte sogar, erzählte sie mir stolz, einmal einen Preis gewonnen. Allerdings war sie mit sechzehn von der Schule abgegangen, und mittlerweile war sie neunundzwanzig. Ich hätte sie für älter gehalten; sie trug ihr langes Haar streng nach hinten gekämmt, und an den Schläfen zeigten sich bereits einige weiße Fäden. Sie war ganz eindeutig nicht mehr jung. Aber ich fand sie schön, sie erschien mir wie einer jener Engel, die man auf manchen Kriegerdenkmälern sieht: glatt und geschlechtslos, stolz und streng in völliger Gleichgültigkeit dem aufdringlichen Blick des Betrachters standhaltend und zugleich doch ganz nackt. Ich war siebzehn, praktisch noch ein Kind – ich vermute, alle Frauen wirkten damals so auf mich. Aber ich sehe sie noch heute, wenn ich daran denke, wie sie vor mir an dem langen Tisch saß und auf eine Antwort wartete, von diesem kühlen, Dauer verheißenden Schimmer umgeben, den Statuen an sich haben. All meine späteren Erfahrungen konnten diese erste Wahrnehmung nicht auslöschen.

Als ihr klar wurde, dass ich sie nicht verstand, kauerte sie sich hinter dem Tisch nieder, spähte ernst über das Tischtuch hinweg zu mir hinüber und machte dumpf ratternde Geräusche und wild bewegte Gesten. Ich glotzte einen Augenblick lang verständnislos, dann fiel endlich der Groschen. »Ach so«, sagte ich und lächelte unsicher, »Krieg.«

»Ja, Krieg. Du warst im Krieg? Ja?«

»Ja.«
»Ich bin weggelaufen«, fügte ich nach einer Weile hinzu.
Sie nickte, den Blick aufmerksam auf mich gerichtet.
»Mein Mann, ja? Andrej. Im Krieg«, sagte sie.
»Ja?«
»Mmm«, machte sie. Ich beugte mich mit gespanntem Unbehagen etwas vor und erwartete das Unvermeidliche, aber Anna lächelte nur. »Er ist tot. Er ist bestimmt tot, das sagen alle.«
Ich nickte vorsichtig. »Ich verstehe«, sagte ich. »Es tut mir Leid.« Mir war jetzt sehr unbehaglich zu Mute.
Zuerst dachte ich, sie hätte mich missverstanden, denn sie stand da und fuchtelte aufgeregt mit dem Finger, schnitt dann eine Grimasse und verschwand wieder hinter dem Tisch. Verwirrt stand ich auf und beugte mich vor, um nach ihr zu sehen. Sie lag ausgestreckt auf dem Boden – offenbar stellte sie eine Leiche dar – und lächelte mich schelmisch an. »Nein, ich bin nicht traurig, o nein«, sagte sie langsam in ihrem stockenden Französisch. »Verstehst du? Ich bin nicht traurig.« Und sie fügte auf Deutsch hinzu: »Ich bin froh.«

Einige Tage später nahm Voxlauer seinen Rucksack und den leeren Milchkrug und ging in den frühmorgendlichen Nebel hinaus, um zum Holzerhof zu wandern. Als er die Schonung unterhalb der Kapelle durchquert hatte, hatte die Sonne den Dunst schon fast ganz verjagt, und die Kirchturmspitzen der Stadt unten in der Ebene funkelten. Er ging mit dem Krug in der Hand zur Tür des Bauernhauses und klopfte. Nach einer Weile kam Frau Holzer heraus.
»Darf ich reinkommen?«, fragte Voxlauer.
»Ja, natürlich. Meine Söhne machen sich heute einen freien Tag. Sie sind nach Niessen hinuntergegangen.«
Er trat ein. »Da will ich auch hin.«
Frau Holzer gab keine Antwort. Sie hatte ihm den Krug abgenommen und goss aus einer großen Blechkanne neben der Tür

zum Stall Milch hinein. »Wir haben gerade frisches Kitzfleisch. Wollen Sie etwas davon?«
»Ein Gamskitz?«
»Natürlich.« Sie lächelte. »Aber es stammt nicht aus Ryslavys Revier, ich schwör's.«
»Ich hab vor ein paar Tagen selber was geschossen.«
»Ah, schön.«
»Ich hätte sehr gern ein bisschen Butter, wenn Sie was erübrigen können.«
»Ja, natürlich.« Sie ging in den Raum nebenan und kam mit zwei grauen Wachspapierpäckchen wieder.
»Kann ich die Sachen hier lassen und erst auf dem Rückweg von der Stadt mitnehmen? Ich bin nicht lange fort. Drei oder vier Stunden vielleicht.«
»Ja, ist gut«, sagte die Frau. Sie sah ihn freundlich an. »Haben Sie was zu erledigen in der Stadt?«
Voxlauer schaute auf. »Ich gehe nur meine Mutter besuchen.«
»Ach so.« Sie schwieg einen Moment. »Na ja, vielleicht erinnert sie sich gar nicht mehr an mich, aber sagen Sie ihr jedenfalls einen schönen Gruß von Annemarie. Annemarie Mayer, so hieß ich damals. Das war vor meiner Heirat.«
»Ich werd es ausrichten«, sagte Voxlauer. »Vielen Dank.« Er trat auf den Flur hinaus. »Ich bin gegen zwei Uhr wieder zurück, spätestens um drei.«
»Lassen Sie sich ruhig Zeit«, sagte die Frau. Sie sah ihn an, dann ging sie in die Speisekammer und machte sich an einem großen Schrank zu schaffen. Er wartete kurz, ob sie gleich wieder herauskäme, aber sie hatte offenbar zu tun. Er schloss die Haustür hinter sich.
Als er aus dem Wald oberhalb der Stadt herauskam, begann es leicht zu regnen, und bleicher Dunst hüllte die Ruine mehr und mehr ein. Der Hauptplatz war verödet, nur drei große olivgrüne Autos standen da. Im Hintergrund sah man steil die Bergflanke aufragen und hinter einer exakt geraden Wolkenlinie wie abge-

schnitten verschwinden. Er hatte den Nebel selten so blendend weiß und dicht gesehen. Er blieb eine Weile am Rand des Platzes stehen und schaute hinauf. Als er an den Autos vorbeiging, kamen eben zwei Männer in grauen Regenumhängen aus dem Amtshaus und schritten eilig auf ihn zu. Sie beachteten ihn nicht, stiegen in einen der Wagen, fuhren um den mit Brettern verschlagenen Brunnen herum und in Richtung der Hauptstraße davon. Durch die offene Tür des Niessener Hofs sah er Emelia hinter dem Tresen stehen und Bier zapfen. Er rief ihr einen Gruß zu. Sie winkte zurück.

Im Lebensmittelgeschäft sah er die beiden Söhne von Frau Holzer. Sie standen mit dem Rücken zu ihm und unterhielten sich mit einem älteren Mann, den er noch von der Zeit vor dem Krieg her kannte. Alle drei hatten sich fein gemacht wie an einem Feiertag und trugen weite Lodenumhänge.

»Was für ein Tag ist heute?«, fragte Voxlauer den Ladengehilfen. Der Bursche schaute ihn verdutzt an, dann lächelte er, als wollte er zu verstehen geben, dass er den versteckten Scherz zu würdigen wisse. »Ein ganz gewöhnlicher Samstag im März, wenn Sie mich fragen«, sagte er.

Maman war nicht auf der Veranda; offenbar war es selbst ihr zu kalt und zu nass dafür. Ganz leise betrat er das Haus. Sie war in der Küche und knetete Teig für Zwetschgenknödel. Sie schrak zusammen, als er an den Türrahmen klopfte, dann ging sie zu ihm hin und umarmte ihn, die mehligen Hände sonderbar verrenkt, um ihn nicht schmutzig zu machen; sie erinnerte an einen Boxer. Er ließ sie los, sie trat wieder an den Tisch und tauchte die Hände ins Mehl. Er sah zu, wie sie über das Nudelholz strich und mit energischen Bewegungen die Teigstücke auszurollen begann. Die einzelnen Streifen wellten sich und zogen sich jedes Mal, wenn das Holz über sie hinweggegangen war, wieder zusammen; man konnte meinen, sie wehrten sich erbittert und die Arbeit machte keinerlei Fortschritt. Irgendwann jedoch kam der unvorhersehbare Moment, da die Mutter, zufrieden mit dem Erfolg ihrer Mühe, in die Schüssel mit den Dörrzwetschgen langte und die entsteinten halbierten Früchte auf die Teigstreifen verteilte.

»Du lässt dir schon wieder einen Bart wachsen«, sagte sie, während sie die Knödel formte.

Voxlauer antwortete nicht. Der Wasserkessel auf dem Herd pfiff.

»Soll ich Tee aufgießen?«

»Trinken wir doch heute mal Kaffee«, sagte sie und wischte sich die Hände an ihrer Schürze ab. Er beobachtete sie, wie sie die Knödel schön ordentlich auf einem feuchten Küchentuch aufreihte und zudeckte.

»Hast du mich erwartet?«, fragte er.

Sie lächelte. »Schließlich ist morgen Sonntag, Oskar.«

Sie tranken ihren Kaffee an dem niedrigen Tisch im Wohnzimmer, und er erzählte von dem Tal und was sich dort alles verändert hatte. »Der Bach ist jetzt tiefer und schmaler im Mittelteil. Und obwohl Pauli im großen Stil – du weißt ja, wie die Ryslavys sind – Jungfische einsetzt, scheint es weniger Forellen zu geben als früher. Das Eis unter der Brücke ist aufgerissen, und der obere Weiher ist schon offen. Ein paar Tage wird's noch dauern, dann ist das Eis unten vor der Hütte auch weggetaut. Der alte grüne Steg ist nicht mehr da. Ich hab einen Kahn und zwei schöne Angelruten. Nächste Woche bringe ich dir ein Stück Reh mit, Maman, wenn du möchtest.«

»Ja, gern«, sagte sie. Sie hatte anfangs aufmerksam zugehört, aber jetzt lehnte sie in ihrem Sessel und sah auf die Straße hinaus, als erwartete sie den Beginn irgendeines feierlichen Spektakels dort draußen, eines Umzugs etwa. Voxlauer musste an die Holzersöhne mit ihren Lodenumhängen denken. »Ich soll dir einen schönen Gruß ausrichten von der Frau vom Holzerhof«, sagte er, »Annemarie Mayer.«

»Wer?«

»Annemarie Mayer«, wiederholte Voxlauer stirnrunzelnd.

»Ach so, ja, Annemarie Mayer. Wir sind zusammen zur Schule

gegangen.« Sie saß von ihm abgewandt, den Blick zum Fenster gerichtet. Er beobachtete sie schweigend. Nach einer Weile nickte sie versonnen.
Er beugte sich vor. »Was ist, Maman?«
Sie blickte ihn stumm an; ihr Gesicht war starr zusammengezogen. »Sie sind am Donnerstag in Wien einmarschiert, Oskar«, sagte sie und schlug die Augen nieder. »Sie haben die Macht in unserem Land ergriffen.«

Er saß zusammen mit einem Dutzend Männer in der Wirtsstube. In einigen Läden der Stadt herrschte Betrieb, andere hatten geschlossen. Emelia hinter dem Tresen machte sich am Radiogerät zu schaffen. Das grüne Katzenauge auf der Vorderseite des Kastens flackerte.

»Wir haben den Apparat gerade erst gekauft«, sagte Emelia. Die Stimme aus dem Lautsprecher schwoll in unregelmäßigen Intervallen an und verebbte dann wieder zu einem schwachen Gemurmel. Sie wirkte ruhig und selbstbewusst. Voxlauer hatte sie sich ganz anders vorgestellt. Der Lärm der Menge im Hintergrund brandete mächtig auf, unterbrochen durch Störungsgeräusche. Ein Mann neben Voxlauer forderte Emelia auf, den Ton lauter zu stellen.

»Das würde nichts helfen, der Empfang wird davon nicht besser«, sagte sie. Sie trat zu Voxlauer. »Noch ein Bier, Onkel Oskar?«

»Ja, bitte.«

»He du! Mach lauter!«, rief der Mann. Er grinste schief zu Voxlauer hinüber. »Ich glaub, die will bloß nicht, dass es alle hören«, sagte er. Voxlauer sah ihn an. Es war ein bulliger Typ. Er trug eine blaue Arbeitsjacke und Lederhosen. »Mach lauter!«, wiederholte er. Er sprach schleppend und stumpfte in der typischen Art der Tiroler das S ab. Voxlauer rückte seinen Stuhl und blickte zu dem Mann hinüber, bis der herschaute. Seine grünen Augen waren blutunterlaufen. Er musterte Voxlauer mit unruhig flackerndem Blick und hob dann mit konzentrierter Anstrengung die Braue. »Wollen Sie was von mir, Volksgenosse?«

Voxlauer zuckte die Achseln. »Nur ein bisschen mehr Ruhe.« Er

deutete in Richtung des Radiogeräts. »Ich möchte gern hören, was unser Führer spricht.«
Der Mann grinste breit. »Gut so.« Er wandte sich von ihm ab.
Die Stimme war jetzt deutlich zu vernehmen, und sie klang heller. Das, was man im Hintergrund hört, dachte Voxlauer, ist nur das Störgeräusch. Aber er wusste genau, dass der Empfang gut war, und dass der Lärm hinter der Stimme von einer gewaltigen Menschenmenge kam. Er schloss die Augen.
»Was hat er gesagt?«, fragte der Mann.
»Dass Wien eine Perle ist«, sagte jemand weiter hinten.
»Wirklich? Eine Perle?«
»In der Krone des Reichs.«
Der Mann lachte blökend. Emelia brachte Voxlauer das Bier. »Du, hör gut zu«, sagte der Mann zu ihr.
Voxlauer schaute auf. Emelia stand da und wartete, was der Mann zu sagen hatte.
»Heute ist nämlich ein wichtiger Tag für dein Volk«, verkündete er.
Emelia schwieg. Sie schaute an dem Mann vorbei auf die anderen hinter ihm. Voxlauer spürte, wie sich seine Nackenmuskeln verkrampften. Der Mann lehnte sich leicht nach vorn und zwinkerte dabei Voxlauer verschwörerisch zu. Er sah Emelia an und grinste. »Bei uns in Innsbruck wärst du schon auf dem Scheiterhaufen gelandet, du Luder, du schwarzes.«
Das Tosen der Menge war jetzt eindeutig und nicht mehr mit Rauschen zu verwechseln. Voxlauer stand auf und schlug dem Mann den Bierkrug ins Gesicht, dass das Bier in weitem Bogen über die Köpfe der anderen Leute hinwegspritzte. Im nächsten Augenblick fand er sich eingekeilt von Männern, die dazwischengegangen waren, er hörte, wie sein eigenes zorniges Geschrei erstarb. Das Dröhnen aus dem Lautsprecher schwoll mächtig an und deckte alle anderen Geräusche zu. Als man den Mann hinausführte, spuckte er vor Voxlauer aus und wollte auf ihn losgehen. Blut lief aus seiner Nase und aus einem Riss über

seinem rechten Auge, aber er schien es nicht zu bemerken. Er brüllte wie ein Stier und tobte, aber die beiden Männer, die ihn gepackt hatten, hielten ihn fest im Griff. Voxlauer saß da und schaute zu, wie sie abzogen. Emelia stand unmittelbar hinter ihm, er hörte sie keuchend atmen wie ein Kind und mahnend und begütigend leise auf sich selbst einreden. Nach einer kurzen Weile ging sie weg und stellte sich wieder hinter den Schanktisch.

Auf der anderen Seite des Platzes bei Rindt drängte sich auch eine Anzahl Leute. Man sah sie undeutlich durch die Milchglasscheiben. Voxlauer saß da und blickte hinüber, während er, wie er es sich angewöhnt hatte, im Geist seine Atemzüge zählte. Nach einiger Zeit spürte er Emelias Blick. Er wandte sich langsam nach ihr um.

»Wo ist dein Vater?«, fragte er.

Emelia schnitt eine Grimasse. »Der schläft seinen Rausch aus.«

»Ich kann ihn verstehen«, sagte Voxlauer. »An so einem Tag muss man ja trinken.«

»Ja, Onkel Oskar.« Sie sah ihn weiter ernst an, als ob sie auf etwas wartete.

»Was ist?«, fragte er.

Sie warf einen bedeutungsvollen Blick auf die anderen Gäste im Raum. Alle schwiegen, nur das Radio war zu hören. Niemand sah Voxlauer an, nirgends wurde eine Unterhaltung geführt. Die Rede aus dem Lautsprecher ging in ein und demselben Tonfall immer weiter.

Voxlauer starrte Emelia an. »Soll ich gehen?«, fragte er endlich.

»Ja, bitte, Onkel Oskar«, sagte sie leise.

»Aber vorher trinke ich noch was. Kein Bier.«

Sie stellte ihm ein Gläschen Obstler hin. Er kippte den Schnaps hinunter und bestellte noch einen. Seine Stimme hallte im Raum. Sie stellte ihm die blaue Keramikflasche hin, zog sich hinter den Tresen zurück und polierte mit einem Zipfel ihrer Schürze geschäftig die Oberfläche des Schanktischs. Nach und nach kamen wieder Gespräche auf, und sie trat an den Zapfhahn und schenkte Bier ein. Voxlauer trank, bis die kleine blaue Flasche leer war. Dann stand er gemächlich auf und ging fort.

In Wirklichkeit hatte Anna gar nichts von einer Bronzestatue. Sie war wie ein junges Mädchen, plauderte gern und schwelgte bisweilen, von einem plötzlichen Bedürfnis nach Extravaganz überwältigt, in dem kärglichen Luxus, der ihr geblieben war, Kleider, Schallplatten und Blechdosen, in denen einst französischer Tabak gewesen war. Sie spürte, dass auch diese Relikte früherer Herrlichkeit bald dahin sein würden. Sie war eine höhere Tochter von einer Art, die mir noch nie begegnet war: sie genoss schöne Dinge ohne Vorbehalte mit unkomplizierter Lust, aber sie hatte nie das Gefühl, dass sie einen Anspruch darauf hätte, und sie nahm ihren Verlust ohne Groll hin. Ihr Ehemann Andrej, ein Landarzt mit einer gut gehenden Praxis und radikalen politischen Überzeugungen, hatte sie oft geschlagen, um ihr ein bisschen mehr progressive Gesinnung einzubläuen. Ganz am Anfang unserer Bekanntschaft sagte sie mir einmal, sie sei Bolschewikin; ich wusste zuerst nicht, was ich davon halten sollte, aber nach ein paar Wochen wurde mir klar, dass sie der Revolution dankbar war, weil sie ihren Mann nach Petersburg gelockt und sie von ihm befreit hatte.
Unser Verhältnis entwickelte sich langsam, in vorsichtig tastenden Schritten. Die Arbeit war hart, aber wir tafelten jeden Abend in herrschaftlichem Stil; wir saßen an dem langen Tisch, dessen Platte zwar krumm und bucklig, aber mit Andacht poliert war, und ließen uns die köstlichsten Sachen schmecken. »Wir müssen für bessere Zeiten proben«, sagte Anna immer, wenn ich Einwände zu erheben versuchte. Ich konnte mir kaum vorstellen, dass es noch bessere Zeiten geben könnte, wenn ich ihr so gegenübersaß. Für eine Weile vergaß ich sogar meine verschwommen radikalen Illusionen. Wir schliefen in jener ersten Nacht eine Armlänge weit voneinander getrennt in ihrem breiten Ehebett, von flauschiger Flanellbettwäsche warm umhüllt. Sie war betrunken und erzählte mit ernster Stimme in einer Mi-

schung aus Deutsch und Französisch davon, was sie mit ihrem Land vorhatte, und von ihren Sorgen und Nöten unter den verschiedenen Besatzungsregimes. Wenn ich etwas nicht verstand, erklärte sie es mir geduldig und wiederholte oft einzelne Wörter oder Phrasen. Immer wieder stellte sie mir mit gemessener Autorität Fragen, ganz wie eine große Schwester, die sich vorgenommen hat, ihren unreifen, leichtsinnigen Bruder zu einem tüchtigen Menschen zu erziehen.

Tatsächlich nahm ich sie in jenem ersten Jahr meistens als die Schwester wahr, die ich immer schmerzlich vermisst hatte – eine Sehnsucht, die fast noch stärker war als alle meine späteren Wünsche. Ich empfand Anna gegenüber jene selbstverständliche, gewissermaßen neutrale Freundschaft, die, wie ich mir vorstellte, das Verhältnis zwischen Brüdern und Schwestern kennzeichnete. Die Vorstellung, dass sie, die mir so stolz und erwachsen erschien, meine Geliebte sein könnte, hätte mir damals einen heillosen Schrecken eingejagt. Anna ihrerseits hatte so lange allein in dem winzigen zugigen Häuschen gelebt, dass der Gedanke an den neuen Bettgenossen ihr ebenso viel Angst wie Hoffnung einflößte. In solcher Gefühlsverwirrung befangen, brauchten wir fast ein halbes Jahr, ehe wir endlich als Mann und Frau zueinander fanden.

Es geschah unter viel Gelächter und nach umständlichem Zögern; ich für meinen Teil bemühte mich nach Kräften, meine Unerfahrenheit zu verschleiern. Ich war früh von der Arbeit heimgekommen. Als ich eintrat, stand sie am Fenster und blickte unverwandt hinaus. Ihr Kleid hing lose von ihren Schultern herab, und sie machte ein Gesicht, als hätte man ihr gerade eine schlimme Nachricht überbracht. Ich verstand zuerst gar nicht, was sie von mir wollte. Nach ein paar Sekunden streckte sie langsam und ernst ihre Hand nach mir aus, da begriff ich endlich: ich ging in meinen dreckigen Stiefeln quer durch den Raum zu ihr und küsste sie. Wir stiegen die Treppe hinauf ins Schlafzimmer und legten uns auf das Bett. Hinterher sagte Anna zu mir, dass wir jetzt verheiratet seien, und ich sah keinen Grund, ihr zu widersprechen.

Von diesem Tag an war Anna zugleich Schwester und Geliebte für mich, und sie war nie ausschließlich eines davon, nicht einmal im Bett. Sie umsorgte mich, wenn ich, was in diesen Monaten häufig vorkam, meine Anfälle hatte, und zwar mit einer solchen Geduld, dass schließlich selbst die schlimmsten Visionen zu kindischen Albträumen verblassten. Wir redeten stundenlang über das, was im Krieg passiert war, wie ich den Deserteur erschossen hatte, über den Tod meines Vaters und das, was davor und danach geschehen war, bis meine Erinnerungen wie von selbst zerfielen und je besondere Gestalt annahmen, voneinander und von mir getrennte individuelle Bilder. Sie zog mich in der Nacht mit einem sonderbar unpersönlichen Begehren an sich, es war fast, als wäre sie überrascht, mich neben sich zu finden, als wäre ich ein Wildfremder, der durch irgendeinen Zufall in ihr Bett geraten war. Sie redete mich oft mit dem Namen eines Jungen an, den sie in ihrer Jugend in Kiew gekannt hatte, aber ich wusste genau, dass sie in diesen Momenten nicht eigentlich ihn meinte, sondern allein ihrem von Erinnerungen überquellenden Glücksgefühl Ausdruck gab. Später sprach sie dann in einem Zustand ruhig entrückter Klarheit voll Hellsicht und Melancholie von allen möglichen Dingen, erzählte in präziser Anschaulichkeit von ihrer Kindheit und Jugend und ihrer glücklosen Ehe, während ich regungslos neben ihr lag. Ich sagte nie etwas dazu, sondern hörte mit ruhiger Aufmerksamkeit zu, eingehüllt in Erschöpfung und Zufriedenheit.

Nach und nach wurden die Anfälle seltener. Wir arbeiteten in diesen frühen Jahren hart auf dem Land, das wir als unser Eigentum betrachteten, und erzielten gute Erträge. Anna brachte mir Ukrainisch bei; sie bewies dabei einige Hartnäckigkeit, ja rücksichtslose Strenge: manchmal sprach sie tagelang kein Wort Französisch oder Deutsch mit mir. Ich entdeckte immer neue Facetten ihres Wesens, und jede entzückte mich: ihre wilde Entschlossenheit, ihre Koketterie, ihre Eitelkeit, ihre Nüchternheit, ihre Freundlichkeit selbst gegenüber den Leuten im Dorf – und das waren nicht wenige –, die sie voller Ressentiment für die Art, wie sie ging, wie sie sprach, wie sie sich verhielt, hassten.

Jeden Abend nach dem Essen wurde das Grammophon hervorgeholt, und ich durfte es aufziehen, während sie aus ihrer Sammlung von zwanzig Opernaufnahmen das Werk auswählte, das zur Aufführung kommen sollte, und jede der drei oder vier Platten hingebungsvoll mit einem Taschentuch abwischte. Bisweilen gab sie mir, während wir Musik hörten, Tanzunterricht und lehrte mich Walzer und Polonaise und andere altertümliche Schritte mit der gleichen unerschütterlichen Strenge – freilich weit weniger erfolgreich, da nur vier von ihren zwanzig Opern halbwegs geeignete Musik boten –, mit der sie mir Ukrainisch beibrachte. Am meisten liebte sie die Werke der deutschen Romantik: *Lohengrin, Tristan und Isolde,* Webers *Euryanthe,* Nicolais *Lustige Weiber von Windsor.* Die Ironie, die in ihrer Liebe zur deutschen Oper lag, war ihr nicht bewusst. Ich verglich sie oft scherzhaft mit der Elsa aus dem *Lohengrin,* die sich mit einem geheimnisumwitterten Fremdling einlässt, aber sie selbst bewunderte am meisten die Elisabeth des *Tannhäuser,* die sich um ihren verachteten und ausgestoßenen Geliebten zu Tode härmt. Als ich, ein elender Flüchtling, in Tscherkassy auftauchte, muss ihr das wie die Erfüllung ihrer fantastischen Opernträume erschienen sein. Wenn ich in einer weniger erbarmungswürdigen Verfassung gewesen wäre, hätte sie sich vielleicht nie für mich interessiert.

Annas Aberglaube ruhte auf einem tiefen Glauben. Über ihrem Nachttischchen hatte sie eine silberne Ikone der Dreifaltigkeit hängen, mit der sie immer redete, wenn sie allein war. Bei Tag und bei Nacht kniete sie oft auf dem blanken Fußboden vor diesem Bild und berichtete in ganz unaffektiertem Ton detailliert von den alltäglichen Ereignissen unseres Lebens. Sie fand es offenbar ganz natürlich: wenn ich zufällig dazukam, während sie ihre Andacht hielt, schaute sie gelassen auf und lächelte mich an; allerdings forderte sie mich nie dazu auf, mit ihr zu beten. Ihr Französisch wurde bald besser, und nach wenigen Monaten führten wir bereits lange und komplizierte Gespräche in einem Mischmasch aus drei Sprachen, das für jeden Außenstehenden einigermaßen rätselhaft klingen musste. Wir nannten unsere Privatsprache das »Holländisch des Zaren« und benutzten sie auch noch, als mein Ukrainisch besser geworden war. Mir kommt es jetzt immer so vor, als hätten wir damals am Anfang für den Ernstfall der späteren Zeit geprobt, in der dieses Pidgin uns die Möglichkeit bieten sollte, einen letzten Rest Privatheit zu bewahren. Fünf Jahre danach, als wir zusammen mit zweihundert »Kulaken« und diversen anderen Klassenfeinden in einer landwirtschaftlichen Produktionsgenossenschaft lebten und uns nur einmal am Tag sahen – beim Abendessen, umgeben von achtundvierzig Kollegen, die uns allesamt, mochten sie auch noch so kleinbürgerlichen Überzeugungen anhängen, mit dumpfem Misstrauen und Verachtung begegneten –, war das Holländisch des Zaren das Einzige, was wir noch hatten.

1921 übernahmen die Bolschewiken die Macht in der Ukraine. Ein knappes Jahr später, an einem Septembernachmittag, tauchte – wir waren völlig unvorbereitet und auf nichts Böses gefasst – in der sanft wogenden Landschaft zwischen Annas Hof und dem Dorf ein Auto auf. Es war das erste motorisierte Fahrzeug, das mir in der Ukraine begegnete. Wir standen einfach so da und blickten zur Straße hin, als ob wir ebendieses Auto erwartet hätten. Es näherte sich und hielt zwanzig Meter vor uns an. Es war ein sandfarbener Wagen mit einem Faltdach, das heruntergeklappt war, und es saßen vier Männer darin. Sie trugen braune Jacken mit hohem Kragen und Leinenkappen, die sie gegen den Fahrtwind tief in die Stirn gezogen hatten. Keiner von ihnen trug die Uniform der Roten Armee; nur der besondere Ausdruck auf den Gesichtern der Männer, die auf uns zu gingen, und die Tatsache, dass der Fahrer sitzen blieb, die Augen unter der Schutzbrille starr nach vorn gerichtet, verrieten uns, dass wir es mit höheren Chargen zu tun hatten. Der kleinste von ihnen, ein Brillenträger mit fein geschnittenen Zügen, der eine Fliege trug und mich an die Intellektuellen aus dem alten Petersburg erinnerte, die ich auf Fotos gesehen hatte, setzte in völlig emotionslosem Ton, dessen ruhige Präzision ich unwillkürlich bewundern musste, Anna davon in Kenntnis, dass der Sowjet von Tscherkassy und die Dorfgemeinschaft sie als Ausbeuterin und Volksfeindin entlarvt hätten, die heimlich Getreide hortete, und dass sie als solche unverzüglich in ein Arbeitslager einzuweisen sei. Alternativ dazu bestehe die Möglichkeit, sie in einem der neuen Staatsbetriebe arbeiten zu lassen, in einer Sowchose, die sechs Stunden weit entfernt im Norden liege – sie habe die Wahl. Anna erfuhr nie, warum man ihr dieses ungewöhnliche Angebot machte; sie vermutete, dass man ihr die Verdienste ihres Ehemannes zugute hielt, der zwei Jahre zuvor im Kampf für die Sache der Revolution gefallen war. Mich würdigte der Funktionär keines Blickes, gab aber zu verstehen, dass ich Anna begleiten dürfe, wenn ich wollte. Am Abend, so kündigte er an, würde sie oder würden wir mit einem Lastwagen abgeholt.

Ein feiner Regen fiel, als Voxlauer, vorbei am Brunnen, den man von seiner Umhüllung befreit hatte, über den Platz ging und zum Wald und in den dichten Dunst über der Ruine hinaufwanderte. Der Platz hatte sich im Lauf des Nachmittags mit Menschen gefüllt. Als er hinabblickte, sah er Polizisten die Menge dirigieren; sie bahnten eine breite Gasse durchs Gedränge und sperrten sie mit gelben Seilen ab. Ein LKW fuhr hinein; von der mit einer Plane bedeckten Ladefläche stiegen zwei Männer herunter und luden Bierbänke ab. Voxlauer holte aus seinem Rucksack eine Tafel Schokolade hervor, die er eigentlich Emelia hatte schenken wollen, und aß sie gemächlich, während er zusah, wie dort unten Leute in Uniformen – die Blaskapelle der Postbeamten – Instrumente auspackten und sich unter der gelb-weißen Markise des Amtshauses einbliesen. Ein junger Mann schritt an einer Reihe Fackeln entlang und zündete sie an.
Voxlauer wandte sich ab und wanderte weiter bergan. Er fühlte sich sehr betrunken und von der Schlägerei und der Rundfunkrede verunsichert. Er schluckte krampfhaft alle paar Schritte in dem Bemühen, den Anfall niederzuhalten, den er kommen fühlte. Er zählte laut sieben Atemzüge. Seine Stimme hallte vor ihm in die Luft hinaus. Jetzt ist es so weit, sagte er zu sich selbst. Wir haben alle gewusst, dass es passieren wird. Er dachte daran, wie er dem Tiroler den Krug ins Gesicht geschlagen hatte. Er sah

sich selbst, wie er zuschlug. Es war ein Reflex, dachte er. Das hätte jedem passieren können. Aber dann fiel ihm wieder ein, wie still es gewesen war, und der Ausdruck in Emelias Gesicht. Voxlauers Reaktion hatte sie mehr erschreckt als alles, was der Tiroler zu ihr gesagt hatte. Es ist nicht mehr ungeschehen zu machen, dachte er plötzlich. Ich habe etwas getan. Es ist vielleicht nichts so Besonderes, aber ich habe es getan.
Er dachte über den Tiroler nach. Wenn er eine große Nummer bei den Nazis wäre, dann hätte er auf der anderen Seite des Platzes bei Rindt sein Bier getrunken, dachte er, um sich zu beruhigen. Trotzdem. Alle haben es gesehen. Die Idee, dass die anderen in der Wirtsstube, von der Begeisterung und vom Bier benebelt, die Sache vielleicht gar nicht so wichtig genommen hatten, kam ihm naiv und kindisch vor. Das Schweigen hinterher beweist das Gegenteil, dachte er. Der Moment der Offenbarung. Sie haben es schon immer gewusst, und jetzt habe ich's ihnen bestätigt. Ich habe ihnen einen Grund gegeben.
Um sich abzulenken, dachte er wieder an den Tiroler. Daheim in Innsbruck erzählt der, er hat einen Bolschewiken umgebracht und sich dabei das Nasenbein gebrochen. Er lachte. Oder vielleicht einen, der's mit einer Jüdin getrieben hat. »Den machen sie jetzt zum Polizeipräsidenten«, sagte Voxlauer laut. »Meine lieben Freunde und Mitbürger!«, schrie er. Der Hall seiner Stimme in dem Schweigen ringsum ließ ihn zusammenzucken. »Volksgenossen! Es ist mir eine Ehre. Ich nehme das Amt an.« Noch einmal hallte seine Stimme schmetternd und schrill durch die Baumwipfel. Der Lärm tat ihm in den Ohren weh, er spürte ihn noch, als das Geräusch bereits verklungen und die Stille zurückgeschwappt war wie Schlamm, der hinter dem rollenden Rad die Karrenspur füllt. Er ging weiter, bemüht, möglichst wenig Geräusch zu machen, aber der Hall begleitete ihn und verlor sich nicht.
Der dunkle Boden unter seinen Füßen kippte und warf sich auf, und Voxlauer stolperte andauernd auf seinem Weg. An der Gabelung, wo die Straße zum Tal hin abzweigte, fiel ihm Frau Holzer

wieder ein. Er wandte sich nach rechts und ging an der Kapelle vorbei zum Hof. Als er dort ankam, sah er Licht in der Küche, der fein vibrierende Schein einer Lampe erhellte den Raum. Er klopfte an die Tür, aber niemand machte auf. Er lugte durchs Fenster, die Küche war leer. Er ging über den Hof zum Stall und öffnete die Tür. Er sah nur den engen mit Stroh bedeckten Gang zwischen den Raufen und die Schemen der Tiere, die sich, von dem plötzlichen Luftzug beunruhigt, schwerfällig bewegten.

Er schritt über den aufgeweichten Boden wieder zum Haus und rief. Er wartete, die Zeit schien ihm endlos lang. Er klopfte noch einmal laut. Als sich nach einigen Minuten immer noch niemand rührte, trat er ein. Arbeitskleidung und Jacken der Söhne hingen an Haken auf beiden Seiten des Gangs oder lagen achtlos hingeworfen zwischen den Stiefeln und dem Jagdzeug, das über den Fußboden verstreut war. Über den Haken in mehreren Reihen Geweihe auf Birkenscheiben, unten weit ausladende Zwölfender, ganz oben unter der Decke Schädelknochen, die nur so groß wie Teetassen waren und eher an Wiesel oder Hauskatzen denken ließen als an Reh- oder Rotwild. Ein schwarzer Auerhahn über der Tür zur Küche glotzte mit einem bernsteinfarbenen Glasauge auf ihn herab. Er öffnete die Tür und kniff die Augen zu, geblendet vom Licht der Lampe auf dem Tisch. Er rief wieder, seine Schreie hallten durchs Haus. Er trat in die Küche und sah sich um. Da war der Ofen, da der Kochherd. Über einem Arbeitstischchen an der Wand hingen Töpfe und Schöpflöffel. Gegenüber ein Schrank aus Kirschholz, daneben der Ofen. Er trat an den Schrank und schaute hinein.

Auf dem obersten Bord lagen, eingewickelt in Wachspapier und ordentlich gestapelt und aufgereiht wie Kerzen in einer Sakristei, Speckstücke. In den Fächern darunter lagen Bündel geräucherter Würste, Käse, Säcke mit Zwiebeln und Kartoffeln. Auch einige kleine Flaschen Schnaps standen da. Voxlauer nahm sich ein paar der Päckchen mit Speck, einige Würste und eine Hand voll rote Zwiebeln und warf alles in seinen Rucksack. Er roch an den Kartoffeln, steckte zwei große Knollen ein, dann zog er den Stöpsel aus einer der Flaschen, setzte sie an die Lippen und trank einen großen Schluck. Der Schnaps brannte im Hals. »Ich hab heute Ferien«, sagte Voxlauer in die Stille hinein. Er stand eine Weile da und trank. Dann nahm er die Lampe, stellte die Flasche hin und ging durch das dunkle Haus.

Die Speisekammer neben der Küche war bis an die Deckenbalken hinauf vollgestellt mit großen und kleinen Gläsern und Vorratsgefäßen aller Art. Es gab Kompotte und Marmeladen, Fisch und Pökelfleisch, konserviertes Gemüse und Früchte, die golden in Zuckerwasser schwammen. Voxlauer drehte ein Glas mit eingelegten Eiern im Licht hin und her und sah zu, wie die Ölschlieren strudelten und wieder zur Ruhe kamen. Auf dem Weg in die Stube stolperte er über einen Hocker und ließ beinahe die Lampe fallen. Er fühlte plötzlich Übelkeit aufsteigen und blieb stehen, um Atem zu schöpfen. Er stellte die Lampe auf einer frisch gewachsten kleinen Kommode ab, auf der allerlei Krimskrams lag und, aneinander gereiht wie Patiencekarten, sepiafarbene Fotografien, deren Ränder sich wellten. Der Raum um ihn herum begann Karussell zu fahren. Voxlauer suchte krampfhaft Halt an der Kommode und konzentrierte sich angestrengt auf das weiße Spitzendeckchen vor ihm. Aus dunkel angelaufenen Rahmen lächelten ihn die Gesicher der beiden Söhne an. Davor lagen eine zerbrochene Tabakspfeife und ein Kneifer, und rechts davon standen zwei schmiedeeiserne Rahmen mit Bildern von Georg Schönerer und Adolf Hitler.

Das Zimmer der zwei Söhne grenzte an die Stube an. Voxlauer betrat es mit vorsichtigen Schritten, den Arm mit der schwach flackernden Lampe weit vorgestreckt. Er stand zwischen den schmalen Betten und betrachtete die Fahnen und Parolen ringsum an den Wänden, da kam der Anfall. Ein tosend vibrierendes Geräusch wie das der Luft, die sich im offenen Fenster eines fahrenden Zugs fängt, schoss durch den Raum, die Druckwelle warf Voxlauer gegen das Bett. Sein Atem strömte ihm unaufhaltsam aus der Brust, wie von einer Pumpe gierig angesaugt. Er hielt sich am Bettpfosten fest, der in einer gedrechselten Kugel, ganz glatt poliert vom vielen Anfassen, auslief, und erbrach sich. Die Fahnen und Hakenkreuze und Plakate an den Wänden vereinigten sich vor seinen Augen zu einem einzigen riesigen Bild tanzender Symbole. Er verfluchte es lautlos und presste die Lider zusammen, so fest er nur konnte. Aber eine nirgends begrenzte Fläche voller ruhelos bewegter Gestalten breitete sich vor seinen geschlossenen Augen aus; sie wogte und schlingerte und drehte sich so wild, dass ihm erneut schlecht wurde und er die Augen wieder öffnen musste. Und dennoch verschwand die Vision nicht, sondern wurde eins mit dem äußeren Bild des Zimmers um ihn herum, das sich nun vor seinem Blick endlos weit und kalt und grau und maßlos auftat. Ich weiß, was das ist, dachte Voxlauer. Ich kann ihm einen Namen geben.

»Die Zukunft«, sagte er laut in den Raum hinein.

Einen Moment lang wurde er ganz nüchtern, und er betrachtete die dichte Fülle der Farben um ihn herum mit einem Gefühl, das Ehrfurcht gleichkam. Dann verließ ihn plötzlich die Vision, und der Rausch kehrte zurück. Er wurde begleitet von einer kreischenden ziellosen Wut, die ihn schüttelte und würgte und zusammenklappen ließ, das Gesicht dicht über dem Fußboden. Er taumelte von einer Wand zur anderen, riss die Plakate und Embleme herunter und warf sie auf einen Haufen. Als alle Wände kahl waren, ließ er sich rücklings auf eines der Betten fallen. An den Bettpfosten gelehnt, saß er da und rang nach Luft. Nach einer Weile stand er mühsam und unsicher auf und verließ das Zimmer.

Er fand die Butter und die Sahne in der Küche, Frau Holzer hatte sie für ihn auf dem Arbeitstischchen in der Küche bereitgestellt. Er ging noch einmal zum Vorratsschrank, nahm wahllos aus den verschiedenen Fächern Sachen heraus und steckte sie in den Rucksack. Taumelnd und stolpernd bewegte er sich zwischen den Kleiderhaken durch den Flur; er fluchte und versetzte einem herumliegenden Stiefel einen heftigen Tritt. Das habe ich getan, dachte er. Das habe ich jetzt auch noch getan. Obwohl sie freund-

lich zu mir war. Er fühlte sich wieder klar im Kopf. Lange stand er auf dem Gang, er schwankte ganz sacht hin und her.
Es ist wie mit dem Mann bei Pauli im Wirtshaus. Und hierher kann ich auch nie wieder kommen, dachte er traurig und ruhig, als ob er sich selbst aus großer zeitlicher Entfernung zuschaute. Er räumte die Sachen, die er genommen hatte, wieder aus, stellte die Päckchen in einer ordentlichen weißen Reihe unter den Mänteln auf. »Das macht die Sache jetzt auch nicht besser, Oskar«, sagte er laut und sammelte alles wieder ein. Er torkelte hinaus auf den Hof. Er blieb stehen und beobachtete seinen Atem, der aufstieg und sich über den eisigen, schwarzen, endlosen Himmel ausbreitete.

In den ersten Wochen bewegte sich Anna wie im Schlaf durch die neue Umgebung. Sie wusste, was um sie herum geschah, in dem Sinn, wie sie ihr Geburtsdatum oder ihren Namen oder die Jahreszeit wusste, und sie konnte mit meiner Hilfe lernen, was von ihr verlangt wurde, aber etwas hatte sich in ihrem Bild von der Welt und ihrer Vorstellung davon, was sie von der Welt zu erwarten hatte, ein für alle Mal verschoben, und es war, als hätten wir die Rollen getauscht: sie war jetzt eine Fremde, die es in ein fernes, unbekanntes Land verschlagen hatte, und ich musste ihr helfen, sich zurechtzufinden. Am schlimmsten war für mich zu sehen, mit welch gelassener Demut sie all die verschiedenen absurden und erniedrigenden Tätigkeiten verrichtete, die man ihr, der »privilegierten Kulakin«, auftrug, um ihr »Ausbeuterbewusstsein« zu brechen. Wenn sie je in ihrer Brigade unangenehm auffiel, so nur durch ihren fügsamen Eifer, den Anforderungen zu genügen, und der willige Gehorsam, mit dem sie allen Zumutungen begegnete, machte sie bei den Oberen im Frauenrat keineswegs beliebt. In ihrem Gesicht stand oft ein sonderbares Lächeln, als wollte sie mich um Nachsicht bitten, wenn sie mir am Abend erzählte, was sie den Tag über gemacht hatte, und ich erwiderte mechanisch wie ein Kretin dieses Lächeln und wusste doch genauso gut wie sie, dass alle diese

Arbeiten nur dem Zweck gedient hatten, sie zu demütigen, und dass sie am nächsten Tag weitere Quälereien erwarteten.
Und dennoch hielt ich, so grotesk mir das heute auch erscheint, diese ganze Periode hindurch an meinem leninistischen Glauben eisern fest. Ich nahm an den Diskussionsveranstaltungen teil, die jeden Mittwoch und Freitag stattfanden, stellte mit nimmermüder Wissbegier den Parteikadern, die diese Gruppen leiteten, Fragen, immer darum bemüht, hinter der trostlosen Realität des Lebens im Kollektiv die große Idee zu sehen. Aus irgendeinem unersichtlichen Grund begann Anna zu glauben, dass wir schon bald das Leben auf der Sowchose hinter uns lassen könnten, und ich, überzeugt davon, dass die Verhältnisse sich schnell bessern würden, bemühte mich nach Kräften, sie nicht zu entmutigen. Ich fing an, Maman Briefe zu schreiben, Briefe voller leninistischer Phrasen und selbstgerechter verachtungsvoller Reden über mein früheres Leben, und ich sah aus ihren Antworten, dass sie mir meine Fahnenflucht längst verziehen hatte, wenn es ihr auch schwer fiel, den Wandel, der mit mir vorgegangen war, zu verstehen. Sie machte von Anfang an deutlich, dass in ihren Augen Lenin und seine Internationale nichts anderes als eine Bande von Terroristen und Saboteuren waren. Ihre wütenden Schimpfkanonaden gegen den Bolschewismus gaben Anna und mir oft Anlass zu einiger Heiterkeit. Eine Weile lang spürten wir wieder etwas von unserem früheren Glück.
Auf die Dauer jedoch blieben all die leichteren und schwereren Enttäuschungen unseres Idealismus, die wir erfuhren, nicht ohne Wirkung, und irgendwann schwand schließlich auch der letzte Rest an Überzeugung. Als dann Lenin starb, schien mir dieses Ereignis hauptsächlich insofern bedeutsam, als es das Ende meiner Illusionen bezeichnete. Von nun an musste das Kollektiv jedes Jahr mehr von seinen Erträgen abliefern, um die Fabrikarbeiter in den Städten zu ernähren und die Vorgaben von Stalins erstem Fünfjahresplan zu erfüllen. Die leitenden Funktionäre wurden reizbarer und witterten überall Verrat, offene Machtkämpfe brachen aus, und wir beide blieben Außenseiter in der Sowchose, die mit Argwohn betrachtet

wurden, mochte ich auch noch so enthusiastisch meine Linientreue bekunden und Anna unermüdlich vor sich hin rackern.
Bei unseren kurzen Aufenthalten daheim stellten wir fest, dass uns dieselben Leute, die uns ein paar Jahre zuvor denunziert hatten, nun als Handlanger des Sowjetsystems beschimpften. Das Regime hatte mittlerweile jeglichen Rückhalt bei der Landbevölkerung eingebüßt, und jeden Tag wurden in den Dörfern »Spekulanten«, die Getreide zurückhielten, und vermeintliche Konterrevolutionäre exekutiert. Viele der reicheren Bauern schlachteten aus Protest gegen die unbarmherzige Ausbeutung ihr Vieh auf offenem Markt und brannten ihre Höfe nieder. Die Menschen, die in immer größerer Zahl auf den Landstraßen dahinzogen, oft ganze Familien, hatten den gepeinigten stumpfen Blick von Verhungernden. Eine Redensart aus der Zeit vor der Revolution lebte wieder auf – man hörte sie sogar auf der Sowchose: »Eine Missernte kommt von Gott, eine Hungersnot kommt vom Zaren.« Manche sagten bereits voraus, dass die Hungersnot, die sich abzeichnete, die schlimmste sein werde, die das Land je erlebt hatte.
Als die Katastrophe dann im Winter 32 mit voller Härte wütete, wurde mir binnen kurzer Zeit klar, dass der Hunger, den ich als Deserteur kennen gelernt hatte, kaum mehr als ein vorübergehendes Wehwehchen gewesen war. Die Kornspeicher der Sowchose wurden rund um die Uhr von einer ganzen Kompanie Rotarmisten bewacht, die Befehl hatten, auf jeden zu feuern, der sich bis auf zwanzig Meter näherte. Die Bevölkerung in den Städten war noch schlimmer dran als die auf dem Land: Die Leute in Tscherkassy aßen Hunde, Baumrinde, sogar Fälle von Kannibalismus wurden bekannt. Und immer noch schickte man Züge voll Getreide in den Norden, um Stalins neuestes Projekt der Industrialisierung des Landes voranzutreiben. Viele der Leute in dem Kollektivbetrieb wurden krank, auch Anna, und ich hatte nichts, was ich ihr geben konnte. Als es offensichtlich schien, dass sie nicht mehr lange zu leben hatte, erlaubte man mir, sie nach Hause zu bringen. Dort besserte sich ihr Zustand immerhin so weit, dass sie sich vom Bett zu einem Fenster

schleppen konnte, um zuzusehen, wie Frauen aus dem Dorf auf dem schmalen Streifen Land, der einmal ihr gehört hatte, Kohl und Rüben säten.

Davon und von den Jahren danach, Père, hätte ich dir erzählt.

Beim ersten Tageslicht war Voxlauer hoch auf dem Kamm im Westen. Er zitterte vor Kälte im Schatten der Bäume am Rand eines torfigen Wiesenstücks. Zu seinen Füßen erstreckte sich weit das Gewirr der Bäume über das abfallende Gelände und verlor sich oberhalb von Pergau im Nebel. Er lehnte sich an eine knorrige Kiefer und starrte aus geröteten, tränenden Augen den Kamm entlang. Eine Stunde vorher war er durch die Lichtung gekommen, wo die Knochen des erlegten Rehbocks überall im Gebüsch verstreut lagen; aus dem, was der Brustkorb gewesen war, erhob sich ein Farn, dessen silbrig glänzende Stiele wie Radspeichen über die abgenagten Rippen fielen. Irgendwann in der Nacht war er unten in der Hütte gewesen, hatte seinen Rucksack ausgeleert, seine Jacke angezogen und die Schnapsflasche eingesteckt. Irgendwann hatte er sich erbrochen; ein Faden rosaroter öliger Schleim war ihm vom Bart auf den Kragen gelaufen und kroch langsam in gekrümmter Bahn auf der Vorderseite seiner Jacke nach unten. Er saß da, die Flinte quer über die Knie gelegt, und wartete leise bibbernd in der Kälte.

Der Schatten der Kiefern wurde allmählich schärfer, von weiter unten klang hell trillernd Vogelgezwitscher herauf. Das Licht wurde immer weniger diffus, und mit dem Bewusstsein, dass der Tag anbrach, kam eine Panik über Voxlauer, wie er es seit Jahren nicht mehr erlebt hatte. Sie überrollte ihn, packte seinen Körper wie eine graue Welle und ließ ihn nicht mehr los. »Lieber Gott«, sagte er laut. Er schloss die Augen und spürte, wie ein Schauder an seinem Bein entlanglief und gleich danach warm die Pisse rann. Widerstrebend öffnete er die Augen. In den Bäumen bewegte sich etwas. Erleichtert beugte er sich nach vorn in das kalte, feuchte Gras.

Es war eine Ricke mit einem noch sehr jungen Kitz. Voxlauers

Hände zitterten, als er das Gewehr entsicherte und anlegte. Das Gebüsch überall am Waldrand schien jetzt voll huschenden Lebens. Er schwenkte die Flinte ein wenig. Sofort schraken beide Tiere auf, gaben heiser blaffende Geräusche von sich und jagten zwischen den Bäumen davon.
Voxlauer rappelte sich auf, rannte quer über den Hang in den Wald. Er hörte, wie jenseits eines immer dichteren Gewirrs aus gelbem Unterholz Zweige beiseite gefegt wurden und wieder zurückschwangen. Er brach sich gewaltsam Bahn, immer diesem Geräusch hinterher; die Flinte hielt er schräg vor der Brust wie ein Kaiserhusar. Zweige hakten sich an seinen Ärmeln fest, dann schnellten sie plötzlich hoch und auseinander, als Voxlauer den Boden unter den Füßen verlor und abwärts schlidderte und taumelte, das Gewehr fest an die Brust gepresst. Er fiel, rollte, purzelte haltlos dahin auf steiler Bahn, immer schneller, die Beine strampelten irgendwo hinter ihm in der Luft, aus der Erde herausragende Wurzeln knallten ihm gegen Schultern und Rippen. Um ihn wirbelte und wogte das Licht. Als er über einen Buckel schoss, ging das Gewehr los, und er fühlte einen scharfen Schmerz in seinen Oberschenkeln, der ihm heiß in die Kehle und in die geschlossenen Augen fuhr. Er wurde langsamer, blieb unten am Hang auf dem Rücken liegen, den Kopf nach unten. Seine Hemdzipfel tränkte in warmen Wellen strömendes Blut. Der Himmel fuhr immer noch Karussell und jagte in bockenden Sprüngen umher. Irgendwo ganz nahe bei seinem Kopf rauschte Wasser.

Voxlauer lag lange da und betrachtete den schräg überhängenden Himmel. Seine Lippen fühlten sich rissig und wund an. Schließlich wälzte er sich aus dem Wasser und trank. Dann rollte er sich wieder auf den Rücken, atmete in sanft melodisch rasselnden Zügen und versuchte aufzustehen. Zu seiner Verwunderung stellte er fest, dass er tatsächlich auf die Beine kam und dass der Schmerz fern und abstrakt war. Seine Hose und sein Hemd waren nass, und das beunruhigte ihn ein bisschen, aber er bemühte sich, während er dahinmarschierte, einfach nicht dran zu denken, und nach einer Weile vergaß er es wirklich. Er fühlte sich ganz klein und leichter als Luft und sah sich in einem Boot auf einem weiten seichten See treiben; er ließ den Arm über die Bordwand hängen und kämmte mit den Fingern sanft durch die seidigen Fäden der Wasserpflanzen.

Er schaffte es bis zur Straße, dann brach er zusammen. Nicht weit davon stand ein Haus, der feine Geruch von einem Holzfeuer lag in der Luft. Er schloss die Augen und ließ sich zurücksinken, rollte sich eng zusammen. So lag er da, als sie ihn fand, die Beine halb im Straßengraben, die Jacke, mit der er sich zugedeckt hatte, herabgerutscht und um die Knöchel geschlungen, die schlaff ausgebreiteten Arme im Dreck neben der Straße. Sie packte ihn am Hemdkragen und zerrte ihn hoch, so dass er aufrecht saß, schüttelte ihn, bis er wieder etwas Farbe bekam, stellte ihn dann mit einiger Mühe auf die Füße und führte ihn, einen Arm um seine Hüfte gelegt, hinauf zur Villa.

Das Tal
April–Juli 1938

Else stellte die Kanne und Tassen auf ein Lacktablett und trug es ins Zimmer. Er saß aufrecht auf dem Bett, die bandagierten Beine leicht gespreizt auf der Decke ausgestreckt. Staub tanzte im Licht, und sie konnte, geblendet von den Sonnenstrahlen, sein Gesicht nicht deutlich sehen, aber sie wusste, dass er wach war. Er bewegte sich schwerfällig, als sie eintrat; das Bett knarrte. »Ich habe Kaffee gemacht«, sagte sie, als wäre es gar nichts Besonderes, dass er hier in diesem Zimmer war.
Voxlauer starrte sie einen Moment lang an. Sie stand vor ihm in gelassener Anmut, ganz die Dame des Hauses, die ihren kranken Gast bedient, und wartete auf eine Reaktion von ihm. »Danke, Fräulein Bauer«, sagte er endlich. Er nahm die Tasse, die sie ihm reichte, und führte sie langsam an den Mund. »Es ist wunderschön hell hier.«
Sie runzelte leicht die Stirn. »Soll ich die Vorhänge zuziehen?«
»Nein, lassen Sie sie offen, bitte.«
»Vielleicht täte Ihnen ein bisschen frische Luft gut«, sagte sie und trat ans Fenster. »Es ist nicht besonders warm draußen, aber die Luft ist angenehm.«
»Danke. Wenn Sie möchten.«
»Was jetzt?«
»Machen Sie's auf, wenn Sie gern möchten. Das Fenster. Machen Sie's, wie Sie's an einem anderen ganz gewöhnlichen Tag auch machen würden.«
Sie drehte sich zu ihm um und lächelte. »An einem ganz gewöhnlichen Tag, Herr Voxlauer?«

»Ich meine nur: Sie sollen meinetwegen keine großen Umstände machen.«

»Na ja«, sagte sie, wandte sich wieder zum Fenster und öffnete es mit beiden Händen so behutsam, als fürchtete sie, eine Scheibe könnte herausfallen, »abgesehen davon, dass ich einen ausgewachsenen Mann in meine Küche schleppen und eine Nacht lang aufpassen musste, dass er mir nicht ausblutet und meine Bettwäsche ruiniert, und davon, dass ich mir anschließend drei Nächte lang anhören musste, wie er im Schlaf die schrecklichsten Dinge erzählte, und dass ich gezwungen war, mein Lager auf dem Wohnzimmersofa aufzuschlagen, bei dem, wie Sie sehen werden« – sie lächelte –, »die Sprungfedern herausstehen, von diesen paar Kleinigkeiten einmal abgesehen, haben Sie mir kaum irgendwelche Ungelegenheiten bereitet. Im Übrigen, glaube ich, Herr Voxlauer, ist es mir, nachdem Sie Ihrerseits die Mühe nicht gescheut haben, über ein geladenes Gewehr zu stolpern, durchaus zuzumuten, in meinem eigenen Wohnzimmer das Fenster zu öffnen.«

Voxlauer schwieg eine Weile. »Ich dachte, das ist das Schlafzimmer«, sagte er dann.

»Wo Sie sind, ist das Schlafzimmer.« Else öffnete noch ein Fenster. »Die andere Hälfte, da, wo ich bin, ist das Wohnzimmer.« Sie trug einen Fußschemel zum Bett und setzte sich. »So ist das.«

»Ach so.« Voxlauer lächelte verlegen. »Es wäre vielleicht weniger umständlich gewesen, wenn ich einfach bei Ihnen angeklopft hätte.«

Sie hatte ein Paar Stiefel unter dem Bett vorgeholt und zog sie mit einiger Anstrengung, das Gesicht leicht verkniffen, an. Sie zurrte den Riemenverschluss zu, dann hob sie den Blick zu Voxlauer. Der Kaffee, den sie ihm gegeben hatte, war kalt und stark gewesen. Voxlauer bewegte die Zunge in seinem Mund und genoss den bitteren Nachgeschmack.

»Wie haben Sie mich raufgehievt? Mit einem Flaschenzug?«

Else zuckte die Achseln. »Ich habe eine kräftige Konstitution. Wie geschaffen für das Leben auf dem Land. Anders als Sie, wenn ich das sagen darf.«

»Ja, da haben Sie sicher Recht.« Er strich sich mit der Hand über die Stirn. »Hab ich Fieber gehabt?«

Sie nickte und seufzte ironisch. »Und wie! Und Sie waren, wie gesagt, recht gesprächig, wenn auch manche Details ein bisschen undeutlich geblieben sind.« Ihre feinen Haare bewegten sich im Strom ihres Atems. Die Haltung ihres Kopfes drückte Distanziertheit aus. Das Licht hinter ihr war in dunkel strudelnder Bewegung wie das Wasser eines Flusses. »Wie um alles in der Welt haben Sie das geschafft?«

Voxlauer blickte auf seine Beine. Eine Bahn von schwarz verfärbten Blutflecken lief quer über seine Oberschenkel, fächerartig erweitert auf dem linken Bein, ein hübsches Muster aus feinen Pünktchen, wie eine Tätowierung. Er schüttelte den Kopf. »Kinder und Betrunkene haben einen Schutzengel«, sagte er grinsend.

Am Abend öffnete sie die Verbände, wusch die Wunden und pinselte sie mit Jodtinktur ein. Voxlauer sah, dass die Verletzungen nicht allzu tief gingen. Erst jetzt wurde ihm langsam in aller Nüchternheit deutlich, wie sonderbar das alles war, aber Else schien ganz gelassen und glücklich, jemanden zu haben, über den sie sich beklagen und um den sie sich kümmern konnte. Sie zeigte ihm ein paar Schrotkugeln auf einem Unterteller und die Einschusslöcher in seinem Bein, flache, rostfarbene Gruben mit stumpf weißen, leblos wirkenden Rändern. Die Haut oberhalb der Knie war zerfetzt, das Muskelfleisch, das offen dalag, war von einem ordinär schreienden Rot wie die Innenseite einer Hirschhaut, aber er stellte fest, dass er ohne allzu schlimme Schmerzen die Beine langsam auf und ab bewegen konnte. »Jetzt geben Sie doch endlich Ruhe«, sagte Else ärgerlich. »Wenn Sie so weitermachen, platzen die Wunden wieder auf.« Tatsächlich spürte er jetzt ein warmes Sickern unter den Binden und ein feines Stechen im Knochen oberhalb der Verletzungen. Er legte sich sehr behutsam zurück und schloss die Augen.

Als er sie wieder öffnete, schwand das Licht im Zimmer bereits. Durchs Fenster sah er Else draußen im Garten auf einem runden Flecken Erde mit dem Spaten arbeiten. Sie war im Lauf des Tages öfter hereingekommen und wieder gegangen, ohne ihn besonders zu beachten. Sie hatte sich nie sehr lange im Zimmer aufgehalten. Ihr Verhalten war so völlig anders als vor ein paar Tagen, sie war so unerklärlich sanft und voller Anmut, sie erschien nachsichtig und unbeteiligt zugleich, als ob es eine unveränderbare Tatsache wäre, dass er in ihrem Bett lag, ein Geschick, dass man klaglos hinzunehmen hatte – seine Verwirrung war seit dem Vormittag immer größer geworden. Jetzt beobachtete er sie in aller Ruhe, wie sie sich etwas kokett dort draußen im Abendlicht bewegte und mit kraftvollen flinken Spatenhieben die Schollen zerkleinerte. Von Zeit zu Zeit trat sie einen Schritt zurück und blickte über das Beet hin; in ihrem runden Gesicht erschien dann jedes Mal ein Lächeln, als stellte sie wieder einmal fest, was für ein törichtes Wesen sie war. Ihr Haar glänzte im letzten schwachen Sonnenlicht und verdunkelte zugleich ihre sanften, alterslosen, beinahe geschlechtslosen Züge. Voxlauer schloss die Augen. Als er nach einer langen Zeit wieder hinausblickte, war sie immer noch im Garten. Sie kniete auf der Erde und zog Wurzeln aus dem umgegrabenen Boden. Das farbige Licht war jetzt fast ganz von den Fensterscheiben verschwunden. Während er ihr zusah, senkte sich die Dämmerung herab wie die Zweige einer Weide. Einige Minuten später kam sie ins Haus.

Er saß da, den Kopf an das Holz des Betts gelehnt, und döste, als sie ihm das Abendessen brachte: ein Omelett mit eingemachten Tomaten und Lauch, dazu ein Stück grauen Käse mit Körnern darin. Er rief nach ihr, als er fertig war, und sie kam aus der Küche und brachte einen Krug süßes dunkles Bier. Während er trank, räumte sie das Geschirr weg, dann holte sie eine Lampe und einige Bücher, alle zerlesen und schmutzig, die Einbände aufge-

platzt. Sie stellte die Lampe auf das Nachtkästchen, machte Licht, setzte sich auf den Schemel neben das Bett. Sie wirkte konzentriert und ernst. Er sah ihr gespannt zu. »Ich habe lange kein Publikum mehr gehabt«, sagte sie. »Was sollen wir lesen?«
»Sie sind Lehrerin.« Voxlauer stellte seinen Krug ab. »Ich hatte es ganz vergessen.«
»Beantworten Sie meine Frage, Herr Voxlauer, sonst stelle ich Sie in die Ecke. Ohne Bier. Das wollen wir doch nicht, oder?« Sie lächelte.
Voxlauer seufzte. »Also gut. Was steht denn zur Wahl, Fräulein?«
»*Max und Moritz*.« Else sagte es im Ton verehrungsvoller Andacht. »*Hatschi Bratschi. König Farú*. Robert Walser.«
»Das sind ja lauter Kinderbücher.«
Sie runzelte die Stirn. »Walser nicht.«
»Nein?«
»Ein Schweizer Schriftsteller.«
»Na gut. Dann nehmen wir halt Walser«, sagte Voxlauer und lehnte sich bequem zurück. Noch Jahre später sollte er ihre Stimme im Gedächtnis behalten, undramatisch feierlich, geheimnisvoll und gemessen, in Textur und Farbe wie verfilzte Wolle. Die kurzen knappen Atemzüge, die unaufhaltsame Trauer, die darin klang. Die Resignation. Die Stimme floss glatt dahin, nur hin und wieder hielt Else inne und trank einen kleinen Schluck von Voxlauers Bier. Sie klang gleichmäßig fort, als ihm die Augen zufielen. Die Lampe hinter ihr fauchte und blakte.

Es war einmal eine Stadt. Die Menschen darin waren bloß Puppen. Aber sie sprachen und gingen, hatten Gefühl und Bewegung und waren sehr höflich. Sie sagten nicht nur: Guten Morgen, oder: Gute Nacht, sie meinten es auch, und zwar herzlich. Herz hatten diese Menschen. Daneben waren sie vollkommene Städter. Das Bäuerliche und Grobe hatten sie, gleichsam unwillig, sanft abgeschüttelt. Der Schnitt sowohl ihrer Kleider als ihres Betragens war der feinste, den man sich, ist man Menschenkenner oder Berufsschneider, nur denken kann. Alte abgetragene und am Leib schlotternde Kleider trug kein Mensch. Der Geschmack war in einen jeden einzelnen hineingedrungen, einen sogenannten Pöbel gab es nicht, alle waren sich in Manier und Bildung vollkommen gleich, ohne sich doch ähnlich zu sein, was wieder langweilig gewesen wäre. Auf der Straße sah man auf diese Weise eben nur schöne, elegante Menschen mit edlem, freiem Betragen. Die Freiheit wussten sie auf das feinste zu handhaben, zu leiten, zu zügeln und zu bewahren. Deshalb kamen nie Ausschreitungen in bezug auf öffentlichen Anstand vor. Verletzungen der schönen Sitte gab es ebensowenig. Die Frauen namentlich waren herrlich. Ihre Kleidung war ebenso entzückend wie praktisch, ebenso schön wie lockend, ebenso anständig wie reizend. Das Sittliche lockte! Die jungen Männer spazierten abends hinter diesem Lockenden einher, langsam, wie träumend, ohne in hastige, gierige Bewegungen zu verfallen. Die Frauen gingen in einer Art Hose einher, einer meist weißen oder hellblauen Spitzenhose, die gegen oben in eine engschließende Taille verlief. Die Schuhe waren farbig, von feinstem Leder und hoch. Entzückend war, wie sich die Schuhe den Füßen und dann dem Bein anschmiegten, und wie das Bein es fühlte, dass es von etwas Kostbarem umgeben war, und wie die Männer es fühlten, wie das Bein es fühlte! Das mit dem Hosentragen hatte das Gute, dass die Frauen Geist und Sprache in ihren Gang legten, der, unter dem Rock verborgen, sich weniger betrachtet und beurteilt fühlt. Es war überhaupt alles ein Fühlen. Die Geschäfte gingen glänzend, weil die Menschen lebhaft, tätig und brav waren. Brav waren sie aus Bildung und Taktgefühl. Einander die leichte, schöne Existenz streitig machen, das mochten sie nicht. Geld war genug vorhanden und für alle genug, weil alle so vernünftig waren, zu allererst fürs Notwendige zu sorgen, und weil alle es allen leicht machten, zu schönem Geld zu kommen. Sonntage gab es keine, ebensowenig eine Religion, um deren Satzungen willen man sich hätte streiten können. Die Vergnügungsorte waren die Kirchen, in denen man sich zur Andacht versammelte. Lust war diesen Menschen eine heilige, tiefe Sache. Dass man in der Lust reinlich blieb, war selbstverständlich, denn alle hatten das Bedürfnis dazu. Dichter gab es keine. Dichter hätten solchen Menschen nichts Erhebendes, Neues mehr zu sagen gewusst. Es gab überhaupt keine Berufskünstler, weil Geschicklichkeit zu allerhand Künsten zu allgemein verbreitet war. Das ist gut, wenn Menschen nicht der Künstler bedürfen, um zur Kunst aufgeweckte und begabte Menschen zu sein. Diese waren es, weil sie gelernt hatten, die Sinne als etwas Köstliches zu hüten und zu benützen. Man brauchte nicht Redensarten in Büchern nachzuschlagen, weil man selber feine, laufende, wache und zitternde Empfindung hatte. Man sprach schön, wo man auch Anlass nahm zu sprechen, man hatte die Herrschaft der Sprache, ohne zu wissen, wie es kam, dass man sie bekommen. Die Männer waren schön. Ihre Haltung entsprach ihrer Bildung. Es gab vieles, an dem man sich ergötzte, mit dem man sich beschäftigte, aber es geschah alles in Beziehung auf die Liebe zu schönen Frauen. Es wurde alles in feine und träumende Beziehung gebracht. Gefühlvoll sprach und dachte man über alles. Geschäftssachen wusste man empfindlicher, edler und einfacher zu besprechen, als es heute geschieht. Es gab keine sogenannten höheren Dinge. Ein solches sich nur vorzustellen, das wäre für diese Menschen, die alles schön nahmen, was war, einfach unleidlich gewesen.

Schlafen Sie?

Als Voxlauer erwachte, spürte er einen dumpfen Schmerz in den Beinen. Neben sich sah er die in eine gemusterte Decke gehüllte unbewegte Gestalt Elses. Er stand auf und humpelte umher auf der Suche nach einem Nachttopf. Da er nirgends einen fand, ging er hinaus in die feuchte Morgendämmerung. Heller Nebel hing über den Wipfeln der Nadelbäume. Die Wunden schienen kaum mehr zu bluten. Er hinkte zur Rückseite des Hauses, stellte sich hinter eine Birke und pisste an den weißen Stamm und auf den schmutzigen Rest Schnee zu seinen Füßen. Er lehnte sich an den

Baumstamm. Jetzt bin ich schon drei Tage hier, dachte er. Oder sind es vier? Er sah zu, wie die Pisse im Schnee versickerte, und fühlte sich plötzlich unsäglich alt. Und sie lag dort drinnen und schlief. Plötzlich schien ihm der gestrige Tag und der Abend und vor allem die Tatsache, dass sie neben ihm im Bett geschlafen hatte, nichts anderes zu beweisen als seine eigene nichtige Harmlosigkeit; er existierte gar nicht, er hatte nicht mehr Substanz als ein Foto, das auf eine Leinwand projiziert wurde. Zu seiner eigenen Überraschung musste er über diesen Gedanken lachen; es war ein raues, hohles Lachen, das dumpf und hässlich in den Bäumen widerhallte. »Schau dich mal an, Oskar«, sagte er. »Mach deinen Hosenstall zu.« Er schüttelte ein paarmal heftig den Kopf. Er lächelte immer noch, ohne auch nur das Geringste zu empfinden. Schließlich humpelte er durch den Schnee zurück zur Villa. Als er ins Schlafzimmer trat, sah er, dass Else nur noch halb zugedeckt war; sie stöhnte und redete leise im Schlaf. Er setzte sich auf den Schemel und drückte die Handballen auf die Knie.

Nach einer Stunde begann sie sich zu regen. »Ist es schon Morgen?«

»Sieht so aus.« Voxlauer lächelte. »Ich geh dann.«

»Ja«, sagte sie schlaftrunken. »Haben Sie was gefrühstückt?«

»Danke. Haben Sie gut geschlafen?«

»Sehr gut … Haben Sie gefrühstückt?«, fragte sie noch einmal. Sie wirkte angestrengt, als hätte sie Schwierigkeiten, ihn deutlich zu sehen, oder als wüsste sie nicht recht, wo sie ihn unterbringen sollte.

»Ja. In der Küche ist noch Kaffee. Wollen Sie?«

Sie setzte sich mit einem Ruck auf, musterte ihn, nun plötzlich hellwach, mit schmalen Augen. »Sie sind herumgelaufen.«

Er nickte. »Ein unverdientes Wunder. Wenn Sie mich freundlicherweise entschuldigen wollen, gehe ich jetzt heim in meine Hütte und breche dort zusammen.«

Sie lächelte. »Warum so umständlich, Herr Voxlauer? Brechen Sie doch gleich hier zusammen.«

»Danke, Fräulein, sehr freundlich. Ich muss aber gestehen, dass sich das mit meiner Würde nicht verträgt.«
»Mit Ihrer Würde?« Elses Augen wurden wieder schmal. »Was hier, Herr Voxlauer, sollte sich mit Ihrer Würde nicht vertragen?«
»Nichts, bestimmt nichts. Ich will Sie nur nicht länger belästigen.«
Sie blinzelte in gespielter Verblüffung mit den Augen. »Sie haben mich belästigt, mein Herr?«
»Na ja, jedenfalls habe ich Ihnen doch einige Ungelegenheiten bereitet«, sagte Voxlauer. Er merkte, dass ihm das Blut ins Gesicht schoss bei ihrem Scherz. Er fühlte sich wie ein kaum der Pubertät entwachsener Jüngling und zugleich wie eine alte Jungfer: Da saß er nun vor dem Bett und sah sie an, unfähig, zu lachen oder zu reden oder auch nur das Gesicht zu einem Grinsen zu verziehen. Ein ganz harmloser Scherz, einfach bloß ein Scherz, sagte er sich, und starrte blöde auf den Fußboden. Dann kam ihm plötzlich, ganz von selbst, Anna in den Sinn, und er fühlte nun keine Peinlichkeit mehr, nur stechend schmerzhaft Sehnsucht nach dem völlig unangestrengten Umgang mit ihr.
»Also, ich gehe jetzt«, brachte er endlich nach langem Schweigen heraus.
»Sind Sie sicher, dass Sie es schaffen?«, fragte Else und sah ihn zweifelnd an.
»Ich glaube schon. Ja.«
»Na gut. Ich bleibe, wo ich bin.« Sie ließ sich zurücksinken, wälzte sich und zog die Decke enger um sich.
»Die Skizzen bringe ich dann irgendwann in der nächsten Zeit her, wenn es Ihnen recht ist«, sagte Voxlauer und stand behutsam von dem Schemel auf.
Sie machte eine wedelnde Geste mit den Fingern. »Ja, die Skizzen«, sagte sie und vergrub sich tiefer in der Decke.
»Guten Tag noch, Fräulein Bauer.« Er nahm den rußgeschwärzten Wasserkessel vom Ofen, als er hinausging.

Als er bei der Hütte ankam, hatten die Schmerzen wieder angefangen, und seine zerrissene Hose war steif und verdreckt. Überall zeichneten sich dunkel Blutflecken ab. Er hatte beim Gehen seine Socken in den Stiefeln halb abgestreift. Er zog sich in der kühlen Schlafnische aus und erneuerte die Verbände; Flocken von getrocknetem Blut und Jod schneiten auf den Fußboden. Er legte sich auf den Strohsack und beobachtete, wie das durch das Fenster einfallende Licht sich in einem massiven Zylinder sammelte und an der Wand abwärts wanderte bis zu einem schmutzigen Handabdruck über dem Bett. Durch das Fenster drang das helle Schwatzen einer Ralle.

Klick klick klick.

Von irgendwo über ihm senkte sich in wirbelnder Bewegung etwas nieder, Funken stoben ihm in die Augen. »Père?«, flüsterte Voxlauer. Seine Lider flatterten, und seine Augäpfel wanderten träge hin und her unter dem Gewicht, das auf ihnen lastete. Als er den Kopf wandte, schmierte das wirbelnde Etwas, leise summend wie eine Mörsergranate, die in steilem Fall niedergeht, nach links ab. Ein weiches, stumpfes *ping!* war zu hören, wie wenn ein Löffel aus geringer Höhe auf den Boden fällt. Dann wieder das Klicken. Voxlauer setzte sich auf, plötzlich hellwach. »Sie hat mich gefragt, wie ich das geschafft habe«, sagte er. *Ping!* antwortete es von oben. Er achtete nicht auf das Geräusch, konzentrierte sich ganz auf die Bilder in seiner Erinnerung: Else, die sich im Bett wälzte, das Gesicht im Kissen vergraben, den rechten Arm seltsam verdreht hinter ihrem Rücken. Wie sie aufrecht im Bett saß und ihn musterte, die Stirn leicht gerunzelt beim Sprechen. Die wedelnde Handbewegung, die sie machte, als er ging.

Es wurde wärmer im Raum, die Säule aus Licht begann zu vibrieren, ein Knick wurde langsam sichtbar. Voxlauer sah durch das Fenster nach draußen auf die vom Wind gekräuselte Wasserfläche und die Bäume, die jetzt hell aufleuchteten. Er klopfte mit dem Daumen sanft gegen das Glas. Er streckte den Arm aus und bedeckte den Abdruck an der Wand mit seiner Handfläche. Er stammte von einer kleinen Hand, von einem tollpatschigen oder unbekümmerten Kind oder von einem sehr jungen Mädchen. Er stand auf und trat zum Tisch.

Aus dem Regal nahm er das Bestimmungsbuch, in das er die Zeichnungen gelegt hatte. Er reihte sie vor sich auf dem Tisch auf, die Porträts außen, dazwischen die kleine Naturstudie. Sie war mit schwerer ungeübter Hand bemüht sorgfältig gezeichnet: plumpe Linien liefen zu Stängeln zusammen, die in einem Strauß hypertroph wirkender Blütenkelche endeten. Voxlauer beugte sich über das Papier, studierte es aus nächster Nähe, bis die Linien vor seinen Augen verschwammen. Sein Atem wirbelte winzige Flöckchen Zeichenkohle auf. Er lehnte sich zurück. Er spürte ein Stechen in seinen Beinen und streckte sie ganz behutsam eng nebeneinander unter dem Tisch aus. Er schob die Blätter mit den Porträts in die Mitte des Tischs. Nach einer Weile ließ der Schmerz nach, und er beugte sich wieder über die Zeichnungen.

Die Linien der Porträts waren sehr fein, gewissermaßen unsichtbar, als ob die Hand, die den Stift geführt hatte, kaum je mit dem Papier in Berührung gekommen wäre; sie hatte wohl eher dicht darüber geschwebt wie eine Wespe in unruhig huschenden Spiralen. Beide Porträts wirkten wie mit einem einzigen durchgehenden Strich gezeichnet – ein einziger Faden, der hin und her über die weiße Fläche flitzte und allmählich die Ähnlichkeit hervortreten ließ. Das eine Gesicht erkannte er jetzt als das Elses. Die andere Zeichnung zeigte, wie es schien, dasselbe Gesicht etwa fünfzehn Jahre jünger; es lächelte ihm aus einem offenen Fenster entgegen. Das glatte Haar des abgebildeten Mädchens war zu Zöpfen geflochten, die scharf hervortretenden Brauen schienen Stolz oder Zweifel auszudrücken. Die Linien des Gesichts gingen am Rand in ein wolkiges Gespinst immer lichter werdender abstrakter Strukturen über und verloren sich im Weiß des Papiers. Alle drei Skizzen waren auf den

Sommer des vorhergehenden Jahres datiert. Voxlauer schob die Blätter wieder zwischen die Seiten des Buchs, legte sich auf den Strohsack, das Gesicht ganz nahe am kühlen Putz der Wand, und dachte an Else. »Wie habe ich das geschafft?«, sagte er laut.

Eine Woche später sammelte Voxlauer zwischen abgestorbenen Fichten Brennholz, als er auf einem Waldweg kaum fünfzig Meter unterhalb von ihm Else sah. Weiter vorn tollte ein kleines Mädchen im feuchten jungen Gras umher; immer wieder blieb es stehen, strich sein pechschwarzes offenes Haar zurück und sah sich nach Else um oder rief ihr fröhlich etwas zu. Einmal winkte Else das Mädchen zu sich, und sie beugten sich gemeinsam zu einer blühenden Pflanze hinunter. Voxlauer hielt sich im Schatten der Bäume und beobachtete die beiden eine Weile, dann machte er sich bemerkbar und ging auf unsicheren Beinen zu ihnen hinunter. Das Gesicht des Mädchens hatte denselben halb kritischen, halb freundlichen Ausdruck wie das eine der beiden Porträts.
»Ach, Sie sind's, Herr Voxlauer«, sagte Else und knickste. »Auf dem Weg der Besserung, hoffe ich?«
»Die Ärzte sagen, ich werde es noch erleben, dass ich wieder rüstig wie eh und je bei der Idiotenparade vorneweg marschieren kann.« Das Mädchen lachte. Sie stand einige Schritte hinter ihnen, in der Hand ein Taschentuch, und musterte ihn aufmerksam.
»Sie kennen Therese ja noch gar nicht, Oskar«, sagte Else. »Komm her, Resi. Das ist Oskar. Er wohnt jetzt in Opas Hütte und passt auf die Fischteiche auf.«
Das Mädchen lächelte ihn an. »Sie haben sich in die Knie geschossen, oder?«
Voxlauer sah Else an.
»Die Sache war so komisch, Oskar. Ich konnte es einfach nicht für mich behalten.«
»Ich habe mir nagelneue Knie machen lassen«, sagte er zu dem

Mädchen. »Die Fabrik hat sie erst gestern geliefert.« Er machte eine Kniebeuge und hopste umher. »Siehst du? Alles wieder in Ordnung, keine Sorge.«
»Ich hab mir gar keine Sorgen gemacht«, sagte das Mädchen. Sie streckte ihm die Hand hin, und er schüttelte sie feierlich.

Das Mädchen lief voraus und sammelte Kiefernnadeln in ihr Taschentuch, dabei redete sie halblaut mit sich selbst. Else und Voxlauer schritten langsam dahin; beide waren ein bisschen befangen und schüchtern in Gegenwart des Mädchens, und Voxlauer hatte auch jetzt wieder das Gefühl, dass sich etwas zwischen ihnen verändert hatte. Er trug sein Bündel Kleinholz in der Hand, pfiff tonlos vor sich hin und sah sie immer wieder von der Seite an. »Sie hätten mal bei mir vorbeischauen sollen, dann hätte ich Ihnen die Skizzen geben können«, sagte er. »Es ist erstaunlich, diese Ähnlichkeit.« Er blickte wieder auf das Mädchen.
»Ich setze nie wieder einen Fuß über diese Schwelle, Herr Voxlauer. Das habe ich Ihnen doch schon einmal erklärt.«
»Ja, haben Sie.«
»Wenn Sie wollen, dass ich diese Skizzen an mich nehme, müssen Sie sich schon selbst die Mühe machen und sie mir bringen.« Sie lächelte. »Stellen Sie sich einfach vor, Sie kämen als eine Art Postbote.«
»Ich war bis heute ein Krüppel, Fräulein Bauer. Ein tragischer Fall. Ich konnte mich grade auf dem Zahnfleisch einmal rund um die Hütte schleppen.«
»In jeder Hand eine Schnapsflasche wahrscheinlich. Sie wollen es ja nicht anders, Herr Voxlauer.« Sie seufzte. »Ich habe genug gesehen.«
Er berührte ihren Arm. Sie blieb stehen. »Und sonst haben Sie nichts gesehen?«
Sie hob die Augenbrauen und blickte ihn leicht amüsiert an. »Bitte? Was sonst hätte ich sehen sollen, Herr Voxlauer?«
»Jede Menge«, sagte er, die Hand immer noch an ihrem Arm.

»Das kann Ihnen doch unmöglich entgangen sein. Was in der Stadt passiert, zum Beispiel. Das betrifft doch so oder so jeden. Kommen Sie denn nie in die Stadt?«

Ihr Gesicht wurde ernst. Einen Augenblick lang nahm es einen gekränkten Ausdruck an. Dann lachte sie auf. »Sie können sich gar nicht vorstellen, was ich alles gesehen habe. Ich gehe nicht gern in die Stadt, das stimmt. Aber ich habe überhaupt keine einsiedlerischen Neigungen, Herr Voxlauer, nicht im Mindesten.«

»Dann können Sie mir ja vielleicht erklären, was los ist. Ich bin nämlich sehr wohl ein Einsiedler, wie Ihnen Herr Piedernig sicher verraten hat.« Er stockte, sah nach vorn auf die Straße, wo das Mädchen stand und sie beobachtete. »Das ist der Grund, warum ich so lange nicht zurückgekommen bin. Das, was jetzt passiert.« Er verstummte wieder. »Das und ähnliche Sachen. Ich habe Angst davor, irgendwohin zu gehen. Ich kann nirgendwohin.« Er lachte. »Ich erwarte gar nicht, dass Sie das verstehen, Fräulein Bauer. Schauen Sie doch nicht so bedrückt!«

Else antwortete lange nichts. Sie blickte weg von ihm in den Wald. »Was jetzt gerade passiert, ist noch nie zuvor passiert«, sagte sie schließlich.

»Es gibt so ein Gefühl, das ist mir zum ersten Mal im Krieg begegnet, und genau das spüre ich jetzt in der Stadt. In der Ukraine war es auch da nach ein paar Jahren. Aber angefangen hat es im Krieg.« Er stockte und atmete tief ein. »Das war einer der Gründe, warum ich so lange nicht zurückkam. Ich hatte Angst, dass es hier genauso sein würde. Ich konnte den Gedanken nicht ertragen, dass ich heimkäme und feststellte, dass alles anders geworden war.« Er schwieg, bis sie endlich den Kopf wandte und ihn mit gerunzelter Stirn ansah. »Und genau so war es. Alles ist anders geworden. Das müssen Sie doch auch sehen.«

»Ich sehe nicht, dass sich was geändert hat – in dem Sinn, von dem Sie reden.«

»Aber natürlich, Fräulein Bauer. Alles ist anders geworden. Das wissen Sie genau. Warum sonst wären Sie hierher auf den Berg gezogen? Weil Sie die Freiheit der Wälder so sehr lieben? Oder die gesunde Alpenluft?«

»Und die anderen Gründe?«, fragte Else. Sie sagte es im Ton einer Erwiderung, als gäbe sie ihm Antwort auf seine Frage. Sie sah ihn nicht an dabei, ihr Blick war auf das Mädchen gerichtet. »Ich meine: warum Sie wegwollten? Es muss doch noch andere Gründe gegeben haben?«

Wind kam auf und bewegte die Wipfel der Bäume. Das Mädchen stand da, den Kopf weit zurückgelegt, und sah in den Himmel hinauf.

»Ich habe gewisse Dinge getan, die nicht mehr ungeschehen zu machen sind«, sagte Voxlauer und ließ seinen Blick auf Else ruhen. Sie beobachtete immer noch das Mädchen. »Haben Sie so etwas schon einmal getan?«

Sachte befreite sie sich von seiner Hand an ihrem Arm. »Ja, habe ich. Ich habe es selbst schon getan, und ich weiß, was Sie meinen. Ich weiß, was Sie auf dem Holzerhof gemacht haben.« Sie wartete einen Moment. Als er nichts sagte, fuhr sie fort: »Haben Sie eine so geringe Meinung von sich selbst, Herr Voxlauer?«

Er öffnete den Mund, setzte zum Sprechen an, verstummte aber sofort wieder. Das Mädchen war näher herangekommen und warf Steinchen auf seine Stiefel. »Das sind aber nicht meine Knie«, sagte er und neigte sich steif zu ihr hinunter. Sie wandte sich Else zu und reichte ihr wortlos das Taschentuch. »Einen Moment noch, Resi«, sagte Else. Das Mädchen protestierte quengelnd und lief ein Stück voraus. Sie setzten sich wieder in Bewegung; sie gingen jetzt eine Armlänge weit voneinander getrennt.

»Wohnt sie bei Ihnen?«, fragte Voxlauer.

»Sie lebt bei der Familie ihres Vaters in Sankt Marein.«

»Ich dachte nur, dann hätte ich sie ja wohl bemerkt.«

»Ja.«

»Ich hatte immer angenommen, das Mädchen auf der Zeichnung wären Sie.«

»Ja, natürlich. Bis heute wussten Sie ja gar nichts von ihr, oder?«
»Ich hatte keine Ahnung.« Er lächelte. »Ich bin ein bisschen blöd.«
»Und außerdem trinken Sie zu viel«, sagte sie. Sie blickte an ihm vorbei. »Das ist schade, Herr Voxlauer, denn sonst könnten wir wunderbar miteinander auskommen.«
Voxlauer blieb unvermittelt stehen und fasste sie wieder am Arm. »Vorsicht, Fräulein Bauer! Sie sollten nicht von einem Wildhüter auf den anderen schließen.«
»Tja, wer im Glashaus sitzt ... Geschieht mir ganz recht.« Sie starrte abwesend auf die Straße.
»Ich will damit nur sagen: Verwechseln Sie mich nicht mit Ihrem Vater. Und auch nicht mit meinem.«
»Was Sie für eine Art im Leib haben, einen einfach so zu packen«, sagte Else wie zu sich selbst. Er ließ ihren Arm los. Schweigend gingen sie dahin. An der Stelle, wo der Waldweg auf die Straße stieß, wurde sie langsamer und nahm seine Hand. Das Mädchen stand vorn an der nächsten Biegung und wartete ungeduldig. Else fasste Voxlauer wortlos an der Taille und drehte ihn zu sich. Sie sah ihm unverwandt in die Augen; er spürte den Druck ihrer Fingerspitzen an seinen Rippen. Ihr Gesicht war jetzt ernst und ganz nahe.
»Ich werde Sie nicht verwechseln, Herr Voxlauer«, sagte sie leise.

In dieser ersten Nacht hatte Voxlauer immer das Gefühl, sie befänden sich in der niedrigen kalten Dachkammer eines Hauses voller Leute, die keine Ahnung hatten, was über ihren Köpfen vor sich ging. Er streckte den Arm aus und legte seine Hand auf die still daliegende Gestalt neben ihm, die ihm alles schweigende, dunkle Leiden dieser Welt zu enthalten schien. Sie wälzte und dehnte sich träge im Schlaf. Sie nahm seine Hand nicht wahr, so wie sie auch den Raum nicht wahrnahm und nicht einmal ihr Leiden. Vielleicht leidet sie ja gar nicht, dachte Voxlauer und atmete tief. Der Gedanke schien ihm zuerst ohne jede Substanz, absurd, aber langsam entfaltete er doch Wirkung wie ein Schluck Wein. Voxlauer setzte sich auf und betrachtete sie.

Sie schlief, die Fingerknöchel dicht an den Mund gepresst wie ein zahnendes Kind, in völliger Gleichgültigkeit gegenüber allem um sie herum ganz dem Schlaf hingegeben. Im matten Schimmer der Lampe wirkte sie wie von schlammig dunklem Wasser umgeben. Voxlauer empfand zunehmend Schrecken vor ihr, als er sie so betrachtete, sie erschien ihm in einer Weise vollständig, die nicht von dieser Welt war, wie ein Wesen von einem fremden Stern. Wenn sie jetzt aufwachte, so kam es ihm vor, würde sie ihn ruhig ansehen, und er würde sterben.

Ihre Augen unter den schweren Lidern bewegten sich mit gelassener Ruhe hin und her. Ihr Atem pfiff leise. An ihrer Seite hatte sie eine lang gestreckte Narbe – sie hatte sich als Kind einmal schwer verbrüht. Die etwas schrumpelige Haut fühlte sich pergamentglatt an; er musste an ein Reptil aus grauer Vorzeit denken. Er fuhr mit den Fingerspitzen an der Narbe entlang von ihrem

Schulterblatt zur Hüfte. Sie erinnerte ihn wie ihr ganzer Körper an Wasser, an zwei Kiesel, die auf dem Grund eines Flusses aneinander klicken. Sie legte schützend den Arm über die Narbe. Sie schlug die Augen auf.

»Gib mir einen Kuss«, sagte sie.

Langsam, zögernd, beugte er sich zu ihrem Gesicht hinunter. Sie blickte ihn genau so an, wie er es sich voller Angst vorgestellt hatte, ruhig und besonnen, die Augen noch im Schlaf entrückt. Schlaftrunken legte sie ihm den Arm um den Nacken und zog ihn an sich. Ihre Lippen waren kühl und trocken; sie spannten sich, als er mit dem Mund über sie strich, und öffneten sich dann langsam. Ihr Atem wehte weich und geräuschlos über seine Haut. Plötzlich wurde ihm eng in der Kehle, und er ließ seine Lippen an ihrem Hals entlangwandern. Sie seufzte. Sie war, so schien es ihm, alles zugleich, glatt und kraus, sanft und scharfkantig, hell und dunkel. Aber sie war nicht alles. Etwas fehlte ihr. Er atmete hastig ein und beugte sich über sie.

Wieder kam es ihm so vor, als wären sie in einer winzigen Dachkammer. Unter ihnen schliefen Leute, er hörte sie im Schlaf stöhnen, ihre Betten knarrten. Sie hielt ihn lose an den Hüften, als führe sie die Zügel eines Kutschpferds, und er bewegte sich über ihr. Der Raum verengte sich immer mehr, wurde zu einem winzigen Punkt reinen weißen Lichts. Sie lag auf die Ellbogen gestützt, ihr Körper spannte sich ihm entgegen. Er war lebendig, voller Leben. Er hatte keine Angst. Die ganze Vergangenheit war explodiert. Sie bewegten sich gemeinsam in einer Nicht-Zeit ohne Zukunft und Vergangenheit. Da war Licht, das in immer schnellerer abgehackter Folge zuckte. Überall im Zimmer um sie herum wirbelten dünne, trockene Schneeflocken. Er sah hinaus und weinte.

Früh am Morgen saß er auf der Bettkante, hellwach. Auch sie war wach und redete mit ihm, und er fühlte sich ruhig und leicht.

»Ich gehe Seite an Seite mit vielen anderen Leuten über eine weite Wiesenfläche mit sehr hohem Gras. Wir suchen das Gelände ab.

Du bist dabei, Oskar, und Walter und Herta sind da und mein Vater auch, frisch und lebendig. Wir haben uns untergehakt und bewegen uns Schritt für Schritt über die Wiese. Die Menschen in der Kette links und rechts neben mir hängen ein bisschen zurück, soweit ich sehen kann – offenbar bin ich die Spitze.«

»Wir gehen über diese Wiese?«

Sie runzelte die Stirn. »Na ja, es ist eigentlich kein Gehen, eher eine Art Schweben, Gleiten. Das Gras reicht weit über unsere Köpfe, es ist wie Bambus oder wie sehr hohes Schilf. Je weiter wir vorankommen, desto schwieriger wird es, zusammenzubleiben. Die Frau neben mir schaut mich an und sagt lächelnd: ›Lass meinen Arm los, Else. Geh, du findest es.‹ – ›Was?‹, frage ich. ›Das Baby‹, flüstert sie mir ins Ohr. Da merke ich plötzlich, dass ich meine Beine bewege, und ich rieche etwas wie Bienenwachs oder Blütenstaub.«

Sie schwieg einen Moment und spielte mit dem Stoff des Bettüberzugs.

»Die Formation löst sich dann in immer kleinere Grüppchen auf, und bald bin ich ganz allein. Am Himmel braut sich schwarz und bedrohlich ein Unwetter zusammen, und ich kauere mich unter einen Busch. Überall um mich herum peitscht der Sturm das Gras, mäht es nieder mit ungeheuren Hieben. Ganz in meiner Nähe am Boden, halb verdeckt vom Gestrüpp, ist noch jemand, der auch hier Schutz sucht. Ich beuge mich hinunter und sehe, dass es ein winzig kleiner grauer Mann ist mit einem Sperlingskopf.«

»Donnerwetter!«, sagte Voxlauer und lachte.

»Hör zu, Oskar. Hörst du?«

»Ist der das Baby?«

Sie nickte. »Er guckt mich an mit seinen verschreckten gelben Äuglein, dann schaut er zum Himmel hinauf. Und ich bin mit einem Mal erfüllt von einem sonderbaren nervösen Glücksgefühl. ›Leg dich hin‹, sage ich zu ihm. ›Unter dem Gras bist du sicher.‹ Er blickt mich dankbar an und verschwindet.

Später stoße ich wieder zu den anderen. Ich sehe niemanden, den ich kenne, und mir wird ängstlich zu Mute. Es ist, als ob die Leute

der Suchmannschaft gegen Fremde ausgetauscht worden wären – erst nach und nach erkenne ich dann doch einige Gesichter wieder. Sie stecken die Köpfe zusammen und flüstern miteinander. ›Wo bist du gewesen?‹, fragen sie. Sie wirken sehr erstaunt darüber, dass ich wieder aufgetaucht bin. ›Ich hab die gute Hoffnung in Sicherheit gebracht‹, sage ich und lache sie an. Da wenden sie sich von mir ab; ich habe sie geschlagen.«
»Geschlagen?«, fragte Voxlauer und sah sie konsterniert an.
»Ja, geschlagen«, sagte Else lächelnd.

Im Lauf der folgenden Tage und Wochen wich der Schock, das Gefühl schierer Verblüffung verwandelte sich allmählich in etwas, dem Voxlauer nicht mehr völlig verständnislos ausgeliefert war, wenn auch die Überraschungen keineswegs ein Ende nahmen: Er fühlte sich desorientiert, als irrte er durch einen riesigen barocken Garten, der an jeder Ecke immer neue verwirrende Ausblicke und Durchblicke eröffnete. Dass er einfach so nach Pergau wandern und über den leeren Marktplatz und weiter auf der Straße zu ihrem Haus und die Eingangsstufen hinauf gehen konnte und sie dann in der kleinen Küche vorfand, wo sie ihn in heiterer Ruhe erwartete, dieser Gedanke war ihm immer noch unfassbar. Er wunderte sich oft im Geheimen darüber. Bin ich wirklich so bescheiden? fragte er sich manchmal spät in der Nacht vor dem Spiegel in ihrem Wohnzimmer, während sie schlief. Habe ich eine so geringe Meinung von mir selbst? Er drehte sich dann hin und her und studierte sich im Licht der Lampe von allen Seiten: das bleiche, bärtige Durchschnittsgesicht, die unsteten misstrauischen Augen, den Bauch, die Beine, die servil hängenden Schultern. Ja, dachte er dann, ich habe wirklich keine hohe Meinung von mir selbst. Und dann kam es wieder über ihn, ganz langsam, dieses fast schmerzhaft intensive Gefühl von Überraschung, die hartnäckige Empfindung: Das kann nicht wahr sein. Und er lachte noch im Dunkeln über die jämmerliche Gestalt im Spiegel.

»Schau mal«, sagte Else.
Sie waren auf der Straße im Tal spaziert. Die Sonne schien jetzt, Mitte April, schon so stark, dass man in Hemdsärmeln gehen konnte. Sie hatte plötzlich seinen Arm losgelassen und war stehen geblieben. Sie beugte sich über den Baumstumpf einer Birke und bog das Gestrüpp etwas zur Seite, damit er besser sehen konnte. Mit der anderen Hand zeigte sie auf etwas, das an der verwitterten Rinde hing; es sah aus wie ein verschrumpeltes Eichenblatt. »Schau mal, Oskar«, sagte sie.
Als er es näher betrachtete, sah er, dass es eine Art Motte war. Der Körper war dicht mit silbrigen Haaren bedeckt, matt glänzend und seidenglatt wie ein Otternfell. Der Kopf war unter schwefelfarbenen Borsten wie unter einer Kapuze versteckt. Schmale Schwefeladern mündeten in längliche Flecken auf dem Hinterleib, die sich stumpf schimmernd von dem Silber abhoben. Die Rinde hatte sich etwas vom Stamm abgelöst; der Falter hing in ihrem Schatten, bewegungslos und kostbar glänzend wie eine Ikone. »Was ist das?«, fragte Voxlauer. Er wusste nicht, was er dazu sagen sollte.
Else fasste die Flügel sanft mit den Fingern und zog sie auseinander. Was er für Adern auf dem Leib des Falters gehalten hatte, entpuppte sich nun als eine leuchtend gelbe halbmondförmige Zeichnung der Flügel. Die hakenartigen schwarzen Beinchen strampelten aufgeregt, und die gefächerten Fühler betasteten hektisch vibrierend Elses Daumen. Sie hielt ihm den Falter hin und drehte ihn, so dass er ihn von allen Seiten studieren konnte, ganz so, als hätte sie eines ihrer Schulkinder vor sich.
Ihre Liebe war ihm jetzt in einem Maß kostbar, dass es geradezu lächerlich war; Else hatte in den wenigen Wochen eine Bedeutung für ihn gewonnen, wie sie Anna nie gehabt hatte. Er empfand Schuld deswegen, aber sehr viel stärker war das Gefühl der Angst, nicht eigentlich Angst vor dieser Liebe als vielmehr Angst vor der Zukunft: vor der Zukunft, die er in jener Nacht gesehen hatte, als er betrunken umherirrte, vor der Zukunft, mit der er nun wieder gegen seinen Willen und seine Absicht verbunden

war, ihretwegen. Er konnte sich jetzt von dieser Verbindung so wenig frei machen wie von dem Gefühl ungläubiger Verblüffung angesichts der Rolle, die Else in seinem Leben spielte. Er sah plötzlich Annas Gesicht an dem Tag, als sie starb, resigniert und leblos, grau wie die Tapete an der Wand hinter ihr. Nein, dachte er. Ich will nicht. Ich will nicht mehr gegen den Strom der Zukunft ankämpfen. Ich kann nicht.
»Eine Mondeule«, sagte Else heiter. »Sehr selten so früh im Jahr.« Sie hielt die gespreizten Flügel behutsam mit spitzen Fingern. »Wir nehmen sie mit, für Resis Sammlung. Hast du ein Taschentuch, Oskar?«
»Oskar?«, fragte sie, als er nicht reagierte.
»Ach so, ja. Natürlich.« Voxlauer kramte in seiner Tasche.
»Tu sie da rein«, sagte Else. »Vorsichtig. Siehst du die Reihe von Pünktchen da auf dem Leib?«
»Ja.«
»Das sind die Atemöffnungen.«

Eines Morgens, am Ende ihrer ersten gemeinsamen Woche, wachten sie in einer gläsernen Welt auf. Der Garten klirrte leise wie ein Kristalllüster, und die durchscheinenden Wipfel der Nadelbäume entlang der Straße glitzerten golden und türkis im frühen Licht. Else hatte ein Baumwollkleid an; über die Schultern hatte sie ein blaues Tuch gelegt. In einer Leinentasche, die sie Voxlauer immer wieder für eine Weile zu tragen gab, hatte sie ein Glas Oliven dabei. Sie überquerten den Marktplatz in Pergau und gingen dann weiter auf der völlig menschenleeren Straße, die zum Friedhof hinausführte. Dünner Nebel lag über den Wegen und Gräben. Als sie auf die Straße einbogen, die sich zu Ryslavys Teichen hinaufschlängelte, winkten ihnen ein paar junge Burschen zu, die in einiger Entfernung Torf stachen.
Sie wanderten gemächlich bis zur Weggabelung und gingen dann nach rechts auf dem ansteigenden Weg in Richtung der Kolonie. Überall um sie herum funkelte Eis, Zweige klirrten im

leisen Wind. Als sie aus dem Wald herauskamen, sahen sie Piedernig an der Spitze eines Trupps von Männern über eine Wiese marschieren, sein weißer Haarschopf wippte weithin sichtbar wie ein Feldzeichen. Else rief ihnen einen Gruß zu, die müden Krieger und ihr Hauptmann blieben stehen.

»Heil euch, ihr Kühnen!«, rief Voxlauer.

»Seid gesegnet, seid gesegnet«, sagte Piedernig, als sie näher kamen. Er runzelte finster die Stirn. »Wo sind eure Forellen, meine Kinder?«

»Sie täten besser daran, sich von Wurzeln und Heuschrecken zu nähren, Sie Prophet«, erwiderte Voxlauer und überreichte das Glas mit den Oliven.

»Sie müssen nehmen, was Sie eben kriegen, Walter«, sagte Else. »Und uns dafür segnen.«

»Das tu ich gerne.« Er machte eine Verbeugung. Dann wandte er sich ab und gab seinen Leuten das Zeichen zum Aufbruch. Es waren sieben, alle mit bekümmerten Mienen und schmutzigen Gesichtern. Sie trugen primitiv zusammengeflickte Ledersandalen. Ein paar nickten Else grüßend zu, als sie an ihr vorbeigingen. Keiner von ihnen war bekleidet.

»Gepriesen sei unser Mahl, zuerst und vor allem und in diesen Zeiten mehr denn je«, sagte Piedernig und zerteilte mit seinem Spazierstock die Luft in generös bemessene gleich große Portionen.

Sie saßen wieder in dem Gemeinschaftsraum um dasselbe Tischtuch herum wie beim letzten Mal und aßen die Oliven mit bröseligen Brötchen aus Sauerteig. »Wo kriegen Sie dieses Brot her, Herr Professor?«, fragte Voxlauer zwischen zwei Bissen.

»Das macht unsere Herta hier«, antwortete Piedernig und nickte zu einer pummeligen Frau links von ihm hinüber. Sie lächelte ihm zu. Voxlauer erinnerte sich vage an sie von seinem ersten Besuch her; sie hatte im Garten gesessen und ihn finster angestarrt.

»Es ist köstlich, Herta«, sagte Else. Die Frau schüttelte verlegen abwehrend den Kopf und wedelte mit ihrer dicken Patschhand.

Voxlauer wurde plötzlich bewusst, dass sie die einzige Person im Raum war, die gut genährt aussah.
»Unsere liebe Frau Lederer weiß mit Komplimenten nichts anzufangen, sie ist viel zu bescheiden, die Gute«, bemerkte Piedernig und zwinkerte Else zu. Herta schüttelte wieder den Kopf, den Blick wie gebannt auf die Schüssel mit den Oliven gerichtet. Eine leichte Röte erschien auf ihrem Gesicht.
Voxlauer ließ seine Augen im Raum umherwandern, er musterte Piedernig und Herta und die anderen in der Runde, er sah auf das Tischtuch, das zwischen ihnen ausgebreitet war. Es gab weniger zu essen, und die Unterhaltung war nicht so lebhaft wie beim ersten Mal. »Wo essen eigentlich die Kinder?«, fragte er.
Jemand in der Runde lachte wiehernd. »Ach, da oder dort«, sagte Piedernig abwesend. »Wie sich's halt grade ergibt.«
»Sie kennen offenbar Walters Prinzipien der Kindererziehung noch nicht«, bemerkte Herta. Es war das erste Mal, dass sie sich am Gespräch beteiligte.
»Ich kann sie mir ungefähr vorstellen«, sagte Voxlauer.
»Schandmäuler!« Piedernig machte eine wegwerfende Handbewegung. »Pure Verleumdung.«
»Ich habe mit Bedacht Oliven mitgebracht, Walter«, sagte Else. »Von denen müssen Sie den kleinen Ungeheuern nichts abgeben.«
Ein Mann in der Küche mischte sich ein. »Genau, Fräulein«, rief er. »Haut und Knochen sollen sie sein, die lieben Kleinen.«
»Aus fetten Lämmern werden gute Faschisten«, murmelte Piedernig in seine Teetasse hinein.
»Die Regel stimmt nicht immer«, widersprach Else.
»Die Anwesenden ausgenommen, versteht sich«, sagte Piedernig. Die anderen in der Runde lachten.
Der Brotkorb wurde noch einmal herumgereicht. Zwei kleine Buben kamen herein, nahmen sich ein paar gedörrte Apfelschnitze und kauten missmutig darauf herum. Eine ältere, kurzhaarige Frau, die Voxlauer noch nie gesehen hatte, erzählte von einem Aufenthalt in der Stadt.

»Es war alles voller Fahnen und Spruchbänder«, sagte sie und warf bedeutungsschwangere Blicke auf die Anwesenden. »Wie am Nationalfeiertag, aber auch an den Wohnhäusern hingen welche, an Hütten, ja sogar an Viehställen. Rot und grau, so ein Filzgrau. Und dieses riesige obszöne Kreuz!« Sie legte eine Kunstpause ein und nickte der Reihe nach jedem in der Runde zu. »Morgen marschieren die Illegalen durch Villach. Die haben jetzt den ganzen Segen des Staats.«

Piedernig stöhnte laut auf. Er wandte sich an Else. »Ist das wahr?«

»Wie soll ich das wissen, Walter?«, sagte Else und sah auf das Tischtuch nieder.

Piedernig zuckte die Achseln und fuhr mit der Hand durch die Luft. »Der Fortschritt marschiert, Oskar. Er lässt sich nicht aufhalten. Drei der dicksten Mitglieder unserer Gemeinschaft sind bereits, von der Pracht der Festlichkeiten verführt, übergelaufen.«

»Mit den Fetten haben sie leichtes Spiel«, rief der Mann in der Küche.

Voxlauer blickte in die Runde, musterte der Reihe nach die Gesichter um ihn herum. »Ich denke, der Rest der Truppe braucht sich deswegen keine Sorgen zu machen«, sagte er schließlich.

»Nach und nach kommen unsere Bienen wieder zu sich«, sagte Piedernig, als sie ihr Geschirr in die Küche hinaustrugen. »Es wäre mir eine Ehre, wenn Sie gemeinsam mit mir ihre Fortschritte begutachten wollten.«

Voxlauer lachte. »Ich empfinde es als eine hohe Auszeichnung.« Er warf einen Blick über die Schulter.

»Sie ist mit Herta in den Garten gegangen«, sagte Piedernig und blinzelte ihm zu. »Keine Angst.« Er zog eine Schublade auf und nahm eine Dose Tabak heraus. Verschwörerisch legte er den Finger an die Lippen. »Kommen Sie Geben Sie uns Ihren sachverständigen Rat.«

Die Sonne hatte das meiste Eis weggetaut; das Gras und die

Dächer der Bienenkästen blinkten nass. Als sie sich näherten, bemerkte Voxlauer ein stetiges Summen, energisch und sanft zugleich; mit jedem Schritt, den sie taten, klang es immer heller. Als Piedernig die Klappe an der Rückseite des ersten Kastens öffnete, begann so plötzlich, wie wenn ein Generator anspringt, ein zweites, lauteres Summen. Bienen wimmelten umher in wilden, aufgeregten Spiralen – das war die Bewegung, die zu dem Geräusch gehörte. Voxlauer beugte sich über den Kasten. Der Boden war schwarz von schwirrenden, tanzenden Insekten. Die feine Brise, die sie mit ihren Flügelbewegungen erzeugten, strich ihm sanft über Gesicht und Haar. »Warum fliegen sie nicht?«, fragte er.
»Sie sind noch nicht richtig wach«, sagte Piedernig. Er nahm ein Büschel schwarzen Tabak aus der Dose und stopfte seine Pfeife. »Schauen Sie her.« Er griff ins Innere des Kastens und nahm einige Bienen heraus, dann schloss er die Hand und schüttelte sie heftig. »Sehen Sie das? Was die jetzt brauchen, ist ein Schock, damit sie wissen, dass der Winter vorbei ist.« Er grinste und zündete seine Pfeife an. »Vielleicht sollte ich ihnen vom Anschluss erzählen.«
»Um Gottes willen, lassen Sie die armen Tiere schlafen«, sagte Voxlauer.
Sie standen eine Weile da und beobachteten schweigend die Bienen. »Es dauert jetzt nicht mehr lange, dann sind wir am Ende angelangt.«
Voxlauer lächelte. »Sie meinen: dann haben Sie Ihr großes Werk vollendet.«
»Ha. Ja. Genau.« Piedernig schwieg eine Weile und zog an seiner Pfeife. Dann zündete er ein Streichholz an und hielt es an den Pfeifenkopf. »Nein«, sagte er, »ich meine: wir sind am Ende.« Er seufzte. »Wir sind hier nicht im Ausland, Oskar.«
Voxlauer lachte. »Ich weiß. Ich war schon mal im Ausland.«
»Werden Sie nicht albern. Ich meine: hier oben im Tal.«
»Ja, ich weiß.«
Piedernig sah ihn an.

»Ich habe Sie schon verstanden, Walter«, wiederholte er.
»Und Ryslavy? Macht er sich keine Sorgen?«
»Ich weiß nicht. Ich glaube nicht.«
Piedernig setzte eine skeptische Miene auf.
»Er hat Geld«, sagte Voxlauer.
»Das bezweifle ich nicht.«
»Die kann man genauso gut schmieren wie andere Leute auch. *So* fanatisch werden sie schon nicht sein, jedenfalls nicht alle, oder?«
»Na ja, jedenfalls«, sagte Piedernig und sah auf die Hütten hinter ihnen, »wir ziehen schon bald nach Italien, spätestens im Frühherbst.«
»Italien?«, fragte Voxlauer.
Piedernig lachte. »Man merkt, dass Sie fast zwanzig Jahre weg waren. Ich weiß aus gut unterrichteter Quelle, dass die Italiener jetzt unsere Freunde sind.«
»Ich bin sehr erleichtert, das zu hören. Trotzdem ...«
»Treten Sie einen Schritt zurück; für das, was jetzt kommt, braucht es einen richtigen Mann«, sagte Piedernig. Er beugte sich zum Kasten hinunter und blies eine dicke Rauchwolke ins Innere. Das Summen brach ab, die Bienen drängten in wilder Attacke hinaus und stachen blind in die Luft. Voxlauer hob die Hände vors Gesicht – ihm war, als regne es Feuer auf seine Finger und seine Handgelenke. Piedernig packte ihn am Kragen und zerrte ihn grob weg. Er fluchte.
»Ist ja gut«, sagte Voxlauer. »Es ist gut. Alles in bester Ordnung.«
»Sie sind mir ein komischer Kauz«, schimpfte Piedernig und musterte ihn kritisch. »Sind Sie schlimm zerstochen?«
»Nein, geht schon«, sagte Voxlauer. »Tut mir Leid«, fügte er nach einer Weile hinzu.
»Mir ist nichts passiert«, sagte Piedernig, der immer noch aufmerksam Voxlauers Gesicht studierte. »Immerhin haben sie Ihnen jetzt den Gefallen getan und sind endlich ein bisschen aufgelebt.«
»Ja, das kann man wohl sagen.« Voxlauer kauerte am Boden und rang nach Luft. »Ja. Das war wirklich eine Überraschung.«

»Schauen wir, was die Damen machen. Gehen wir, Herr Wildhüter.«
Sie gingen an einer Reihe leerer Schuppen vorbei und um das Gemeinschaftshaus herum zum Garten. Else stand mit Herta und einer anderen Frau am Eingang. Sie redeten und lachten miteinander.
»Was ist mit deinen Händen passiert?«, fragte Else, als Voxlauer sich näherte. Er grinste und rieb seine Handgelenke.
»Auf so was tut man am besten frische Mayonnaise drauf«, sagte Herta. »Man macht einen Umschlag. Kalt.«
Else lachte. »Mayonnaise?«
Herta nickte ernst. »Ja. Aber sie muss kalt sein.«
»Ich habe ganz bestimmt keine Mayonnaise zu Hause, weder kalt noch sonst wie. Von Mayonnaise kriege ich Pickel.«
»Entschuldigen Sie, meine Damen, aber ich denke, ich komme auch so wunderbar zurecht.«
»Ja. Schließlich bist du bis jetzt auch immer alleine zurechtgekommen, ganz wunderbar, wie man sieht«, sagte Else und tätschelte seine Hände. Alle lachten.

»Wie kommt er darauf, dass du weißt, was in Villach los ist?«, fragte Voxlauer. Es war schon später Nachmittag, die Ränder der Wiese, über die sie gingen, lagen bereits im Dunkeln. Sie bewegten sich langsam über den schlammigen Boden, der bei jedem Schritt die Stiefel saugend festhielt. Else ging voran, nur ab und zu hob sie den Kopf und schaute nach vorn. »Wer?«, fragte sie.
»Walter.« Er machte eine Pause. »Als von diesem Aufmarsch in Villach die Rede war. Da hat er dich gefragt, ob das wahr ist.«
»Ach so, das«, sagte Else. Sie winkte nachlässig mit der Hand. »Das hat wahrscheinlich mit meinem Vetter Kurt zu tun.«
»Was ist mit dem?«
»Der hat Schwierigkeiten gekriegt. Er musste fort.«
Sie waren jetzt unter den Bäumen angelangt und gingen nebeneinander auf dem abschüssigen Weg.

»Wieso das?«
»Er hat sich mitten in der Nacht davongemacht. Ohne uns ein Wort zu sagen.«
»Wem: uns?«
»Uns. Resi und mir.«
Voxlauer wurde langsamer, aber Else machte keine Anstalten stehen zu bleiben, und so beschleunigte er wieder seinen Schritt. Sie blickte stur geradeaus und ging in flottem Tempo dahin.
»Er hat sich um euch gekümmert, dieser Vetter? Und dann hat er euch allein gelassen«, sagte Voxlauer, immer noch einen halben Schritt hinter ihr.
»Ja.«
»Dich und Resi.«
»Ja, Oskar.«
»Else?«
»Ja?«
Voxlauer zögerte, legte sich genau die Wörter zurecht. »Der ist ein Illegaler, dein Vetter, oder?«
Sie nickte. »Ja, Oskar. Er war einer. Aber jetzt ist er natürlich höchst legal.«
»Dann wird er zurückkommen«, sagte Voxlauer langsam.
»Ich hoffe nicht.«
Voxlauer schwieg eine Weile. »Und der Vater?«
»Was ist mit dem?«
»Wo ist der?«
»Keine Ahnung. Bei Kurt. Es ist mir egal.«
»Ah.«
Sie ging einen halben Schritt auf Voxlauer zu. »Oskar –«
»Sie waren beide Illegale, oder? Alle beide?«
»Genau«, sagte sie und blickte die Steigung hinab. »Nette junge Nazis frisch vom Land. Alle beide.«
»Das … das hätte ich nicht gedacht.«
»Wirklich, Oskar? Das hättest du nicht gedacht?«
Sie standen jetzt nebeneinander und schauten geradeaus in die-

selbe Richtung. Hinter einem kleinen Buckel sahen sie zwischen Bäumen und Gestrüpp das Rostrot der Straße, auf die der Weg einmündete.

»Also«, sagte Voxlauer endlich, »wer ist es?«

Else runzelte leicht die Stirn. »Wer ist was?«

»Der Vater.«

»Ein junger Bursche, Oskar. Mehr gibt's da nicht zu wissen.« Sie zuckte die Achseln. »Aus Marein. Resi lebt bei seiner Mutter.«

Nach einigem Schweigen fragte Voxlauer: »Warum das?«

Sie hatte sich wieder in Bewegung gesetzt. Entschlossenen Schritts und mit steifen Beinen ging sie dahin, er dicht hinter ihr. Wortlos durchquerten sie ein Stück Laubwald; an den Ulmen zeigte sich das erste schüchterne Grün. Das Rascheln ihrer Siefel in dem braunen Laub auf dem Weg klang, als gingen sie über Wachspapier oder Zwiebelschalen. Er beschleunigte seinen Schritt, um auf gleiche Höhe mit ihr zu gelangen.

»Warum das?«, wiederholte er.

»Was?«

»Warum zieht seine Mutter das Kind auf?«

»Weil ich nicht geeignet bin, natürlich. Ich bin nicht erziehungsberechtigt, Oskar. Ist es das, was du wissen wolltest? Jetzt weißt du's: Ich bin nicht geeignet. Sie haben sie mir weggenommen.«

»Aber warum?«, brach es aus ihm heraus. »Was hast du Schlimmes getan?«

»Oskar«, sagte sie ganz leise und sah ihm in die Augen. Ihr Gesicht war tränennass, sie zitterte. »Oskar, können wir nicht damit aufhören? Ich bitte dich. Wenn wir nicht damit aufhören, muss ich gehen. Dann gehe ich, Oskar, verstehst du?«

Er sah sie an, dann schloss er die Augen. Die Angst, die er in den vergangenen Wochen fast vergessen hatte, regte sich plötzlich wieder, der Boden unter ihm schwankte. Er hatte weiche Knie, ihm schwindelte. »Wohin? Wohin gehst du?«, fragte er und schlug die Augen auf. Aber Else war schon weitergegangen und wanderte von ihm weg die Steigung hinunter.

Als Voxlauer bei den Fischteichen ankam, fand er neben der Brücke eine grüne Limousine stehen. Zwischen den Eingangsstufen der Hütte und dem Holzstoß saß in sich zusammengesunken Ryslavy. Voxlauer nahm zwei Holzscheite und schlug sie nahe bei Ryslavys Ohr zusammen.

»Volksgenossen! Der Führer spricht!«

Ryslavy fuhr hoch und schaute mit weit geöffneten hervortretenden Augen um sich. Als er Voxlauer sah, schimpfte er wütend los.

»Das werd ich dir heimzahlen, Freundchen. Das schwör ich dir.«

»Ich hatte mir gerade überlegt, dass ich dich mal wieder besuchen sollte, morgen oder übermorgen. Und dann finde ich dich hier vor meiner Tür liegen wie ein Geburtstagspäckchen.«

Ryslavy lehnte sich zurück an die Wand der Hütte. »Komm nur in meine Reichweite, Geburtstagskind, dann geb ich's dir.«

»Trotzdem, vielen Dank«, sagte Voxlauer. Er lehnte sich leicht gegen die Holzlege. »Ich habe mir ein bisschen Gedanken gemacht wegen dir.«

»Wirklich? Sag bloß!«

»Na ja, ich weiß nicht so recht.«

»Nein?«

Voxlauer zuckte die Achseln. »Ich hab mich gefragt, ob du jetzt weitermachen kannst, ich meine: wie das Geschäft wohl geht.«

»Das Geschäft?« Ryslavys Augen wurden eng.

Voxlauer nickte.

Ryslavy musterte ihn eine Weile, dann schnaubte er verächtlich. »Die Leute trinken nach wie vor Bier, wenn es das ist, was du wissen willst. Und es ist ihnen nach wie vor ziemlich egal, wer es ihnen einschenkt.«

»Und Forellen essen sie auch nach wie vor?«

»Meine Forellen essen sie, Oskar, keine Angst. Vorausgesetzt natürlich, ich habe welche.« Er blickte mit vorwurfsvoller Miene in Richtung des Teichs.

Voxlauer klopfte mit einem Holzscheit den Dreck von seinen Stiefeln. »Ich geb es ja zu. Ich hab mich in letzter Zeit vielleicht nicht genug um die Dinge hier gekümmert.«

»Ja?«

Voxlauer grinste. »Bist du hergekommen, um mich rauszuschmeißen, Pauli?«

»Dann würdest du ja in der Stadt dein Unwesen treiben. Nein, lieber nicht.«

»Das wäre vielleicht gar nicht so schlecht. Ich könnte dir helfen, dein Haus mit Sandsäcken zu verbarrikadieren.«

»Nein, danke.«

»Oder Schmiergelder überbringen, kommt darauf an ...«

Ryslavy verzog das Gesicht. »*Wo*rauf kommt es an?«

Voxlauer kratzte sich am Kinn. »Was für einen Plan du verfolgst. Für welche Taktik du dich entscheidest.«

»Ich denke, vorerst behalten wir dich in der Reserve, Oskar, wenn du nichts dagegen hast. Zumal ich sehe, wie sehr du deine Arbeit liebst.«

»Ist es so offensichtlich?«, fragte Voxlauer und seufzte.

Im letzten Tageslicht gingen sie ein Stück am Bach hinauf und angelten. Ryslavy lag da, den Kopf auf ein Büschel junges Gras gebettet, rauchte und schwang allerlei große Reden. Gelegentlich setzte er sich auf, um nach seiner Angel zu sehen. Voxlauer saß mit seiner Rute an einer Stelle mit seichtem, strudelndem Wasser.

»Die sind so wenig Sozialisten, wie ich einer bin«, sagte Ryslavy. »Und wenn das eine Arbeiterpartei ist, dann bin ich eine Klette am Hintern eines Serviermädchens.«

»Das hättest du wohl gerne.«

»Kaum waren sie da, haben die sich sofort an die besseren Herrschaften unter den Volksgenossen rangemacht. Den alten Kattnig und Otto Probst – das ist der neue Doktor, der in der Villa Walgram wohnt. Sogar bei *mir* haben sie rumgeschnüffelt in der ersten Woche – du glaubst es nicht. Es hat sich aber rausgestellt, dass ich Zionist bin.«

»Wenn du ein Zionist bist, bin ich ein Emmentaler Käse«, sagte Voxlauer gähnend.

»Ich war selber am meisten überrascht, das kannst du mir glauben, Oskar.«

»Das glaube ich gern.«

»Bei deiner Mutter waren sie auch, versteht sich. Haben so einen amtlichen Schrieb mitgebracht. Natürlich war darin von dir die Rede – du kannst dir ja vorstellen, in welchem Zusammenhang. Sie hat sie gefragt, ob vielleicht einer von ihnen Französisch kann.«

Voxlauer sagte nichts.

»Sie wollen deine Mutter auf ihrer Seite haben, ganz klar. Deinen Père auch, Friede seiner Asche. ›Ihr persönlicher Verlust et cetera war ein Verlust für ganz Deutschland.‹ Aber sie hat sich großartig geschlagen. Sie hat gefragt, ob Deutschland den Tod aller österreichischen Genies so sehr betrauert. Das hat ihnen das Maul gestopft.«

»Von mir war auch die Rede?«

»Hmm.« Ryslavy, die Pfeife im Mund, nickte. »Gegen Ende.«

»Und?«

»›Wir bedauern Sie zutiefst, Frau Voxlauer, dass er Ihnen diese Schande antut!‹ – und so weiter und so fort. Dann haben sie wieder ihren Schrieb rausgeholt. Man hat ihr zu verstehen gegeben, dass die Sache noch zu richten wäre, dass man unter gewissen Umständen ein Auge zudrücken könnte. Sie hat ihnen gesagt, sie sollen verschwinden.«

»Ah«, sagte Voxlauer.

»Tu mir den Gefallen, Oskar, hau deine Fliege nicht so grob da hinein. Gib dir ein bisschen Mühe. Tu's mir zuliebe.« Mit einer Geste der Verzweiflung nahm Ryslavy die Rute und ließ die Fliege mit lautlosem Schwung übers Wasser tanzen. »Das sind köstliche Viecher voller Anmut und Eleganz, die wir da an den Haken kriegen wollen. Wunderschöne Geschöpfe.«

»Bratwürste mit Flossen«, sagte Voxlauer. »Glubschäugige, glitschige kleine Scheusale.«

»Keineswegs. Die Leibspeise eures Propheten, wenn man den Aposteln Petrus und Paulus glaubt«, widersprach Ryslavy und hob segnend die Hand.

»Hab ich gar nicht gewusst«, murmelte Voxlauer nachdenklich. Er holte die Schnur ein und warf sie wieder aus. »Wer ist dein Lieblingsapostel, Pauli?«

Ryslavy gab einige pittoreske Verwünschungen zum Besten. »Da wir gerade davon reden – dieser Fettkloß macht mir im Moment schon ein bisschen die Hölle heiß. Ich will ja nicht ordinär werden.«

»Unser Freund Rindt, der alte Dreckfink?«

»Genau der.«

»Der will sich jetzt wohl nicht mehr damit begnügen, in seiner Kneipe die Pisse von den Stühlen zu wischen, oder was?«

Ryslavy zuckte die Achseln. »Jeden Dienstag gibt's Freibier für alle Parteigenossen.« Er grinste gequält. »Der Engel der germanischen Rasse.«

Voxlauer spuckte ins Gras.

»Ich wünsche mir manchmal, *ich* wäre auf die Idee gekommen.«

»Bist du doch, Pauli. Du könntest die Kerle bloß nicht aushalten.« Ryslavy lachte freudlos. »Du glaubst wirklich, ich sollte auch auf der pangermanischen Schiene fahren? Ich? Paul Abraham Ryslavy, Wucherer, krummbeiniger, heimtückischer Verführer deutscher Frauen?« Er duckte sich lauernd im Zwielicht und grinste verschlagen.

»Da wir gerade davon reden«, sagte Voxlauer, »kannst du vielleicht einen halben Schilling entbehren?«

»Sehr komisch.« Ryslavy starrte abwesend aufs Wasser hinaus.
»So war's nicht gemeint.«
»Ach, geh doch zum Teufel!«
Sie schwiegen eine Zeit lang, mit ihren Angeln beschäftigt. »Bis zur Hölle ist es vielleicht gar nicht mehr so weit, oder?«, fragte Oskar ruhig.
Ryslavy zeigte ihm eine lange Nase. »Die saufen sich voll und torkeln dann heim. Schöne Zeiten sind das, wirklich.«
»Es würde bestimmt nichts schaden, wenn wir einen von denen auf unserer Seite hätten.«
Ryslavy ließ seine Pfeife von einem in den anderen Mundwinkel wandern. »Ich würde mal sagen, dir geht's doch schon jetzt bestens, Oskar.«
»Was soll das heißen?«
»Du hast ein prima Leben hier.«
Voxlauer warf seine Angel aus. »Was weißt denn du davon.«
»Vielleicht ist dir aufgefallen«, sagte Ryslavy, »dass ich dich nicht gefragt habe, wo du dich herumgetrieben hast.«
»Das hab ich auch nicht erwartet.«
»Immerhin. Ich hab dich nicht gefragt.«
»Soll ich jetzt eine Kerze anzünden, zum Dank für so viel brüderliche Barmherzigkeit?«
»Erinnerst du dich an Sarah Tilsnigg? Meine Kusine?«
Voxlauer schwieg einen Moment. »Ja, schon möglich.«
»Die Bergluft hat dir immer gut getan. Die hat auf dich gewirkt wie ein Pfund Austern.«
»Hör auf, Pauli, erspar mir das.«
»Wann war das eigentlich? In welchem Sommer?«
»Ich weiß nicht mehr. 1803, wenn du mich fragst.«
»Na, jedenfalls haben wir hier oben schöne Sommer verbracht.«
»Ja, schon.«
»Ich muss in letzter Zeit dauernd dran denken. Ich werde eben alt.«
»Daran liegt es wahrscheinlich.«

»Dein Père hat immer diese endlos langen komplizierten Märchen erzählt, weißt du noch?«
»An ein paar kann ich mich noch erinnern.«
»Was ist mit ihm passiert, Oskar? Der hat so ein ganz normales Leben geführt, und dann plötzlich das!«
»So ganz plötzlich und aus heiterem Himmel kam das nicht. Du hast es bloß nicht gewusst. Maman hat immer dafür gesorgt, dass nichts nach draußen dringt.«
»Es gab Probleme mit seinen Stücken, das weiß ich noch. Die wurden nicht mehr gespielt und so. Das war bestimmt auch ein Grund.«
»Es war etwas, das in ihm drin war, Pauli, in seinem Hirn. Es waren nicht diese blöden, schwachsinnigen Operetten.«
»Warum bist du dir da so sicher?«
»Weil dasselbe auch in mir drinsteckt, Pauli. Darum.«
»Oh«, sagte Ryslavy.
Sie schwiegen eine Weile. Ryslavy kaute auf seiner Pfeife. »Bei Holzers ist vor ein paar Wochen eingebrochen worden«, sagte er. »Da hat jemand eine Riesensauerei veranstaltet.«
»Tatsächlich?«
»Nimm dich in Acht, Oskar, mehr sag ich nicht. Wir leben in unsicheren Zeiten.«
»Das hab ich schon mal gehört«, sagte Oskar. »Es erfüllt dich sicher mit Befriedigung zu wissen, dass andere große Denker zu derselben tiefen Erkenntnis gelangt sind.«
Seine Angelrute zuckte. Er kurbelte hektisch an seiner Rolle. Ein fingerlanges Fischchen zappelte am Haken. Voxlauer zog es fluchend an Land.
»Um diese Tageszeit beißen vor allem die Jungen«, sagte Ryslavy, jetzt wieder ganz gelassen. »Ich habe die Erfahrung gemacht, dass die Alten tiefer runtergehen, wenn es dunkel wird. Man muss ein bisschen mehr Blei nehmen oder einen besseren Köder. Du könntest es ja mal mit einer von diesen Teichjungfern probieren.«

Voxlauer löste das Fischlein vom Haken und warf es ins Wasser zurück. »Du bist wirklich schwer zu ertragen heute, Pauli.«
Ryslavy seufzte. »Ich geh mir selber auf die Nerven in letzter Zeit.« Er hantierte versonnen mit seiner Angel. »Du kennst ihre Familienverhältnisse, nehme ich an?«
»So einigermaßen, ja.«
»Das ist nicht so einfach, wirklich nicht.«
»Das ist ganz einfach.« Voxlauer warf die Angel aus. »Hier oben ist es einfach.«
»Glaub bloß das nicht. Hier ist es nicht einfacher als irgendwo anders. Es dauert nur ein bisschen länger, das ist alles.« Ryslavy machte eine Kopfbewegung in Richtung des Tals. »Deine Freunde, diese Freikörperapostel, haben das kapiert, jede Wette. Die sind nicht mehr lange hier.«
»Wie du siehst, bin ich vollständig bekleidet.«
»Gott sei Dank.« Ryslavy grinste
»Da kann ich dir nur aus ganzer Seele zustimmen.«
Ryslavy lehnte sich zu Voxlauer hinüber und packte ihn am Arm. »Mach mir keinen Kummer, Alter. Ich bitte dich inständig.«
Voxlauer lachte. »Kummer, Pauli? Ich glaube, du hast heute die falsche Brille auf. Sehe ich so aus wie jemand, um den sich irgendein vernünftiger Mensch grämt?«
»Nein, du Idiot. Aber ich. Ich habe jede Menge Sorgen, seit Wochen schon.«
»Dann gräm dich, soviel du willst. Ich kann dich nicht dran hindern.«
»Jeder weiß, wer das war auf dem Holzerhof. Die ganze Stadt weiß Bescheid.«
Voxlauer antwortete nicht. Der Bach war jetzt im kieselfarbenen Dämmerlicht ein unscheinbares graues Band.
»Jetzt kommt es einem so vor, als wäre das alles ganz weit weg«, sagte er endlich.
Ryslavy schwieg einen kurzen Moment. »Also gut, Oskar. Es ist allein deine Sache, da hast du Recht. Aber geh um Gottes wil-

len nie mehr zum Holzerhof. Kauf deine Butter in Zukunft in Pergau.«
»Muss ich wohl«, sagte Voxlauer.

Es regnete die ganze Nacht und den folgenden Tag hindurch. Gegen Abend zeigten sich große rosafarbene Streifen am Himmel, es wurde klar und kalt. Voxlauer klopfte an das Küchenfenster und sah zu, wie Else drinnen im honigwarmen Licht zur Tür ging. Der Riegel ging nicht sofort auf, sie musste ein bisschen herumprobieren. »Na, schwimmen die Fische noch alle mit dem Bauch nach unten?«, fragte sie und ließ ihn eintreten.
»Ich hab nicht nachgeschaut.« Er strich ihr ein paar lose Strähnen aus dem Gesicht und legte sie behutsam nach hinten. »Ryslavy war da. Ich glaube, er hätte mich längst rausgeschmissen, wenn er nicht so ein weiches Herz hätte. Ich kann von Glück reden, dass er so sentimental ist.«
»Er bezahlt dich nicht, also kann er dich auch nicht rausschmeißen, Oskar. Du denkst immer noch wie ein Bolschewik.« Sie nahm sein Handgelenk und küsste es.
»Er verzeiht mir alle meine Sünden. Eine Generalamnestie, das ist doch was. Und Fische kriege ich noch dazu.«
»Also, Oskar! Wofür brauchst ausgerechnet du eine Generalamnestie?«
»Oh, ich habe schreckliche Dinge auf dem Gewissen, mein Fräulein.«
»Ich weiß, woran Sie denken, Herr Wildhüter. Aber Paul Ryslavy hat in dieser Provinz nicht darüber zu befinden, ob jemand amnestiert wird oder nicht.«
»Nun ja«, sagte Voxlauer achselzuckend. »Er wird schauen, ob er was für mich tun kann.«
Sie lachte schelmisch. »Es gibt Dinge, die kann einem niemand abnehmen, Oskarchen.«
»Wenn Sie es sagen, Fräulein, wird's schon stimmen.« Er machte

eine Pause. »Er scheint dich nicht besonders zu mögen. Das wird dich vermutlich nicht überraschen.«
Sie schnitt eine Grimasse. »Der Mann sollte sich lieber drum kümmern, dass er seine Freunde bei der Stange hält.«
»Das tut er ja, meint er jedenfalls.«
»Und wie stellt er das an?«
»Na ja. Er gibt einiges aus für seine Sicherheit.«
»Das glaube ich. Aber er schmiert die falschen Leute.«
»Ja, wahrscheinlich«, sagte Voxlauer. »Bloß: wer gehört nicht zu den falschen Leuten?«
»Ich. Ich gehöre nicht zu den falschen Leuten.« Else lachte. »Das kannst du Ryslavy ausrichten.«
Zum Abendessen gab es Knödel und eingemachte Pfirsiche und die letzten der geräucherten Würste, die Voxlauer auf dem Holzerhof gestohlen hatte. Sie aßen beim Licht einer Petroleumlampe in der Küche. Die Haustür stand offen, sie knarrte leise. Sie tranken ihren Tee mit etwas Schnaps aus einer kleinen blaugrünen Flasche. Else summte ein Schlafliedchen vor sich hin, ab und zu waren undeutlich Fetzen des Texts zu verstehen. Ihr rundes Gesicht schimmerte im Schein der Lampe.
»Du bist sehr schweigsam heute Abend«, sagte sie.
»Du auch.«
»Ich bin betrunken.«
Voxlauer musterte sie. »Das sieht man dir nicht an.«
»Ist aber so.«
»Ein gutes Gefühl, was?« Er lächelte.
»Ja. Es ist schön.«
»Ich gehe morgen in die Stadt«, sagte er und lehnte sich zufrieden zurück.
Else runzelte die Stirn. »Was willst du da?«
»Ich besuche meine Mutter. Pauli hat gesagt, sie vermisst mich.«
Sie schaute auf die Tischplatte nieder. Ihre Finger fuhren nervös an der Kante entlang. »Geh nicht, Oskar. Nicht morgen.«
»Warum nicht?«

Sie blickte nicht auf. »Ich weiß nicht«, sagte sie.
»Denen in der Stadt bin ich nicht so wichtig, Else, die haben andere Sorgen.«
»Hat Ryslavy das gesagt?«
Er machte eine wegwerfende Handbewegung. »Ich gehe meine Mutter besuchen, Else. Das ist alles.«
Else nippte an ihrem Tee. »Was ist los? Ist was passiert?«
»Nein, alles in bester Ordnung.«
»Nur alle die Sachen nicht, die nicht in Ordnung sind.« Jetzt lächelte sie.

Voxlauer saß auf einer Bank auf der Veranda und sah hinaus auf die rot gleißenden Dächer. »Ja, Maman«, sagte er, »die Sonne scheint heute auf unsere kleine Stadt.«
Sie stellte eine Platte mit Kleingebäck vor ihn auf den Tisch. »Du siehst schlecht aus«, bemerkte sie.
»Ich hab Skorbut, meinen die Experten.« Voxlauer machte hohle Wangen und verdrehte die Augen. »Sie empfehlen die russische Therapie.«
»Um Gottes willen, Oskar, hör auf damit.« Sie setzte sich erschöpft hin. Zum ersten Mal fiel ihm ein greisenhaftes Kopfwackeln auf, das sie offenbar nicht unter Kontrolle hatte; es wirkte, als beteuerte sie permanent, dass sie es einfach nicht glauben könnte. Ihr entfuhr ein Seufzen. »Gibt sie dir wenigstens anständig zu essen?«
»Maman«, sagte er, »können wir nicht eine Weile still und ruhig dasitzen?«
»Doch, Oskar. Vielleicht.«
Die Mittagssonne schien durch die Blätter der hängenden Farnpflanzen und zeichnete ein Tüpfelmuster aus Licht und Schatten auf die weiße Wand und den Tisch und das Kaffeegeschirr. Im Wohnzimmer lief das Radio. Durch die offene Tür klangen, überlagert von Störgeräuschen, Fetzen einer Ouvertüre.
»Hörst du, was das ist?«, fragte sie.

»Undeutlich.«
Sie schwieg. »Verdi?«, sagte er aufs Geratewohl.
»Ja. Genau. Du weißt, dein Père und ich …«
»Ist das Radio kaputt?«
»Was? Oh, das Radio …« Ihre Stimme verebbte. Ihre Unterlippe zitterte leicht.
»Dieses Rauschen und Pfeifen. Das ist ja scheußlich.«
Sie nickte. »Ein italienischer Sender, Udine. So weit ist es gekommen. Ich kann einfach keine Vorspiele zu Wagner-Opern mehr hören. Oder Nordenthal! Lieber Gott im Himmel!«
»Wer?«
»Nordenthal. Der hatte einen Posten in Linz; hat den Chor einstudiert oder so. Offenbar ein Lieblingskind des neuen Regimes. Der hat einen Narren an den Hörnern gefressen.« Sie seufzte.
Voxlauer lächelte und nahm ihre kühle, schlaffe Hand. »Was wolltest du über Verdi sagen?«, fragte er.

An diesem Nachmittag spazierte er mit ihr durch den Garten und unter den Obstbäumen, die eben zu blühen begannen. Sie bewegte sich unsicher auf dem von viel Unkraut überwucherten Gelände; er musste sie oft am Arm führen, und sie legten viele Pausen ein. Sie saßen zusammen auf einer eisernen Bank beim Gärtnerhäuschen und sahen zu, wie die Sonne hinter den aufragenden Zacken und Gewölben der Ruine unterging. »Ich bin immer so müde, Oskar«, sagte sie und lehnte sich leicht wie eine Feder gegen seine Schulter.
»Ich war auch müde, Maman. Todmüde. Aber jetzt bin ich hellwach.«
»Du bist noch so jung. Und ich bin schon so viele Jahre lang immer müde.« Sie seufzte ein bisschen. »Erinnerst du dich noch an den Tag, als du fortgefahren bist? Weißt du, wie jung ich damals war?«
Voxlauer lachte hohl. »Mach ruhig weiter, sag es.«

»Nein. Du bist ein guter Junge, Oskar. Ein netter, lieber Junge. Mein liebes Kind.«

»Maman.« Er zögerte. »Du machst mir ein bisschen Angst.«

Sie saß eine Weile schweigend da. Dann fragte sie: »Hat Pauli dir gesagt, dass du kommen sollst?«

»Natürlich nicht.«

»Es spielt auch gar keine Rolle. Ich bin so glücklich, dass du da bist.« Sie legte ihren Arm auf seinen. »Ich hatte gehofft, du würdest mir alles erklären.«

»Ich hatte gehofft, *du* würdest *mir* was erzählen. Ich war seit Wochen nicht mehr in der Stadt.«

»Du liebst sie«, sagte sie unvermittelt.

Voxlauer antwortete nicht. Sie hob ein wenig den Kopf an seiner Schulter und atmete tief.

»Wir gehören jetzt wohl zu Deutschland«, sagte sie.

»Ja.«

»Die Zeitungen sind voll mit fürchterlichem Mist.«

»Ja.«

»Hat Pauli schwer zu kämpfen?«

»Nein, ich glaube nicht.«

»Er war nicht mehr hier in der letzten Zeit.«

»Ich glaube nicht, dass sie ihm irgendwelchen Ärger machen. Ehrlich.«

»Ah«, sagte sie. Sie lächelte sonderbar.

»Maman? Hast du was? Ist dir nicht gut?«

»Ich verstehe es nicht«, murmelte sie abwesend. Sie sah nieder auf ihren Schoß. Ihr Kopf wackelte jetzt heftig.

»Maman«, sagte er noch einmal. Sie nahm keine Notiz von ihm.

»An dem Tag damals, als Père und ich dich zum Bahnhof brachten, wurde mir klar, dass du als ein ganz anderer zurückkommen würdest, fast als ein Fremder. Das wusste ich. Ich wusste, dass ich dich vielleicht nie mehr wiedersehen würde, aber wenn, dann völlig verändert. Die Welt würde einen anderen aus dir machen. Ich habe es mir jeden Tag immer wieder gesagt. Ich war darauf gefasst.« Sie schwieg eine Weile nachdenklich, atmete tief, rieb ihre Hände aneinander. »Mir kam nie in den Sinn, dass ich selbst mich verändern würde. Und meine ganze Umgebung hier.« Sie ließ ihren Blick durch den Garten schweifen. »Dass hier alles anders werden würde. Dass Père nicht mehr da sein würde, weg, ausgelöscht. Und nicht nur er. Es hätte auch sein können, dass du niemanden mehr hier vorgefunden hättest.« Ihr entfuhr ein halb ersticktes, gequältes Stöhnen. Sie bewegte die Hände, als tastete sie über eine leere Tischplatte hin, und sah ihn völlig verwirrt, irgendwie fragend an. Ihre Augen irrten immer wieder zur Seite und hasteten gleich darauf, freudig, als erinnerte sie sich jetzt wieder an ihn, zu seinem Gesicht zurück.

»Alle diese Leute, Oskar. Lauter fremde Leute. Ich kenne niemanden mehr von all den Leuten, die ich auf der Straße sehe. Und niemand kennt mich. Ich hätte nie gedacht, dass so was möglich ist. Nie. Und die Straßen sind auch anders und die Häuser. Du musst das auch bemerkt haben, aber du hast nie was gesagt. Ich denke so viel an dich, Oskar. Jeden Tag. Es muss schrecklich für dich sein. Mein Gott …« Sie streckte den linken Arm aus und legte die Fingerknöchel der Hand sacht auf Voxlauers Schläfe, als wollte sie fühlen, ob er Fieber habe. »Gott segne dich, Oskar. Mein lieber, lieber Junge. Ich wundere mich, dass du überhaupt zurückgefunden hast. Alles ist so anders. *Hier* ist etwas ganz anderes geworden, es ist gealtert. Sogar deine alte Mutter hat sich verändert. Sogar sie. Gott lasse sie ruhen in Frieden.«

»Maman«, sagte Voxlauer. Seine Stimme klang kratzig. »So darfst du nicht reden. Bitte.«

»Ich verstehe nichts mehr, Oskar. Das ist das Schlimme.« Sie schwieg. »Ich verstehe überhaupt nichts.«

Das Licht über der Ruine war stumpf rot, die Silhouetten der Mauern und Festungsanlagen wirkten jetzt großartiger und weniger verloren, stolzer als sonst. Ein warmer Wind wehte vom Wald her durch den Garten; er brachte den Geruch von Regen mit. »Ich habe noch nie etwas verstanden, Maman«, sagte Voxlauer.

Auf dem Heimweg vermied er belebte Straßen und machte einen großen Bogen um den Holzerhof. Er stieg am Ende der Viehweiden vom Kamm ab ins Tal und lief dann an der Nordseite des Bachs entlang durch die Schonung. Die jüngeren Bäume standen eng beieinander, er musste sich zwischen den Zweigen einen Weg bahnen. Die flachen blauen Nadeln streiften warm und sanft über sein Gesicht. Er ging in einem Zickzackkurs dahin, die Arme vor der Brust, den Kopf gesenkt, mit jedem Schritt tauchte er ein in das Gewirr von dichten weichen Nadeln. Nach einer Weile stand er still und horchte auf seinen Atem. Ein starker Wind bog die Wipfel der Bäume. Er legte den Kopf nach hinten und starrte zu den Wolken hinauf, die in lang gezogenen Bändern und Fetzen nach Süden trieben.

Ein trübes Licht schwamm in der Luft, am Boden waberte feiner Dunst. Links von ihm floss der Bach. Zwei nasse Planken waren darüber gelegt; sie ruhten auf Haufen aus übereinander geschichteten gelben Steinen. Er stieg vorsichtig hinunter und betrat den Steg. Er war ungefähr bis zur Mitte gelangt, als die Planken plötzlich nachgaben. Das Wasser an seinen Beinen war so eisig, daß er laut aufschrie. Der Schreck mischte sich mit staunender Verwunderung darüber, wie der Schrei zwischen den Bäumen der Schonung verschwand: wie ein Kieselstein in den Wellen. Er watete ans Ufer und krabbelte an Land. Er musste über sich selbst lachen, während er seine nassen Stiefel auszog. Das Fließgeräusch des Bachs klang weiter oben deutlich gedämpft. Er wrang seine Socken aus und wischte seine Füße an dem Moos des Untergrunds trocken.

Er stand gebückt da, die Stiefel in der Hand, da sah er sie. Sie standen ein paar Meter entfernt bachaufwärts, die Gewehre vor sich abgestellt, und beobachteten ihn. Der ältere Sohn trug eine erlegte Gemse auf der Schulter, an seiner Hand klirrte ein Bündel Drahtfallen. Sein Bruder stand einige Schritte weit hinter ihm mit leicht wiegenden Hüften und grinste. Voxlauer erhob sich langsam. Sie trennten sich und gingen von zwei Seiten her auf ihn zu,

sie streiften mit Absicht die Zweige entlang ihrem Weg, so dass sie raschelten: wie Treiber, die Wild aufscheuchen wollen. Als sie bei ihm ankamen, war er immer noch hektisch damit beschäftigt, seine Füße in die triefenden Stiefel zu zwängen.
»Nehmen wir ein kleines Bad?«, fragte der ältere Sohn und legte die Fallen behutsam auf den Boden. Voxlauer antwortete nicht. Der Jüngere trat vor, lehnte sein Gewehr an einen Baum und half seinem Bruder, das Tier abzuladen. »Nur zu, Volksgenosse. Immer frei heraus«, sagte der Ältere in nicht unfreundlichem Ton, während er seine Last sanft zu Boden gleiten ließ.
Voxlauer antwortete nicht. Einen der Stiefel hatte er halb über seinen Fuß gezogen, an dem Tannennadeln klebten, den anderen hielt er in der Hand. Das Wasser tropfte auf den Waldboden.
»Das ist ein ganz Schüchterner«, sagte der Ältere und hob sein Gewehr. Der Jüngere nickte, seine weit auseinander stehenden Kuhaugen zwinkerten angestrengt.
»Wartet«, sagte Voxlauer. Der Jüngere war neben ihn getreten und schlug jetzt sein Gewehr Voxlauer brutal in die Seite, dass er auf den moosigen Boden fiel. »Wartet«, keuchte Voxlauer. Der Ältere stellte seinen Stiefel auf Voxlauers Kopf und drückte ihm das Gesicht auf die Erde, wobei er sanft gurrende Geräusche machte. Sein Bruder holte aus und hieb mit dem Gewehrkolben auf Voxlauers Rücken und Schultern ein, immer und immer wieder. Voxlauer, das Gesicht im Dreck und tanzende Funken hinter seinen Augen, konnte nichts sehen, er schmeckte nur salzige Tränen und Rotz und hörte sich schreien: »Wartet! Wartet!«, bis sie endlich von ihm abließen.

Als sie weg waren, wälzte sich Voxlauer auf den Rücken und sah hinauf zu den Mustern der Zweige und den weißen Wolken dahinter. Tautropfen fielen auf ihn nieder, zischend und prasselnd wie Funken aus einem Kamin streiften sie sein Gesicht. Er lag ausgestreckt da und spürte dankbar, wie die warme Erde ihn in sich hineinzog. Die Luft war ganz still, bleich und grün wie Flaschenglas, er schloss die Augen und hörte das stetige Geräusch von Wasser, das auf das Moos tropfte. Ab und zu platschte ein Tropfen auf eins seiner Augenlider; dann sah er einen Ring von blauem Feuer aufblitzen.

Auf dem Boden nahe bei seinem Ellbogen hatte eine Spinne sich eine Höhle gegraben. Vor der kleinen runden Öffnung hing ein feines weißes Gespinst. Dahinter saß zusammengekauert das Tier, bewegungslos, gespannt lauernd. Voxlauer schnippte leicht mit dem Finger, und es verschwand lautlos.

Sie lagen nebeneinander auf dem Strohsack in der Schlafnische. Es war stockdunkel. Ab und zu stand Else auf und schob Kissen und Polster zurecht, sie half ihm, sich aufzurichten, wenn ein Hustenanfall ihn packte, und hielt ihm eine weiße Emailschüssel vor. Er redete fast ohne Pause und gestikulierte im Finstern. Durch die offenen Fenster drang der Geruch von Regen. Man hörte das leise Trommeln auf den Schindeln des Dachs und ein stetes Geräusch von Wassertropfen, die an einer undichten Stelle neben dem Rauchfang eindrangen und auf den Fußboden fielen. Sie hörte ihm zu und versuchte nicht, ihn zum Schweigen zu bringen oder ihn einzulullen, dass er endlich schliefe. Als er ihr alles erzählt hatte, alles von Anfang an, ließ er den Kopf in die Kissen zurücksinken und sah Else an.

»Das ist alles«, sagte er. »Alles, was ich noch weiß.«

Else rückte näher an ihn heran. »Erzähl mir noch was von dieser Anna. War sie wie eine Mutter zu dir?«

»Ganz genau so. Wie eine Mutter.« Er lächelte. »Abgesehen von ein, zwei nicht ganz unwesentlichen Dingen.«

»Ist sie dauernd mit Jod und Heftpflaster hinter dir hergerannt, um deine Wehwehchen zu verarzten, solche Sachen?«

»Praktisch nie.«

»Das glaube ich nicht.«

»Ich hab damals fast nie Ärger mit irgendjemandem gehabt. Ich war ein Muster an proletarischer Disziplin.«

»Was hast du in all den Jahren gemacht, dass du nie unangenehm aufgefallen bist? Hast du auf die volkseigenen Forellen aufgepasst?«

»So was Ähnliches. Ich hab volkseigene rote Rüben angebaut.«

»Rote Rüben!«

Er nickte. »Ja, rote Rüben und Rettiche.«

Sie blickte ihn einen Moment entgeistert an. »Weißt du was? Ich hab meiner Lebtag lang noch keine rote Rübe gegessen.«

»Desto schlimmer für dich, meine Liebe. Die rote Rübe ist ein Wunder der Natur, ein wahres Allheilmittel.«

»Wieso das?«

Er zählte es ihr an vier Fingern vor: »Sie wirkt belebend, kräftigend, regulierend, und sie reinigt die Eingeweide.«

»Wer hätte das gedacht! Ein so unscheinbares Ding. Eine Kreuzung aus einer Essiggurke und einem Ei.«

»Eignet sich auch ausgezeichnet dazu, das Zahnfleisch und die Hände rot zu färben.« Voxlauer ließ sich wieder zurücksinken und starrte zu den Deckenbalken hinauf. »Diese Hütte ist wirklich ein armseliges kleines Dreckloch«, murmelte er schläfrig.

»Ich habe nach Anna gefragt«, sagte Else. »Etwas mehr Aufmerksamkeit, bitte!«

Voxlauer atmete tief. »Ich hab dir doch schon alles erzählt. Was kannst du denn noch wissen wollen?«

»Jede Menge.« Sie hielt einen Moment inne. »Zum Beispiel, was mich und sie unterscheidet.«

»So ziemlich alles«, sagte Voxlauer gähnend.

Else wandte sich schweigend ab und schaute durch das kleine Fenster hinaus.

»Hätte ich vielleicht besser sagen sollen, ihr beide seid genau gleich?«

»Was habt ihr zusammen gemacht, ihr zwei?«

»Wir haben rote Rüben angebaut.«

»Sonst nichts, so viele Jahre lang? Tag und Nacht nichts als rote Rüben? Macht ihr Bolschewiken denn niemals Ferien, um Gottes willen?«

»Zweimal im Jahr waren wir ein paar Tage bei ihr daheim in unserem alten Haus. Sie hatte ein Grammophon. Wir haben Schallplatten gehört.«

»Was für Schallplatten?«

Er zuckte die Achseln. »Opern. Operetten.«

»Welche Operetten? Zähl sie auf.«

Er sah sie an. »Als Nächstes wirst du mich dann den Katechismus abfragen.«

Sie lächelte. »Also, Oskar Voxlauer. Ich höre.«

»*Fantiglio. Die Braut von Cozumel. Die Bettlerhochzeit.* Und noch ein paar andere. Es war keine von meinem Vater dabei, wenn es das ist, was du wissen willst. Sie hatte eine Vorliebe für den großen Romantiker aus Sachsen. So ähnlich wie unser Führer.«

Else machte eine ungeduldige Handbewegung. »Zurück zum Thema! Kinder?«

Voxlauer schüttelte den Kopf.

»Keine?«

»Wir haben es probiert, hohes Gericht halten zu Gnaden.«

»Keine Kinder«, sagte Else. »Das ist sehr traurig.«

»Wir haben einander geliebt«, wandte Voxlauer vorsichtig ein.

»Das ist natürlich wichtiger. Jeder Trottel kann Kinder haben.«

»Genau.«

»Ich hab eins.«

»Ja.«

»Du magst Resi, oder, Oskar?«

Er nickte.

»Magst du sie?«

»Sehr. Ich mag sie wirklich sehr.«

»Wenn nicht, dann setze ich dich gleich morgen an die frische Luft mitsamt deinen schmuddeligen Betttüchern. Ich hoffe, du bist dir darüber im Klaren. Ich schmeiße dich ohne Gnade raus.«

»Ich liebe Resi wie eine Schwester«, sagte Voxlauer feierlich. Er hustete.

»Dann ist es ja gut.« Sie sah ihn an. »Brauchst du die Schüssel?«

»Nein. Bloß das nicht.«

»Brauchst du sie?«
»Nein, Herrgott.«
Sie schwiegen. Voxlauer fühlte, wie er wieder in den Schlaf abtrieb.
»Denkst du oft an sie?«, fragte Else.
Er stöhnte leise auf.
»Gib mir eine Antwort!«
»Nicht oft.«
»Du hast gesagt, du hast sie geliebt.«
»Ja. Ich glaube schon.«
»Du glaubst es?«
»Ich hab sie geliebt. Ich möchte gern schlafen.«
Else verzog das Gesicht. »Du hast sie geliebt, oder du glaubst, du hast sie geliebt, aber du denkst nie mehr an sie.«
»Genau. Du hast es exakt auf den Punkt gebracht.«
»Denk jetzt mal an sie. Wach auf, Oskar! Wie war sie?«
Voxlauer wälzte sich auf den Rücken. »Kennst du denn kein Erbarmen?«
»Jetzt rede endlich, sonst hole ich die Schüssel. Also los!«
Er schwieg einen Moment. »Ein gerader Typ«, sagte er endlich. »Groß und schlank. Blass. Ernst. Eine höhere Tochter. Unglücklich.«
»Unglücklich?«, fragte Else.
»Ja. Unglücklich.«
»Immer?«
»Nein, nicht immer. Manchmal konnte sie vor lauter Glück nicht schlafen.«
»Warum?«, fragte Else nach kurzem Schweigen. »Warum konnte sie nicht schlafen?«
»Ich weiß es nicht.«
»Du weißt es nicht?«
»Sie hat es mir nie gesagt.«
»›Sie hat es mir nie gesagt‹? Was soll das denn heißen?« Sie saß kerzengerade im Dunkeln. »Über was habt ihr denn geredet den lieben langen Tag?«

»Warum interessierst du dich plötzlich so brennend für ihre Seelenverfassung?« Voxlauer rieb sich die Augen.
Sie murmelte unhörbar etwas. »Ich hoffe nur, du hast überhaupt mit ihr geredet«, sagte sie dann.
Er versuchte sich aufzurichten, ihr ins Gesicht zu sehen, dann sank er langsam auf sein Kissen zurück. »Du hast sie doch gar nicht gekannt, Else.«
»Ja, das stimmt, natürlich. Tut mir Leid.« Sie gähnte.
»Ich habe mit ihr geredet.«
»Dann ist es ja gut.«
Er berührte ihr Bein. »Reden wir jetzt mal eine Weile über dich.«
»Bitte, Oskar.« Sie gähnte wieder. »Da gibt es nichts zu erzählen.«
»Das bezweifle ich stark.«
»Ich war nie in Russland.« Sie legte ihre Hand auf sein Gesicht, schloss ihm die Augen. »Ich hab nie rote Rüben angebaut. Ich war nie bei den Bolschewiken.«
»Desto schlimmer für dich«, sagte Voxlauer. »Der Bolschewismus ist für die Gesellschaft, was die rote Rübe im Reich der Natur ist.«
»Gute Nacht, Oskar«, sagte sie und zog die Bettdecke über sich.
»Ist jetzt Schlafenszeit?«, fragte Voxlauer in die Stille hinein.

Im Juni kamen allmählich immer mehr Schmetterlinge und bevölkerten das Tal. Die ersten waren durchscheinend weiß. Sie saßen auf der Straße und bewegten leise kippend die Flügel; es war, als blickte man über eine Armada von Papierschiffchen hin. »Postillione«, sagte Else und schritt mittendurch. Sie flogen links und rechts von ihr auf, schimmernd und unwirklich wie Schneeflocken aus Krepppapier in einem Provinztheater. Bis in den Hochsommer hinein konnte man sie überall sehen, wo nur ein Fleckchen Sonne war: Sie flatterten zu bunten Bändern formiert spätnachmittags an der Straße nach Pergau und trieben in wolkigen Haufen über die Wiesen hin. Wenn man einen in die Hand nahm, hinterließ er eine Spur aus feinem glänzendem Staub.
Bald danach fanden sich die anderen ein, Trauermäntel und Schwalbenschwänze und Dukatenfalter, Schachbrett, Apollofalter, Tagpfauenauge und andere, deren Namen Voxlauer fremd waren. Er ging oft mit Else am Wasser entlang und erzählte ihr Geschichten, während sie, ausgerüstet mit Fangnetz und Tötungsglas, auf Schmetterlinge Jagd machte. Er hatte Schwierigkeiten, ihr zu folgen, wenn sie plötzlich losrannte durchs dichte Gestrüpp, so dass er nichts mehr von ihr sah als die tanzende Spitze des Netzes, die bisweilen vor ihm über dem Schilf oder den Büschen auftauchte. Nicht selten passierte es ihm, dass er mitten in seiner Geschichte abbrach, weil er merkte, dass er Elses Spur ganz verloren hatte. Irgendwann später trat sie dann jedes Mal verschrammt und schmutzig und fröhlich grinsend, das Netz über das Glas mit Äther gestülpt, heraus auf die Straße, entschuldigte sich bei ihm und bat ihn, noch einmal von vorn anzufangen.

Meistens seufzte er dann nur resigniert und legte sich ins Gras, um sich eine neue Geschichte für sie auszudenken.
Eines Morgens, als sie, er mit seiner Angel, zusammen am Bach saßen, ertappte er sich dabei, wie er gebannt ihren Hinterkopf anstarrte, auf dem die Schatten der Uferpflanzen spielten. »Was ist?«, fragte Else nach einiger Zeit und drehte sich nach ihm um.
»Pauli hat erzählt, dass dein Vetter wieder da ist«, sagte er und holte behutsam die Schnur ein.
»Ja.«
Er blickte auf. »Du hast das gewusst?«
»Seine Mutter hat angedeutet, dass er von ihr wissen wollte, wo ich wohne. Ich weiß nicht genau, ob sie's ihm verraten hat.«
»Ah«, sagte Voxlauer.
Else tauchte den Absatz ihres Schuhs leicht ins Wasser. »Sie hat nicht gesagt, wie lange er bleiben wird. Möglicherweise war er nur auf der Durchreise, ich weiß es nicht.«
»Er ist der Leiter der neuen Reichsverwaltung«, sagte Voxlauer langsam. »Zuständig für das Gebiet von Gressach bis zur Steiermark. Ich glaube, er wird eine ganze Weile hier bleiben.«
»Ich habe sie gebeten, ihm auszurichten, er soll nicht kommen, Oskar. Und ihm nicht zu sagen, wo ich bin. Mehr kann ich nicht tun, oder?«
»Er wird bald wissen, wo er dich finden kann. Er weiß es schon.«
»Warum sagst du so was?« Sie wich seinem Blick aus.
Voxlauer schloss die Augen. »Weil er bei der SS ist. Darum.«
Sie antwortete nicht.
»Du hast mir nicht erzählt, dass er bei der SS ist. Hast du's vergessen?«
»Ich hab dir gesagt, dass er ein Illegaler war.« Sie stand langsam auf. »Spielt das eine Rolle?«
»Es spielt allerdings eine Rolle, ja.«
»Na gut, Oskar, jetzt weißt du's.« Sie ging hinter ihm vorbei, nahm ihr Netz und verschwand zwischen den Büschen. Voxlauer saß lange bewegungslos da und starrte aufs Wasser.

Nach einer Stunde kam Else zurück und stellte ihr Netz neben ihm ab. »Schau, Oskar.« Sie nahm mit ihrer Pinzette einen Falter mit tiefblauen Flügeln heraus, die zinnoberrot und purpurn geädert und gesprenkelt waren. Die Unterseite der Flügel glitzerte wie Lapislazuli. »Der hat noch Platz in Resis Kasten, meinst du nicht?«

Resi trat zuerst durch die Tür. Sie blieb auf der Schwelle stehen. Die von hinten durch den Türrahmen einfallende Abendsonne schimmerte in ihrem üppigen dunklen Haar und tilgte alles Kindliche in ihren Zügen. Sie sah Voxlauer an. »Was willst du hier?«, fragte sie. »Ich hab dich nicht eingeladen.«
»Das stimmt.« Voxlauer stand auf. »Möchtest du gern, dass ich wieder gehe?«
»Therese«, sagte Else, die hinter ihr die Stufen heraufkam, »Oskar ist mein Freund. Er braucht keine Einladung, wenn er mich besuchen will.«
Resi musterte ihn. Er grinste dümmlich; dabei entblößte er seine Zahnlücken.
»Wie ist denn *das* passiert?«, fragte Resi und wich einen halben Schritt zurück.
»Das waren Räuber. Er ist überfallen worden«, erklärte Else und warf Voxlauer einen schnellen Blick zu.
»Freunde vom Vetter Kurti«, sagte Voxlauer. Er grinste immer noch.
Resi lachte, ein schrilles, boshaftes Lausbubenlachen. »Der könnte dir alle Zähne ausschlagen, wenn er wollte.«
»Ja, höchstwahrscheinlich.« Voxlauer seufzte. »Manchmal fallen sie auch von selber aus.«
Resi trat ins Haus. »Du kannst hier bleiben«, sagte sie im Vorbeigehen. Voxlauer machte einen Diener und setzte sich wieder hin.
Nach dem Essen ließen sie Resi am Tisch Platz nehmen, verbanden ihr mit einer Serviette die Augen und sagten ihr, sie solle

bis zwanzig zählen. Durch die offene Tür fielen die Strahlen der Abendsonne auf sie. Voxlauer sah sie lächeln, als sie die Päckchen vom Schlafzimmer hereinbrachten. Mit verbundenen Augen sah sie Else weniger ähnlich, sie wirkte schmaler und dunkler. Auch jetzt kam sie Voxlauer älter vor, als sie war. »Einundzwanzig, herzlichen Glückwunsch!«, rief Else und nahm ihr die Augenbinde ab.

»Ich bin nicht einundzwanzig«, sagte Resi und lächelte ein bisschen argwöhnisch.

»Aber sicher.«

»Ich bin sieben.«

»Ach so, ja. Na, dann sollten wir vielleicht besser diese Geschenke einer etwas reiferen jungen Dame überreichen«, sagte Voxlauer und nahm eines der Päckchen an sich. Resi schrie entsetzt auf und klammerte sich an sein Bein.

»Ich muss doch sehr bitten, Fräulein!« Voxlauer blickte schwermütig tadelnd auf sie nieder. »Ein bisschen mehr Anstand und Sitte. Sie machen mir noch mein Glasauge kaputt.«

»Schau dir jetzt deine Geschenke an, Resi«, sagte Else. »Beachte diesen Mann einfach nicht weiter.«

»Der muss das wieder hergeben«, jammerte Resi und deutete auf das Päckchen.

»Voilà.« Voxlauer legte das Geschenk auf den Tisch. »Ich habe es nur für Mademoiselle in Verwahrung genommen.«

Resi würdigte ihn keines Blickes. »Was ist da drin?«, fragte sie Else.

»Jetzt spiel nicht die Prinzessin, Schätzchen. Mach sie endlich auf.«

»Wenn es Mademoiselle genehm ist, bitte schön«, sagte Voxlauer und präsentierte ihr eine Schere

Resi schnitt kurz entschlossen den Bindfaden durch. Sie hob die Schachtel hoch. »Ist da ein Haarband drin?«

»Nicht ganz falsch, Resi.« Else beugte sich über den Tisch und nahm den Deckel von der Schachtel. Resi stand auf einem Hocker

und nahm ein langes schwarzes Seidenkleid heraus. Voxlauer erkannte es wieder: Er hatte es in der Truhe unter dem Wohnzimmerfenster liegen sehen. Sie hielt das Kleid ins Licht und betrachtete es eingehend. »Gehen wir zu einer Beerdigung?«, fragte sie mit einem unsicheren Seitenblick auf Voxlauer.
»Die Beerdigungssaison wird erst in einem Monat eröffnet, Mademoiselle. Ein bisschen müssen Sie sich noch gedulden.«
»Kein Mensch geht zu irgendeiner Beerdigung, Resi«, sagte Else und sah Voxlauer strafend an. »Jetzt mach das nächste Päckchen auf. Wie man nur so trödeln kann!«
»Hetz mich nicht, Mama.« Resi hatte ein kleineres Päckchen genommen und zerrte an der Schnur. In ihrem zarten Gesicht stand ein Ausdruck entschlossener Konzentration, ihr Mund spielte leicht verkniffen, während sie sich abmühte. »Riecht wie ein Buch«, verkündete sie und riss das Packpapier ab. Sie warf einen Blick auf den Umschlag und grinste. »Insekten und Blumen.«
»Dann musst du nicht immer mich mit deinen Fragen löchern«, sagte Else. »So, und jetzt das letzte.« Sie zwinkerte Voxlauer aufgeregt zu.
Voxlauer stellte das Päckchen auf den Tisch. Er setzte eine vielsagende Miene auf und klopfte mit dem Finger an die Seite. »Es ist aus Holz«, sagte Resi mit gespannter Neugier. Sie schubste Else beiseite. »Das will *ich* machen. Ich mach das, Mama.«
»Hilfst du mir, bitte?«, fragte sie wenig später kleinlaut. Ihre Stimme zitterte ganz leicht. Else fasste das Päckchen an den Ecken und streifte das Papier ab. Resi schimmerten prächtig leuchtende Flügel entgegen, die Farben changierten im Sonnenlicht. »Ach! Danke, Mama«, sagte Resi und drückte ihr in der etwas sonderbar höflichen Art, die sie an sich hatte, die Hand.
»Natürlich musst du jetzt auch lernen, wie die alle heißen. Das kannst du in dem Buch nachschauen. Und du musst dich auch bei Oskar bedanken. Er hat den Kasten geschreinert.«
Später saßen die beiden noch lange beisammen und bestimmten anhand des Buchs Schmetterlingsarten. Voxlauer verabschiedete

sich und wanderte gemächlich den Weg hinunter und dann wieder bergauf durch das Städtchen. Die Luft war ruhig und warm und roch nach Fichtennadeln. Die Felsspitzen der Berge vor ihm glommen dunkelviolett. Periodisch anschwellendes und wieder abebbendes Grillengezirp begleitete ihn auf seinem Weg durch die Felder und blieb allmählich verhallend hinter ihm zurück, als er den Wald erreicht hatte. Ab und zu knackte neben der Straße ein Zweig, wenn irgendein Tier, das er aufgeschreckt hatte, sich tiefer ins Gebüsch zurückzog. Lange Zeit nahm er seinen eigenen Atem nicht wahr, und als er darauf aufmerksam wurde, schien er ihm wunderbar leicht. Er wanderte gleichmäßig dahin und zählte bis zu sieben Schritte zwischen zwei Atemzügen. Um ihn herum gab es nichts als Wohlwollen und Güte. Als er das steile Stück mit den vielen Kurven hinter sich gelassen hatte, machte er die Augen zu und ging eine Weile blind durch die Dunkelheit.
Über den Weihern flatterte es dicht an dicht. Die schattenhaften Wesen, die da blind dahinjagend ihre Kreise zogen, beachteten ihn nicht. Sie huschten in nervös irrlichternden Zickzack-Bahnen übers Wasser, zeichneten uralte kryptische Muster ins Dunkel. Lange saß Voxlauer am Ufer, lauschte dem weichen Sausen der pergamentenen Flügel, spähte nach den Reflexen auf dem Wasser. Manchmal kamen sie ihm so nahe, dass er zu spüren meinte, wie die ledrigen Flügel mit den feinen Knöchelchen darin sein Gesicht oder sein Haar streiften. Als es so dunkel wurde, dass man nicht einmal mehr Schemen ausmachen konnte, stand er mit steifen Knochen auf und ging über die Brücke.

Am Morgen danach saß Voxlauer vor der Hütte und blätterte in dem Goethe-Band, den er aus seinem Elternhaus mitgenommen hatte. Da sah er eine Gestalt die Straße heraufkommen. Lange bevor er das Gesicht unter der Krempe des Strohhuts genauer sehen konnte, erkannte er den storchenartigen Gang wieder und die

forciert majestätische Art, den Spazierstock zu führen. Er rief Piedernig einen Gruß zu, als dieser die Brücke erreicht hatte.
»Ich glaube, ich habe noch nie das Vergnügen eines Hausbesuchs gehabt, Herr Professor. Tun Sie mir jetzt die Ehre an?«
Piedernig verbeugte sich tief. »Mit Ihrer Erlaubnis, junger Herr. Mit Ihrer großzügigen und freundlichen Erlaubnis.«
»Wandern Sie wieder einmal zur Heide hinauf?«, fragte Voxlauer und führte ihn zu dem Platz vor der Hütte.
»Ich will es nicht leugnen«, sagte Piedernig. »Darüber hinaus dachte ich, Sie könnten vielleicht ein Stündchen erübrigen und mich begleiten.«
»Ja, das könnte ich.« Voxlauer legte sein Buch auf den Holzstoß und schloss die Tür der Hütte. »Ich würde Sie hereinbitten, Herr Professor, aber es gibt eigentlich nichts zu sehen.«
»Ohne Zweifel, gewiss«, sagte Piedernig. Er nahm Voxlauers Arm, und sie gingen wieder zur Straße. Ein paar Minuten lang wanderten sie schweigend dahin. Voxlauer passte sich dem gleichmäßig würdevollen Schritt des Professors an.
»Ich dachte daran, auf dem Hof einzukehren und ein Schlückchen Kirsch zu trinken, wenn Sie nichts dagegen haben.« Piedernig leckte sich genüsslich die Lippen.
»Ach so. Wenn das so ist …«, sagte Voxlauer und blieb stehen.
»Was?«, fragte Piedernig. Dann ging ihm ein Licht auf, er lachte. »Nein, nein, Herr Voxlauer«, sagte er und legte ihm freundlich die Hand auf die Schulter. »Ich bin doch kein Sadist. Ich hatte die Sache mit den Holzers nur einen Moment lang vergessen, das ist alles.«
»Sie stehen immer noch auf gutem Fuß mit denen, oder?«, fragte Voxlauer vorwurfsvoll.
»Mit ihrem Schnaps, Oskar, mit ihrem Schnaps stehe ich auf bestem Fuß.«
Voxlauer lächelte. »Ich verstehe jetzt langsam, was es mit Ihren ausgedehnten Wanderungen auf sich hat.«
Piedernig hob den Zeigefinger. »*Mens sana in corpore sano,* Herr

Voxlauer, das wissen Sie doch. In diesem besonderen Fall jedoch« – er raffte sein Gewand enger um sich – »geht es eher darum, letzte Ehren zu erweisen, gewissermaßen.«
»Wieso das? Sie sind doch bei bester Gesundheit?«
»Nicht mehr lange, fürchte ich, wenn wir hier bleiben. Morgen reisen wir ab, nach Italien.« Er spuckte geräuschvoll aus. »Sollen die Braunen dieses verfluchte Land behalten.«
»Mein bisschen Grund und Boden nicht.«
»Liefern Sie ihnen nur immer reichlich Forellen, vielleicht dürfen Sie dann hier wohnen bleiben, Herr Wildhüter. Sie könnten ja in beratender Funktion tätig sein.«
»Das wäre schön«, sagte Voxlauer. Er schwieg eine Weile. »Ich könnte die beraten? In welcher Angelegenheit denn?«
»Was Ihnen einfällt. Ostpolitik vielleicht. Telepathische Imkerei.«
»Wollen Sie sich über mich lustig machen, Herr Professor?«
Sie ließen die Schonung hinter sich und kamen zu den eingezäunten Weiden. Ein paar Rindviecher hoben beiläufig die Köpfe, als sie vorbeigingen. »Für meinen Geschmack bin ich jetzt nahe genug«, sagte Voxlauer. Er bog von der Straße ab in den Wald.
»Wohin, um Gottes willen, führen Sie mich?«, raunzte Piedernig. »Ich wollte einen gemütlichen Spaziergang machen, falls Sie das vergessen haben sollten.«
»Nur die Ruhe, Herr Professor«, sagte Voxlauer. Sie stiegen zwischen jungen Bäume bergan bis zu einem von Unkraut überwucherten Forstweg, der Grenze von Ryslavys Land, und dann weiter durch Hochwald zu dem Weg, der zur Heide führte. Als sie nach einer halben Stunde auf offenes Gelände gelangten, stand die Sonne schon hoch und glühend weiß am Himmel, ein feiner Dunst lag über dem Land um sie herum. Piedernig setzte sich sogleich mit untergeschlagenen Beinen auf den sandigen Boden und schloss die Augen.
Voxlauer ging ein Stückchen weiter, bis zu einer Stelle, von wo aus er die Stadt gut sehen konnte, und beschattete mit einem Arm sein Gesicht. Einige Minuten lang spähte er auf Niessen zu Füßen

des Hanges hinab. Hinter sich hörte er Piedernig vor sich hin murmeln, von der Hauptstraße in der Ebene her drang Motorengeräusch. »Von hier aus kann ich Ihre alte Schule sehen, Herr Professor.«

Piedernig stieß einen melodischen Seufzer aus und öffnete die Augen. »Soll meinetwegen verrotten.« Er stand auf und klopfte sich den Sand von seinem wallenden Gewand. »Sie waren nicht zufällig in letzter Zeit mal wieder in der Stadt?«

»Ist schon eine Weile her.«

»Ich war überhaupt noch nie dort, seit die neue Zeit angebrochen ist.«

»Es wirkt alles recht festlich dort«, sagte Voxlauer, den Blick immer noch nach der Ebene hin gewandt. »Fahnen, Plakate, Fackeln, allerlei öffentliche Lustbarkeiten. Der Scharlatan in Ihnen wäre hingerissen vor Bewunderung.«

Piedernig holte tief Luft und hielt den Atem an. Er redete wie jemand, der soeben einen Schlag auf den Solarplexus eingesteckt hat. »Wir werden unterwegs noch ein paar unserer Getreuen verlieren. Das ist nicht zu verhindern. Trotzdem: es ist höchste Zeit, dass wir diesen dumpfen Winkel der Welt seinem Schicksal überlassen. Italien, Oskar! Unsereins muss nach Italien!«

»Das, was ich von Italien gesehen habe, reicht mir fürs Erste«, sagte Voxlauer. »Im Übrigen glaube ich nicht, dass der Unterschied so sehr groß ist.«

»Unsinn!«, sagte Piedernig wohlgelaunt. Sie blickten eine Weile schweigend in die gleißend helle Talebene hinab. Piedernig atmete aus.

»Habe ich Sie schon einmal gefragt, warum um Gottes willen Sie zurückgekommen sind.«

»Nicht nur ein Mal.«

»Aber Sie haben mir nie eine Antwort gegeben.«

»Ich bin eben ein Patriot, Walter. War ich immer schon. Ich dachte, das wüssten Sie.«

»Ha!«, sagte Piedernig.

»Welche Route nehmen Sie? Reisen Sie auf der Hauptstraße oder auf schmalen Saumwegen? Die kürzeste Strecke oder die wildromantische?«

Piedernig machte eine resignierte Handbewegung. »Im Schneckentempo jedenfalls, so viel steht fest. Wir haben viel zu viel Zeug. Schwer beladen und trotzdem bettelarm.« Er seufzte. »Ich hatte gehofft, wir könnten wenigstens die Kinder an irgendeine mildtätige Einrichtung abtreten, aber die Frauen machen da nicht mit. Ich habe, weiß Gott, alles versucht, um ihnen begreiflich zu machen, dass Kinder ein leicht erneuerbares Gut sind, aber es hat nichts geholfen.«

Voxlauer lachte. »Das glaube ich Ihnen denn doch nicht, Walter.«

»Das ist Ihr gutes Recht«, sagte Piedernig und nestelte an seinem Gewand. »Vielleicht haben *Sie* ja Lust, sich eine Weile um die Bälger zu kümmern, wie wär's? Sie könnten irgendwo eine Baracke für sie hinstellen. Oder vielleicht könnte man sie auch in einem Lager halten so wie die Serben im Weltkrieg? Überlegen Sie sich's. Die machen nicht viel Arbeit.«

»Nein, danke, ich freue mich schon, dass ein bisschen Ruhe und Frieden einkehrt. Trotzdem werde ich Sie und Ihre Truppe von Spinnern vermissen. Else auch.«

Piedernig hustete. »Else geht nicht mit, Oskar. Man kann leider niemanden zu seinem Glück zwingen.«

»Nein, natürlich nicht – ich meinte: Else wird Sie auch vermissen.« Er runzelte die Stirn.

»Tja«, sagte Piedernig und scharrte mit seinem Spazierstock versonnen auf dem Boden. »Sie haben den Vater kennen gelernt, oder?«

»Wessen Vater? Den von Else?«

»Nein, nein, Oskar.« Piedernig stockte. »Den Vater des Mädchens.«

»Ach so«, sagte Voxlauer. »Nein. Nein, dem bin ich nie begegnet. Er hat auch gar nichts mehr von sich hören lassen.«

»Wirklich nicht?«

»Nein.«

»Aha.«
»Der Vetter ist wieder da.«
»Der Vetter, ja, davon hab ich gehört«, sagte Piedernig. Er räusperte sich. »Und den Vetter haben Sie kennen gelernt?«
»Ich hatte noch nicht das Vergnügen.«
Piedernig schwieg. Jenseits des weiten Talgrunds blitzte die Sonne in den Fenstern einer Kirche mit einem Zwiebelturm. »Was ist das für eine Kirche dort drüben?«, fragte Voxlauer.
»Ich weiß nicht genau. Ah ja, das muss Sankt Marein sein.«
»Ziemlich weit weg, so wie es aussieht.«
»Nicht weit genug«, sagte Piedernig. Er sah Voxlauer an und grinste. »Italien, Oskar!« Er schwang seinen Spazierstock wie einen Säbel. »Das Land der Vagabunden und Narren!«
»Sie proben wohl schon für die Passkontrolle an der Grenze?«
Der sausende Stock blieb jäh stehen. »Passkontrolle?«, fragte Piedernig.

Am Nachmittag kam ihm Else auf den Stufen entgegen und führte ihn hinters Haus in den Garten. »Sieh mal, wie groß der Rhabarber geworden ist«, sagte sie. »Der da vorn, oder der hier. Wir können Kompott machen und Rhabarberkuchen. Alle möglichen köstlichen Sachen.« Sie strahlte. »Wo bist du gewesen?«
»Ich war mit Walter unterwegs. Er reist morgen ab. Du weißt das vermutlich schon.«
»Ja, er hat heute Morgen vorbeigeschaut.« Sie beugte sich vor und zog ein Büschel Gras aus dem Gemüsebeet am Zaun. »Er war in Hochstimmung.«
»Hochprozentig hochgestimmt«, sagte Voxlauer grinsend. »Er wollte zum Holzerhof. Die haben einen guten Schnaps. Er hat mich gefragt, ob wir ihm vielleicht zwei oder drei Jahre die Kinder abnehmen. Ich hab ihm gesagt, dass wir keine Kinderbewahranstalt aufmachen wollen, und er hat gemeint, das könne er gut verstehen.«
Else lachte. »Der könnte ohne die Bälger gar nicht leben. Er

würde es nicht aushalten. Die sind die Einzigen in dem ganzen Verein, die noch ein bisschen Mumm in den Knochen haben, von Herta einmal abgesehen.«
Voxlauer schwieg einen Moment. »Wir könnten ja morgen mal rübergehen und ihnen Adieu sagen, was meinst du?«
»Er ist dir ans Herz gewachsen, der alte Esel, nicht? Sag bloß nicht, das ist nicht wahr.«
Voxlauer zuckte die Achseln. »Er ist ehrlich, weißt du. Ein Gauner, der ehrlich ist – das imponiert mir.«

Als sie am nächsten Morgen hingingen, hatten sich die Kolonisten schon auf den Weg gemacht. Sie boten einen grotesken Anblick. An der Spitze der Prozession trieben die Kinder eine Herde dreckverkrusteter Geißen vor sich her, dahinter trotteten wie ein Trupp Sträflinge die Erwachsenen; Piedernig und Herta auf einem altersschwachen Karren, der von Maultieren gezogen wurde, bildeten die Nachhut. Voxlauer und Else traten an den Straßenrand und warteten, dass der Staub sich legte. Piedernig lächelte mit müder Würde auf sie nieder und fuhr mit einem Zipfel seines mottenzerfressenen Mantels über sein Gesicht, als müsste er sich Schweiß von der Stirn wischen. »Seid gesegnet, ihr Pilger!«, sagte er und hob die Hände. Herta nickte ihnen stoisch ergeben zu.
»Guten Morgen, alle miteinander. Guten Morgen der ganzen Gemeinde«, rief Else. Ein murmelnder Chor von Grüßen antwortete ihr. »Die Pilger seid ihr, Walter«, sagte sie fröhlich. »Oskar und ich sind so sesshaft wie nur irgendjemand.«
»Unterwegs zu neuen Ufern, Herr Professor?«, fragte Voxlauer.
»Natürlich. Ich habe meinen Cooper gelesen, mein Lieber: Im Westen erwartet uns eine goldene Zukunft.«
»Aber warum ziehen Sie dann nach Süden?«
»Auf den *geistigen* Kurs kommt es an, Oskar«, flüsterte Else.
»Ganz recht, mein Fräulein, ganz recht!« Piedernig blickte Voxlauer streng an. »Die Richtung, von der ich spreche, ist von höherer Natur, Herr Wildhüter.«

»Ich bitte um Verzeihung«, sagte Voxlauer. »Nehmen Sie sich vor den Rothäuten in Acht.«
»Wieder falsch, Oskar. Die Rothäute werden sich mit uns anfreunden und uns mit ihrer Lebensweise bekannt machen.«
»Nach allem, was ich gehört habe, Herr Professor, ist der Stamm, der jetzt dort das Sagen hat, etwas anders veranlagt.«
»Unsinn, Oskar«, antwortete Piedernig leichthin. »Alles Ammenmärchen!«
Else trat einen Schritt vor und knickste. »Wir haben Ihnen zur Feier des Tages ein paar besonders schöne Erdbeeren mitgebracht.«
»Keine Fische, meine Kinder?«, fragte Piedernig betrübt.
»Von jetzt an werden Sie sich Brote und Fische selbst besorgen müssen«, sagte Voxlauer. »Das bringt Ihre neue Lage nun mal mit sich.«
»Walter ist der Meinung, dafür hat er gesorgt«, erklärte Herta und lächelte auf Else nieder.
»Auf Wiedersehen, mein Fräulein«, sagte Piedernig fröhlich. Die zwei Maultiere und die zerlumpten Gestalten weiter vorn setzten sich in Bewegung. »Nehmen Sie sich vor den Eingeborenen in Acht!«, mahnte Voxlauer und streckte die Hand hinauf.
»Machen Sie sich um *uns* keine Sorgen«, sagte Piedernig, beugte sich hinunter und drückte die Hand feierlich. »Am besten kümmern Sie sich jetzt eine Weile um sich selbst. Und lassen Sie sich's gesagt sein, Oskar: Wenn sie kommen, um Sie zu holen, dann gehen Sie mit ihnen angeln.«
»Ich werd's mir merken.«
Piedernig schrie einigen Buben, die sich im Gras rekelten, etwas zu. Sie standen mürrisch auf und trieben die Geißen weiter. Nach kurzer Zeit hüllte schon wieder eine sepiafarbene Staubwolke den Zug ein. Man hörte noch eine Weile Töpfe klappern und Kinder schreien und Vieh muhen und meckern. Die Geräusche ebbten ab und kamen wieder zurück, wie kleine Wellen, die an eine Pier schwappen, dann verschwanden sie ganz. Else und Voxlauer waren allein.

Am Nachmittag arbeiteten sie gemeinsam im Garten. Als es Abend wurde, kühlte die Luft überraschend ab. Sie gingen ins Haus und holten ein altes Kartenspiel hervor. Eine Stunde lang spielten sie Tarock, aber sie waren beide nicht recht bei der Sache. Schließlich ließen sie es sein und saßen schweigsam und bedrückt am Tisch, während die Nacht hereinbrach. Zum ersten Mal fühlten sie sich in Gesellschaft des anderen nicht wohl. Die Abendsonne strich in weichen rosafarbenen Strahlen über den Tisch und über die Karten und über die Dielenbretter hin. Sie saßen stumm und blickten ins Leere, als warteten sie, so schien es Voxlauer, dass etwas passierte. Die letzten bleichen Strahlen zogen sich eben aus dem Garten zurück, als sie draußen jemanden schreien hörten.

Der Mann, der nach ihr rief, kam die Straße herauf. Er schob ein schweres olivfarbenes Motorrad. In einiger Entfernung vom Haus ließ er sein Fahrzeug stehen. Er lungerte am Gartenzaun herum und sah zum Küchenfenster hinauf und zu der hell erleuchteten Tür, in der nun Elses Gestalt erschien. Als er sie bemerkte, murmelte er etwas, dann ging er zu seinem Motorrad, warf den Motor an und stellte es so hin, dass es in Richtung des Walds wies. Er langte in die Tasche seiner Lederjacke, holte einen Flachmann hervor und nahm einen Schluck. Die Flasche immer noch in der Hand, beugte er sich nach vorn, knipste den Scheinwerfer an, blendete auf und wieder ab und sah zu, wie das Licht über die graubraunen Bäume strich. Dann machte er den Motor aus und ging zum Haus zurück, dabei rief er immer wieder ihren Namen: *Liesi!*

Voxlauer war am Tisch sitzen geblieben. Er sammelte die Tarockkarten ein und schob sie geistesabwesend vor sich hin und her und beobachtete Else, die hinausstarrte, atemlos gespannt, wie versteinert. Endlich wandte sie den Kopf. Sie öffnete den Mund, schloss ihn wieder.
»Ist das dein Vetter?«, fragte er tonlos.
Sie nickte.
Sie schwiegen. Das Licht des Motorrads strich in einer jähen Bewegung über die Küche hin und dann wieder über den Wald.
»Warum kommt er nicht rein?«, fragte Voxlauer.
»Ich weiß es nicht«, sagte Else. »Er weiß, dass du hier bist«, fügte sie nach einer Weile hinzu.

»Bitte ihn doch ins Haus. Mir macht das nichts aus.«
Sie sah ihn an. »Ich weiß nicht, Oskar.«
»Er ist immerhin dein Vetter, oder? Es ist doch nicht so ungewöhnlich, wenn er sich mal anschauen will, was ich für einer bin. Warum nicht? Er ist halt neugierig.«
Sie öffnete zögernd den Mund. »Ja.«
Voxlauer saß stumm da, die Karten in der Hand.
»Oskar –«
»Ja?«
Von ihren unbewegten Lippen kam ein leises Geräusch. Wieder streifte der Scheinwerfer über sie hin. »Ich glaube, Oskar, ich muss zu ihm rausgehen.«
Voxlauer antwortete nicht. Er saß da, als hätte er nicht zugehört, klopfte mit dem Päckchen Spielkarten auf den Tisch, legte sie vor sich aus. Immer wieder drangen Rufe ins Haus. Die Lampe stand jetzt rechts von ihr. Elses scharf gezeichnetes Profil erschien wie der Schattenriss einer Kleiderpuppe im Fenster einer Schneiderwerkstatt. Etwas in ihm löste sich plötzlich, er spürte den Wunsch, neben ihr zu stehen und mit ihr ins Dunkel hinauszuschauen, zu sehen, was sie sah. Er schloss die Augen. »Dann geh«, sagte er endlich und rückte seinen Stuhl vom Tisch weg. Aber sie war schon fort.

Sechs oder sieben Tage lang hielt sich Voxlauer von ihr fern. Verstört und in dumpfer Betäubung gefangen streifte er all die Zeit in den Wäldern hoch über dem Tal ziellos umher. Er nahm kaum Nahrung zu sich und schlief wenig. Jeden Tag im Morgengrauen ging er zur Hütte hinunter, um nachzusehen, ob sie eine Nachricht für ihn hinterlassen hatte, und tauchte dann, da er nichts vorfand, wieder ein in den Dunst, der allenthalben über den Wegen und im Wald hing. Dass sie sich so sonderbar benommen hatte, dass sie, ohne ein Wort zu sagen, hinausgegangen und die ganze Nacht weggeblieben war, während er wartete und die Karten vor sich auslegte und wieder zusammenschob, bedeutete ihm schon nach dem ersten Tag nicht mehr viel. Und drei Tage später war er dann derart erschöpft und verwirrt, dass es ihm völlig gleichgültig war, was sie getan haben mochte, und dass er, soweit er sich überhaupt noch daran erinnerte, nichts Schreckliches mehr an ihrem Verhalten finden konnte. Trotzdem wehrte sich etwas in ihm hartnäckig gegen den Gedanken, er könnte einfach zur Villa spazieren und Else fragen, was denn passiert sei. Er wusste nicht, was ihn so unglücklich machte, aber es hatte mit diesem Ort zu tun: Ohne ein Zeichen von ihr konnte er ganz einfach nicht zur Villa gehen, er hatte Angst davor. Irgendetwas Unheimliches war dort geschehen.

Am Morgen des siebten Tags fand sie ihn. Er hatte lange Zeit mitten auf der Straße unterhalb der Birker Heide gestanden, unschlüssig, wohin er gehen sollte. Sie wirkte gequält und blass, als sie sich linkisch auf ihn zubewegte. Er seinerseits fühlte sich elend, eine struppige, verlotterte Gestalt, aber er bemühte sich, all seinen Stolz zusammenzuraffen, und wartete, dass sie etwas sagte.

»Grüß dich, Oskar.«

Er nickte.

»Du hast dich nicht blicken lassen in den letzten Tagen.«

»In der Villa, meinst du.«

»In der Villa nicht, in deiner Hütte nicht, nirgends.«

Er nickte wieder. Er konnte es ihr einfach nicht erklären. Er war wie gelähmt. »Ja. Ich hatte hier oben zu tun …«

»Du siehst müde aus.«

»Ich bin müde, ja.«

»Um Himmels willen, Oskar, wo hast du die ganze Zeit gesteckt? Ich hab dich überall gesucht. Ich war sogar in der Stadt.«

»Ich weiß nicht mehr so genau.«

Sie stand eine Weile schweigend da. Kein Zeichen von Ärger oder Abscheu oder Erleichterung war in ihrem Gesicht zu bemerken. Sie wirkte ruhig und erschöpft, zu Tode erschöpft, aber sie strahlte auch Entschlossenheit aus. »Wo wolltest du hin: hinauf oder hinunter?«

»Hinauf«, sagte Voxlauer.

Weiter oben, wo das steile Gelände den Holzeinschlag schwierig machte, gab es höhere, oft krumm verwachsene Bäume. Im lichter werdenden Wald ragten hie und da rötliche und gelbe Felsnadeln auf. Es war viele Jahre her, dass man hier zum letzten Mal Holz geschlagen hatte. Seitdem war der Weg nicht mehr befahren worden. Er war stark ausgewaschen und an vielen Stellen von Schlamm und Geröll bedeckt. Da und dort konnte man noch die von der Sonne hart gebrannten Abdrücke sehen, die Voxlauer und Piedernig eine Woche vorher in der rötlich braunen Erde hinterlassen hatten.

»Warum hast du das gesagt neulich?«, fragte Else.

Voxlauer rieb sich die Augen. »Wann: neulich? Was?«

»Als wir über Walter geredet haben. Du hast gesagt, dass er aufrichtig ist.«

»Hab ich das? Ich kann mich nicht mehr erinnern.« Er schüttelte den Kopf, als wollte er sich selbst wachrütteln. »Das hatte nichts Besonderes zu bedeuten.«

»Hast du vielleicht im Geist einen Vergleich angestellt?«

»Was?«

»Hast du vielleicht gemeint: Er ist aufrichtig – im Gegensatz zu mir?« Sie sah ihn an. In ihrem Gesicht war jetzt ein Ausdruck, der einem Lächeln nahe kam.

Voxlauer blieb stehen, blinzelte, starrte sie an. Er schüttelte den Kopf. »Nein, Else, ich glaube nicht, dass du mich belügst.«

»Oskar«, sagte sie und legte ihre Hände auf seine Schultern. Sie standen, steif aneinander gelehnt, eine ungemessene graue Weile lang auf dem Weg. Voxlauer fühlte sich plötzlich sehr schwach. Sie hatte ihn schon einmal so an den Schultern gehalten, jetzt kam es ihm wieder in den Sinn: als sie ihm gesagt hatte, sie werde ihn nicht verwechseln. Er zog sie an sich. Er stand etwas höher als sie und hatte sich etwas zu ihr hinuntergebeugt. »Ich habe dich nicht belogen, Oskar«, sagte sie. »Ich habe dir von ihm erzählt. Ich habe dir alles erzählt.«

»Ja«, sagte Voxlauer langsam. Es war ihm jetzt gleichgültig. »Ja, du hast es mir erzählt.«

»Ich habe dir nie etwas verschwiegen.«

Voxlauer antwortete nicht.

»Er ist der einzige Verwandte, den ich noch habe. Wir sind zusammen aufgewachsen.«

»Ja. Das weiß ich schon.«

»Resi braucht ihn.«

»Er hat sie und dich im Stich gelassen.«

Else nickte. »Ja, das stimmt.« Sie schwieg einen Moment. »Aber das kann ich ihm verzeihen.«

»Und alles andere, was er getan hat«, fragte Voxlauer, ohne recht zu wissen, was er da sagte, »kannst du ihm das auch verzeihen?«

Sie runzelte die Stirn. Er wusste, dass sie beide eigentlich zu erschöpft waren, um ein solches Gespräch zu führen, und doch merkte er, wie tief ihn dieses neue Signal von Ablehnung und Distanz traf. »Ich weiß von nichts anderem«, sagte sie langsam.

»Ich auch nicht.« Er atmete tief durch. »Aber ich kann mir sehr wohl einiges vorstellen.«

Sie wandte sich ab und tat einen halben Schritt den Weg hinab. Als sie ihn ansah, war ihr Gesicht sonderbar verzerrt. »Ich bin hergekommen und habe dich gefunden, Oskar. Ich habe dich eine Woche lang überall gesucht, und heute komme ich hier herauf und finde dich und frage dich, wie es dir geht und wo du gesteckt hast und ob du müde bist oder krank, und kümmere mich, als ob du ein Baby wärst. Bedeutet dir das überhaupt etwas? Oder interessiert dich mehr die Frage, was mein Vetter treibt? Ich weiß nicht, was er macht.« Sie schniefte und wischte sich mit dem Ärmel übers Gesicht. »Er ist jetzt bei der Polizei. So hat er es ausgedrückt. Ich habe ihn nicht gefragt, was ich ihm alles verzeihen muss.«

»Wohin seid ihr gegangen?«

»Spazieren.«

»Wo?«
»Zur Fichtenschonung«, sagte sie. Sie stand jetzt kerzengerade.
»Es geht mich nichts an«, sagte Voxlauer. »Entschuldige.«
»Schon gut.«
Voxlauer seufzte leise. »Ich hab dir ja gesagt, dass er kommt.«
»Ja, Oskar. Und ich habe dir gesagt, dass er jemand ist, der in meinem jetzigen Leben keinen Platz hat. Er gehört zu meiner Vergangenheit.« Sie trat zu ihm hin und legte ihre Hand über seine Augen. »Zu meiner Vergangenheit, Oskar. Aber die Vergangenheit ist wichtig für mich, gerade jetzt. Und für Resi.«
»Ich erinnere mich, dass du das gesagt hast. Ich erinnere mich, dass ich mir gedacht habe: Sonderbar, dass jemand über seinen Vetter so was sagen kann.«
»Ja, das ist sonderbar.« Ihre Hand lag noch immer über seinen Augen. Sie roch leicht nach Bratfett und schmutzigem Wasser. Er öffnete die Augen und sah durch die hellen Ritzen zwischen ihren Fingern auf den Weg.
Sie gingen weiter und kamen nicht weit von der Stelle aus dem Wald, wo er und Piedernig eine Woche zuvor gestanden hatten. Else hatte eine Kleinigkeit zu essen mitgenommen: ein Stück Ziegenkäse und eine Semmel, eingewickelt in eine Serviette. Sie kniete nieder und breitete das weiße Tuch auf dem Gras aus. »Ich habe mir gleich gedacht, dass die Suche nach dir zu einer Expedition ausarten könnte«, bemerkte sie und machte ihm ein Zeichen, sich zu setzen.
»Eine wahre Mutter«, sagte Voxlauer mit einem schwachen Lächeln. Er zitterte vor Hunger und Nervosität. Er lehnte sich zurück und zog die Knie vor die Brust. Nach einer Weile kam die Sonne wieder hinter den Wolken hervor, und ihm wurde wohler zu Mute. Else hatte ihren Proviant auf dem Tuch ausgelegt und öffnete jetzt eine Flasche süßen Apfelmost. »Der Frühling gibt mit vollen Händen. Greif zu.«
Er legte den Kopf in ihren Schoß, die Füße ruhten im hellen,

sonnenwarmen Gras. »Ich glaube, ich möchte jetzt einfach nur daliegen.«

»Wann hast du zum letzten Mal etwas gegessen?«

»Ich weiß nicht.«

Sie schimpfte halblaut. »Du tust dir immer selber weh, Oskar, du, ein erwachsener Mann. Wie erklärst du dir das?«

»Ich lasse mich eben leicht von der Meinung der anderen beeindrucken, Fräulein.«

»Ich nicht. Dein Glück.«

»Ich weiß.« Voxlauer legte ihr den Arm um die Taille. »Das weiß ich sehr wohl.«

»Du zitterst ja.«

Er sah ihr in die Augen. Ihre Haare fielen auf sein Gesicht herab, schlossen die Welt um ihn herum aus wie ein Vorhang. »Ich habe Angst.«

»Ich auch, Oskar. Aber nicht vor Kurt.«

»Nein?«

Sie schüttelte den Kopf. »Irgendwas ist mit ihm passiert. Er hat seinen Lebensmut verloren.«

»Ausgerechnet in dieser großen Zeit. Komisch.«

»Du verstehst mich nicht.« Sie hatte eine Hand unter seinen Kopf gelegt und kämmte ihm mit der anderen geistesabwesend durchs Haar. »Er hat angefangen zu trinken.«

»Früher hat er wohl nicht getrunken?«

»Nein. Nie. Solange ich ihn kenne, hat er Säufer verabscheut.«

Wind fuhr durchs Gras. Voxlauer war nahe daran einzuschlafen, aber ihr Haar, das immer wieder über sein Gesicht strich, hielt ihn wach. »Wovor hast du dann Angst?«, fragte er.

»Vor allen anderen.«

»Ah. Das kann ich verstehen.«

»Wirklich?« Sie wandte den Kopf und sah über die Ebene hin. Voxlauer beobachtete sie, wie sie ihre Augen über die Landschaft wandern ließ, von einem Punkt zum nächsten, bis sie ihr schließlich zufielen. »Warum bist du aus der Stadt weggegangen?«, fragte er.

Sie verzog den Mund schläfrig zu einem Lächeln. »Das habe ich dir gerade erklärt.«

Später, auf dem Rückweg, erzählte Else von ihrem Vetter. »Kurt hasst die genauso wie wir«, sagte sie. »Rindt hetzt andauernd gegen Ryslavy und will die Leute dazu anstiften, endlich mal was gegen ihn zu unternehmen.« Sie sah Voxlauer triumphierend an. »Kurti hat zu ihm gesagt, statt über andere Leute die Nase zu rümpfen, soll er sich lieber darum kümmern, dass seine eigenen Hosen mal wieder gewaschen werden.«
»Das würde bestimmt nicht schaden«, sagte Voxlauer.
»Und eine frische Unterhose wäre zur Abwechslung auch nicht schlecht. Da ist ihm der Unterkiefer runtergefallen.«
»Das kann ich mir vorstellen.«
»Ja, Oskar.« Sie stupste ausgelassen sein Kinn.
Über den Wipfeln der Kiefern leuchtete der Himmel stumpf weiß. Die Schatten auf der Straße wurden blasser und verschwanden endlich ganz. Voxlauer ging mit halb geschlossenen Augen dahin, ließ sich von seiner schwindelnden Leichtigkeit und dem Hunger vorantreiben.
»Trotzdem, er hasst Ryslavy auch«, sagte Else nach einer Weile.
»Hast du geglaubt, das überrascht mich?«
»Na ja, eigentlich nicht. Er hat diesen Hass immer schon gehabt. Und bei den Ryslavys kam noch dazu, dass man denen verpflichtet war.«
Voxlauer zog die Stirn in Falten. »Was hat er genau gesagt?«
Sie überlegte. »Dass sie auf der Suche nach einem lohnenden Ziel sind.«
»Wer?«
»Die Leute. Und die bei der Polizei. Vielleicht alle beide.«
»Was soll das bedeuten: ein lohnendes Ziel?«
»Ich weiß es nicht, Oskar. Er hat es so ausgedrückt. Er hat es nicht erklärt. Ich hab ihn reden lassen. Das war das, was er von mir wollte.«

»Ja?«, fragte Voxlauer. Einige Zeit verging. Sie waren jetzt auf der Straße durch das Tal und hatten schon fast die Schonung erreicht.
»Was man heute können muss, ist, nicht aufzufallen«, sagte Voxlauer unvermittelt und schnitt eine Grimasse.
»Das kannst du eben nicht. Er hat deinen Onkel besucht. Und bei deiner Mutter war er auch schon.«
»Bei meiner Mutter?«
Sie nickte. »Ja, letzte Woche.«
»Was will er denn von ihr?«
»Er hat mehrere Jahre in Berlin gelebt. Da ist er oft in die Oper gegangen.«
Voxlauer starrte sie an.
»Sogar *wir* wissen, wer deine Mutter ist, Oskar. Und dein Vater. Das ist doch klar. Die einzigen Berühmtheiten, die Niessen je hervorgebracht hat – oder besser: die je auf die Idee verfallen sind, in Niessen ihre Tage zu beschließen.«
»Hier ihre Tage zu beschließen«, sagte Voxlauer. »Mein Gott!« Er lachte.
»Was ist daran so komisch?«
»Mein Vater. Weißt du, was mit dem passiert ist?«
Sie stutzte. »Ja, ich glaube schon. Er ist gestorben.«
»Er hat sich erschossen. Mit seinem Jagdgewehr. So.« Voxlauer zeigte auf seinen Mund.
Else blieb stehen. »Das hast du mir nie erzählt.«
»Ich habe gedacht, das weißt du. Die ganze Stadt weiß das.«
»Die Stadt.« Else sagte es in einem ganz anderen Ton, ruhig, fast liebevoll.
Voxlauer ging weiter. »Meine Mutter ist krank. Ich will nicht, dass dein Vetter sie besucht. Richtest du ihm das bitte aus?«
»Er möchte dich gern kennen lernen.«
Er blickte sie an. »Weiß er, was wir in der Nacht treiben?«
»Mehr oder weniger«, sagte sie lächelnd.
»Na ja, wenn das so ist, kann man drüber reden.«
Als sie zwischen den jungen Bäumen dahingingen und über die

Brücke, warf Voxlauer unwillkürlich immer wieder kurze Blicke über die Schulter nach hinten. »Schaust du nach was Bestimmtem?«, fragte Else.
Er zuckte die Achseln. »Ich weiß nicht genau. Vielleicht nach Wild oder so. Schließlich bin ich Wildhüter. Das Wild ist sozusagen mein täglich Brot.«
»Offenbar ist dir eine Woche lang nichts vor die Flinte gelaufen. Jedenfalls siehst du so aus.« Ihre Hand schlüpfte unter sein Hemd. »Du bist ja bloß noch Haut und Knochen«, flüsterte sie ihm ins Ohr.
Voxlauer seufzte glücklich. »Ich werde noch früh genug fett werden, keine Angst.«
»Pass bloß auf, dass du mitsamt deinem täglichen Brot nicht ganz zu nichts zusammenschrumpfst.«
»Was kann uns *Hänsel und Gretel* lehren, meine Liebe? Wenn du immer schön mager bist, musst du nicht in den Kochtopf.«
»Ich habe es nicht vergessen. Eben darum hebe ich immer die Knochen von den Suppenhühnern auf.«
»Zuallererst werden sie den Rindt in die Pfanne hauen«, rief Voxlauer vergnügt. »Speck für eine ganze Armee.«
Else runzelte die Stirn. »Die sind doch keine Menschenfresser, Oskar, oder?«
Voxlauer tanzte leicht wie ein Skelett auf der Straße dahin.

Schmetternde Klänge der Blechbläser begrüßten Voxlauer, als er die Eingangsstufen des alten Hauses hinaufstieg. Maman stand am Küchentisch und teilte mit einem Messer Teig in Stücke. Sie summte die triumphierenden Fanfaren mit, heiter wie eine frisch vermählte Braut.

Voxlauer stand auf dem Flur und beobachtete sie durch die offene Küchentür. »Du siehst noch besser aus, als ich mich fühle, Maman«, sagte er.

Sie schaute auf und nickte. »Es ist nicht alles schlecht auf der Welt, Oskarchen.«

»Das hast du früher auch immer gesagt.«

»Ja?« Sie wirkte etwas verwirrt. »Na, jedenfalls ist es wahr.«

Er deutete in Richtung des Wohnzimmers. »Hast du nicht mal behauptet, du könntest Brahms nicht mehr hören?«, fragte er lächelnd.

»Doch«, sagte sie heiter. »Das ist aber nicht Brahms.«

Er sah sie verdutzt an, sagte aber nichts. Sie war wieder ganz in ihre Arbeit vertieft und beachtete ihn nicht. Als sie den Teig in lauter handtellergroße Stücke geschnitten hatte, knetete sie alles wieder zu einem einzigen Klumpen zusammen und begann von vorn. Voxlauer stand immer noch wie angewurzelt vor der Schwelle und starrte sie an.

»Kann ich was helfen, Maman?«, fragte er nach einer Weile und trat in die Küche. Jetzt erst sah er die Stapel schmutziger Teller und Tassen und Töpfe, die überall herumstanden. Die Türen des Küchenschranks und des Büfetts standen offen; die Fächer und Schubladen waren voll gestopft mit Dosen und Schachteln ohne

Deckel, mit Tafelsilber und Zeitungspapier und Müll und Krimskrams aller Art. Er blickte bestürzt von einer Ecke in die andere – einen Augenblick lang war er überzeugt, dass die Holzersöhne hier nachts gewütet hatten, während die Mutter schlief, und ihn überfiel panische Angst, dass sie ihr etwas angetan hatten. Dann schaute er wieder zum Tisch hinüber und sah ihre von bröckeligem Teig verkrusteten Hände. Sie blickte ihn selbstsicher an, die Hände halb in dem weichen Klumpen vor ihr vergraben. »Es ist nicht alles schlecht auf der Welt, Oskar«, sagte sie noch einmal.
Voxlauer trat zu ihr hin und nahm ihre Hand, um sie abzuwischen. Sie fühlte sich feucht und kühl an und ergab sich ihm schlaff geduldig und fügsam, als wäre ebendies ihre einzige Bestimmung. »Komm, setzen wir uns auf die Veranda, Maman«, sagte er und führte sie hinaus.
Sie saßen nebeneinander auf der altersschwachen Gartenbank aus Bambus und schauten zum Himmel hinauf. Wie oft haben wir schon so dagesessen, dachte Voxlauer. Maman blickte heiter in die Ferne und gab mit zufriedenem Nicken ihre Zustimmung zu den Dingen, die sie sah. Eine warme Brise strich über die Dahlien in den Blumenkästen vor den Fenstern.
»Ich habe diese Woche die Bekanntschaft eines jungen Mannes gemacht«, sagte sie. »Ungefähr in deinem Alter.«
»In meinem Alter?«
Sie nickte.
»Worüber habt ihr gesprochen?«
»Er hat mich besucht.«
»Aha.«
»Vielleicht ein bisschen jünger als du, Oskar.«
»Was wollte er denn?« Er drückte sanft ihre Hand. »Maman?«
»Ja?«
»Was wollte er von dir?«
Sie lehnte sich zurück und ließ den Kopf an der Hausmauer hinter ihr ruhen. Das Nicken war verschwunden, ein kontinuierliches Zittern lief jetzt durch ihren Körper. Sie schien es nicht zu

bemerken; unbeeindruckt blickte sie auf die bewaldeten Hänge in der Ferne. Ihr Gesicht war ganz ruhig. »Es wird jetzt kühl gegen Abend«, sagte sie nach einer Weile. »Ich bin zu leicht angezogen.«

Voxlauer stand auf, ging zum Wäscheschrank und fand eine alte graue Wolldecke. »Dieser junge Mann, Maman«, sagte er, als er wiederkam, »worüber wollte der mit dir sprechen?«

»Herr Bauer«, sagte sie. »Ein Obersturmführer. Stell dir vor!«

»Maman.« Er legte die Decke um sie und beugte sich zu ihr hinunter, sah ihr in die Augen. »Erzähl mir doch bitte, was er wollte. Kannst du mir das sagen?«

»Was er wollte?« Sie legte die Stirn in Falten. »Ich habe das gar nicht gewusst, Oskar. Manche von denen sind eigentlich ganz anständige Menschen.«

»Maman.«

»Wir haben uns über Berlin unterhalten. Er hat lange dort gewohnt, mehrere Jahre. Wir haben über die Oper geredet.«

»Er war ein Illegaler. Ein Nazi, Maman. Darum musste er aus Österreich weg.«

»Ja.« Sie nickte eifrig. »Ja, das stimmt.«

»Maman«, sagte Voxlauer, fasste sie fest an den Schultern und sah ihr aus nächster Nähe ins Gesicht. »Schau mich an. Was ist los? Was? Kannst du's mir nicht sagen? Sag es mir, Maman. Du musst es mir sagen, bitte! Ich halte das nicht aus.«

Sie antwortete nicht. Er kniete sich zu ihren Füßen hin und nahm ihre Hand. Er blieb lange so hingekauert, während das Licht schwand, und wartete, dass sie endlich redete. Sie saß da und lächelte ihm zufrieden, nicht uninteressiert zu. Sie wirkte, als beobachtete sie ihn aus großer Entfernung durch eine zu schwache Brille. »Maman!«, hörte er sich selbst immer wieder sagen. Er hatte dann jedes Mal ein Gefühl, als stünde er an Deck eines Schiffs, das unaufhaltsam davonfuhr. Bald würde er so weit draußen sein, dass er sie nicht einmal mehr als einen kleinen Punkt am Horizont sehen konnte, und er würde es aufgeben,

nach ihr zu rufen. »Maman«, sagte er noch einmal, fast zu sich selbst, und weinte jetzt ganz offen vor ihr.
Endlich kam doch Bewegung in ihr Gesicht. Sie setzte sich gerade hin und atmete tief ein.
Ein feiner Schatten glitt über ihr Gesicht. »Oskar«, fragte sie, »was ist passiert?«
»Nichts, Maman. Alles in Ordnung.«
Diese Antwort schien sie zufrieden zu stellen. »Ich habe gestern was geträumt«, sagte sie lächelnd. »Soll ich's dir erzählen?«
Er nickte.
Sie atmete durch – flach und hastig wie ein kleines Mädchen –, setzte sich fast kokett in Positur und fing an.
»Ich bin ein winzigkleines Ding. Ein Mädchen.« Sie seufzte. »Sechs oder sieben. Ich gehe vom Bauernhof zum Café Herbst und bringe frische Sahne hin.« Sie hielt inne, die Hand leicht auf ihre Wange gelegt. »Die Milchkanne schlägt gegen meine Knie. In der Stadt ist es sehr hell, alles bewegt sich langsam. Lastkarren und Fiaker sind auf der Straße unterwegs, gut gekleidete Herren treten höflich beiseite, um mir Platz zu machen. Du bist noch nicht auf der Welt, Oskar.« Sie griff nach seiner Hand.
»Ich weiß«, sagte Voxlauer.
»Dein Vater geht vorbei und zieht seinen Hut. Er sieht aus wie jemand, der in guten Verhältnissen lebt. Er trägt seine Brille. Ich gehe die Straße entlang, in der Hand die Milchkanne. Sie ist sehr schwer, mir tun schon die Arme weh vom Tragen. Im Café Herbst ist es sehr voll. Ich gehe zwischen den Tischen durch zur Tür. Niemand redet, man hört das leise Klicken, wenn jemand seine Kaffeetasse abstellt. Werner Herbst und die Kinder warten schon auf mich. In der Küche stehen gesattelte Pferde bereit. Sie trinken Wasser aus den Spülbecken. Zwei Braune, Oskar, und ein helles Pony.«
Sie schwieg einen Moment, nickte lächelnd, eingehüllt in das erinnerte Licht des Traums. »›Hier sind die Pferde‹, sagen sie. ›Was willst du lieber: reiten oder singen?‹ Ich sage nichts dazu, son-

dern halte nur die Milchkanne hin. Dann sehe ich zu, wie sie die Pferde zwischen den Tischen, an denen die Leute vor ihren Tassen und blauen Glastellern mit Sahnetorten drauf sitzen, hinausführen und wegreiten. Von der Brücke über den Kanal winken sie mir noch ein letztes Mal zu.« Sie schwieg und sah die Straße entlang. »Sie reiten einfach fort.«

»Und dann?«

»Das ist alles, Oskar«, sagte sie freundlich, als redete sie mit einem Kind, das einfach ein bisschen zu viel erwartet hat.

Voxlauer richtete den Oberkörper auf. »Wirklich ein hübscher Traum, Maman.«

»Ja, finde ich auch. Er hat eine Nachricht für dich hinterlassen. Auf dem Tisch im Wohnzimmer.«

»Was?«

Sie streckte die Hand in Richtung des Wohnzimmers aus. »Auf Pères Komponiertisch.«

Er stand eilig auf und ging hinein. Auf dem Schreibtischchen fand er eine maschinengeschriebene Vorladung mit dem Briefkopf der Polizei. Das steife graue Papier trug mehrere, teils rote, teils geprägte Stempel. Der Strich der gezackten Unterschrift war so fein wie ein Sprung in einer Eierschale. Darunter stand in Schreibmaschinenschrift: »Kurt Maria Bauer: Obersturmführer der Schutz-Staffel des Deutschen Reichs.« Voxlauer steckte die Vorladung in die Tasche. Einen Moment lang spürte er zwischen Daumen und Zeigefinger die Oberflächenstruktur des Papiers. Als er wieder auf die Veranda hinaustrat, fand er seine Mutter mit der Decke beschäftigt. Sie spuckte auf den Stoff und rubbelte eifrig. »Da ist ein Fleck auf der Decke«, sagte sie bekümmert.

Es war kurz vor Mittag, als Voxlauer die breite stuckverzierte Treppe zu dem Gebäude hinaufging, in dem die Polizei residierte. An zwei Messinghaken über der Eingangstür hing ein quadratisches Filztuch, in dessen Mitte ein Hakenkreuz auf weißem Grund, umgeben von Rot, prangte. Links und rechts davon hingen schlaff Stoffbänder nieder, die in Wind und Wetter bereits einigermaßen schäbig geworden waren. Durch die offen stehende Tür sah er einen Uniformierten, der dort drinnen müßig über seinen Schreibtisch gebeugt dasaß und immer wieder den Kopf nach ihm reckte wie ein Künstler, der von seinem Skizzenblock aufblickt, um sein Modell zu studieren. Als Voxlauer eintrat, erhob er sich und grüßte. »Heil Hitler.«
»Danke ebenfalls«, sagte Voxlauer gleichmütig und schaute sich in der Vorhalle um. »Ich möchte gern mit Herrn Bauer sprechen.«
»Ach so«, sagte der Mann. »Mit dem Obersturmführer. Sind Sie einbestellt, Herr …«
»Voxlauer. Er hat mich hergebeten.« Er schob die zerknüllte Vorladung über den Tisch.
Der Mann beugte sich vor und nahm mit nachsichtigem Lächeln das Papier. Er nestelte es mit seinen weißen Fingern auseinander – es raschelte, als öffnete er ein Bonbontüte. »Wenn sie so lange Platz nehmen wollen, Herr Voxlauer«, sagte er. Er ging mit elegantem Schritt um seinen Tisch herum und verschwand.
Voxlauer machte es sich auf einem gepolsterten Korbstuhl bequem und kratzte sich mit dem Daumennagel sacht an der Nasenspitze. Die Schritte des Uniformierten verklangen im Treppenhaus. Durchs Fenster sah Voxlauer eine Gruppe Schwal-

ben über dem Kanal Kreise ziehen; die frisch geteerte Straße dampfte und glitzerte in der Sonne. Ein dumpf süßlicher Geruch von Kompost und öligem Wasser wehte von draußen herein. Eine alte Frau mit runzligem Gesicht, die einen Eimer in der Hand trug, ging durch den Raum. Kurz darauf ratterte auf der Straße ein Wagen vorbei, hoch beladen mit frisch gestärkter Wäsche. Der Kutscher tippte wohlgelaunt an seinen Hut und grüßte.

Nach einer Viertelstunde kam der Uniformierte zurück. »Obersturmführer Bauer übergibt heute den neuen Sportplatz seiner Bestimmung«, sagte er und reichte Voxlauer die zerknitterte Vorladung. »Entschuldigen Sie den Fehler, Herr Voxlauer. Das kann schon mal passieren in so bewegten Zeiten.«

»Da steht es schwarz auf weiß: Dienstag, den 25., 12 Uhr.« Voxlauer deutete auf das Papier.

»Tatsächlich?«

Voxlauer überlegte eine Weile. »Wann kommt er denn zurück?«

Der Mann blickte ihn schüchtern blinzelnd an und zuckte die Achseln. »Das weiß ich so wenig wie Sie, Volksgenosse.«

»Kann ich ihm eine Nachricht hinterlassen? Ich werde es kurz machen.«

Der andere unterdrückte ein Gähnen. »Wenn es sein muss, Herr Voxlauer.« Er zog eine Schublade auf. Seine Bewegungen wirkten knapp und präzis. »Um was handelt es sich?« Seine dünnen blonden Haare waren ein bisschen feucht und standen am Hinterkopf ab wie die Schwanzfedern eines Kanarienvogels. Er sprach klar artikuliert und akzentfrei, nur das R und das S gingen ihm etwas unsicher von der Zunge. Den Füllfederhalter in der Hand, starrte er Voxlauer an.

»Sie sind Reichsdeutscher, nicht?«, fragte Voxlauer.

»Wir gehören jetzt alle zum Reich, Volksgenosse«, sagte der Mann gereizt. Der Kanarienschwanz an seinem Hinterkopf sträubte sich gefährlich. »Selbst dieses gottverlassene Kuhkaff hier ist jetzt deutsch. Also –« Er nahm einen Bogen von dem steifen grauen

Papier aus der Schublade und schraubte die Kappe des Füllers ab. »Was wollen Sie mitteilen – in höchstens zehn knappen hochdeutschen Worten. Diktieren Sie langsam und deutlich. Dieses abscheuliche Kauderwelsch, das die Leute hier sprechen, kann ja kein gebildeter Mensch verstehen.«
Voxlauer sagte nichts, schaute nur die feuchten weißen Finger des Mannes an, die ungeduldig auf der Tischplatte trommelten.
»Also, Herr Voxlauer, was ist jetzt?«, fragte der Uniformierte nach einer Weile und lächelte boshaft. »Lieber doch keine Nachricht für den Obersturmführer? Irgendwas wird Ihnen doch einfallen. Keine Angst, ich hab genügend Tinte in meinem Füller, und ich brenne darauf, ihn endlich zu benutzen.«
»Schieb ihn dir in den Arsch, Volksgenosse«, sagte Voxlauer. »Und lasst, verdammt noch mal, meine Mutter in Frieden, ihr Drecksäcke.« Er beugte sich vor und fügte mit gesenkter Stimme hinzu: »Die erste der beiden Bitten war natürlich ganz speziell an Sie gerichtet, Sie Lackaffe.«
»Alles pflichtgemäß notiert«, sagte der Mann liebenswürdig und ließ das Papier in der Schublade verschwinden.

Voxlauer stand langsam auf und humpelte hinaus. Sein Bein war ihm eingeschlafen, es prickelte und tat weh. Draußen lehnte er sich an die Mauer und massierte seine schmerzenden Waden. Der Mann oben in der Eingangshalle unterhielt sich jetzt mit zwei Kollegen. Voxlauer hörte ihrem Geschnatter zu, immer wieder unterbrochen von wieherndem Gelächter. Er spuckte einen grauen Klumpen Schleim aus und blickte müde auf die Straße. Nur langsam ließ der Schmerz in seinem Bein nach.
Am Kanal entlang fuhr jemand auf dem Fahrrad. Die Gestalt näherte sich und war nun deutlich zu erkennen: ein untersetzter Mann mit einem rot-weiß karierten Hemd, das bis zum Bauch offen stand; seine Lederhose glänzte speckig. Das Fahrrad kam in einem Bogen auf ihn zu, wurde langsamer und hielt wenige Meter vor Voxlauer an. Der Fahrer kicherte spöttisch.

Voxlauer unterdrückte einen Fluch und massierte weiter sein Bein. »Grüß dich, Onkel Gustl«, sagte er.
Gustl stieg von seinem Fahrrad. Er grinste übers ganze Gesicht. »Manche brauchen eben ein bisschen länger, bis sie kapieren, wohin der Hase läuft, was?«
Voxlauer ging einen Schritt auf ihn zu; es tat immer noch weh. »Komm, du kannst mir einen ausgeben, ja?«
Gustl stand die Schadenfreude immer noch ins Gesicht geschrieben. »Pass mal kurz auf meinen Drahtesel auf. Ich bin in einer Minute wieder da.« Er stieg die Stufen hinauf und verschwand im Polizeigebäude.
Nach kurzer Zeit kam er wieder heraus, in der Hand eine schwarze Armbinde, die er über dem linken Ellbogen festmachte. »Gehen wir. Nichts wie weg hier«, sagte er leise. Sie gingen zielbewusst die Straße entlang in Richtung Marktplatz. Gustl grüßte viele der Leute, die ihnen begegneten, klingelte mit seiner Fahrradglocke und pfiff die ganze Zeit laut und unbekümmert falsch vor sich hin.
»Hast du einen Trauerfall in deiner Bekanntschaft, Onkel Gustl?«, fragte Voxlauer und deutete auf die Armbinde.
»Trauer? Keine Rede! Ich hab nicht den geringsten Grund, zu trauern.« Gustl lachte und hakte sich gut gelaunt bei Voxlauer ein. »Ein ordentlicher Schluck ist jetzt genau das Richtige. Du siehst ja ganz verwelkt aus, ein gestandenes Mannsbild! Da muss man unbedingt was unternehmen.«
Er führte Voxlauer am Niessener Hof vorbei zu der sonnenbeschienenen Terrasse vor Rindts Wirtshaus. »Da wären wir. Setzen wir uns hier unter den blauen Himmel und nehmen wir einen zur Brust.«
Voxlauer blickte über die Schulter zu den blinkenden Fenstern des Niessener Hofs. »Könnten wir nicht besser reingehen?«
»Hoho!«, sagte Gustl. »Natürlich, Oskar. Ganz wie du willst.« Er lehnte sein Fahrrad an einen Laternenpfahl, grunzte zufrieden und steuerte auf das Wirtshaus zu.

»Sperrst du nicht ab?«, fragte Voxlauer und deutete auf das Fahrrad.
Gustl zuckte die Achseln. »Wenn's dich beruhigt, meinetwegen.« Er trat an den Laternenpfahl und zog einen Schlüsselbund aus der Tasche seiner Lederhose. Er winkte Voxlauer. »Geh nur rein, Oskar, und wärm mir einen Platz an.«
Voxlauer trat zögernd durch die Tür mit den Milchglasscheiben in die Gaststube. Werner Rindt stand, breit auf die massigen Unterarme gestützt, hinter der Theke; ab und zu wischte er halbherzig mit einem Lappen auf dem Schanktisch umher. Zwei Betrunkene hingen lallend und fahrig fuchtelnd in ihren Stühlen. Um den dreckigen, bierfeuchten Stammtisch herum saßen etliche Männer; gleichmäßiges Gemurmel und Stimmengewirr erfüllte den Raum. Voxlauer trat an die Theke und winkte der Bedienung. »Zwei kleine Bier, Fräulein«, sagte er.
Rindt und ein paar andere hatten ihre Unterhaltung abgebrochen und die Köpfe nach ihm gedreht. Die Kellnerin starrte auf Voxlauers Hemdknöpfe und nickte. Dann drehte sie sich, ohne aufzuschauen, zur Seite, um das Bier einzuschenken. »Ich setze mich da hin«, sagte Voxlauer und zeigte auf einen Tisch neben der Tür. Die Frau machte sich am Zapfhahn zu schaffen und senkte nur leicht den Kopf.
Er ging betont gelassen, ohne jemanden anzusehen, an den Leuten vorbei zu seinem Tisch und setzte sich. Prompt kam die Bedienung, stellte zwei Krüge vor ihn hin und zog sich fluchtartig wieder zurück. Er nahm die stockfleckige, schmuddelige Speisekarte zur Hand und studierte sie, die Blicke von Rindt und den anderen im Rücken, mit demonstrativ morbidem Interesse.
Als er wieder aufschaute, waren Rindt und einige seiner Kumpane verschwunden. Die zwei Betrunkenen und die übrigen Gäste saßen in unnatürlich verdrehter Haltung da, die Köpfe halb zu ihm hingewandt, und beobachteten ihn. Dann ging die Glastür auf, und Gustl watschelte herein. Er sah sich bedächtig in der verrauchten Gaststube um und musterte die Anwesenden der

Reihe nach, dabei tippte er immer wieder grüßend an die Krempe seines Huts. Endlich entdeckte er Voxlauer an dem Tisch in der Ecke und ging zu ihm hin. »Ein bisschen düster die Stimmung hier drinnen«, bemerkte er augenzwinkernd.

»Ich war so frei«, sagte Voxlauer und wies auf das Bier.

»Genau richtig hast du das gemacht.« Gustl hob den Krug an seine Lippen. Einen Augenblick später fing er an zu husten und zu spucken. »Pfui Teufel, was ist denn das!«, schrie er und warf entsetzte Blicke um sich. Er hielt den Krug am ausgestreckten Arm weit von sich, als fürchtete er, sich zu vergiften.

»Ich habe zwei Bier bestellt.«

»Na ja.« Gustl schnitt eine Grimasse und stand auf. »Du bleibst jetzt brav hier sitzen, ich werde mich mal umsehen, ob ich richtiges Bier besorgen kann.« Er ging zur Theke hinüber und kam nach kurzer Zeit mit zwei ungeöffneten Flaschen zurück. Er vergewisserte sich, dass die Banderole über dem Verschlussbügel unversehrt war. »Sicher ist sicher«, murmelte er. Voxlauer musste lachen.

»Die hier haben noch einiges zu lernen«, sagte Gustl, öffnete eine Flasche und stellte sie auf den Tisch.

»Wir hätten auch einfach zu Pauli gehen können.«

»Nicht ganz so einfach«, entgegnete Gustl und machte die zweite Flasche auf.

»Die Bedienung dort bietet einen weit angenehmeren Anblick. Und aus dem Hahn kommt richtiges Bier.«

»Ganz unter uns Pfarrerstöchtern«, sagte Gustl und hob die Flasche an den Mund, »die Bedienung wird im Lauf des Tages immer besser. Je später der Abend ...«

»Was für eine Rolle spielst du bei denen, Onkel Gustl?« Voxlauer hielt seine Flasche gegen das Licht.

Gustl lachte und drohte mit dem Finger. »So leicht lass ich mich nicht in deine Machenschaften verwickeln, mein Lieber.«

»Was für Machenschaften?«

Gustl nickte und nahm behutsam einen Schluck. »Ja, Oskar,

Machenschaften. Ich weiß Bescheid, in welcher Gesellschaft du dich dort oben herumtreibst.«
»Das ist eine einwandfrei arische Gesellschaft, Onkel Gustl, ich schwör's dir.«
»Nimm das nicht auf die leichte Schulter, Oskar. Es kostet mich weiß Gott Mühe genug, die Gemüter einigermaßen zu beschwichtigen.«
»Was bist du eigentlich, Onkel Gustl?«, fragte Voxlauer und betrachtete die Armbinde: Ein Band, etwa handbreit, aus elastischem feinem Stoff; man konnte meinen, es sei aus einem Damenstrumpf gemacht. »Bist du so eine Art Hilfspolizist?«
»Ja, sozusagen. Dienst an der Heimatfront.«
»Ach so, jetzt versteh ich's. So was wie damals im Krieg.«
»So ähnlich, ja.« Er linste misstrauisch zu Voxlauer hinüber. »Wir demonstrieren, dass das Auge des Gesetzes wacht.« Er lächelte und wackelte warnend mit einem fetten Zeigefinger. »Also sorg dafür, dass deine Freikörperfritzen die Lederhosen schön brav anbehalten.«
Voxlauer lachte. »Da kannst du ganz beruhigt sein, Onkel Gustl. Die sind alle nach Italien ausgewandert. In ihrem besten Sonntagsstaat.«
Rindt stand jetzt wieder hinter der Theke und goss abgestandene Bierreste in einen hölzernen Trog. Ein uralter runzliger Mann erhob sich von seinem Stuhl, als wollte er eine Rede halten; er schwebte ein paar Momente lang wackelig in der Luft wie eine Marionette und plumpste dann wieder zurück. Die Stammtischrunde lachte. Voxlauer erhob seine Flasche und prostete Gustl zu, der, wie es schien, peinlich berührt dem Auftritt des betrunkenen Alten zusah. »Auf deine Gesundheit, Onkel Gustl.«
»Das hab ich ganz vergessen«, sagte Gustl grinsend. »Ja, natürlich. Prost, Oskar.«
»Prost.«
Gustl ließ seinen Blick bedeutungsvoll durch den Raum schweifen. »Hör zu, Oskar. Die da werden nicht so schnell verschwinden.

Hörst du mir zu, Oskar? Schau dich um. Diese Kerle da verschwinden nicht einfach.«
Voxlauer sah an Gustl vorbei auf die Leute an den Tischen. »Tatsächlich: die sehen aus, als wären sie seit Wochen nicht mehr aus dieser Kneipe rausgekommen.«
Gustl musterte ihn eine Weile. »Als ich dich da vor der Polizei getroffen habe, dachte ich, du bist jetzt endlich doch vernünftig geworden. Ich hab das aus ganzer Seele gehofft.«
»Tut mir Leid, dass ich dich enttäuschen muss, Onkel Gustl. Ich hab mir nur ein paar Rippen gebrochen, aber ›vernünftig‹ bin ich davon nicht geworden.«
»Du bist auf einem Irrweg, Oskar«, sagte Gustl bedächtig.
»Mach dir nicht zu viele Sorgen meinetwegen.« Voxlauer stand ein wenig steif auf. Er trank sein Bier aus, stellte die Flasche hin und legte einen halben Schilling auf den Tisch. »Das ist für die Bedienung«, sagte er und sah Gustl gelassen in die Augen. »Sorg bitte dafür, dass sie es kriegt.«
»Ich versuche die ganze Zeit, dir etwas zu erklären.« Es kostete Gustl offensichtlich einige Anstrengung, die Ruhe zu bewahren. »Setz dich hin, verdammter Idiot.«
Voxlauer nahm seine Jacke und trat hinaus ins Licht. Er wartete, bis sich die Tür hinter ihm schloss, dann atmete er tief ein.

Voxlauer ging zum Niessener Hof hinüber. Dort war alles verschlossen und verriegelt. Er lugte durchs Fenster auf den dunklen Flur, klopfte an die Scheibe. Nach einiger Zeit erschien Emelia.
»Grüß dich, Emelia.«
»Grüß dich, Onkel Oskar.« Sie sah ihn nicht an.
»Habt ihr zu heute?«
Sie nickte.
»Aha«, sagte Voxlauer. Er schwieg einen Moment. Emelia stand unbewegt in der halb offenen Tür, hinter ihr der dunkle Gang.
»Ist der Chef des Hauses zu sprechen?«, fragte Voxlauer und lächelte reuig.

»Im Büro«, sagte sie, ohne eine Miene zu verziehen, und verschwand auf dem Flur.

Ryslavy saß fast genauso da wie bei Voxlauers erstem Besuch vor einigen Monaten: die Stiefel auf dem Schreibtisch, den Ledersessel, auf dem er saß, leicht nach hinten gekippt. Er hatte seine Angelrute in der Hand und übte Fliegenfischen: er zielte durch die offene Küchentür. »Ah, du bist's«, murmelte er.

Voxlauer wartete den Wurf der Fliege ab, dann trat er ein und setzte sich auf eine Schachtel, die bis zum Rand mit vergilbten Quittungen voll gestopft war. »Ist heute nach eurem Kalender irgendein Feiertag?«

Ryslavy lachte. »Danach hab ich mich noch nie gerichtet, Oskar, das weißt du doch. Schlecht fürs Geschäft.«

»Oder vielleicht gibt's ja irgendwelche staatlichen Verordnungen, die euch vorschreiben, dass ihr heute nichts ausschenken dürft?«

Ryslavy holte aus und ließ die Fliege durch den Raum schwirren. »Ach so. Das ist natürlich was anderes. Das ist eine ganz andere Sache.« Er holte mit flinken Fingern die Schnur ein. »Du meinst per Volksabstimmung? Die Mehrheit hat sich dafür ausgesprochen, dass wir heute gefälligst einen Ruhetag einlegen.«

»Auf dass die Bösewichter innehalten in ihrem ruchlosen Treiben, so was meine ich.«

Ryslavy sah ihm ins Gesicht. »Was ist mit deinen Zähnen passiert, um Gottes willen?«

»Auch eine Willenskundgebung des Volks.«

»Die Söhne von Frau Holzer?«

»Eine erdrückende Mehrheit.«

Ryslavy pfiff anerkennend. »Tüchtige Burschen.«

»Kann man wohl sagen.«

»Willst du eine rauchen?«, fragte Ryslavy heiter. Er schob Voxlauer die Tabaksdose hin. »Rauch eine! Das desinfiziert dein Zahnfleisch.«

Voxlauer drehte sich eine Zigarette. »Hast du in letzter Zeit Maman mal wieder besucht?«, fragte er nach einer Weile.

Ryslavy schüttelte den Kopf. »Das ist schon ewig lange her. Ich hatte es immer vor. Um ehrlich zu sein: Ich hab mir überlegt, ob ich sie bitten könnte, mir zu helfen.« Er grinste verlegen. »Was meinst du, Oskar? Sie ist immer noch hoch angesehen bei den Leuten hier. Das einzige Kulturgut weit und breit, das wir vorzuweisen haben.«

»Kultur!«, sagte Voxlauer und verzog das Gesicht.

»Das ist so, auch wenn du darüber lachst. Deine Mutter war eine berühmte Sängerin.«

»Meine Mutter hat als Choristin in Operetten gesungen. Hie und da hat sie eine Solorolle gekriegt. Eine vollkommen unspektakuläre Karriere.«

»Unsinn! Sie hatte eine wunderbare Sopranstimme.«

»Du hast sie doch nie gehört, Pauli.«

»Das ist gar nicht nötig. Das sieht man einfach. Sogar jetzt noch, wo sie den ganzen Tag ihre blöden Teigklumpen knetet. Wie sie einen ansieht – das sagt alles.«

»Vielleicht hast du ja Recht«, meinte Voxlauer nach einigem Schweigen.

»Sie hat in Berlin gesungen, Oskar.«

»Ein Mal. Sie ist ein einziges Mal in Berlin aufgetreten.«

»Trotzdem. Das ist doch was!«

»Ich mache mir Sorgen um sie.«

Ryslavy beugte sich langsam vor. »Was ist los?«

Voxlauer seufzte. »Ich habe kein Geld.«

»Geld für was?«

»Für einen Arzt.«

Ryslavy legte eine Hand über die Augen. »Wie konnte das alles passieren?«, sagte er ruhig. »Aus heiterem Himmel, von einem Tag zum nächsten. Wie ist so was möglich, Oskar?« Er legte die Angelrute behutsam auf den Schreibtisch. »Hätten wir besser aufpassen müssen?«

»Hast du Geld?«

»Ach!«, sagte Ryslavy. Er zuckte die Achseln. »Für einen Doktor

wird es allemal reichen. Aber sag mir um Gottes willen: Was hat sie? Hat sie einen Schlaganfall gehabt?«
Voxlauer ließ Asche von seiner Zigarette auf den Boden fallen. »Das kann man nicht beschreiben, aber man sieht es.«
Ryslavy sagte nichts. Durch die offene Tür hörte man Emelia in der Wirtsstube mit Flaschen und Gläsern hantieren. »Immer fleißig, meine kleine Nichte«, sagte Voxlauer. »Ich frage mich, ob die wirklich von dir sein kann.«
»Die ist mein Kind, das kannst du ruhig glauben. Leider, muss man sagen. Hat sie's dir schon erzählt? Ich hab sie von der Schule genommen.«
»Warum denn das?«
»Du lebst wirklich wie ein Einsiedler da droben, was, Oskar? Das hatte ich ganz vergessen.«
Voxlauer starrte ihn verständnislos an. »Ist es schon so schlimm?«, fragte er ernüchtert.
»Ich bin ein geduldiger Mensch. Ich geb denen noch sechs Monate, höchstens ein Jahr. Das sind Schwachköpfe, Oskar. Hampelmänner. Die Leute hier haben nie viel für diese Art Zirkus übrig gehabt. Lange machen die das nicht mit.«
»Im Moment scheinen sie's recht brav mitzumachen.«
»Das eigentliche Problem ist Rindt. Der und noch ein paar andere. Anton Schröll von der Mühle in Greffen und ein paar Leute aus Villach, die ich vor fünf oder sechs Jahren mal bei einer Holzversteigerung ausgebootet habe. Das hat mit den Deutschen letztlich überhaupt nichts zu tun.«
»Die scheinen das aber zu glauben.«
Ryslavy grinste. »Ich weiß nicht, ob dir das schon aufgefallen ist: Bei euch da droben im Gebirge haben die besonders viele Anhänger.«
»Ja, schon, aber bei euch im Flachland sind sie auch nicht grade unbeliebt.«
»Wie gesagt, Oskar, das geht vorbei.« Ryslavy warf seine Angel aus und holte gemächlich die Schnur wieder ein. Eine schwarz

und türkis gefiederte Fliege bewegte sich schlängelnd über die Schwelle. »Aber die Warterei kann einen schon umbringen.«

»Warum gehst du nicht weg von hier, Pauli?«, fragte Voxlauer ruhig.

Ryslavy sah ihn ernst an, dann schüttelte er den Kopf. »Ich hab hier Grund und Boden. Unter anderem.«

»Zum Teufel damit. Verkauf ihn.«

»Kaufst du ihn mir ab?«

»Da gibt's genügend Leute. Das ist gutes Holz.«

Ryslavy saß da und spielte mit der Angel: er ließ die Schnur über den Fußboden huschen, hin und her, und verfolgte die Bewegung mit den Augen. Plötzlich lachte er auf. »Zum Teufel, nein, Oskar. Ich verkaufe meinen Besitz nicht an diese Scheißkerle.«

»Dann eben an jemand anders.«

Er lachte wieder. »An andere Scheißkerle, meinst du.«

»An jemand anders, sonst nichts.« Voxlauer sah zu, wie er die Schnur wieder aufrollte. »Vielleicht verkaufst du doch.«

»Ich nicht«, sagte Ryslavy tonlos.

Voxlauer schwieg eine Weile, blickte starr auf einen Punkt irgendwo über Ryslavys Schulter.

Endlich hob Ryslavy den Blick. »Was ist, Oskar?« Er runzelte die Stirn. »Ist da draußen irgendwas?«

»Dieser Rennschlitten da«, sagte Voxlauer und sah zum Fenster hinaus auf den schattigen Hof, wo der Mercedes stand, dunkel und stolz, wie aus einer anderen Welt, »dauert es sehr lange, den zum Laufen zu bringen?«

Sie rasten am Kanal entlang und durchs Stadttor und auf der Hauptstraße zwischen den flimmernden Weiden dahin. Voxlauer lehnte weit aus dem Fenster, das Gesicht im Wind. Seine Augen tränten, sein Haar flatterte und peitschte seinen Hals. Er atmete gierig die heiße, feuchte Sommerluft. Sie roch nach frisch geschnittenem Gras, getrockneten Kuhfladen und Teer. Ryslavy stieß lang gezogene Jodelschreie aus und schlug mit der flachen

Hand aufs Verdeck. Die Weiden warfen Streifenschatten auf die Kühlerhaube, neigten sich über die Straße und flitzten wie in einem Film schwarz-weiß-grün vorbei. Starenschwärme schossen aus Äckern und Feldwegen und Gräben in die Höhe. Der Mercedes jagte dahin, nahm in weichem Schwung wie ein Doppeldecker Senken und Kurven. Bei einer verlassenen Mühle bogen sie schliddernd von der Asphaltstraße auf die gelbe Lehmpiste ab, die nach Pergau hinaufführte.

Als sie in steileres Gelände kamen, wurde die Straße schmaler, und die Sonne verschwand hinter den Gipfeln, die das Tal einfassten. Die Fahrbahn war an manchen Stellen noch nass vom Regen der vergangenen Nacht, und an einer Kurve mussten sie anhalten und einen jungen Baum wegräumen, der quer über die Straße gestürzt war.

»Jetzt bauen sie schon Barrikaden, um uns aufzuhalten«, rief Ryslavy. Ein paar Minuten später waren sie in Pergau. Sie umkreisten einmal den menschenleeren Hauptplatz.

»Komisch, hier ist nie eine Menschenseele zu sehen«, sagte Voxlauer kopfschüttelnd.

Ryslavy lachte. »Na ja, vielleicht sind die alle nach Italien abgehauen.«

»Oder in die Ukraine.«

»Lauter Bolschewiken, die ganze Bande«, sagte Ryslavy und wiegte resigniert den Kopf. »Dreckiges rassenschänderisches homosexuelles Zigeunerpack.« Er schniefte. »Wo soll ich dich absetzen?«

»Die Fische vermissen mich bestimmt schon.«

»Das bezweifle ich sehr«, meinte Ryslavy.

»Du hältst dich ziemlich viel hier auf, oder?«, fragte Ryslavy.

»Nicht so besonders viel«, sagte Voxlauer, der am Gewehrschrank stand. Er machte eine weit ausgreifende Armbewegung. »Nimm Platz, wo es dir am besten gefällt. Mein Haus ist dein Haus.«

Ryslavy blickte sich mit finsterer Miene um. »Hier riecht's nach Pisse.«
»Altmännerpisse, Pauli. Die Pisse der Alten. Mit der Zeit entwickelt man eine gewisse Hochachtung davor.«
»Lieber nicht«, sagte Ryslavy. Er ließ sich vorsichtig auf der Ofenbank nieder. »Hast du Blei hier, anständige Senker?«
»Ich dachte, du wolltest fliegenfischen.«
»Ja, vielleicht. Aber andererseits ...«
»Ich seh mal nach. Einen Augenblick Geduld.« Voxlauer nahm eine verbeulte Köderdose aus dem Schrank. »Schau mal da rein.« Er gab sie Ryslavy und wandte sich dann dem Ofen zu, um Feuer zu machen.
»Ja, die tun's«, sagte Ryslavy nach einer Weile und schloss die Dose.
Als er das Kaffeewasser aufsetzte, sah ihn Voxlauer draußen am Ufer entlang mühsam bachaufwärts steigen, in der Linken den Kasten mit dem Angelzeug, in der Rechten zwei Ruten. Er schnappte nach Luft wie ein großer behaarter Karpfen. Voxlauer glaubte im schwindenden Licht ganz deutlich zu sehen, dass Ryslavys Lippen leidenschaftliche Schimpftiraden formten, raffiniert und mit viel Liebe gedrechselte Flüche und Beleidigungen, die er um sich herum gegen alle lebenden Wesen schleuderte. Er beobachtete ihn, bis er in dem Kieferndickicht oberhalb der Brücke verschwand, dann setzte er sich wieder an den Tisch und vertrieb sich die Zeit, bis das Wasser kochte, damit, mit der Zunge seine Zahnlücken zu erforschen. Als er seinen Kaffee ausgetrunken hatte, ging er zum Bach. Er fand Ryslavy verdrossen auf den Hacken dasitzen, die Angelrute wie einen Besenstiel in der Hand. »Wir sind zu spät dran«, rief ihm Ryslavy zu.
Voxlauer legte sich gelassen ins weiche Gras. »Ich dachte, je später am Nachmittag, desto besser.«
»Ja, schon, aber doch nicht um diese Jahreszeit, Oskar.« Ryslavy spuckte ins Wasser. »Um diese Jahreszeit niemals«, sagte er. Es

klang jetzt deutlich weniger kategorisch. Er stieß mit dem Stiefel einen Stein ins Wasser.
»Vielleicht wachen sie ja davon auf.«
Ryslavy tauchte die Spitze der Rute in die Strömung. »Du hast keine Kritik an meinen Methoden zu üben, Oskar. Untersteh dich, an mir zu zweifeln!«
Auf die Ellbogen gestützt, richtete sich Voxlauer im Gras auf. »Pauli.«
»Hier.«
»Erzähl mir von dem Alten.«
Ryslavy holte die Schnur ein und warf neu aus. »Der ist tot.«
»Trotzdem: irgendwas von ihm geistert hier noch immer herum.«
Ryslavy schnaubte verächtlich. »Gegen *den* Spuk kann man was tun: Schmeiß einfach das verpisste Deckzeug weg.«
»Du erinnerst mich an Maman, Pauli. Jetzt sei doch nicht so.«
Ryslavy ließ die Schnur schwirren. Er saß da und blickte auf seine Stiefelspitzen. Er hustete, räusperte sich, spuckte ins Wasser. Voxlauer ließ sich wieder ins Gras sinken, betrachtete den Himmel und wartete.
»Den wollten sie in der Stadt nicht haben«, sagte Ryslavy nach einer Weile.
»Warum?«
»Weiß ich nicht.«
»Das würde mich doch sehr wundern.«
Ryslavy zuckte die Achseln. »Der war ein komischer Kerl. So einer, dem niemand über den Weg traut. Seine Frau ist mitten im Winter ertrunken; da haben sie ihm dann gesagt, dass er aus der Stadt abhauen soll. Er war dreißig Jahre lang Stammgast bei uns, und darum hat Papa, gutherzig, wie er leider war, ihm die Hütte angeboten. Er hat gesoffen, Oskar. Er war ein alter Säufer, so einfach ist das. Sie wollten ihn nicht mehr in der Stadt haben, der alte Herbst und Papa und die anderen. Also ist er hier raufgezogen mit seinen Kindern. Und sonst weiß ich nichts, und es ist mir auch egal.«

»Hast du ›Kinder‹ gesagt?«
»Na ja, dein Herzblatt und ihr Vetter.«
»Kurt hat auch da gelebt?«
Ryslavy nickte. »Eine Zeit lang jedenfalls.«
»Wann war das?«
»Fünf Jahre nach deiner Zeit. Sechs, fünf Jahre nach dem Krieg.«
Voxlauer überlegte. »Hast du die Leute gekannt?«
»Nein.«
»Du musst sie gekannt haben.«
Ryslavy warf die Rute ärgerlich hin. »Was soll das, Oskar? Ich will mit denen, verdammt noch mal, nichts zu tun haben. Damals nicht und heute auch nicht. Sie haben Papa gehasst, weil der aus Gnade und Barmherzigkeit diesem Dreckstück von einem Vater ein Almosen gegeben hat, und jetzt hassen sie mich, alle beide. Bild dir bloß nicht ein, das wüsste ich nicht. Kurt Bauer würde mich am liebsten umbringen. Alle zwei würden mich am liebsten abmurksen, und das kleine Mädchen denkt auch schon so. Herrgott, Oskar! Warum, zum Teufel, soll ich dir von denen was erzählen?«
»Tut mir Leid, Pauli. Ich mache mir halt meine Gedanken, wie das wohl war damals, das ist alles.«
Ryslavy lachte und murmelte etwas vor sich hin.
»Was hast du gesagt?«
»Ich hab gesagt, du solltest dich besser an Kurt Bauer halten, wenn du was wissen willst.«
Voxlauer atmete tief durch. »Hör mal, Pauli. Kurt und Else, das sind zwei verschiedene Menschen. Du weißt ganz genau, dass die beiden einander in einer Zeit kennen gelernt haben, als niemand auch nur ahnen konnte –«
»Zu der Zeit, als sie sich das Kind machen ließ, war er bereits ein aktiver Nazi.« Ryslavy spuckte die Worte heraus. »Frag *ihn,* was für politische Ansichten sie hat, Oskar. Frag ihn mal.« Ryslavy lachte bitter. »Ich sollte eigentlich froh und dankbar sein, dass du einen so guten Draht zu denen hast, ehrlich, Oskar. Auf die Weise erfahre ich vielleicht, was sie mit mir machen wollen.«

»Wie war das mit dem Kind noch mal?«, fragte Voxlauer. Seine Stimme bebte leise.

In der Nacht regnete es stark, und am Morgen schwamm in jeder Pfütze auf der Straße eine Unke; handtellergroß und reglos lagen sie wie welke Blätter im trüben Wasser. Voxlauer hatte sie in seiner Kindheit oft hier gesehen. Wenn man eine in die Hand nahm, drehte sie sich in Schreckstellung um und zeigte ihre leuchtend gelbe Bauchseite. Sie sonderte dann aus Drüsen an der Seite eine giftig aussehende tintenartige Flüssigkeit ab. »Eine Gelbbauchunke«, sagte Voxlauer laut. Er fing ein Tier, wickelte es in ein Taschentuch und nahm es in der Brusttasche seines Hemds mit zu Else.
Als er in den Garten der Villa trat, hörte er aus einem offenen Fenster Gesprächsfetzen. Offenbar redeten Else und Resi mit einer dritten Person, deren Stimme ihm unbekannt war. Vorn auf seinem Hemd war ein kühler feuchter Fleck. Er spürte die Unke durch den Stoff hindurch zappeln. Er gab sich einen Ruck, ging zur Haustür und trat ein.
»Oh!«, sagte Else und schaute auf. Sie lächelte.
»Guten Morgen.«
Else stand auf. »Oskar, das ist Kurti.«
Der Mann saß am Tisch. Er erhob sich jetzt auch und wandte sich Voxlauer zu. Sein Gesicht wirkte fröhlich und gelassen.
»Kurti, das ist Oskar«, sagte Else.
»Es ist mir ein außerordentlich großes Vergnügen.« Der Mann gab eine ironische kleine Pantomime zum Besten: Er knallte die Hacken zusammen und salutierte. Resi kicherte.
Er hatte sehr dichtes rötliches Haar und genau die gleichen dunklen Augen und schweren Lider wie Else. Seine Haut war glatt und braun. Er war schmächtig und schien kaum älter als zwanzig. »Kurt Freiherr von Bauer«, sagte er und streckte Voxlauer die Hand hin.
»Ach, Kurti, hör auf zu blödeln«, rief Else lachend. Ihre Stimme

klang dünn und spröde. »Er macht nur wieder mal den Kasper, Oskar.«
»Oskar Baron von Voxlauer«, sagte Voxlauer und schüttelte die dargebotene Hand.
»Sehr erfreut, Euer Gnaden. Aua! Sie haben ja wirklich einen Händedruck wie ein Holzfäller. Nicht zu verkennen.«
»Dabei hab ich meiner Lebtag noch nie einen Baum umgehackt.«
»Zeig ihm mal deine Zähne, Oskar«, flüsterte Resi Voxlauer zu.
»Ich kann dir was viel Besseres zeigen«, sagte Voxlauer und trat an den Tisch. Er nahm das Taschentuch heraus, die Kröte unter dem feuchten Stoff zappelte. Voxlauer schmetterte einen Tusch und lüftete das Tuch.
Resi wich einen Schritt zurück. »Was ist denn das?«
»Ein Tintenfass«, sagte Voxlauer. Er schubste die Unke, so dass sie auf dem Rücken lag, und strich mit dem Daumen an ihrem Bauch entlang. Schwarze Tröpfchen traten an den Rippen hervor.
»Scheußlich«, sagte Resi und zog den Atem durch die Zähne ein.
»Als ich noch Spion war, hab ich immer meine Botschaften mit dieser Tinte geschrieben. Sie wird beim Trocknen unsichtbar. Man kann sie mit einem Löffel vom Bauch abstreifen, so.« Er sah Kurt und Else an. »Habt ihr das auch gemacht? Oder wie habt ihr eure Geheimbotschaften geschrieben?«
Else lachte. »Wir hatten ganz einfach keine Geheimnisse, Oskar.«
»Natürlich hatten wir welche«, widersprach Kurt, »wir haben sie bloß vergessen.«
Resi hatte Voxlauer den Löffel aus der Hand genommen und hielt ihn vorsichtig unter ihre Nase. »Ist das Gift?«
»Eher die Tränen eines verzauberten Prinzen«, sagte Else und spitzte die Lippen.
»Nur ein winzigkleines Küsschen.« Voxlauer hielt Resi die zappelnde Kröte hin.
»Pfui!«, kreischte Resi und flüchtete hinter den Tisch.
»Na ja, dann eben nicht«, sagte Voxlauer. Er verbeugte sich und

ging zur Tür. »Dann wird er halt warten müssen, bis sich eine Jungfrau findet, die sich nicht so anstellt. Jammerschade.«
»Glauben Sie ja nicht, dass wir jetzt vor Mitleid zerfließen, Baron«, rief Kurt ihm nach.
»Hab ich auch nicht erwartet«, antwortete Voxlauer und schritt die Stufen hinunter, in der Hand die kühle, glitschige Kröte, die wieder zu strampeln begann.
»Ade, Tintenfass!«, schrie Resi.

Einige Tage danach brachte Kurt auf seinem Motorrad Resi mit, und sie wanderten alle vier durch den Wald, streiften auf der Suche nach Pfifferlingen geduckt durch dichtes Unterholz. Da und dort auf dem feuchten Waldboden schimmerte es gelb zwischen den Nadeln hervor, ein kühles, intensives Leuchten wie von einer Goldader, und dann rannte Resi hin und pflückte die Pilze und legte ihre Beute fein säuberlich in einer Reihe vor sich aus. Ein dünner öliger Film an den Rändern und an der Unterseite der Kappen glänzte im dämmrigen Licht des Waldes. Else fand die meisten; sie stieß einen hellen Freudenschrei aus und zeigte Resi die Stelle, oder sie bückte sich selbst nieder. Ihr getüpfeltes Kleid war feucht vom Waldboden und vom Tau an den Sträuchern. Sie drehte die Pilze aus dem Boden und warf sie Stück für Stück in den kleinen Sack, den Voxlauer trug, nicht ohne jedes Mal das bisschen Walderde, das an ihren Fingern hängen geblieben war, mit feierlicher Geste in seine Richtung zu schnippen. Kurt ging weit voraus, vornübergebeugt wie ein Affe; er strich mit den Händen immer wieder über die Rinde der Bäume an seinem Weg. In seinem Kielwasser folgte Resi; sie quietschte vergnügt. Nach einiger Zeit hob Kurti sie hoch, setzte sie sich auf die Schultern und verschwand mit ihr im Gebüsch. Gelächter hallte durch die Bäume und das gestreifte Sonnenlicht, während Voxlauer mit dem halb vollen, feucht nach Moos duftenden Sack dastand und darauf wartete, dass Else mit neuer Beute aus einem Dickicht junger Bäume zurückkäme. Nach einiger Zeit tauchte sie geduckt zwischen den Zweigen auf; sie hatte ihr Kleid zu einem Schurz gerafft und trug darin einen leuchtend gelben Haufen Pfifferlinge. Als er sie so stolz und glücklich kommen sah, wurde ihm eng in der Kehle; das Gefühl war so stark, dass es wehtat, und es steigerte sich noch, als erneut Gelächter zu ihnen drang.

»Die beiden verstehen sich gut«, sagte Else und schüttete die Pilze alle auf einmal in den Sack. »Fühlst du dich jetzt einsam und allein?«

Voxlauer zuckte die Achseln. »Das sind die Bande des Bluts, mein Fräulein. Blut ist nun mal dicker als Wasser.«

»Du musst mit ihm reden, Oskar. Ich finde, du solltest mit ihm reden.«

Voxlauer fischte einen Pilz aus dem Sack und roch daran.

»Soll ich ihm verbieten, mich zu besuchen?«, fragte sie. »Willst du das?«

»Er würde auf jeden Fall kommen. Ob du es ihm erlaubst oder nicht.«

»Er ist nicht hinter *dir* her, falls es das ist, was dich beunruhigt. Er hat es mir gesagt.«

Voxlauer blieb stehen. »Das hat er gesagt?«

Sie nickte.

»Wann?«

»Heute Morgen.«

»Dann ist das eine Entscheidung, die er erst jetzt getroffen hat.«

Voxlauer setzte sich wieder in Bewegung. Sie folgte ihm dicht auf den Fersen.

»Er ist im Grund seines Wesens praktisch noch ein Kind. Das musst du doch verstehen. Stolz und stur wie ein kleiner Bub.«

»Ein kleiner Bub?« Voxlauer blieb unvermittelt stehen.

Else sah an ihm vorbei. »Ich weiß, was du jetzt denkst«, sagte sie. Der Ausdruck auf ihrem Gesicht war trotzig, fast höhnisch. »Ich weiß, was du jetzt sagen willst.«

»Das war eine Lüge, Else. Das war gelogen. Das weißt du ganz genau.«

»Oskar ...«
»Fang nicht an zu lügen wegen ihm, Else.«
Sie hob langsam eine Hand an den Mund und biss sich auf einen Finger. Voxlauer beobachtete sie wie aus weiter Ferne. Sie wirkte ihrerseits, als hätte sie ihn vollkommen vergessen. Endlich erwachte sie aus ihrer Selbstversunkenheit. »Ja, Oskar«, sagte sie, »das war gelogen.« Sie schlang den Arm um ihn, ihre Hand lag auf seiner Schulter. »Reden wir nicht mehr über ihn, bitte. Versprichst du mir das? Ich ertrage es nicht.«
Später kamen sie zum Bach und fanden Kurt und Resi aneinander geschmiegt im Gras liegen. Sie hatte ihren Kopf in seinen Schoß gebettet. Kurt schlug die Augen auf und legte verschwörerisch den Finger an den Mund. »Du musst mich ablösen, Liesi«, flüsterte er. »Ich möchte gern einen kleinen Spaziergang mit Oskar machen.«
Else nickte. Sie vermied Voxlauers Blick. Kurt löste sich behutsam von Resi und stand auf. Er klopfte Voxlauer kameradschaftlich auf die Schulter. »Kommen Sie, Oskar«, sagte er.

»Warum gerade hier?«, fragte Voxlauer und blickte auf das trübe Wasser zu seinen Füßen.
Kurt stand da, die Hände in den Taschen, und schaute zur Hütte und zu den bewaldeten Hängen dahinter und auf den Teich. Sein dichtes Haar bewegte sich leise im Wind. Er zuckte die Achseln. »Hier oder woanders, das ist ganz egal. Ich hab hier in meiner Jugend viel Schönes erlebt.«
»Ich auch.«
»Ja?« Kurt runzelte fragend die Stirn. »Ich kann mich nicht an Sie erinnern.«
»Kein Wunder. Damals sind Sie noch mit den Mücken geflogen.«
»Ach so, ja, natürlich.« Kurt strich sich nervös durchs Haar. Dann hob er die Hand über die Augen und spähte zur Hütte hinüber. »Sie sind mir sympathisch, Oskar«, sagte er plötzlich.
»Heißt das, dass ich von jetzt an keine Prügel mehr kriege, Herr Obersturmführer?«

Kurt musterte Voxlauer bedächtig mit angestrengt verkniffenen Augen. »Ich hatte Sie mir irgendwie dunkler vorgestellt. Stämmiger.« Er blies die Brust auf. »Mehr wie einen richtigen Holzfäller.«

»Sie sehen genau so aus, wie ich Sie mir vorgestellt hatte.«

»Entschuldigen Sie, aber das glaube ich Ihnen nicht. Ich sehe nicht typisch aus.« Kurt legte den Kopf schief, die Brauen immer noch spähend verkniffen. »Sie dagegen schon, Sie sind gewissermaßen eine wettergegerbte Variante des Typs.«

»Ja? Von welchem Typ denn?«

»Dem des Liebhabers«, sagte Kurt sanft.

Voxlauer schwieg. Kurt musterte ihn noch eine Weile mit sonderbar gekipptem Kopf, dann beugte er sich vor und legte ihm eine Hand auf die Schulter. »Ich bin keine Bedrohung für Sie, Oskar.«

»Nein?«

Kurt schüttelte den Kopf. »Nicht im Geringsten. Allerdings erwarte ich nicht, dass Sie mir das glauben.«

»Ich würde Ihnen gern glauben, Herr Obersturmführer. Nichts lieber als das. Aber dazu müsste ich Sie erst einmal verstehen.«

»Es ist eigentlich ganz einfach«, sagte Kurt. Sein Gesicht war jetzt dem Voxlauers sehr nahe. Sein Blick war offen und aufrichtig. »Ich wollte Ihnen danken, Oskar. Darum sind wir hier.«

Voxlauer lachte. Er musste sich zwingen, nicht einen Schritt zurückzuweichen. »Mir *danken?* Wofür, um alles in der Welt?«

»Dass Sie das zugelassen haben. Dass ich mit Else zusammen sein darf. Dieses … Wiedersehen.«

»Daran hab ich kein Verdienst, Herr Obersturmführer, das können Sie mir glauben.«

»Macht nichts. Nehmen Sie meinen Dank trotzdem entgegen, Schwiegervetter, wenn es Ihnen nicht allzu schwer fällt.«

Voxlauer sah ihn lange an, musterte das runde, sommersprossige Knabengesicht mit den weichen unergründlichen Zügen, dann hob er die Schultern und ließ sie fallen. »In Ordnung«, sagte er.

Kurt atmete tief ein und schaute wieder aufs Wasser hinaus. »Als ich bei Ihrer Mutter war und ihr diese Vorladung brachte, wollte ich Ihnen unmissverständlich klar machen, dass ich wieder da bin. Ich war damals sehr wohl entschlossen, Sie einzuschüchtern. Sie sind bolschewistischer Neigungen verdächtig, vielleicht sind Sie sogar ein Spion. Dass Sie sich für diese Tätigkeit hier entschieden und sich in diesen Winkel am Ende der Welt verkrochen haben, muss erst recht Argwohn erregen. Was das Letztere betrifft, so hatte ich freilich gewisse Informationen, die diese Sache in etwas anderem Licht erscheinen ließen.« Er schnitt eine Grimasse. »Der Gedanke, dass meine Kusine etwas mit einem solchen Kerl hat, war mir zutiefst zuwider. Ich beschloss, Sie aufzusuchen und Ihnen das klar und deutlich ins Gesicht zu sagen.«

»Warum haben Sie das dann doch nicht getan?«

»Ich hatte zu der Zeit meine Gründe, Herr Voxlauer, dieses Tal zu meiden.«

»Ah, ich verstehe.«

»Tatsächlich? Gut. Sie brauchen sich keine Sorgen mehr zu machen. Im Übrigen ist es vielleicht nicht zu viel gesagt, wenn man behauptet, dass Ihnen so viel Schlimmes erspart geblieben ist.«

»Ich bin von Herzen dankbar«, sagte Voxlauer. Sein Atem pfiff ganz leise, er spürte in der Brust, dass ein Anfall sich anbahnte. Bitte, lass es nicht kommen. Bitte, nicht jetzt, dachte er. Er trat einen Schritt zurück und auf die Seite; er fühlte sich leicht und unsicher auf den Beinen.

»Also, Oskar, wir haben jetzt Frieden geschlossen. Else hat mir alles erklärt, und was das Wichtigste ist: wir beide haben endlich miteinander geredet. Ich habe Ihnen gedankt, dass Sie mir gastfreundlich – ja, ich möchte sagen: barmherzig – erlaubt haben, wieder in dieses Tal zu kommen. Und Sie haben meinen Dank angenommen.«

»Ach so.« Der Boden unter Voxlauers Füßen wankte nicht mehr.

»Ja.« Der Ausdruck in Kurts Gesicht changierte. »In der Stadt bin ich nicht viel mehr als der verlängerte Arm der Partei, ein Rädchen im Apparat. Ich hatte gehofft, ich könnte hier oben ein anderer werden, eine andere Rolle spielen; das und nichts anderes ist es, worauf ich hinauswill.« Er seufzte. »Was glauben Sie? Halten Sie das für möglich?«

Voxlauer sagte lange nichts. »Was für eine Rolle?«

Kurts Augen waren klar und ruhig. »Sie haben Ihre eigene Meinung zu den Illegalen und zum Anschluss, und ich weiß sehr genau, was für eine Meinung das ist. Überrascht Sie das?«

Voxlauer schüttelte den Kopf.

»Ich selber habe auch meine Probleme mit dem Anschluss.« Kurt trat einen Schritt zurück, als wollte er einen Gesamteindruck von der Gestalt vor ihm gewinnen. »Ja, ich dachte, das lässt Sie vielleicht aufhorchen. Soll ich Ihnen sagen, was für Probleme das sind?«

»Ich bitte darum.«

»Ihnen kommt es wahrscheinlich so vor, als hätte diese Heim-ins-Reich-Bewegung mich zu einem mächtigen Mann gemacht. Es liegt nahe, so zu denken – das kann ich niemandem zum Vorwurf machen, Ihnen am allerwenigsten –, Tatsache ist aber, dass ich nur ein nützlicher Idiot bin.« Er fuchtelte beschwörend in der Luft. »Man hat allerlei Dinge gesagt und geschrieben und angedeutet – Sie würden schlicht und einfach sagen: Man hat *Versprechungen gemacht* –, um mich zu ködern und bei der Stange zu halten; immerhin war das, was von mir verlangt wurde, oft sehr gefährlich. Keine einzige von diesen Versprechungen wurde eingehalten. *So* hatte ich mir meine Heimkehr nicht vorgestellt, dass ich hier als eine Art …«

Er brach ab. »Hören Sie mir überhaupt zu, Voxlauer?«

»Ich bin ganz Ohr.«

Kurt seufzte. »Es ist einfach nicht so gelaufen, wie ich erwartet hatte. Die alte Garde, all die verdienten Veteranen der Kampfzeit wurden in die Berge abgeschoben, alle wichtigen Posten mit reichsdeutschen Schnöseln besetzt. Dafür haben wir nicht gekämpft. Wir wollten als gleichberechtigte Partner ins Reich, nicht als eine alpenländische Kaffernkolonie. Wir waren der Meinung, die Österreicher würden hier das Sagen haben, *ich*« – er stach mit dem Finger auf sein Brustbein – »könnte hier was werden. Was Richtiges. Ich hätte dafür gesorgt, dass sich in diesem muffigen kleinen Land endlich was ändert, das kann ich Ihnen sagen. Und zwar so, dass Sie es nicht wiedererkannt hätten.«

»Ich erkenne es schon jetzt nicht wieder«, sagte Voxlauer.

»Wofür halten Sie mich? Glauben Sie, ich hasse die Juden? Ich bin in meinem Leben schon vielen begegnet, die mir recht sympathisch waren. Ich bin ein halbwegs intelligenter Mensch, Oskar. Ich nehme für mich das Recht in Anspruch, selber zu beurteilen, ob jemand einen jüdischen Charakter hat oder nicht.«

»Dazu kann ich Ihnen nur gratulieren.«

»Das alles ändert nichts daran, Oskar, dass ich es bewundere, wenn ein Mann wirklich stark ist, und dass ich Hinterlist und Falschheit aus ganzer Seele verabscheue. Es ist nicht übertrieben, wenn ich sage, dass es keine menschliche Schwäche gibt, die ich mehr hasse. Das ist mir absolut und zutiefst verhasst. Genau das ist es, was ich zum Beispiel Ihrem Freund Ryslavy ankreide – Sie irren sich, wenn Sie glauben, dass ich irgendwelche anderen Motive hätte. Ich bin kein primitiver Totschläger, Oskar, und kein Fanatiker. Aber ich bin auch kein Trottel.«

»Das habe ich nie gedacht, Herr Obersturmführer.«

»Nennen Sie mich einfach Kurt, ich bitte Sie, Oskar. Immerhin sind wir so gut wie verwandt.«

»Sie sind bestimmt kein Trottel, Kurt.«

Kurt musterte ihn. »Wissen Sie, Oskar, wenn ich euch besuchen komme, trage ich Zivil. Meine Uniform hängt bei mir daheim auf ihrem Kleiderbügel, und das ist gut so.« Er atmete tief. »Wir sind hier außerhalb der Geschichte, wir vier.«

»Wenn ich ein Kommunist wäre, würden Sie mich trotzdem umbringen lassen.«

»Kann sein«, sagte Kurt. »Es könnte darauf hinauslaufen. Aber ich würde es allein deswegen tun, weil Sie die Geschichte in dieses Tal hereingelassen hätten.«

»Was ist eigentlich zwischen Ihnen und Else, abgesehen von der gemeinsamen Geschichte?«, fragte Voxlauer zögernd.
»Die Verwandtschaft natürlich«, sagte Kurt und trat vom Ufer zurück. »Das Kind, Oskar. So eine Ahnung von Zukunft. Bedeutet Ihnen die Zukunft denn gar nichts?«
»Doch«, sagte Voxlauer. »Langsam bedeutet sie mir wieder was.«
»Und da fragen Sie mich, warum ich so an meiner einzigen Kusine hänge? Sie sind manchmal erstaunlich vernagelt, Voxlauer, ich meine: erstaunlich bei so einem Naturburschen.«
»Das habe ich nicht gefragt.« Voxlauer sah ihn an, geblendet vom Gleißen der Sonne. »Ich habe gefragt, was zwischen Ihnen und ihr ist.«
»Da sind zuerst einmal Sie, Herr Voxlauer«, sagte Kurt heiter und machte sich auf den Weg zur Hütte. Voxlauer blieb etwas hinter ihm zurück; er spielte ganz kurz mit dem Gedanken, sich seitlich in den Wald zu schlagen. Kurt bewegte sich sonderbar schlaksig über den sumpfigen Boden, eine schmale Gestalt, sein rötliches Haar stand etwas widerspenstig vom Kopf ab. Einen flüchtigen Augenblick lang sah ihn Voxlauer als einen Jungen, der, schmutzig vom Spielen am Teich, mit leichtem Kopf und seiner selbst gewiss, zu ebendieser Hütte schlenderte. Alles Bedrohliche fiel in diesem Moment von ihm ab. Es war wunderschön anzusehen, wie er mit ungelenken Schritten über die Wiese ging; er hatte einen Zauber an sich, der dem Elses nicht nachstand: er war ihre Ergänzung. Und Resi entsprach ihnen vollkommen. Als Voxlauer sich in Bewegung setzte, dachte er, eigentlich sollte er sich zurückhalten, um nicht die Harmonie eines so vollkommen komponierten Bilds zu stören.
An der Tür blieb Kurt stehen und schaute über die Schulter nach Voxlauer. Dieser hielt seinen Schlüsselbund hoch und ließ ihn klirren. Kurt schüttelte gutmütig den Kopf.
»Es ist eine ganz eigene Art von sanft bewegtem Frieden, den Sie hier oben genießen können, Voxlauer. Sie haben bestimmt ein sehr erfülltes Dasein auf Ihrem Fleckchen Erde inmitten von lauter Wald.«

Voxlauer stieg langsam die Stufen hinauf. »Das ist nicht mein Fleckchen Erde. Das wissen Sie ganz genau.«
»Also, tun Sie nicht so, Schwiegervetter! Sie können's ruhig zugeben. Ganz allein und ungestört, keine politischen Scherereien, unbeobachtet, niemand da, der Ihnen auf die Finger schaut. Sie müssen sich himmlisch frei fühlen.«
»Ich bin keineswegs unbeobachtet, Herr Obersturmführer. Haben Sie das vergessen?«
Kurt zuckte nur mit den Schultern. »Sind Sie denn ein Kommunist, Oskar?«, fragte er fast versonnen.
»Hat denn dieses Wort überhaupt eine Bedeutung hier oben, wo die Geschichte ausgesperrt ist?« Voxlauer drückte mit der Schulter gegen die Tür und öffnete sie.
»Ah, Sie sind wirklich ein raffinierter Hund!«, sagte Kurt anerkennend. Er streckte den Kopf vor und linste ins dämmrige Innere der Hütte. »Was haben Sie eigentlich dort bei den Bolschewiken zurückgelassen, Sie gemeiner Hund? Eine Freundin? Eine Frau? Familie?«
»Eine Frau.« Voxlauer trat beiseite, um Kurt einzulassen. »Keine Familie.«
»Und ich habe eine Familie ohne Frau. Wir würden uns prächtig ergänzen, nicht?«
»Sie haben dafür die Zukunft«, sagte Voxlauer lächelnd. »Und Ihr Reich.«
Kurt blieb unvermittelt stehen und sah ihn nachdenklich an. »Als ich im Exil in Berlin lebte, Voxlauer, konnte ich zusehen, wie unsere Sache stetig wie ein Uhrwerk voranschritt. Das ist was Wunderbares, so eine Sache zu haben, vor allem dann, wenn man einsam ist. Wir, die Elite, waren ihre Geburtshelfer, wir kümmerten uns alle gemeinsam um sie, und sie gedieh, und die Spötter und Gegner wurden immer weniger. Einige versuchten sich hinterher, als es längst entschieden war, als unsere Kampfgefährten zu stilisieren.« Er schürzte die Lippen. »Das haben Sie nicht vor, oder?«
»Würde das denn funktionieren?«, fragte Voxlauer.

»Mal sehen«, sagte Kurt und zog den Kopf ein, um sich nicht zu stoßen. »Darf ich eintreten?«

Nachdem er die Hütte eingehend besichtigt hatte, setzte sich Kurt an den Tisch und sah sich flüchtig die Skizzen an. »Die hat der Alte gemacht, die zwei, oder?« Er hielt die Porträts hoch. »Ich kann mich noch daran erinnern, dass er oft gezeichnet hat.«
»Das auf dem linken Blatt ist Resi«, sagte Voxlauer, an den Türrahmen gelehnt.
»Ja, sie sieht ihrer Mutter ähnlich.«
»Und ihrem Vater?«
Kurt runzelte die Stirn. »Nein, ihrem Vater nicht so sehr.«
»Wo ist der jetzt?«
»Er ist weg.«
»Ein Freund von Ihnen?«
»War er, ja. Wir sind zusammen aus Österreich weg.«
»Aha.«
»Sie findet immer noch, ich habe sie im Stich gelassen, ein Deserteur«, sagte Kurt ruhig.
Voxlauer sagte nichts.
»Was denken Sie, Oskar? Sie kennen sich doch aus mit so was.«
»Mit was?«
Kurt grinste. »Mit dem Desertieren natürlich.«
»Ich habe eigentlich gar keine Meinung zu diesem Thema«, sagte Voxlauer zugeknöpft.
»Nein?« Kurt sah im Raum umher. »Verraten Sie mir, Herr Voxlauer, was Sie dazu bewogen hat, sich in diesem Dreckloch zu verkriechen?« Er ließ die Skizzen bedächtig, eine nach der anderen, auf die Tischplatte niedersegeln. »Was, Voxlauer?« Er machte eine Pause. »Scham?«
Voxlauer trat zur Tür und hielt sie auf. »Ja, vermutlich«, sagte er. »Aber nicht die Sorte, die Sie verstehen können, Herr Obersturmführer.«

Die Illegalen
August 1938

Am Morgen des Tages, an dem wir Kanzler Dollfuß erschossen, riefen sie im Radio zu einer Massenkundgebung auf. Das übliche Sortiment von Bürokraten sollte dort sprechen, außerdem verschiedene Galionsfiguren der Vaterländischen Front und schließlich, irgendwann am frühen Abend, sollte Dollfuß höchstselbst auf das Messingpodestchen steigen, das er immer dabei hatte, wenn irgendwo eine Rede zu halten war. Die von der SA hatten vor, mit Rauchbomben und Schlagringen in Erscheinung zu treten, und wir ließen sie ihre Pläne schmieden und sagten ihnen nichts von den unseren. »Die sollen nur ruhig noch eine Weile im Dunkeln tappen«, sagte Glass, der unsere Operation leitete, und grinste von seinem Platz auf dem Sofa, gleich neben dem Fernschreiber, in die Runde. »Für die ist das normal, die kennen es gar nicht anders.« Einer von den Jüngeren lachte wiehernd. Glass lehnte sich bequem zurück und wartete vollkommen heiter und gelassen weiter auf das entscheidende Wort aus Berlin, die Hände im Schoß. Als ich ihn so sah, wurde mir wieder einmal bewusst, wie sehr ich ihn um seine unbekümmerte Art beneidete. Die anderen standen linkisch herum und warfen einander nervöse Blicke zu. Alle warteten darauf, dass Glass endlich wie immer nach dem Frühstück einnickte und wir unserer Erregung Luft machen konnten. Ich trat ans Fenster. Auf dem Hof trudelten in Zweier- und Dreiergruppen unsere Leute ein.

Den Rest des Vormittags verbrachten wir in seltsam gelangweilter Stimmung. Wir spielten Tarock und schauten Glass zu, der im Schlaf herumfuhr und vor sich hin redete. Offenbar erfand er im Traum Ämter, die wir nach dem Putsch in der Regierung einnehmen sollten; ich war dazu auserkoren, die Würde eines Ministers für Kulturhygiene oder so ähnlich zu bekleiden. Der Putsch war für uns vorerst nur eine fantastische Idee. Straßenschlachten und Schlägereien überließen wir dem braunen Fußvolk – wir waren, so jedenfalls unsere schmeichelhafte Vorstellung, eine Elite. Ein paar von uns, deren Väter Jäger waren, konnten ein Gewehr laden und abfeuern, einer oder zwei hatten sogar schon mal wirklich ein Stück Wild erlegt.

Glass war der schlaue fette alte Onkel, um dessen Gunst und Anerkennung wir alle buhlten. Ich hatte mir – hauptsächlich, weil ich mich besser auf die Kunst der Schmeichelei verstand – in dieser Konkurrenz einen gewissen Vorsprung herausgearbeitet und wurde hin und wieder von Glass ins Vertrauen gezogen; ich durfte die anderen bespitzeln und sie herumkommandieren, wenn der Chef der Truppe Wichtigeres zu tun hatte oder ein Schläfchen hielt. Im Augenblick gab es nichts zu tun als zu warten. Kurz nach zehn fing es an zu regnen, das Pflaster glänzte dunkel. Ich spielte eine Weile Karten. Ich war unkonzentriert und verlor ein bisschen Geld. Am Mittag kam das Fernschreiben aus Berlin, das uns zum Losschlagen ermächtigte.

Glass verschickte prompt Fernschreiben an die Braunhemden und teilte ausgewählte Details der Aktion mit: ein umfassender Putsch – der Kanzler sollte von einem Kommando unter Leitung von Glass persönlich entführt und gezwungen werden, den Aufruf zum Staatsstreich zu unterschreiben; die Aufständischen würden Bahn- und Straßenbahnlinien sowie Radiosender unter ihre Kontrolle bringen; die Grenze nach Bayern würde mit Hilfe der republikanischen Heimwehr, die insgeheim längst dem Führer Gefolgschaft geschworen hatte, unverzüglich geöffnet. Binnen sechsunddreißig Stunden sollte die Republik Österreich vollständig dem Großdeutschen Reich einverleibt werden. Die Braunhemden tobten natürlich – sie hatten von alledem keine Ahnung gehabt. Das hysterische Geschrei der verschiedenen SA-Bonzen, die der Reihe nach anriefen und Glass ins Ohr brüllten, dass sie keinesfalls bereit seien, uns zu unterstützen, war im ganzen Raum zu hören. Von doppeltem Spiel war die Rede, von Provokation, sogar von Verrat. Sie verlangten, mit Himmler persönlich verbunden zu werden. Glass reagierte, versteht sich, gelassen amüsiert.

»Bedaure, es existiert keine direkte Leitung zum Reichsführer-SS«, gurrte Glass und verdrehte die Augen in meine Richtung. »Wenn Sie sich mit Ihrer Beschwerde vielleicht an einen der Herren vom Innenministerium wenden möchten, Kamerad ...« Er telefonierte immer noch, als die ersten Lastwagen eintrafen. Als er sie hereinfahren hörte, entschuldigte er sich gut gelaunt und legte den Hörer auf. Zu diesem Zeitpunkt rechneten wir noch fest damit, dass die Armee sich auf unsere Seite schlagen würde, und die Braunhemden müssen das auch angenommen haben; jedenfalls gingen sie davon aus, dass wir ohne die Unterstützung des Militärs erledigt waren. Nicht dass sie uns gewarnt hätten, wenn sie Bescheid gewusst hätten: Die Braunhemden hatten ihre eigenen Pläne mit Dollfuß – höchstwahrscheinlich hätten sie ihn standrechtlich mit dem Schlagring exekutiert. Wir hätten es vorher wissen können, dass sie uns am liebsten an den Meistbietenden verschachert hätten. Ganz so kam es aber dann doch nicht: Sie verschacherten uns gleich an den Nächstbesten.

Einer aus dem Kreis der jüngeren Favoriten von Glass klopfte schüchtern an die Tür. Er brachte unsere Kostüme. Wir bemühten uns jetzt nicht mehr, unsere freudige Erregung zu unterdrücken; wir bewunderten uns in unserer Verkleidung im Spiegel, kichernd wie Fünfjährige, die an einem Krippenspiel teilnehmen. Ich trug die schlecht gebügelte grau-schwarze Uniform eines Polizeileutnants, Glass hatte sich für die des Bundesheeres entschieden, obwohl er bei dem Unternehmen gar nicht in Erscheinung treten sollte. »Auf den Geist kommt es an, Bauer, und so weiter«, sagte er, während er sich mit der Kniebundhose abmühte. »Wissen Sie, die haben mich damals, anno 23, nicht haben wollen.«

»Mit allem gebührenden Respekt, Herr Hauptsturmführer, ich hätte Sie auch nicht genommen«, hörte ich mich selbst sagen. Ich hätte es eigentlich schon damals als ein Omen erkennen können. Glass runzelte die Stirn – es dauerte nur einen winzigen Moment –, dann brach plötzlich jenes Kichern aus ihm hervor, für das er berüchtigt war, und er puffte mich fröhlich in die Seite. Endlich schaffte er es, sich in die Uniform zu zwängen, und wir gingen hinunter, um nach unseren Leuten zu sehen. Sie standen auf dem Hof vor den LKW herum und warteten – dreißig Mann in schwarzen Polizeiuniformen, dazu fünfundsechzig falsche Infanteristen des Bundesheers. Glass warf einen kurzen Blick auf die Truppe, dann drehte er sich zu mir um. Sein Gesicht glühte vor Freude. »Jetzt geht's los, Bauer«, sagte er und legte mir die Hand auf die Schulter. »Das sind die unechten Söhne der Republik, gezeugt von einem rechten Mann.« Ich spuckte demonstrativ aus.

Nachdem wir die Truppe besichtigt hatten, gingen wir langsam quer über den Hof wieder zum Haus. Wir hatten eben das Gebäude betreten, da zog Glass einige zusammengerollte Blätter aus der Tasche. »Apropos, Obersturmführer, hier sind die künstlerischen Ergüsse Ihres Komplizen Spengler. Was meinen Sie dazu?«

Ich warf einen Blick darauf: es waren von einer Matrize abgezogene Kopien, die einen grob skizzierten Lageplan des Kanzleramts enthielten. Glass beobachtete mich schweigend. Ich spürte vage ein ungutes Gefühl im Magen, während ich mir die Blätter ansah und versuchte, aus den primitiven Zeichnungen und den eng und krakelig gekritzelten Kommentaren schlau zu werden. »Eine einzige Katastrophe, Hauptsturmführer«, sagte ich.

Glass kicherte. »Unsinn! Sie werden sich schon zurechtfinden, Bauer. Lassen Sie sich vom Hausmeister herumführen. Sie machen das schon. Sie sind doch alle fähige Soldaten.«

»Hören Sie, Hauptsturmführer, Spengler ist alles andere als ein fähiger Soldat. Spengler ist ein –«

»Jeder weiß, was Spengler ist, Bauer. Spengler ist genau der Typ, den wir in dieser Phase brauchen. Spengler ist ein Mann der Tat, wie man so sagt.«

»Spengler ist ... ist ein Kind, Hauptsturmführer. Sie müssen doch –«

»Ebendeswegen behalten Sie ihn heute Nachmittag in Ihrer Nähe,

Bauer«, sagte Glass bestimmt. »Wir haben bedingungsloses Vertrauen zu Ihren Fähigkeiten.«

»Was?«

»Abmarsch in einer Viertelstunde.« Glass hatte den Blick abgewendet. Er drehte sich auf den Hacken um; es sah albern geziert aus. »Sorgen Sie einfach dafür, dass Spengler keine Zicken macht, Bauer. Die anderen gehen sowieso bei Fuß.«

Er schritt zur Treppe, ich war entlassen. Ich sehe ihn im Geist noch deutlich vor mir, wie er da in der Eingangstür stand, das gleißende Licht der Mittagssonne auf seinem pomadisierten schwarzen Haar. Als ich ihm das nächste Mal begegnete, war er mit Draht an einen Stuhl gefesselt und bettelte um sein Leben, so gut ein Mensch das eben kann, dem der Mund mit einem von Blut und Geifer triefenden Lumpen verbunden ist.

»Heil Hitler, Bauer«, rief Glass auf der Mitte der Treppe, ohne sich nach mir umzudrehen.

»Heil Hitler«, sagte ich und streckte den Arm in seine Richtung.

Spengler stand lässig gegen die Kühlerhaube eines der LKWs gelehnt und schwatzte mit dem Fahrer, dem kleinen Ernst. Er trug wie ich die Uniform eines Polizeileutnants, die ihm aber viel zu klein war. Sein Hemdkragen war offen. Er stellte sich gerade hin, als ich mich näherte, und grüßte. Er wirkte wie ein Bauernknecht im Sonntagsstaat und trat unruhig von einem Fuß auf den anderen. Aus der Öffnung seines Hemds sah dichtes braunes Brusthaar hervor. Als er mich erkannte, grunzte er. »Meine Fresse«, sagte er und bleckte grinsend seine Zahnlücken, »ich dachte schon, du wärst echt, Bauer.«

Ich lächelte dünn und hielt ihm die Abzüge hin. »Ist das dein Werk, Heinrich?«

Er nahm Haltung an. »Jawohl, Herr Wachtmeister. Exakt aus dem Gedächtnis gezeichnet.«

»So?« Ich wandte mich lächelnd an Ernst. »Würden Sie sagen, Kamerad, dass ein Schimpanse, der mit seinem verschissenen Arsch übers Papier rutscht, was Besseres zu Stande bringt? Oder wenn er den Schwanz von Dollfuß als Schreibgerät nimmt?«

»Das wahrscheinlich dann doch nicht, Herr Obersturmführer.«
»Ah! Toller Witz«, murmelte Spengler. Er musterte mich eingehend. »Ich glaube, du begleitest uns heute auf unserem kleinen Ausflug, du halbe Portion. Aber wir werden dich schon unter unsere mütterlichen Fittiche nehmen.« Seine fette Hand streifte über den Griff der Pistole.
Ich sah Ernst an. »Ist dieser Mann meine Mutter, Ernst?«
»Nicht dass ich wüsste, Herr Obersturmführer.«
Spengler rülpste lang anhaltend. Was Glass dazu bewogen haben mochte, ihm die Führungsrolle zu übertragen, war mir schleierhaft. Trotz seiner Dummheit oder vielleicht ebendeswegen machte er mir Angst, und das wurde mir klar bewusst, als ich ihm nun in die glotzenden Augen sah. »Nur zu, Bauer, reiß nur deine blöden Sprüche«, murmelte Spengler, »das hilft dir nichts: heute sag ich, wo's langgeht.«
Wir standen eine Weile da und sahen einander an. »Die sind gut genug«, sagte Spengler nach einer Weile und wies mit dem Kinn in Richtung der Skizzen. »Wir werden schon reinfinden.«
»Unbedingt, Heinrich. Wir marschieren einfach ganz unauffällig durch die großen Bronzetüren wie jeder gewöhnliche Volksfeind.« Ernst bemühte sich, ein Kichern zu unterdrücken. »Wir sehen uns in einer Viertelstunde«, sagte ich und trat zu einer anderen Gruppe.

Als die Fahrzeuge hintereinander aufgereiht mit laufendem Motor dastanden, erschien Glass noch einmal am Fenster, um uns seinen letzten Segen zu geben. Unsere Limousine fuhr an der Spitze, es folgten sechs weitere Autos und fünf LKWs. Ich schaute auf meine Uhr, es war viertel nach drei. Glass blickte mit Wohlgefallen auf den Konvoi, dann machte er eine schnelle Handbewegung, als scheuchte er ein paar Tauben auf, und wir brachen auf. Wir fuhren um den Block, bogen auf die nur mäßig belebte Ringstraße ein und steuerten in Richtung Ballhausplatz. Während der Fahrt überprüften wir unsere Pistolen und luden durch. Spengler fingerte nervös an seinem Kragen. Wir fuhren nicht an der Hofburgseite des Kanzleramts vor, sondern parkten die Fahrzeuge – schön ordentlich neben dem Gehsteig, wie es sich gehört – an der Nordwestecke des Gebäudes bei der Minoritenkirche. Die falschen Polizisten in den Limousinen stiegen zuerst aus. Die Leute in den Uniformen des Bundesheers sollten zehn Minuten warten, dann folgen und die Tore des Hofs hinter sich verschließen. Spengler musterte die Truppe mit kühlem Blick. »Sie haben ja Ihre Stiefel nicht gewichst, Leutnant Bauer«, sagte er streng.

Ich starrte ihn an. Aus seinem Haar kroch ein winziges Insekt hervor, eine Stechmücke vielleicht oder ein Floh. Es bewegte sich mühsam quer über seine sonnenverbrannte Stirn und verschwand in einer tiefen Furche. Das Unwohlsein, das ich gespürt hatte, als ich die Skizzen ansah, kehrte zurück, und ich streckte eine Hand nach Spengler aus, um mich festzuhalten; ich hatte Angst umzukippen. »Mir ist schlecht, Heinrich«, flüsterte ich.

Spengler lachte und trat einen Schritt beiseite. »Das wundert mich nicht, Bauer«, sagte er laut, damit es alle hören konnten. »Am besten wartest du bei den Fahrzeugen auf uns. Und kotz nicht alles voll.«

»Halt's Maul, Spengler, Herrgott!«

»Achtung! Alles hört auf mein Kommando!«, krähte er und hob sein Gewehr. Aber es folgte kein Kommando. Spengler schwenkte nur sein Gewehr über dem Kopf und ließ dann den Arm fallen.

Eines Tages Anfang August erwachten sie früh am Morgen vom Motorengeräusch eines Fahrzeugs, das sich die Steigung hinaufquälte. Else zog den Vorhang etwas beiseite und schaute hinaus. »Da kommt dein Arbeitgeber.« Sie schnitt eine Grimasse.

»Ich bin nach Italien abgehauen«, sagte Voxlauer und verkroch sich unter der Bettdecke.

»Dann hättest du mich mitgenommen. Steh auf und zieh dich an.« Sie wühlte in ihrer Kommode, warf mit leichter Hand Röcke und Unterwäsche und Strümpfe durcheinander. Er hörte, wie der Saum ihres Nachthemds über den Fußboden raschelte und ihre nackten Füße in der Küche tappten. Er schlug die Decke zurück

und beobachtete sie, wie sie aus dem Küchenfenster lugte. Dann hörte er, wie sie den Riegel zurückschob, ein feiner Luftzug war zu spüren.
»Herr Ryslavy! Ein seltenes Vergnügen.«
»Fräulein Bauer, guten Morgen. Tut mir Leid, Sie zu stören.«
»Keine Ursache.« Else stand einen Moment lang still und blinzelte ins Licht. »Wie spät ist es denn?«
»Ich muss mit Oskar sprechen. Ist er da?«
Sie machte die Tür weit auf. »Kommen Sie rein.«
»Danke, Fräulein Bauer.«
Sie öffnete eine Schranktür. »Haben Sie schon gefrühstückt?«
»Ja. Danke.«
»Trinken Sie eine Tasse Tee mit uns?«
»Nein, danke. Sehr freundlich.«
Else setzte sich und lächelte nichtssagend. Voxlauer konnte vom Bett aus nur Ryslavys Hinterkopf sehen. Er fummelte am Vorhang herum und summte vor sich hin.
»Wollen Sie vielleicht was anderes trinken, Herr Ryslavy?«
»Nein, danke.« Er schaute sich um. Es war, als fiele ihm plötzlich wieder ein, wie man sich zu benehmen hat, wenn man bei fremden Leuten zu Besuch ist. »Hübsch haben Sie's hier. Sehr ruhig.«
»Stimmt. Sie waren ja noch nie hier.«
Ryslavy sagte nichts. Else saß ihm mit verschränkten Armen gegenüber.
Voxlauer trat in die Küche. »Grüß dich, Pauli. Wo brennt's?«
Ryslavy verzog das Gesicht und rutschte auf seinem Stuhl hin und her. »Du musst mitkommen, Oskar, ich brauch dich.«
Voxlauer knöpfte sein Hemd zu, sah Ryslavy an, dann Else. »Es ist was passiert«, sagte er dann stumpf.
Ryslavy stand auf und verbeugte sich leicht. »Noch einmal: tut mir Leid, dass ich hier so einbrechen musste, Fräulein Bauer.«
»Keine Ursache. Könnten Sie uns bitte etwas genauer erklären, was los ist?«

»Ist etwas mit meiner Mutter?«, fragte Voxlauer. »Wenn meiner Mutter –«
Ryslavy schüttelte langsam den Kopf. »Es ist etwas anderes, Oskar.«

Der einst verglaste und von einer Markise beschattete Vorbau des Niessener Hofs klaffte wie ausgeweidet, die Blumenkästen hingen halb abgestürzt an der Fassade, wie Blätter eines toten versengten Strauchs. Der ganze Eingangsbereich war mit Glasscherben übersät: hinter jedem der zertrümmerten und verkohlten Fensterrahmen erstreckte sich wie ein chaotisches Ornament eine glitzernde Spur in den Raum hinein. Die Theke war versengt und schwarz, überall lagen Trümmer von Stühlen umher. Vom Schanktisch in die Küche hinein breitete sich eine große schwärzliche Lache aus. »Wo kommt das ganze Blut her?«, sagte Voxlauer.
Ryslavy zuckte die Achseln. »Ich weiß es nicht. Nicht von einem Menschen, das glaube ich nicht.«
»Wo ist Emelia?«
»Bei einer Freundin in Sankt Marein.«
Else stand im Flur und blickte um sich. »Wer tut so was?«
Ryslavy warf Voxlauer einen Blick zu. »*Ich* weiß es nicht, so viel ist sicher, Fräulein Bauer.«
»Aber *ich* weiß es, Herr Ryslavy? Ist es das, was Sie sagen wollen?« Sie ging mit vorsichtig tastenden Schritten hinter der Theke umher. »Hier ist auch alles voller Blut«, sagte sie.
»Ein fairer Handel«, sagte Ryslavy mit bitterem Lachen. »Das Blut von einem Schaf für meinen ganzen Besitz.«
»Wo waren Sie die ganze Zeit?«, fragte Else.
»Ich hab aufgepasst, dass das Bier nicht warm wird«, sagte Ryslavy und zeigte auf die Kellertür.
»Und es ist keiner gekommen, der Ihnen an den Kragen wollte?«
»Nein. Ich hatte ja meine Pistole.«
Voxlauer sah ihn an. »Du hast eine Pistole?«

»Na ja, das denken die jedenfalls.« Ryslavy lehnte sich gegen die Theke. »Die wollten mich nicht umbringen, Oskar. Nur ruinieren.«
»Was war los, Pauli? Hast du das Schutzgeld nicht ordentlich bezahlt?«
»Ach was. Was für Schutzgeld denn, Oskar? Kein Mensch bezahlt hier Schutzgeld.« Er fuhr sich mit der Hand über die Augen. »Ich hatte am Sonntag ein, zwei Stunden geöffnet. Es waren ein paar Leute da.«
Else trat zu ihnen. »Ich habe ein einziges einsames Bier gefunden.«
»Ich nehme an«, sagte Voxlauer, »wir müssen heute mal aus der Flasche trinken.« Ryslavy streifte ihn mit einem waidwunden Blick.
»Wer war das? Haben Sie die Kerle gesehen?«, fragte Else.
»Rindt, Maier, Kroyacher, Fuchs. Draußen waren noch etliche. Breischa, ziemlich sicher. Welinek.«
»Welinek? Der Lehrer?«
Ryslavy nickte.
»Man sollte eher meinen, da wären irgendwelche wilden Stämme eingefallen«, sagte Voxlauer.
»Wie haben Sie das Feuer gelöscht?«, fragte Else und schob die Bierflasche vor sich hin und her.
»Werner Hirt und seine Söhne haben mir geholfen. Und der alte Herbst. Die Feuerwehr ist auch gekommen, aber das hat eine Weile gedauert.«
»Es sind tatsächlich Leute gekommen?«
Ryslavy lächelte. »Das sind im Grunde genommen anständige, verantwortungsbewusste Bürger, Fräulein Bauer. Und außerdem Nachbarn, deren Häuser leicht Feuer fangen können.«
Sie schwiegen eine Zeit lang. »Der alte Herbst lebt also immer noch, der aufgeblasene Sack«, sagte Voxlauer. Ryslavy gab keine Antwort.
Die beiden Männer verbrachten den Nachmittag damit, die

Scherben zusammenzukehren und Kistenbretter vor die Fensteröffnungen zu nageln. Um sechs Uhr kam Else wieder. Sie brachte Scheuerpulver für den Fußboden mit, außerdem einen Topf Pastasciutta und Mohnstrudel. Ryslavy ging in den Keller und holte Wein. Voxlauer und Else stellten einen Tisch auf und holten aus der Küche drei Hocker. »Ich war bei Kurt«, sagte sie leise. »Er sagt, er hat es gewusst. Aber er hat nicht mitgemacht.«
»Das musst du mir bei Gelegenheit näher erklären, meine Liebe«, sagte Voxlauer. »Wenn wir mal beide besonders viel Geduld erübrigen können.«

Nach dem Essen brachte Ryslavy Karten und noch eine Flasche Wein und dann noch eine, und sie spielten beim Schein einer Petroleumlampe Tarock. Durch ein Fenster am anderen Ende des Raums, das unversehrt geblieben war, fiel Licht vom Platz her ein, und die Schatten von Passanten geisterten über die Wände: Sie waren am Anfang ungefähr natürlich groß, wenn sie aber dann beim Tisch angekommen waren, wirkten sie riesig und grotesk. Voxlauer bildete sich manchmal ein, er könnte die Leute erkennen, zu denen sie gehörten. Er fühlte sich leicht. »Das sind ja ganze Massen, die sich heute Nacht da draußen herumtreiben«, bemerkte er.
Ryslavy nickte und starrte auf seine Karten.
»Du solltest von jedem einen halben Schilling für die Besichtigung verlangen«, sagte Voxlauer. »Und du, Else, könntest ruhig deinem Vetter einen Tipp geben. Der will das doch sicher auch sehen.«
»Oskar muss immer blöde Witze reißen«, sagte Else.
»Wem sagen Sie das, Fräulein!« Ryslavy lallte ein bisschen.
»Sag nicht ›Fräulein‹ zu ihr, nicht in diesem Ton«, knurrte Voxlauer.
»Du bist besoffen«, sagte Ryslavy, ohne den Blick von seinen Karten zu heben.
»Pagat!« Voxlauer warf seine Karte auf den Tisch.
Ryslavy schüttelte den Kopf. »Das sind schlimme Zeiten, Fräulein.«

»Wir werden noch Genugtuung kriegen, Herr Ryslavy. Nur ein bisschen Geduld.«
Voxlauer mischte die Karten und gab aus. Alle drei studierten schweigend ihr Blatt.
»Ich spiele einen Solo-Dreier.« Ryslavy hob einen Finger. »Der Jude steht allein. *Semper solo.*«
»Also dann, Fräulein, wir beide gegen den Unerwünschten«, sagte Voxlauer. »Die Gesellschaft steht hinter uns.«
»Scheißkerle!«, schrie Ryslavy und sprang auf. »Gottverdammte Scheißer!«
»Gehen wir schlafen, es ist Zeit.« Voxlauer folgte Ryslavy. An der Küchentür holte er ihn ein, nahm ihn beim Arm und führte ihn auf krummer, schwankender Bahn bis zur Treppe.
»Gute Nacht, liebes Fräulein. Liebes, liebes Fräulein.« Ryslavy machte einen halbherzigen Anlauf, die Stufen zu erklimmen. Er sah Voxlauer an. »Oskar«, murmelte er, »du hast eine wunderbare Frau.«
»Und du hast sehr hübsche Forellen«, sagte Voxlauer. »Rauf mit dir.«
»Ihr könnt euch ein Zimmer aussuchen.« Ryslavy torkelte vorwärts. »Ihr könnt die Hochzeitssuite nehmen.«
»Ich fürchte, dass keins den Erwartungen genügen wird.« Voxlauer führte seinen Freund die Stufen hinauf. »Kannst du allein Licht machen?«
»Geh du nur wieder zu deinem Tarock, Alter. Geh nur zu, verrücktes altes Huhn.«
»Also dann, gute Nacht, du Schnapsdrossel. Träum was Schönes vom Christkind.«
»Karfreitag ist mir lieber als Weihnachten«, grölte Ryslavy. »Das kannst du denen sagen, diesen Drecksäcken und Dummköpfen. Das kannst du denen ausrichten!«
»Die meisten haben's wahrscheinlich jetzt schon gehört«, sagte Voxlauer und schleppte ihn vollends hinauf.

»Du hättest ihn ruhig schimpfen lassen sollen«, sagte Else, als Voxlauer wiederkam. »Er hat ein Recht dazu, der arme Hund.« Sie saß da und schaute durch den verwüsteten Raum. Ihr Körper straffte sich etwas, als Voxlauer zu ihr trat.
»Du hast ein bisschen plötzlich die Loyalitäten gewechselt.«
»Was für Loyalitäten?«
»Du kannst nicht auf beiden Seiten der Front stehen.«
Sie runzelte die Stirn. »Warum sagst du so was?«
»Ich meine nur: Du kannst nicht für Pauli und gleichzeitig für deinen Vetter Partei ergreifen.«
»Habe ich denn gesagt, dass ich auf irgendeiner der beiden Seiten stehe? Ich habe nur gesagt, dass Pauli ein Recht hat, so zu reden, sonst nichts.«
»Es können nicht gut beide Recht haben, oder?«
Sie schwieg eine Weile. »Ich möchte wieder hinauf ins Tal«, sagte sie endlich.
Das Licht der Straßenlaternen fiel als bleiches unruhig flackerndes Rechteck in den Raum. Voxlauer stand im Dunkeln und sah Else an. Er war betrunken.
»Dann gehen wir wenigstens hier raus«, sagte sie und stand auf.

»Vergesst nicht«, sagte ich zu den Leuten, die an mir vorbeimarschierten, »dass ihr Polizisten seid.« Niemand schenkte mir besondere Beachtung. Sie bogen schweigend um die Ecke und zogen zu den weit offenen Bronzetüren des Kanzleramts. Ihre schlecht sitzenden Uniformen schlotterten und warfen Falten. Es waren lauter junge Burschen, tüchtige Befehlsempfänger, stark und stumpfsinnig wie Betonpfosten. Ich folgte ihnen eilig.
Wir hatten keine Schwierigkeiten, an den ersten Posten vorbeizukommen. Es waren sieben Mann; sie standen in einem Haufen auf dem Hof neben einem Fahrradständer und rauchten. Einer trat auf mich zu und fragte mich nach der Uhrzeit. Spengler kam sofort her und ergriff die Initiative.
»Wo ist der Kabinettssaal, Kamerad?«

»Was für ein Kabinettssaal?«, fragte der Mann verdutzt.
»War bloß Spaß«, sagte ich und drängte mich zwischen ihn und Spengler.
»Was ist denn los?« Ein zweiter Beamter, neugierig geworden, stieß dazu.
»Ihr steht alle unter Arrest«, sagte Spengler und rammte dem Mann, der mich angesprochen hatte, brutal sein Gewehr in die Rippen. Er stöhnte auf und krümmte sich vor Schmerz. Die Übrigen legten sofort ihre Waffen auf den Boden und hoben die Hände. Wir ließen zehn Mann zur Bewachung da und führten den Rest der Truppe in das Gebäude. Spengler studierte die ganze Zeit mit verwirrter Miene seinen Lageplan und drehte ihn immer wieder unschlüssig, als wüsste er nicht, wo oben und wo unten war. »Gib mir das Ding«, fauchte ich und riss es ihm aus der Hand. Zu meiner Überraschung warf er mir einen dankbaren Blick zu.
»Hier müssen wir nach links, so wie's aussieht«, sagte ich, als wir das Ende der Treppe erreicht hatten.
Der kleine Ernst hinter mir mischte sich ein. »Vielleicht sollten wir einen Wachposten fragen, wo's hingeht.«
»Du hältst die Schnauze, Ernst«, knurrte Spengler. »Also, Bauer, wohin?«
»An denen da vorbei«, sagte ich und deutete auf eine Gruppe von Posten in roten Uniformen am Ende des Korridors. Sie waren offensichtlich in Panik. Spengler senkte den Lauf seines Gewehrs und feuerte ohne Warnung in das Menschenknäuel. Einer der Uniformierten schlug hart gegen die Wand, griff sich an den Bauch und sackte zusammen. Ich hatte noch nie gesehen, wie ein Mensch erschossen wurde; ich weiß noch, dass ich mit einem Anflug von Neid auf Spenglers Hinterkopf blickte. Die übrigen neun Soldaten legten ihre Gewehre nieder und knieten sich ohne ein Wort wie ein Mann auf den Läufer im Korridor.
»Jetzt könnt ihr mal sehen, was Dienst am Vaterland ist«, krähte Spengler. Ernst und ein paar andere sammelten die Gewehre ein und zwangen die Posten, sich flach auf den Boden zu legen. Speng-

ler stürmte zu den ledergepolsterten Türen weiter hinten vor. Er drehte sich kurz nach uns um, nickte knapp mit steifem Hals und stieß sie auf. Ein unordentliches Vorzimmer wurde sichtbar und in dem Saal dahinter ein langer Eichentisch, an dem drei in Paradeuniformen gekleidete Männer saßen. Der in der Mitte, auf einem etwas höheren Stuhl, war Dollfuß. Er hob bedächtig, mit selbstbewusster Würde die Hände. Die beiden anderen folgten seinem Beispiel. »Aufstehen!«, befahl Spengler, den Finger am Sicherungshebel seines Gewehrs.

Sie erhoben sich. Alle drei waren eher schmächtig gebaut, aber Dollfuß wirkte geradezu winzig, wie ein Achtjähriger, dem man einen Schnurrbart angeklebt hatte.

»Wo sind die anderen?«, fragte Spengler und deutete auf die leeren Stühle.

»Die sind schon weg«, sagte Dollfuß.

Einen Moment lang herrschte Schweigen. »Und jetzt? Wollen Sie uns hier am Kabinettstisch ermorden?«, fragte Dollfuß und sah uns der Reihe nach an. Eine Andeutung von einem Lächeln spielte um seinen Mund.

»Ruhe!«, brüllte Spengler. Er begann in dem langen Saal auf und ab zu gehen, den Blick wütend auf den Teppich zu seinen Füßen gerichtet. Etwa zwanzig Mann der Truppe drängten sich an der Tür. Ein vereinzelter Gewehrschuss krachte, offenbar hatte in der Eingangshalle jemand gefeuert. Auf das Geräusch hin richtete Spengler sich auf. »Durchsuchen Sie die Brüder, Bauer«, befahl er mürrisch.

Fey, der Vertreter der Heimwehr im Kabinett, hatte in der Innentasche seiner Weste eine einschüssige kleine Pistole, ausgerechnet der Staatssekretär für Sicherheitswesen dagegen war unbewaffnet. Dollfuß trug ein großes Taschenmesser mit einem Perlmuttgriff bei sich; er sah mich streng an, als ich es ihm wegnahm. »Dieses Messer hat mir der Führer von Italien geschenkt, mein Lieber. Behandeln Sie es also mit Respekt.«

»Sie haben das Maul zu halten«, zischte Spengler. »Judenliebchen! Knirps! Sparen Sie sich das dramatische Getue für Ihre Abdankung

auf, Sie Westentaschennapoleon! So können Sie sich vor Ihrem Duce aufspielen!«
»Spengler!«, sagte ich leise und wies mit einer Kopfbewegung nach dem Vorraum. Noch drei Gewehrschüsse krachten.
Dollfuß beugte sich etwas vor. Seine dunklen Augen zuckten. »Spengler heißen Sie also?« Er lächelte nachsichtig. »Sie, Spengler, werden morgen Mittag auf dem Rathausplatz hängen wie eine Rinderhälfte.«
Spengler ging um den Tisch herum. Auf seiner Stirn erschienen tiefe Furchen. Ich hatte diesen Gesichtsausdruck schon öfter bei ihm gesehen und wusste, was er bedeutete. Dollfuß wandte sich von ihm ab, ganz der große Staatsmann, der sich anschickt, eine Rede zu halten. »Ich hege keine Sympathie für die Sache der Juden …«, begann er. Ich trat einen Schritt vor, ehe Spengler Dollfuß packen konnte, und schlug dem Kanzler den Griff von Feys Pistole über den Schädel. Er seufzte und fiel um. Ich fing ihn auf, der Körper war sehr leicht. »Gut«, sagte Spengler. Wir trugen Dollfuß in einen kleinen Nebenraum und trieben die beiden Minister zu ihm hinein. Sie mussten sich auf eine Bank setzen, die Hände hinter dem Rücken, die Gesichter der schäbigen holzvertäfelten Wand zugekehrt. Dollfuß lag still in einer Ecke. Ich saß zusammen mit einigen meiner Leute daneben. Während ich darauf wartete, dass er wieder zu sich kam, ging mir der müßige Gedanke durch den Kopf, dass sich das Taschenmesser wohl gut an einen Sammler verkaufen ließe. Nach einigen Minuten hob der Staatssekretär schüchtern die Hand und fragte, ob er ein Glas Wasser haben könnte. Ich stand auf, zog meine Uniformjacke glatt und sagte ihm, er könne trinken, wenn er abgedankt habe. Einer meiner Leute kicherte.
Ich fand Spengler im Vorraum des Saals. Er telefonierte gerade mit den Braunhemden. »Wir haben das Rundfunkhaus unter unserer Kontrolle!«, sagte er, scheinbar freudig erregt, die Hand über der Sprechmuschel. »Den Südbahnhof! Die Kasernen! Alles!« Das war natürlich gelogen, aber das wussten wir damals noch nicht. Ich fühlte mich ungeheuer erleichtert. Wir waren nicht allein. Hinter

uns standen mächtige Männer, die das Kommando führten. Die Aktion wurde von ganz oben gelenkt. Wir waren die Vollstrecker des allerhöchsten Willens, nicht mehr, aber auch nicht weniger. Spengler war ein Irrer, aber er war einer von uns. Ich streckte die Hand aus und klopfte ihm auf die Schulter. Er strahlte mich an, dann hob er wieder den Telefonhörer und schwatzte weiter. Durch die offen stehenden Türen sah ich die Wachposten, die immer noch mit dem Gesicht am Boden dalagen und miteinander flüsterten.
»Ich gehe mal eine Runde«, sagte ich. »Sieg Heil! Die haben sich tapfer geschlagen.«
»Einen Moment, Sepp, bleib am Apparat«, sagte Spengler, legte den Hörer hin und winkte mir zurückzukommen. »Geh da rein, Bauer, und mach das Radio an. Die werden es jetzt gleich melden.«
Ich sagte nichts.
»Geh schon.«
»Ich muss pinkeln.«
Spengler stöhnte ungeduldig auf. »Na ja, dann schiff eben in irgendeinen Winkel, aber beeil dich. Dibbern hat sein Geschäft da drüben erledigt und irgendwelche alten Entente-Protokolle unter Wasser gesetzt.«
Ich trat zu dem Haufen Akten, auf den er gezeigt hatte, und knöpfte meinen Hosenstall auf. Ich schnüffelte. »Das war Dibbern? Ganz allein?«
Spengler hängte auf. »Halberstadt hat ihm geholfen und noch ein paar andere. Na mach schon, Herrgott!«
Ich lehnte mich zurück und schloss die Augen. »Ich würde gerne unbeobachtet sein bei dieser intimen Verrichtung.«
Spengler lachte. »Du bist mir ein komischer Vogel, Bauer. Glass hat dir doch eingeschärft, dass du mich nicht aus den Augen lassen sollst. Ich weiß nicht, ob ich dich guten Gewissens allein lassen kann.«
»Wenn du unbedingt willst, Spenglerchen. Schau genau hin. So machen wir es bei der Schutz-Staffel.«
Spengler stand auf und bleckte seine Zahnlücken. »Ich geh ja

schon, Bauer, ich gehe. Aber dehn es nicht gar zu lange aus.« Er verließ den Raum und schloss die Tür.
Ich entspannte mich und pinkelte an den Aktenschrank. Die Pisse versickerte in dem dicken Teppich. Ihr Geruch mischte sich zu dem moschusartigen Aroma, das im Raum herrschte, und verlieh ihm eine leicht dampfige Note. Durch die Tür drang das Rauschen des riesigen Radiogeräts, das im Saal stand. Als ich so dastand, nahm ich plötzlich noch ein anderes Geräusch wahr: ein dumpfes Rumpeln, das irgendwo von unten kam und den Boden unter meinen Füßen vibrieren ließ. Ich knöpfte meine Hose zu und lauschte.
Das Geräusch wurde immer heller, dann hörte es auf. Ich trat auf den Korridor. Die Gefangenen, die auf dem Boden lagen, hatten es offenbar auch gehört. Sie schauten zu mir hoch. Einer von unseren Leuten, den ich nur flüchtig kannte, hielt Wache. »Haben Sie dieses Rumpeln eben auch gehört, Willi?«, fragte ich.
Er sah mich verdutzt an. »Nein, Herr Obersturmführer.«
Ich kniete mich neben einen Gefangenen hin und klopfte ihm auf den Rücken. »Was für ein Geräusch war das eben, Volksgenosse?«
Der Mann schüttelte nur den Kopf. Ich wandte mich wieder an den Bewacher. »Falls Spengler nach mir fragen sollte, ich bin unten. Passen Sie besser auf die Leute auf. Die haben nicht miteinander zu flüstern.«
Ich ging hinunter, immer in der halb bewussten Erwartung, dass Spengler mich zurückrufen könnte, durchquerte die Eingangshalle und trat an ein vergittertes kleines Fenster mit Blick auf den Ballhausplatz. Ich schaute hinaus, kniff dann kurz die Augen fest zu und schaute noch einmal; mir entfuhr ein leises Stöhnen. Dort draußen standen vier gepanzerte Militärfahrzeuge, umringt von drei Bataillonen Heimwehr, einer Einheit des Bundesheeres und, so konnte man jedenfalls meinen, der gesamten Polizeimacht, die die Stadt aufzubieten hatte. Unteroffiziere in grauen Hemden schwirrten durch die Reihen wie Drohnen in einem Bienenschwarm und schienen einander jedes Mal einen Augenblick lang zu umtanzen, wenn ihre Wege sich zufällig kreuzten. Am Rand des Platzes

drängte sich eine kleinere Menge Zivilisten, die neugierig die Hälse reckten und zu den Fenstern des Kanzleramts hinaufstarrten. Sie gestikulierten und lachten, ab und zu hörte man dünne, schrille Stimmen den Soldaten etwas zurufen. Ich trat vom Fenster zurück, blieb einen Moment stehen, dann rannte ich wieder zur Eingangshalle. Überall irrten Uniformierte herum, niemand schien das Getümmel dort draußen auch nur zur Kenntnis genommen zu haben. Einer unserer Leute, den ich kannte, lief mir über den Weg. Ich packte ihn am Kragen. »Was ist los mit Ihnen, Klintzer? Hat denn niemand in der letzten Zeit mal aus dem Fenster geschaut?«
Der Mann starrte mich an. »Wir haben gehört, dass Verhandlungen im Gang sind, Herr Obersturmführer.«
»Warum hat mir niemand Meldung gemacht? Oder dem Kameraden Spengler?«
»Haben wir doch, Herr Obersturmführer«, sagte er verwundert.

Else und Voxlauer spazierten Arm in Arm über den Platz, an den dunklen Fenstern der Läden und der rissigen Stuckfassade der Kirche vorbei, über die steinerne Brücke und das stumpf glänzende Wasser des Kanals hinaus aus der Stadt. Am Mühlanger angekommen, blieben sie stehen und suchten im büscheligen Gras die Spur des Fußwegs, der hier abzweigte. Weiche weiße Lichtflecken wanderten über die Wiese, lösten sich in Tupfen auf, die an weidende Schafe erinnerten, und verschwanden dann wieder im Dunkel der Nacht. »Hörst du das Mühlrad?«, fragte Else.
Voxlauer schritt auf dem Wiesenpfad voran; er ertastete sich den Weg mit den Füßen. Am Rand der Ebene glitzerten wie Flitter die Lichter von Sankt Marein. Er steuerte auf die dunklen Silhouetten der Weiden zu, immer wieder blieb er stehen und horchte nach dem Geräusch ihrer Schritte hinter ihm. »Wie ist Sankt Marein?«, fragte er nach einer Weile.
»Ich kenne den Ort nicht so besonders gut«, sagte Else und nahm seine Hand.
»Ich dachte, du hast dort mal gelebt.«

»Du denkst an Resi. Resi lebt jetzt dort.«
»Bei der Familie ihres Vaters?«
»Komm jetzt weiter«, sagte Else und lief voraus zu den Bäumen.
Voxlauer zögerte, spähte ins Dunkel nach dem Pfad, dann folgte er ihr mit vorsichtigen Schritten. »Siehst du was?«, rief er. Das Rauschen des Mühlbachs war jetzt sehr laut, und man hörte das Knarren und Rumpeln des Rads.
»Das Mühlrad läuft«, schrie Else zurück.
Er ging ihrer Stimme nach. »Wird das denn überhaupt je abgestellt?«
Er war jetzt plötzlich direkt neben ihr. »Warst du schon mal in einer Mühle, Oskar?«
»Ja, natürlich.« Er lächelte. »Aber noch nie mitten in der Nacht.«
Sie nahm seinen Arm und führte ihn über eine schmale, dick mit Dreck und Spreu bedeckte Rampe zum Eingang der Mühle. Das mächtige schwarze Rad wälzte sich schwer, ein knarrendes Schiff auf hoher See, und zog Lichtfäden aus dem Wasser.
»Ich war hier eine Zeit lang fast daheim«, sagte Else.
»Hier?«
Sie nickte. »Ich hatte etwas mit dem Sohn des Müllers.«
»Ah«, sagte Voxlauer. Er griff nach dem glitschigen Handlauf des Geländers. »Was ist dann passiert?«
»Resi.«
»Und was ist mit dem Müllersburschen?«
»Er ist weg von hier. Zusammen mit Kurt.« Sie zuckte die Achseln.
Voxlauer schaute auf das Wasser hinab. »Und zwischen denen hat's kein böses Blut gegeben?«
»Die haben ihre Sache, Oskar! Eine große gemeinsame Sache, der sie fanatisch ergeben sind, vergiss das nicht. Du wirst die nie verstehen, wenn dir das nicht klar ist.«
»Ich will die gar nicht verstehen.«
»Aber *die* wollen *dich* verstehen, Herr Voxlauer. Kurt Bauer jeden-

falls. Mit aller Macht.« Sie trat auf ihn zu und küsste ihn aufs Kinn. »Warum bist du so ein düsterer Zeitgenosse? Warum bist du so wenig umgänglich? Hat dir deine Mutter keine Manieren beigebracht? Bist du ein Bolschewik? Ein Geheimagent? Ein Rassenschänder?« Sie senkte ihre Stimme. »Stellst du vielleicht kleinen Buben nach?«

»Nein, nein, nein und noch einmal nein«, sagte Voxlauer, schmiegte sich an sie und küsste sie.

»Das waren nur vier Antworten auf fünf Fragen.«

»Frag mich das mit meiner Mutter noch mal«, flüsterte er.

Sie gingen wieder den Steg über das Wehr zurück und wanderten dann am Fluss entlang bis zur Hauptstraße, dann immer am Straßenrand entlang zum Bahnhof hinaus und zu der langen Steigung, auf der die Züge aus der Schlucht im Norden in die Ebene herunterkamen. Ein Güterzug mit Langholz fuhr eben durch den Bahnhof, als sie die Gleise erreichten. Die Lok wuchs zu majestätischer Größe auf, als sie stampfend und rumpelnd näher kam, die roten Schlusslichter an den Waggons schaukelten und klapperten. Sie beobachteten, wie der Zug um die lang gestreckte Kurve zum Eingang der Schlucht fuhr und nach und nach darin verschwand.

»Beziehen wir jetzt unser Bauholz aus Italien?«, fragte Voxlauer.

»Kurt sagt, das sind die natürlichen Partner des neuen Reichs.«

»Ah«, sagte Voxlauer. »Dann werden unsere Peireos-Jünger wohl auch bald Fascisti werden.«

»Überall wird es Fascisti geben. Bei uns auch.«

»Es ist mir jetzt auch egal. Ich bin müde.«

Die letzten Lichter des Zugs verschwanden im Wald. Else und Voxlauer gingen zum Bahnhof. »Er würde mitmachen, oder?«, fragte Voxlauer. »Wenn es so weit kommen sollte.«

»Wer?«

»Piedernig. Glaubst du nicht auch, dass er das täte?«

»Ohne Zweifel«, sagte Else und hakte sich bei ihm ein. »Das ist lieb von dir, dass du dir um den alten Gauner Sorgen machst.«

»Ich mache mir eigentlich keine Sorgen um ihn. Ich überlege mir nur, was es wohl braucht, um ihn rumzukriegen.«
»Ein paar frische Forellenfilets. Ein bisschen Schmeicheln.«
»Ich glaube nicht, dass unsere Verbündeten sehr zum Schmeicheln neigen.«
»Aber natürlich tun die das. Das tut jeder.«
»Das ist mir neu.«
»Man muss die Leute nur ab und zu ein bisschen ermuntern, das ist das ganze Geheimnis.«
Ein junger Mann in einem rußgeschwärzten Arbeitsanzug kam auf den Gleisen gegangen. Er blieb stehen, bückte sich und hämmerte an einer Weiche herum. Ein wässrig blaues Licht flackerte auf dem Bahnsteig. Zwei Männer, etwas älter als der erste, lehnten schläfrig an der Wand des Bahnhofsgebäudes, Gewehre in den Händen. »Zeit, dass die Kinder ins Bett kommen«, sagte Voxlauer und steckte den Daumen in den Mund.
»Sch! Gehen wir auf der Straße.«
Auf dem Rückweg kamen sie an Mamans Garten und dem alten Haus vorbei. Auf der Veranda brannte Licht.
»Hast du Lust, dem hohen Gericht gegenüberzutreten?«, fragte Voxlauer.
»Nicht um zwei Uhr morgens. Das muss nicht sein. Sie würde mich zum Tod durch Erhängen verurteilen.«
»Bestimmt nicht. Sie wäre erleichtert, weil wir nicht im Bett sind.«
»Ich wäre jetzt nirgends lieber.« Else gähnte. »Hat Ryslavy ein Zimmer für uns?«
»Du kannst dich freuen: Er hat die Hochzeitssuite für uns reserviert.«
»Da freue ich mich allerdings. Und wie.«
»Die Sache hat natürlich einen Haken: Es gibt gar keine Hochzeitssuite.«
Else seufzte. »Tja. Andererseits: ich wüsste sowieso nicht, was wir da machen sollten. Ich will meine Unschuld für meinen himmlischen Bräutigam aufsparen.«

»Tatsächlich?«
»Ja. Oder vielleicht doch für das Lamm Gottes.«
»Aha. Für das Lamm.«
»Oder für die Rote Armee. Wer zuerst kommt, mahlt zuerst.«
»Die Rote Armee ist eingetroffen, Fräulein«, sagte Voxlauer und schlang den Arm um ihre Taille.
»Alle Heiligen, steht mir bei! Was sind das für Zeiten!«
»Süße Zeiten. Prächtige Zeiten.«
»Wir haben unsere eigene Stadt, die gehört allein uns, nicht, Oskar?«
Voxlauer nickte. »Unser eigener Stadtstaat. Unsere souveräne Republik.«
Sie gingen eng nebeneinander weiter durch die Dunkelheit. »Ich habe immer noch Angst«, sagte sie und strich ihm über den Arm, wie um ihn zu trösten. »Ich habe mich nur dazu entschlossen, nicht mehr darauf zu achten.«
»Das ist sehr weise«, erwiderte Voxlauer und zog sie an sich.

Ich rannte wieder die Treppe hinauf, so schnell ich konnte. Ich fand Spengler zusammen mit fünfzehn unserer Leute im Kabinettssaal vor dem Radiogerät. Durch das Rauschen und Knistern war eine heitere Polka zu hören. »Sie haben die Meldung gerade gebracht«, sagte er mit großartiger Geste. »Wir haben das Horst-Wessel-Lied gesungen.« Er blickte um sich in die Runde und tat so, als müsste er sich eine Träne der Ergriffenheit abwischen. Seine Augen wendeten sich mir zu. »Wo hast du die ganze Zeit gesteckt, Bauer?«
Ich sah ihn an, sprachlos. »Bist du besoffen?«, brachte ich endlich heraus.
Spenglers großer Kopf hüpfte eifrig im Polka-Takt. »Was soll das?«
»Da draußen ist alles voller Polizei, die ganze Vaterländische Front ist aufmarschiert«, sagte ich langsam und überdeutlich. »Direkt vor der Tür stehen vier Panzer, Mann.« Ich streckte die Arme weit aus. »Panzer, Heinrich –«
»Wir haben bereits telefonisch unsere Forderungen durchgege-

ben«, sagte Spengler ruhig. »Herrgott, Bauer, setz dich endlich hin. Du machst einen ja ganz nervös.«

Er wandte sich wieder dem Radio zu. Die Leute standen herum und blickten zwischen ihm und mir hin und her. Ihnen war offensichtlich sehr unwohl zu Mute. »Kann ich Sie mal kurz sprechen, Herr Einsatzleiter?«

Spengler richtete den Oberkörper gerade. Er kehrte mir immer noch den Rücken zu. »Ich dachte, du willst allein gelassen werden.«

»Ich bin mit dem Pinkeln fertig, Herr Einsatzleiter. Kommen Sie mit, sehen Sie selbst.«

»Willst du das wirklich?«, fragte er und zwinkerte den Leuten zu. »Also gut, Herr Obersturmführer. Schauen wir's uns an.« Er stand auf, streckte sich und machte das Radio aus. Die Anwesenden murrten. Wir gingen in den Vorraum, wo der saure Gestank inzwischen sehr intensiv geworden war.

Spengler lehnte sich lässig, die Arme verschränkt, gegen einen Schreibtisch. »Nun denn, Bauer. Was willst du? Einen Passierschein nach draußen? Eine Begnadigung? Eine frische Unterhose?«

»Wo bleibt das Militär, Heinrich?«, fragte ich sehr ruhig.

Spengler hob die Augenbrauen. »Das Militär?«

»Die sollten eigentlich schon da sein, wenn du dich erinnerst. Die Truppen. Und die von der SA. Wo sind sie? Sollten die nicht auch in Erscheinung treten?« Ich merkte, dass meine Stimme am Umkippen war. »Haben die vielleicht beschlossen, doch lieber zu Hause zu bleiben, Heinrich? Sollen wir paar Mann es mit der Republik aufnehmen?«

Spengler sah mich eine Weile mit einem sonderbaren Lächeln an, dann zuckte er die Schultern.

»Wir sind von Heimwehrtruppen eingeschlossen, du Idiot. Das sind so viele, dass sie gar nicht alle Platz haben auf der Straße. Wo, zum Teufel, ist das gottverdammte Scheiß-Militär? Wo?« Ich stapfte aufgeregt zwischen den Aktenbergen umher, ich schnappte nach Luft, stammelte wie ein Kleinkind – es war wie eine abgedroschene Kabarettszene. »Wo bleiben die?«, schrie ich. Ich stolperte über

Ordner und Papiere aller Art, die überall auf dem Teppich verstreut lagen. »Wo, Heinrich? Wo?«
Spengler musterte mich kalt. »Das Letzte, was ich gehört habe, war, dass sie gerade dabei waren, Scharfschützen zu postieren. Auf dem Dach des Innenministeriums.«
Ich starrte ihn an. Mir war wieder schlecht geworden und schwindlig. Ich glaubte ihm kein Wort. Es klopfte an der Tür. Einer von Spenglers Kumpeln steckte den Kopf herein. »Der Heimwehrminister will unbedingt mit Ihnen sprechen, Herr Einsatzleiter.«
Spengler grinste breit. »Wunderbar. Komm mit, Bauer, wenn du bereit bist. Hören wir, was er zu sagen hat.«

Fey saß immer noch so da wie vorher: kerzengerade, die Augen starr auf die Wand gerichtet, die Hände elegant übereinander gelegt im Schoß. Als wir eintraten, richtete Dollfuß sich kurz auf, murmelte etwas und fiel dann wieder schlaff zurück. Spengler tippte Fey auf die Schulter.
Fey wandte ihm langsam das Gesicht zu. Er musterte uns gründlich, wenn auch betont gleichgültig, als ob er zum Ausdruck bringen wollte, dass er es mit Leuten zu tun habe, deren Gesichter man sich nicht extra zu merken brauche. Spengler trat ungeduldig von einem Fuß auf den anderen; er wollte, dass der andere zuerst das Wort ergriff. »Was wollten Sie von mir. Herr Minister«, fragte er endlich. »Ein Glas Wasser vielleicht?«
Fey seufzte. »Was ist das für eine Revolution, die von so ausgesucht halbschlauen Köpfen gemacht wird!«, sagte er klar und laut, offenbar an seine Kollegen gewendet. Der Staatssekretär sagte nichts, Dollfuß in seiner Ecke stöhnte nur; allem Anschein nach kriegte er von dem, was um ihn herum vorging, nichts mit. Ich kauerte mich vor die Bank hin, auf der Fey saß. »Sie haben wohl immer noch keine Ahnung, mit wem Sie es zu tun haben? Adolf Hitler persönlich macht diese Revolution. Wir führen lediglich seine Befehle aus.«
»Desto schlimmer für ihn.«

»Ich würde eher sagen: desto schlimmer für Sie, Herr Minister.«
»Tja«, sagte Fey und wandte sich Spengler zu, »das ist ja alles sehr schön, trotzdem würde ich sehr gern mit Ihnen unter vier Augen sprechen, Herr Einsatzleiter.«
Der Staatssekretär beugte sich vor, um etwas zu sagen, aber ein heftiger Hustenanfall packte ihn. »Was hat das zu bedeuten, Emil?«, keuchte er. Fey streckte einfach den Arm aus und legte dem Alten sacht den Finger auf den Mund. »Ich gehe davon aus«, sagte er, ohne die Augen von Spengler abzuwenden, »dass Sie Schwierigkeiten mit meiner Heimwehr haben.«
»Haben wir uns das ganz allein im stillen Kämmerlein ausgedacht?«, fragte Spengler und warf mir einen Seitenblick zu.
Fey machte eine nachlässige Handbewegung. »Nur eine Vermutung, Herr Spengler, mehr nicht. Ich habe nur was gehört, was wie das Motorengeräusch von schweren Lastwagen klang.« Er lächelte verbindlich. »Ich stelle mir vor, dass Ihre Lage nicht die beste –«
Ich fuhr ihm ins Wort. »Kommen Sie endlich zur Sache.«
Fey schwieg einen Moment. Der Staatssekretär neben ihm wurde immer noch von seinem Hustenanfall geschüttelt. »Wie gesagt, ich würde gern unter vier Augen mit Ihnen sprechen, Herr Spengler.«
Ich sagte nichts. Der Eindruck von Schmierentheater verstärkte sich von Minute zu Minute. Die Heimwehr sollte eigentlich, so hatte ich den Plan verstanden, Schulter an Schulter mit der SA an strategisch wichtigen Punkten der Stadt für unsere Sache kämpfen. Stattdessen waren alle diese Leute in geballter Macht dort draußen aufmarschiert und wetzten ihre Bajonette. Ihr Oberbefehlshaber, der sich eigentlich vor Verzweiflung die Haare raufen und seine abtrünnigen Untergebenen hilflos verfluchen sollte, saß in Wirklichkeit mit gelassen übereinander geschlagenen Beinen vor uns und blickte mit einer Miene tiefster Genugtuung auf Spengler. Was immer Glass ausgehandelt haben mochte, war offensichtlich hinfällig; es hatte nicht funktioniert, und wir standen allein. Ich weiß bis heute nicht, warum oder aus welcher Laune heraus Fey Dollfuß nicht gewarnt hatte, aber das eine steht für mich fest: Alles, was an diesem Tag

passierte, wäre nicht passiert, wenn Fey sich anders entschieden hätte.
Ich erwog kurz, Glass anzurufen, aber dann entschied ich mich doch dafür, noch etwas zu warten, ehe ich dieses Risiko einginge. Spengler schaute Fey an, dann zuckte er die Schultern. Zwei unserer Leute halfen Fey auf die Füße. Ich setzte mich auf seinen Platz neben den Staatssekretär und sah zu, wie sie ihn hinausführten. Die Tür fiel hinter ihnen sanft ins Schloss.

»So stehe denn auf und wandle!«, sagte Ryslavy und zog die Bettdecke weg. »Oh, Pardon, Fräulein.«
»Lieber Gott im Himmel«, rief Voxlauer. »Die Schnapsleiche ist wiederauferstanden.«
»Wie viel Uhr ist es?«, fragte Else und gähnte.
»Frühstückszeit«, sagte Ryslavy wohlgelaunt. »Keine Zeit zu schäkern.«
»Ist das dein Flitterwochenservice, du Hundesohn?«
»Das Fräulein darf ruhig weiterschlafen. Aber du bist ganz offensichtlich kein Flitterwöchner. Schau dich nur mal im Spiegel an.«
»Lieber nicht«, sagte Voxlauer und rieb sich die Augen.
Sie gingen in die Wirtsstube und frühstückten die Reste vom Abendessen. Die Sonne schien schon heiß auf den Platz. Sie saßen vor ihren Kaffeetassen und beobachteten, wie draußen vor dem Brunnen ein Trupp uniformierter junger Leute ein Podium aufbaute. Ein lauer Wind blähte die Landesfahne von Kärnten, die an einem der Birkenstämme neben dem Podium hing. Darüber flatterte groß und protzig die Reichsflagge. Ein Mann in einer braunen Uniform, die von einem Koppel um die Taille gerafft war, gab von Rindts Terrasse aus Anweisungen. Die drei sahen zu, wie er sich mit geziertem Getue hinsetzte und sich mit einer Zeitung Luft zufächelte. Das arbeitende Fußvolk machte sich derweil mit orangeroten Kisten zu schaffen; eine Lautsprecheranlage wurde ausgepackt.

»Was soll das werden?«, fragte Voxlauer. »Eine Kundgebung der katholischen Landjugend?«
»SA«, sagte Ryslavy.
»Was? Das sind doch noch Kinder.«
»Jetzt schaut er zu uns rüber«, sagte Else.
»Wer?«
»Der Häuptling von diesen Buben. Der Stenz.«
Der Mann hatte seine braune Kappe abgenommen und sah, die Hand über den Augen, in ihre Richtung.
»Kennst du den?«, fragte Voxlauer.
»Ich glaube nicht.« Sie reckte den Hals. »Es sieht fast so aus, als würde er lächeln.«
»Wink ihm mal.«
Else stand auf von ihrem Stuhl und winkte. Der Mann setzte sich steif aufrecht und wandte sich wieder seinen Leuten zu, die jetzt Mikrofonständer und Rollen mit blauem Kabel auspackten.
»Der hat es offenbar nicht mit den Frauen«, sagte Ryslavy. »Überrascht mich nicht.«
»Das ist nicht der Müllersbursch, oder?«, fragte Voxlauer.
Else lächelte schief. »Ich werd es dir sagen, wenn er da ist, Oskar.«

Später spazierten sie zu dem alten Haus hinaus. »Sie weiß bereits alles über dich«, sagte Voxlauer, die Klinke der Gartentür in der Hand. »Es hat gar keinen Sinn, jetzt nervös zu sein. Die Tore des Schicksals haben sich schon längst mit dumpfem Knall hinter dir geschlossen.«
Else lachte. »Warum stellst du mich dann überhaupt noch vor?«
»Um ehrlich zu sein: ich möchte ein bisschen Gesellschaft haben.« Er machte die Gartentür auf und legte den Finger auf den Mund. »Ganz leise! Das gehört zum Spiel.«
»Zu was für einem Spiel?«
»Pst!«
»Das ist eine alte Dame, Oskar.«

»Wart's nur ab.«
Als sie am Haus ankamen, stand sie bereits auf der Veranda. »Ich habe dich über die Brücke kommen hören«, rief sie vergnügt.
»Ich habe dir jemanden mitgebracht, Maman.«
»Ja, ja, kommt nur rauf.«
Sie stiegen die Eingangsstufen hinauf und warteten, bis sie zur blau verglasten Haustür geschlurft kam und ihnen öffnete. »Ich habe nicht gewusst, dass Sie auch mitkommen«, sagte sie zu Else. »Aber dich habe ich auf der Brücke gehört.«
»Ja, Maman, wie immer«, sagte Voxlauer.
»Kommt. Kommt rein und setzt euch.«
»Hast du Tee im Haus?«
»Ich glaube schon, dass noch was da ist. Ja! Ich hab Tee im Haus.« Ihre Stimme klang jetzt geradezu einladend.
Voxlauer blickte auf das Teegeschirr, das ordentlich aufgereiht auf dem Tisch stand; die Teller aus hauchfeinem Porzellan waren zu einer pfeilförmigen Figur angeordnet. »Hast du heute Besuch gehabt, Maman?«
Sie hob die Augenbrauen. »Heute? Nein, Oskar.«
»Das sind wunderschöne Teller«, sagte Else freundlich.
»Ja. Aber fassen Sie nichts an.«
»Oh! Natürlich«, sagte Else. Sie warf Voxlauer einen Blick zu.
»Maman. Tassen zumindest werden wir brauchen, für den Tee.«
»Ja, Oskar. Nimm die im Büfett.«
»Welche?«
»Die im Büfett, Oskar. Im Büfett. In der Küche.«
»Ah ja. Setz dich jetzt hin, Maman, ich hole sie.«
Als Voxlauer wiederkam, saßen Else und seine Mutter am Wohnzimmertisch. Maman hielt einen Unterteller gegen das Licht.
»Wunderschön«, sagte Else.
»Ja. Oskar hat mir die meisten kaputtgemacht, das kleine Ungeheuer.«
»Du verwechselst mich offenbar mit irgendeinem anderen kleinen Ungeheuer, Maman.« Sie sah auf und lächelte ihn an, als er

die Tassen und die Teekanne vor sie hinstellte. Voxlauer schenkte Tee ein.
»Wo hast du denn die her?«, fragte sie nach einer Weile und musterte ihre Tasse kritisch.
»Aus der Küche«, antwortete Voxlauer nach einem kurzen Moment.
»Ja, da hab ich die. Im Schrank ist noch Marmorkuchen.«
»Soll ich ihn holen?« Voxlauer stand auf.
»Ja. Und bring auch den Zucker mit.«
»Der steht hier bei mir«, sagte Else. »Bitte, Frau Voxlauer.«
»Oh. Ja. Ist gut, Oskar.« Sie sah Else an. »Oskar ist hier geboren. In diesem Haus.«
»Ja?«
Die Mutter nickte feierlich. »Oh ja.« Sie schwieg einen Moment. »Am 11. Dezember 1900. Unten an der Treppe.«
»Zwischen Tür und Angel«, sagte Voxlauer und nahm Zucker.
»Er war noch sehr jung, als der Krieg ihn mir genommen hat.«
»Ich lebe ja noch, Maman.«
»Ja, Oskar. Und dann war er in Russland.« Sie hob ihre Teetasse.
»Oh ja«, sagte Else.
Voxlauer ging in die Küche und suchte in allen Fächern des Schranks und des Büfetts. Else und Maman saßen einander gegenüber am Tisch. Nach einiger Zeit rutschte Maman schwerfällig auf ihrem Stuhl hin und her und seufzte.
»Sie und ich«, sagte sie und nahm Elses Hand. Sie stockte. »Sie gehen weg. Wir sitzen da und warten auf sie. Und wir werden alt, nicht wahr, Irma? Wir werden alt.«
»Was machst du eigentlich da draußen, Oskar?«, rief Else.
Oskar kam wieder ins Wohnzimmer. »Ich finde den Kuchen nicht.«
Maman nickte. »Macht nichts. Ich werde sowieso zu fett.«
Voxlauer kauerte sich neben ihren Stuhl und sah beunruhigt zu ihr hoch. Um seinen Mund zuckte ein unwillkürliches kleines Lächeln. »Bestimmt nicht, Maman.« Seine Stimme klang viel zu

dünn und hell, und auch das Gefühl von Beschämung angesichts der Angst, die so plötzlich über ihn gekommen war, hatte etwas Kindliches. Er war zornig, es erbitterte ihn, dass er so wehrlos war. Es war, als hätte er einen Kloß im Hals. »Maman«, sagte er endlich, »du bist doch gar nicht dick. Du bist doch dünn wie Papier.«
Sie zuckte die schmalen Schultern und fasste mit einer leichten Bewegung der Hände nach ihrem Haarknoten, der sich aufzulösen drohte. »Ich bin jedenfalls froh, dass du wieder da bist, Oskar.« Sie nickte. »Ich bin wirklich von Herzen froh darüber.«
»Ich auch«, sagte Else und nahm ihre Hand. Voxlauer war bereits aufgestanden.

Als sie eine Stunde später zusammen mit Ryslavy aus der Tür des Niessener Hofs traten, war der Platz schon voller Menschen. Alte Gesichter, die Voxlauer vertraut waren, blickten unsicher aus der Menge. Die Mienen der jüngeren Leute schienen in feierlichem Stolz erstarrt. Rindt, mit einer unappetitlich dreckigen Kellnerschürze bekleidet, um den Wanst einen braunen Ledergürtel geschnürt, ging mit einem Tablett voller Biergläser herum. Hier und da sah man zwischen Leinenjacken und Dirndlkleidern graue und schwarze Uniformen.
»Wo bleiben die Ehrengäste?«, fragte Else.
»Ehrengäste kommen immer zu spät.«
»Wir werden sie jedenfalls ohne Schwierigkeiten erkennen, wenn sie da sind«, sagte Else.
»Ich bin in meinem Keller, wenn jemand nach mir fragen sollte«, sagte Ryslavy. »Gebt mir Bescheid, falls der fette Drecksack da drüben irgendwann kein Bier mehr hat.«
»Ich weiß nicht, Pauli, ob du das vergessen hast: Wir haben gestern Abend deine letzte Flasche ausgetrunken.«
»Irgendwo gut versteckt habe ich vielleicht noch ein oder zwei Kästen«, sagte Ryslavy. Er verbeugte sich würdevoll und verschwand in seinem verwüsteten Haus.
Voxlauer und Else mischten sich unter die Menge. Auf der Ost-

seite des Platzes öffnete sich nun eine Gasse im Gedränge: Eine erste Abteilung SA-Männer, die Gewehre diagonal vor der Brust, marschierte ein in schlecht synchronisiertem Tritt – es klang wie Hufgetrappel. »›Wie ein Haufen Zigeuner!‹, haben sie immer gebrüllt zu meiner Zeit«, sagte Voxlauer mit einem ironischen Lächeln. Else stand ein paar Schritte vor ihm und antwortete nicht.
Ein Mann mit einer Kappe, deren schwarzer Schirm an eine Chauffeursmütze erinnerte, schrie vom Podium aus der Formation Kommandos zu. Er wippte wichtigtuerisch auf seinen Hacken. Die SA-Leute trugen keine Kopfbedeckung; ihre kurz geschorenen braunen Schädel bewegten sich ruckartig, wenn die Truppe die befohlenen Manöver vollführte. Hie und da streckten sich Arme aus der Menge, vereinzelte begeisterte Heilrufe waren zu hören. Anderswo standen die Leute in Gruppen beisammen und tranken Bier, ohne von dem Aufmarsch Notiz zu nehmen.
Voxlauer folgte Else, die zielbewusst durchs Gedränge zur nordwestlichen Ecke des Platzes steuerte. Aus den oberen Fenstern der Häuser hingen rote Reichsflaggen und andere Fahnen. Wer keine Fahne hatte, hängte bunte Tücher aller Art heraus. Auf der Burgruine hatte man Fackeln aufgesteckt, über einem der Turmstümpfe wehte ein mächtiges rotes Rautenbanner. An den Stufen des Polizeigebäudes blieb Else stehen und wartete auf Voxlauer.
Immer mehr SA marschierte von der Ostseite her auf den Platz. Die Zuschauer wurden nach außen auf die Gehsteige gedrängt. Das Podium füllte sich schnell mit höheren Chargen. Die Masse der Uniformierten dehnte sich auf dem Platz aus wie ein großer brauner fünfzackiger Stern, der sich strudelnd um seine eigene Achse drehte wie ein Blatt, das von einem sanften Wirbel der Strömung erfasst wird. Auch der Menge schien sich diese Bewegung an den Rändern mitzuteilen. Der Offizier mit der schwarzen Kappe blickte über den Platz, wippte noch einmal befriedigt und trat dann ab. Die Menschenmasse kam langsam zum Still-

stand. »Das ist schon fast wieder schön«, sagte Else, die auf einer der oberen Stufen stand, zu Voxlauer.

»Findest du?«

»Nein. Aber es ist schon eindrucksvoll. Ganz fremd und sonderbar.«

»Hast du immer noch Angst?«

»Oh!«, sagte Else plötzlich.

Ein Mann in einer schwarzen Uniform ging, beide Arme erhoben, zum Podium. Er trat ans Mikrofon und begann zu sprechen. Seine Stimme mischte sich mit dem summenden Geräusch der Lautsprecher, hallte über die Köpfe der Menschen hinweg und kam als halb artikuliertes dumpfes Bellen zurück zum Podium. Der Schall breitete sich wie ein Zeltdach über den ganzen Platz, füllte den gesamten Raum aus. Die Stimme flutete unaufhaltsam fort, mischte sich mit ihrem Echo, wurde lauter und lauter. Immer wieder kam sie an genau kalkulierten Punkten zum Stillstand, und die Menschenmasse jubelte ihr freudig zu. Der Redner dankte dann jedes Mal mit lässigem Gruß, und die Braunhemden schmetterten in brüllendem Chor ihr »Sieg Heil«.

»Lieber Gott, ist das laut hier«, sagte eine Frau neben Voxlauer.

Voxlauer sah sie nicht an, er blickte zum Podium.

»Schau!«, rief Else.

»Tu ich ja«, sagte Voxlauer.

»Schau, wer da ist.«

»Ich weiß. Ich sehe ihn.«

Auf dem Podium stand Kurt. Er hatte jetzt die Arme erhoben und lächelte.

Ich sah den Putsch nun mit ganz anderen Augen. Es ging nicht mehr darum, ob die Aktion ein Erfolg wurde oder misslang; ich wusste, dass die Sache nur böse enden konnte. Ich saß lange auf der Bank in dem kleinen Raum und dachte über nichts anderes nach, als wie ich meine Haut retten konnte. Der Staatssekretär meldete sich in regelmäßigen Abständen zu Wort und bat um Wasser – weder ich noch die beiden Bewacher würdigten ihn einer Antwort. Nach einer Weile richtete Dollfuß in seinem Winkel den Oberkörper auf und murmelte etwas Unverständliches, vielleicht auf Italienisch, vor sich hin. Mir kam eine Idee oder doch der Anfang einer Idee. Ich stand auf.

Im Kabinettssaal fand ich Spengler und Fey ganz am Ende des Tischs sitzend. Sie hatten die Köpfe zusammengesteckt und verhandelten in konspirativem Flüsterton miteinander. Sie schauten nicht auf, als ich vorbeiging. Ich trat an die Anrichte, nahm die Karaffe mit Cognac und schenkte mir einen ordentlichen Schluck ein. Der golden bernsteinfarbene Schnaps duftete köstlich. Fey und Spengler waren ganz in ihr Gespräch vertieft. Ich kippte den Cognac hinunter und goss mir noch einen ein. Über der Anrichte hing das Porträt eines eher normalwüchsigen Amtsvorgängers von Dollfuß: Es zeigte den Regierungschef, der soeben, umgeben von dreizehn Ministern, ein bedeutsam aussehendes Dokument studierte. Aus dem Radio kam ein dumpfes Summen. Ich stand eine Weile da und lauschte dem Geflüster von Fey und Spengler, konnte aber nichts verstehen. Ich stellte die Karaffe ab und ging über den dicken Perserteppich zum Tisch. »Unser Mann kommt wieder zu sich«, meldete ich in zackig militärischem Ton.

Spengler sah auf. »Ja? Also, Herr Minister, dann sehen wir doch mal nach ihm.«

Die zwei standen auf, nun ganz offensichtlich in bestem Einvernehmen miteinander. Ich deutete auf den Minister. »Ich will mich ja nicht einmischen, Heinrich, aber sollte man den da nicht besser wieder auf die Eselsbank setzen, wo er hingehört?«

Spengler atmete tief ein und bemühte sich nach Kräften um eine Haltung, die turmhohe Überlegenheit zum Ausdruck bringen sollte. Tatsächlich gelang ihm ein eindrucksvoll herablassendes Lächeln. »Aber nein, Bauer. Herr Fey ist unser neuer Heeresminister.«

Fey trat neben Spengler und klopfte mir gönnerhaft auf die Schulter. »Bei allem schuldigen Respekt, Herr Obersturmführer: Sie müssen erst noch lernen, Ihre Vertreter in der Regierung mit ein bisschen mehr zivilisierter Höflichkeit zu behandeln.« Er wandte sich wieder an Spengler. »Nach Ihnen, Herr Kommandant«, sagte er. Mir war speiübel.

Spengler öffnete die Tür des Nebenzimmers. »Raus mit euch, Kameraden!«, rief er. Die beiden Burschen, die die Gefangenen bewachten, sahen uns fragend an, gehorchten jedoch ohne Widerrede. Der kleine Ernst und ein paar andere kamen in den Saal. Sie spürten, dass etwas in der Luft lag. Fey ging zuerst zu Dollfuß hinein; ich wollte ihm folgen, aber Spengler hielt mich auf. »Fürs Erste brauchen wir deine Hilfe hier nicht, Bauer«, sagte er sanft.

»Wofür brauchst du meine Hilfe nicht, Heinrich?«, fragte ich. Er sah mich nur stumm an und schloss dann entschieden die Tür hinter sich.

Man hörte gedämpft Feys Stimme durch die Tür. Ich horchte eine Weile am Schlüsselloch und überlegte, wie ich mein Gesicht vor den Leuten wahren könnte, die verlassen in einem losen Halbkreis um mich herum standen. Nach einer Weile trat der kleine Ernst zu mir. »Fey hat sein Mäntelchen nach dem Wind gehängt, oder?«

»Der will nur Zeit gewinnen, sonst nichts. Gehen Sie mal runter und schauen Sie, was los ist, Ernst. Und nehmen Sie diese Kommunisten hier mit. Jetzt gehen Sie schon.« Die anderen starrten uns neugierig an.

Ernst schnalzte gedankenversunken mit der Zunge und schwieg. Endlich sagte er: »Jawohl, Herr Obersturmführer.« Etwas in seiner ganzen Haltung hatte sich verändert, und ich sah, dass auch die anderen langsam, aber unverkennbar umschwenkten. Ich tat so, als hätte ich nichts bemerkt, und klopfte Ernst mit unbefangener Miene kameradschaftlich auf den Rücken. Die wissen ganz genau, dass etwas schief gegangen ist oder schief geht, dachte ich. Sobald ich allein war, trat ich wieder an die Anrichte und goss mir noch einen Cognac ein.

Ich stand vor dem Ölbild und dachte nach. War es möglich, dass Glass das alles genau so geplant hatte? Diese Erklärung war nun plötzlich sehr nahe liegend. Ich vergaß für eine Weile Spengler und Dollfuß und Fey und die Übrigen und stellte mir Glass vor, wie er sich in ebendiesem Moment schläfrig und zufrieden auf seinem Sofa neben dem Fernschreiber rekelte oder wie er in seinem apfelgrünen Horch Cabriolet, einem Geschenk des Reichsführers-SS, zwischen Weizenfeldern und dunkel bewaldeten Hügeln dahinbrauste in Richtung der Grenze.

Eine Woche später arbeitete Voxlauer gerade im Garten der Villa, als er von fern Kurts Motorrad hörte. Er richtete sich langsam auf, lehnte seine Hacke an den Zaun und schaute hinauf zu Else, die am Wohnzimmerfenster stand. Sie winkte ihm hereinzukommen und machte noch eine andere Geste, die er nicht verstand, dann verschwand sie vom Fenster. Er öffnete das Gartentürchen und stand dann eine kurze Weile an die kühle dunkle Hauswand gelehnt im Schatten, die Augen auf seine Hände gerichtet. Als das Motorgeräusch vor dem Haus angekommen war und erstarb, ging sein Atem ruhig. Er trat hinter der Ecke hervor ins Licht. »Ah, Kurt«, sagte er.
»Sieg Heil, Oskar.« Kurt grüßte parodistisch zackig. »Empfängt Ihro königliche Hoheit heute Besuch? Ich bin nicht angemeldet.«
»Ich würde mir nie anmaßen, darüber entscheiden zu wollen.«
»Hier bin ich schon«, sagte Else und kam zur Tür.
Die drei standen einen Augenblick lang schweigend da, Voxlauer und Kurt an der Straße, Else auf den Eingangsstufen. »Darf ich reinkommen?«, fragte Kurt schließlich.
Else fasste nach der Türklinke. Plötzlich hielt sie inne. »Wo gehst du hin, Oskar?«
»Ich hab mir überlegt, ich gehe ein bisschen spazieren.«
»Mir wäre es lieber, du bleibst da. Oder wir begleiten dich.«
»Lass ihm doch seinen Willen, in Gottes Namen«, sagte Kurt.
»Ich würde lieber mitgehen«, beharrte Else. »Das ist dir doch recht, oder?«
Kurt sah zu Boden.
»Doch, doch«, sagte Voxlauer zögernd. »Es ist mir schon recht.«

Else kam die Stufen herunter, offensichtlich sehr erleichtert, und nahm die beiden Männer am Arm. »Wo gehen wir hin?«
»Zu den Fischteichen?«, schlug Kurt vor.
»Ich dachte eher an den Kugelbaum«, sagte Voxlauer.
Else klatschte in die Hände. »O ja! Zum Kugelbaum, Kurti. Da waren wir noch nie, alle drei zusammen.«
»Ich habe ihn überhaupt noch nie gesehen, glaube ich.«
Else marschierte los. Kurt winkte Voxlauer. »Nach Ihnen, Voxlauer. Ich habe was dabei, das uns Beine macht. Ein bisschen Hopfen und Malz.«
»Eine kleine Aufmerksamkeit vom Niessener Hof?«
»Also bitte, Oskar!« Kurt drohte mit dem Finger. »Ich habe an dem fraglichen Abend einen Sportplatz in Treibach der Öffentlichkeit übergeben. Kein Gericht im ganzen Land würde mich schuldig sprechen.«
»Ohne Zweifel.«
»Seien Sie nicht so unfreundlich zu mir, Oskar. Bitte. Es ist Ischinger Bier. Aus Rindts schmuddeligem Eisschrank. Es ist noch schön kalt.« Kurt zog die Flaschen hervor. »Vor allem aber: Ich hab ihm nichts dafür bezahlt.«
»Wenn das so ist«, sagte Voxlauer. »Ich bring sie ins Haus, damit sie sicher sind vor den wilden Tieren.«

Im letzten Sonnenlicht gelangten sie zu dem Baum oben auf dem Kamm. Es war eine makellos runde Kugel aus immergrünem Laub; sie schwebte scheinbar schwerelos über dem gelben Felsen und den bewaldeten Hängen, die nach Süden und Westen hin abfielen. Voxlauer hatte die beiden auf halber Höhe eingeholt. Else hatte gerochen, dass er Bier getrunken hatte, aber nichts dazu gesagt. Sie standen jetzt alle drei mit angehaltenem Atem da und blickten ins Tal hinab. Pfirsichfarbene Lichtbahnen zogen sich zu den Fichten hinunter. »Wirklich komisch, dieses Grünzeug«, sagte Kurt und spähte mit blinzelnden Augen hinauf.
»Red nicht so respektlos vom Kugelbaum, Kurti.«

»Ist nicht so gemeint, Liesi. Sieht aus wie ein großer Lutscher.«
»Oder wie ein Reichsdeutscher im Profil«, murmelte Voxlauer.
Kurt seufzte. »Ich für meinen Teil, Schwiegervetter, lasse meine politischen Ansichten unten in der Stadt, wenn ich euch besuchen komme. Das ist, glaube ich, besser für uns alle.«
»Unten in der Stadt, soso.«
Sie schwiegen. »Papa ist einmal mit uns hier heraufgewandert«, sagte Else nach einer Weile. »Hast du das wirklich vergessen?«
Kurt schnaubte verächtlich. »Nie und nimmer. Der hätte ja einen Herzkasper gekriegt.«
»Das war früher. Er hat uns überallhin mitgenommen.«
»Mich hat er nur in den Niessener Hof mitgenommen. Aber das ziemlich oft.«
»Sei doch nicht so stur. Du *willst* dich einfach nicht dran erinnern.«
»Mich hat er in irgendeinem Winkel, in dem's nach Pisse stank, abgestellt. Und er hat nur dagesessen und gesoffen, und am Ende ist er tagelang mit vollgepissten Hosen rumgelaufen.«
»Tja, Kurti. Seine Familie kann man sich nicht aussuchen«, sagte Else und lehnte sich an den Stamm des Baums. »Das ist nun mal unsere Familie.«
Kurt sah sie an. »Ja, unsere Familie.«
»Sie haben Resi vergessen«, sagte Voxlauer.
»Was?«
»Sie haben sie nicht mitgebracht.«
»Oskar«, erklärte Kurt geduldig, »ich sehe Resi fast jeden Tag.«
»Ich nicht«, sagte Else.
»Ja. Natürlich. Entschuldige, Liesi.«
Sie sah weg. »Ist schon gut. Aber bring sie das nächste Mal mit.«
»Natürlich.« Kurt spähte ins Tal hinunter.
»Natürlich nur, wenn Sie nicht zu sehr beschäftigt sind. Immerhin müssen Sie Recht und Ordnung aufrechterhalten«, sagte Voxlauer.
»Oskar!«, mahnte Else.

»Ich sag ja nur. Damit hat man doch alle Hände voll zu tun, denk ich mir. Kleinere Ausschreitungen, Brandstiftung und all das.« Er machte eine Pause. »Oder nicht, Kurt?«
Kurt seufzte. »Was: Oder nicht?«
»Ich meine: Haben Sie damit alle Hände voll zu tun?«
Else sah ihn halb traurig, halb ängstlich an. Kurt ließ sich viel Zeit, ehe er antwortete. Vom Wald weiter unten drangen, zuerst kaum wahrnehmbar, dann immer lauter, Motorengeräusche einer Zugmaschine herauf. »Ich habe es nicht nötig, irgendwelche Brände zu legen, Voxlauer«, sagte Kurt.
»Und Sie verspüren, vermute ich, genauso wenig je den Drang, einen zu löschen.« Voxlauer merkte, wie er unwillkürlich die Fäuste ballte; seine Arme verkrampften sich. Er hielt still und wartete, dass es vorbeiging, fühlte die Wirkung des Alkohols in seinen Armen und Schultern, wartete, wie immer, dass es nicht wiederkam. Dann verschwand das Gefühl plötzlich wieder, wie immer. Seine Arme entspannten sich.
Das Motorengeräusch einer zweiten Zugmaschine drang herauf, dann noch eins. »Wo fahren wohl alle diese Lastwagen hin?«, fragte Else.
»Weiß der Himmel«, sagte Voxlauer. Er legte den Kopf zurück und sah zum Himmel hinauf, dann senkte er langsam den Blick: Else und Kurt lehnten Schulter an Schulter an dem gesprenkelten Stamm des Baums. Mit ihren tief liegenden dunklen Augen und ihren weichen, fast kindlichen Gesichtern wirkten sie im schwindenden Licht wie zwei Kameen in einem Medaillon. Kurt lächelte ihn sonderbar an. »Sie wissen es offenbar noch nicht? Du auch nicht?«
»Was?«, fragte Voxlauer.
»Ryslavy hat sein Holz verkauft.«
Voxlauer starrte Kurt einen Moment lang sprachlos an. »Sagen Sie das noch mal«, stieß er endlich hervor.
»Sie haben mich schon richtig verstanden, Oskar.« Kurt wandte sich an Else. »Ryslavy –«, begann er, aber da war bereits Voxlauer

da: Er packte ihn und stieß ihn nach hinten, dass sein Kopf mit einem dumpfen Knall gegen den Baumstamm schlug. Kurt ächzte und klappte zusammen. Else schrie entsetzt auf: »Oskar!« Voxlauer riss Kurts Kopf an den Haaren nach hinten und schrie auf das schmutzig-bleiche Gesicht vor ihm ein. Er wusste selbst nicht, was er da schrie, er sah nur, wie das Blut mehr und mehr aus diesem Gesicht wich, und das genügte. Es genügte zu wissen, dass er es war, der da schrie, und dass es Kurt wehtat. Die ganze Welt ringsum war bleich und nichtssagend stumpf, und allmählich wurde auch dieses Schreien zu etwas, das von ihm losgelöst und gleichgültig war, und er selbst wurde ebenso nichtssagend und farblos wie alles, und dann plötzlich spürte er nur noch Ruhe. Nach einer Weile nahm er Elses Hand auf seiner Schulter wahr.

»Lass los, Oskar«, sagte sie. Es klang fast zärtlich. Sie hielt ihn fest an den Ärmeln und zog ihn weg von Kurt, der jetzt an den Baumstamm gelehnt dalag; er ließ es geschehen. Sie ließ ihn sich setzen, er sah sie an: Sie blickte auf ihn nieder, atemlos, mit gerunzelter Stirn, als wäre er ihr vollkommen unbekannt und fremd. »Kurt«, hörte er sie dann einen Moment später sagen. Sie war jetzt nicht mehr bei ihm, sondern kauerte neben Kurt, rüttelte behutsam an seinen Beinen und rief seinen Namen. »Kurt.«

»Komm, legen wir ihn da aufs Gras«, sagte Voxlauer. Else sah ihn wieder mit diesem sonderbaren Blick an, in dem nicht so sehr Abscheu als vielmehr verblüffte Neugier lag: als ob er sich vor ihren Augen in einen exotischen Urwaldvogel verwandelt hätte. »Gut«, sagte sie nach kurzem Stutzen. Voxlauer kniete sich neben sie. Sie betteten Kurt flach hin, schoben ihm seine Jacke als Kissen unter den Kopf, wischten ihm mit einem Taschentuch das Blut von der Nase. Er fing zu husten an und versuchte zu sprechen. »Voxlauer«, brachte er endlich heraus.

Voxlauer beugte sich über ihn. »Ja?«

»Ich verzeihe Ihnen, Voxlauer«, sagte Kurt langsam und leckte sich die Mundwinkel.

»Ich habe Sie nicht darum gebeten.«

Kurt nickte und sah an Voxlauer vorbei ins Gras. »Es ist Ihnen verziehen.«
»Ich bin nicht ganz sicher, ob das wirklich in Ihrer Macht liegt, Herr Obersturmführer.«
Kurt setzte sich langsam auf. »Ja«, sagte er. »Ich will jetzt gehen.«
Sie führten ihn durch den Wald hinunter. Sie hielten ihn an Armen und Schultern, damit er nicht fiel, und legten oft Ruhepausen ein. Als sie die Straße erreichten, schüttelte er sie ab; er bewegte sich jetzt sicherer, wenn auch mit immer noch etwas wackligen Beinen. Ab und zu blieb er stehen und wiegte versonnen den Kopf. »Oskar Voxlauer – wer hätte das gedacht«, sagte er und lächelte versunken auf den Boden nieder.
Vor der Villa blieb Kurt wieder stehen. Er fasste an seinen Hinterkopf und zuckte zusammen. »Wer hätte das je gedacht. Du, Else?«
Sie gab ihm keine Antwort, sie sah ihn nicht einmal an. Sie vermied auch Voxlauers Blick und starrte konzentriert zu den Bäumen oben am Kamm hinauf, als versuchte sie den Weg zurückzuverfolgen, den sie gegangen waren. Voxlauer betrachtete sie hilflos, dann wandte er sich zur Treppe, um zum Haus hinaufzugehen.
Kurt streckte die Hand aus und hielt ihn auf. »Versuchen Sie das kein zweites Mal, Oskar. Nie wieder, lassen Sie sich das gesagt sein.«
Voxlauer sah ihm schweigend in die Augen.
»Lass gut sein, Kurti«, sagte Else. »Oskar tut es ja Leid.«
»Ja, ja. Es ist alles vergeben und vergessen. Trotzdem, Liesi« – er schloss einen Moment die Augen und machte einen kleinen Schritt nach hinten –, »trotzdem: er soll sich hüten, das noch mal zu versuchen.« Er öffnete die Augen und starrte Voxlauer an. »Was sagen *Sie* dazu, Oskar?«
»Ich sage: Am besten fahren Sie jetzt heim.«
»Nein, er kommt mit uns ins Haus, Oskar«, widersprach Else wü-

tend. »In diesem Zustand kannst du nicht unter die Leute gehen, Kurti.« Kurt nickte schwach.
Voxlauer schwieg. »Ich geh mal Wasser holen«, sagte er und verschwand um die Ecke.
»Ich hab Ihnen verziehen, Oskar!«, rief Kurt ihm nach.

Ich stand immer noch an der Anrichte, als nebenan ein Schuss krachte. Der Knall schwebte einen Moment lang in dem leeren Saal und verhallte dann an der Decke. Es folgte ein zweiter Schuss. Ich stand lange ganz still, in der Hand die geschliffene Karaffe. Dann ließ ich sie fallen, rannte um den Tisch herum zur Tür des Nebenzimmers und riss sie auf. Fey drehte sich zuerst nach mir um: seine Hemdbrust war über und über mit Blut bespritzt. Spengler blickte mich an, er hatte jenen verdutzt begriffsstutzigen Ausdruck im Gesicht, den ich nur allzu gut kannte. Er murmelte etwas vor sich hin, während er seine Pistole wegsteckte. »Ach, du bist's, Bauer«, sagte er und stand auf.
Ich sah auf Dollfuß hinab, der auf dem Fußboden lag. In hellen pulsierenden Strahlen schoss das Blut aus zwei Löchern in seinem Hals, sein Kindermund klappte auf und zu. Das Licht vom Fenster her verlieh dem Blut einen unwirklichen, ordinär schreienden Ton. Ich schloss die Tür hinter mir. Wir glotzten auf Dollfuß, der da vor uns zappelte wie ein Fisch auf dem Boden eines Kahns. Es dauerte ein paar Sekunden, bis ich wieder einen Gedanken fassen konnte. »Wo ist der Staatssekretär?«, fragte ich.
Spengler deutete mit dem Daumen über seine Schulter.
Der Mann saß in sich zusammengefallen vor der Wand und bewegte die Finger fahrig über den Putz. »Die wollten ausbrechen«, sagte Spengler und deutete auf eine Eisenklappe in der Mauer.
»Da durch?« Es war dickes rostiges Blech, fest vernietet. Es sah so stabil aus wie die Tür von Pharaos Grabkammer.
Spengler nickte. Der Staatssekretär blickte jetzt um sich, seine Augen irrten an den Wänden entlang. Er schluchzte auf. Fey trat zu ihm hin und beugte sich zu ihm nieder. »Ganz ruhig, Josef«,

sagte er freundlich und fasste ihn an den Schultern. Die eine Augenbraue hochgezogen, sah Spengler mich an, als wollte er mich fragen, ob ich noch mit von der Partie sei.

»Ich bin immer noch dabei«, sagte ich ruhig.

Spengler grunzte. »Wie laut waren die Schüsse?«

»Sehr laut. Die Leute draußen auf dem Gang haben sie ganz bestimmt gehört.«

Er runzelte die Stirn. »Dann geh raus und erklär denen in aller Ruhe die Sache. Die wollten durch diese Klappe da abhauen.« Er musterte mich eingehend.

»Ich hab es schon beim ersten Mal verstanden, Heinrich«, sagte ich und ging.

Draußen im Saal standen Ernst und drei andere. »Er ist tot, Kameraden. Er hat bekommen, was er verdient«, sagte ich.

»Dollfuß?«, fragte Ernst.

Ich nickte. Es dauerte eine Weile, bis sie begriffen. »Er wollte durch die Eisenklappe türmen. Zwei Schüsse. Ein Warnschuss, der zweite hat ihn in den Hals getroffen.«

»Wer hat geschossen?«

»Was meint ihr?«, fragte ich mit steinerner Miene.

»Jetzt haben wir überhaupt keine Chance mehr, lebend hier rauszukommen, oder?«, sagte einer und lachte bitter.

Ernst fuhr herum. »Wir haben das Ganze auch nicht veranstaltet, um wieder rauszukommen, Willi. Oder hast du das gedacht?«

»Nein, Unterscharführer!«, sagte der Mann und nahm Haltung an.

Ernst entließ ihn mit angewiderter Miene. »Wie sieht's da drin aus?«, fragte er. Er vermied es, mich anzusehen.

»Eine einzige Schweinerei.«

»Und was ist mit Ihnen, Herr Obersturmführer? Ist Ihnen noch wohl in Ihrer Haut?«

»Ihre Fürsorge rührt mich, Ernst. Um mich brauchen Sie keine Angst zu haben. Wir haben jetzt andere Sorgen. Gehen Sie und bringen Sie es denen im Erdgeschoss schonend bei. Aber schreien Sie die Neuigkeit nicht zum Fenster raus.«

Er zögerte einen Moment. »Ist Fey auch noch da drinnen?«
»Tun Sie, was ich Ihnen befohlen habe, Unterscharführer. Heil Hitler.«
»Heil Hitler!« Ernst warf den Arm hoch. Die anderen trotteten ihm völlig verstört nach. Ich setzte mich an den Tisch, starrte die düsteren Gesichter der verschiedenen Kanzler an, deren Porträts an der Wand hingen, und versuchte an gar nichts zu denken. Nach einiger Zeit stand ich auf und trat ans Fenster. Draußen vor dem Gebäude war noch mehr Heimwehr aufmarschiert und hatte die Polizeitruppen nach hinten an den Gitterzaun des Volksgartens gedrängt. Sie standen in Reih und Glied; der Ausdruck in ihren Gesichtern war genau der, der am Vormittag, als ich in Glass' Büro auf meinen Einsatzbefehl wartete, in meinem eigenen Gesicht gestanden haben musste. Von Zeit zu Zeit öffnete sich da oder dort im Gedränge für kurze Zeit eine Gasse; dann fuhren Autos vor und brachten Offiziere. Die Marschkolonnen standen dicht an dicht über die ganze Breite des Platzes und darüber hinaus. Sie blockierten die ganze Löwelstraße und Gott weiß wie viele Straßen und Gassen weiter hinten. Als ich so von dem stillen Kabinettssaal aus hinabblickte, kam es mir vor, als befände ich mich in einem riesigen, prächtig ausgestatteten, aber vollkommen leeren Kinopalast und sähe mir eine Wochenschau an. Als ich den Vorhang ein bisschen bewegte, knallte prompt ein Schuss; über dem Fenster stob eine kleine Gipswolke auf, und ein Stückchen Putz fiel herunter. Ich warf mich flach auf den Boden und robbte über das Parkett bis zum Teppich in der Mitte des Raums.
Als ich das Nebenzimmer betrat, lag Dollfuß unter einer gelben Decke, die sie Gott weiß wo aufgetrieben hatten. Nur die Füße in Socken schauten hervor. Der Staatssekretär hatte sich beruhigt. Er saß zusammengesunken auf der Bank und starrte apathisch auf den Boden zwischen seinen Schuhen. Fey und Spengler saßen auf Hockern in der gegenüberliegenden Ecke des Raums. Sie schauten nicht auf, als ich hereinkam.
Ich stand in der Tür und blickte eine Weile stumm auf den zuge-

deckten Leichnam; die Füße schienen auf mich zu zeigen. Plötzlich überfiel mich eine abergläubische Angst, und ich trat einen kleinen Schritt beiseite.

Als Kurt weg war, saßen Else und Voxlauer am Küchentisch und blickten durch die offen stehende Tür ins Dunkel hinaus. »Das hätte ich nie für möglich gehalten«, sagte Else. »Dass so etwas passieren könnte.«
Voxlauer saß vornübergebeugt, die Füße unter dem Stuhl, die Arme breit aufgestützt. »Jetzt haben sie's also endlich geschafft, diese gottverdammten Dreckskerle.«
»Ja«, sagte Else müde. »Ja, Oskar, sie haben es geschafft. Aber wir hätten in keinem Fall was dagegen tun können.«
»Doch«, widersprach Voxlauer. »Wir hätten was tun müssen.«
»Was denn?«
Er schwieg. »Irgendwas«, sagte er endlich.
»Das, was du getan hast, hat jedenfalls überhaupt nichts genützt. Hörst du mir zu? Nicht das Mindeste.« Sie atmete schwer und lehnte sich zurück.
Voxlauer gab keine Antwort.
»Ich meine: was du heute getan hast«, fuhr sie fort. »Glaubst du denn, das hätte irgendjemandem genützt? Mir? Pauli? Irgendjemandem von uns?«
»Es hätte schon was nützen können.«
»Wie denn? Das ist doch Unsinn.«
»Ich hätte härter zuschlagen sollen«, sagte Voxlauer.
Sie wurde ärgerlich. »Hast du denn überhaupt nichts verstanden? Kapierst du nicht, dass wir es allein Kurt verdanken, wenn wir hier oben ungestört leben dürfen, wie es uns gefällt? Wem hättest du denn einen Gefallen getan, wenn du härter zugeschlagen hättest? Höchstens der Polizei.«
»Mir selber, Else. Mir wäre dann wohler.«
»Ein schönes Wohlgefühl! Hast du das im Krieg schätzen gelernt?«

»Ich hab dir erzählt, wie es im Krieg war.«
Der Ausdruck ihres Gesichts kippte. Sie schwiegen. »Es tut mir Leid, Oskar«, sagte sie nach einer Weile und legte die Hand auf seinen Arm.
»Geh zum Teufel«, sagte Voxlauer.
Sie zuckte zusammen, als hätte er sie geschlagen. Irgendwo draußen knarrten Baumkronen im Wind. »Warum sagst du so etwas zu mir, Oskar?«
Voxlauer atmete ganz langsam und tief aus.
»Oskar?«
»Du warst doch dabei. Im Niessener Hof. Du hast es doch selbst gesehen, oder nicht?«
Sie schloss die Augen. »Was da passiert ist, das hat die ganze Stadt getan. Nicht Kurt allein. Alle haben mitgemacht. Was hätten wir dagegen tun sollen?« Sie verstummte, runzelte die Stirn. Dann plötzlich setzte sie sich auf und nahm seine Hand. »Wir können nur versuchen, am Leben zu bleiben. Das ist das Einzige, was wir tun können. Es überleben. Das kann nicht von Dauer sein. Es ist unmöglich.«
»Wer sagt das? Das kann ewig so weitergehen.«
Sie seufzte. »Es ist jedenfalls das Einzige, was ich tun kann. Ich kann nichts tun als warten. Oder weggehen. Ich kann sonst nichts tun.«
»Die zwingen ihn, seinen Besitz zu verkaufen.« Er schwieg eine Weile. »Else –«
»Ich weiß.«
»Und das macht dir überhaupt nichts aus? Dass dein Vetter so was tut?« Er spuckte die Worte geradezu heraus. »Das lässt dich kalt? Ja?« Seine Hände umkrampften die Tischkante. »Hast du denn gar kein Gefühl für Recht und Unrecht? Liegt der Fall nicht klar genug? Was willst du noch mehr?«
Sie stand auf. »Ich will Resi nicht verlieren. Ich will auch weiterhin ab und zu mit meiner Tochter zusammen sein. Ich bin nicht sicher, ob er mir das jetzt, nach diesem Auftritt von dir, noch erlau-

ben wird. Darf ich das wollen, Oskar? Gestehst du mir das zu? Gesteht ihr beide mir das zu?« Sie wirkte all ihrem Kummer zum Trotz unwirklich und wesenlos, wie sie da zwischen Tisch und Tür stand und mit den Händen durch die Luft fuhr. »Das ist alles, was ich jetzt seit sieben Jahren will.« Sie schluckte, schnappte nach Luft. »Und ich habe es in all der Zeit kaum je bekommen.« Sie stockte, dann sagte sie: »Er hat sie heute nicht mitgebracht. Du hast es ja gesehen.«

»Ja«, sagte Voxlauer. »Er hat sie nicht mitgebracht.«

Else legte ihr Gesicht gegen die Tür. »Es war ausgemacht, dass sie bei mir bleibt. Hast du das gewusst? Den ganzen Sommer, bis die Schule wieder anfängt. Und daraus wird jetzt nichts.«

»Warum denn nicht?«

Else schüttelte den Kopf. »Bitte, geh zu ihm«, sagte sie flehend. »Versöhn dich mit ihm. Bitte, Oskar.«

Er saß starr da. »Erst musst du mir eine Antwort geben.«

Sie drehte sich wieder zur Tür und schwieg. Endlich sagte sie: »Sie kommt deswegen nicht zu mir, weil er darüber zu entscheiden hat, ob sie darf oder nicht. Weil er das Sagen hat.«

»Du meinst: weil er Obersturmführer ist?«

»Weil er der Vater ist. Er ist Resis Vater.« Sie hob die Hand an ihren Mund.

»Warum hast du mir das nie gesagt?«, fragte Voxlauer sanft. »Ich hatte es immer schon vermutet.«

»Weil ich dich kenne. Weil ich wusste, was du von mir denken würdest. Weil, wenn ich ein Kind –«, sie sprudelte die Worte zornig heraus, ohne ihn anzusehen; ihr Blick irrte ziellos durch den Raum. »Weil mir klar war, was du von *mir* halten würdest, wenn du wüsstest, dass ich ein Kind von so einem Mann habe. Weil ich wusste, was für ein Mann das ist. Weil –«

»Was für ein Mann?«

Sie stutzte. »Was?«

»Ich habe dich einmal danach gefragt, und du hast gesagt, du hättest es nicht gewusst. Du hättest damals nicht gewusst, was es mit

denen auf sich hatte und was er und seinesgleichen gemacht haben.« Er hielt inne und holte Luft. »War das gelogen?«
Sie kauerte sich neben seinem Stuhl nieder und fasste seinen Arm. »Oskar«, sagte sie. Es war sehr dunkel im Raum, aber er konnte sehen, dass ihre Augen nass waren. Sie zitterte. Auch ihre Hand, die seinen Unterarm streichelte, bebte. Ihr Atem ging stockend. »Bitte. Versprich mir, dass du zu ihm gehst –«
»Geh du zum Teufel.« Voxlauer stand abrupt auf und entzog ihr seinen Arm. Er nahm seine Jacke und schritt an ihr, die immer noch da kauerte, achtlos vorbei. Ein erstickter Schrei entfuhr ihr, sie verlor das Gleichgewicht und hielt sich am Stuhl fest. Voxlauer trat ins Freie; die warme Luft weckte ihn auf wie aus tiefem Schlaf.

Eine Stunde später kniete er am Ufer des unteren Teichs. Er drückte die Finger in den warmen Matsch und atmete tief den Duft von Gras und Blütenstaub ein. Das Wasser schlug in schüchternen kleinen Wellen an das Schilf. Er stand auf und ging ein Stück am Ufer entlang bis zu einer flachen kiesigen Stelle und wusch sich die Hände. Links von ihm, ganz nahe, sprang eine Forelle. Er schritt weiter über den feuchten Boden, bis zur Hütte.
Sie schimmerte weiß vor dem stumpf blauen Hang im Hintergrund, wie Kreide an einer Tafel. Es erinnerte ihn an den Abend, als er sie zum ersten Mal gesehen hatte. Das ist lange her, dachte er. Damals war alles viel einfacher: Ich war unglücklich. Er lächelte. Die Tür der Hütte stand einen Spalt offen. Er trat ein, tastete nach dem Tisch und dem Stuhl und setzte sich. Er saß da, vor sich vage im dunklen Blau die Umrisse der Tür, und wartete.
Schon bald drang durch die Ritzen der Fensterläden das erste Grau des Morgens, und im Raum breitete sich langsam ein schwaches gelbes Licht aus. Voxlauer stand auf und öffnete die Läden, dann setzte er sich wieder an den Tisch. Nach einer Stunde erhob er sich mit steifen Knochen und ging hinaus. Der süßlich feuchte Duft des Teichs stieg ihm in die Nase. Mücken

und grüne Libellen huschten in wilden Arabesken übers Gras hin. Während er die Insekten beobachtete, bekamen sie unversehens feine dünne Lichtschweife, und der Boden wurde dunkel wie bei einer Sonnenfinsternis. Voxlauer duckte sich in den Schatten der Nadelbäume und kniff mit aller Kraft die Augen zu. Der Untergrund kippte und schwang empor. In einer Mulde am Waldrand sank Voxlauer in die Knie, klappte zusammen. Er fiel mit dem Gesicht in den Staub. Er rang unter Schmerzen nach Luft, Galle stieg ihm durch die Kehle und gerann ihm im Mund zu dicken Klumpen. Er legte sich auf die Erde und presste die Arme an den Leib. Aus den sonnenwarmen Nadeln auf dem Boden stieg ein trockener, angenehm tröstlicher Duft auf, der den Gallengeruch langsam verdrängte. Voxlauer rollte sich eng zusammen und sank langsam in die Erde hinab.
Irgendwann nach einer unmessbaren Spanne Zeit kam er wieder zu Atem und konnte sich aufrichten und die Galle, die noch in seinem Mund klebte, ausspucken. Er beugte sich vor, stützte den Kopf auf und wartete, dass der Schwindel vor seinen Augen sich beruhigte. Neben ihm glitzerte eine Lache Erbrochenes. Er warf ein paar Hand voll Fichtennadeln und Walderde darüber, dann klopfte er seine Kleidung ab und stieg zur Straße hinauf.
Er stand eine Weile auf der Fahrbahn, den Kopf weit zurückgelegt, und musterte die Wolken am Himmel, bis sein Blick wieder klar wurde. Er bewegte sich langsam zwischen den Bäumen dahin, von einem sonnigen Fleck zum nächsten. Immer wieder blieb er kurz in der Wärme stehen, fröstelnd, die Arme eng an den Körper gelegt. An der Gabelung zögerte er, schaute kurz zu den Wolken hinauf und wandte sich dann nach links zu dem ansteigenden Weg, der zur Kolonie führte.
Die Hütten standen unverändert jenseits der Wiese da, halb im Schatten, halb in von Wolkenschleiern getrübtem Licht. Ein paar Lumpen flatterten noch an den Wäscheleinen. Er ging durch das taunasse Gras hinüber. Wasser drang in seine Stiefel. Alles war in eine tiefe vibrierende Stille gehüllt. Diese Stille macht ein sonder-

bares Geräusch, dachte Voxlauer. Wie wenn ein Zug in einen Tunnel eintaucht, aber ohne das Rollen der Räder auf den Gleisen. Er ging weiter auf dem festgetretenen Boden. Die Wände der Hütten schienen das Geräusch seiner Schritte zu verstärken; es hallte unwirklich. Auf dem kleinen Rund aus gestampfter Erde in der Mitte der Kolonie blieb er unschlüssig stehen und sah um sich.
Der Schuppen an der einen Seite stand leer und halb verfallen da. Die Mauer des terrassierten Gartens war an einigen Stellen, wo starke Regenfälle die Erde fortgeschwemmt hatten, eingestürzt. Wie sonnengebleichte Knochen ragten Scherben von alten Tellern aus dem Schlamm. An der Gartenmauer fand er ein paar Rüben, die das Wild übrig gelassen hatte, und aß sie. Er war froh darum; es linderte den dumpfen Schmerz in seinem Magen. Er setzte sich, lehnte die Wange an die warmen Steine und schloss die Augen.
Das Geräusch einer schlagenden Tür schreckte ihn wenig später auf. Die Sonne war jetzt fast ganz in den tief hängenden Wolken verschwunden, und von den Felsen her wehte ein steifer Wind. Voxlauer stieg von der Mauer herunter. Die Tür des Gemeinschaftshauses stand offen und schwang in ihren Angeln hin und her. Auf dem Fußboden im Inneren wirbelte Staub. Voxlauer betrat den kleinen verödeten Speisesaal. Es war angenehm kühl dort. Ein Ring von dunklen Flecken auf dem glatten Dielenboden bezeichnete die Stelle, wo man damals gegessen hatte. Wo man immer gegessen hatte, dachte Voxlauer. Ja, aber für ihn war es der Ort jener einen Mahlzeit. Ihm kam Elses Stimme in den Sinn: wie sie an jenem ersten Tag geklungen hatte, als er Else noch nie zärtlich flüstern oder ihn anschreien oder seinen Namen sagen gehört hatte, als er noch gar nichts von ihr wusste. Er stand da und stellte sich den Raum so vor, wie er damals ausgesehen hatte. Eine mottenzerfressene Decke lag, an den Boden geschmiegt wie ein schlafendes Kind, in einer Ecke. Er dachte an das Tuch, das damals in der Mitte ausgebreitet war, an die Holzschalen, die darauf standen, an die misstrauischen, abgezehrten

Gesichter ringsum. Er ging durch den Raum und hob die Decke hoch. Das dürre Gerippe einer Maus kam zum Vorschein.
Er ging auch durch die anderen Räume, fand aber nichts als eine verlassene Schlafstelle, auf der kreuz und quer durcheinander geworfen ein paar Strohsäcke lagen. Schwach hing noch der Geruch von ungewaschenen Leibern in der Luft. In der Speisekammer lagen auf einem Regalbrett einige verstreute Sonnenblumenkerne; er las sie einen nach dem anderen auf und steckte sie in den Mund, gedankenlos, wie betäubt. Er blickte lange Zeit hinaus auf die leuchtend blau gestrichenen Bienenkästen und beobachtete, wie sich der Farbton im trüber werdenden Licht fast unmerklich langsam veränderte. Irgendwann ging er hinaus, die Stufen hinunter und hinters Haus, um sie aus der Nähe anzusehen. Vor jedem Flugloch erstreckte sich lautlos flimmernd wie Licht aus einem Filmprojektor in ununterbrochenem Strom eine Bahn ankommender und abfliegender Bienen. Voxlauer blieb in einiger Entfernung von den Kästen stehen und beobachtete, wie die Insekten herausquollen, als bliese ein kleiner gespitzter Mund sie stetig aus. Er streckte behutsam die Hand vor, aber er spürte nur eine feine Kälte und ein leichtes Zittern der Luft. Dann riss ganz plötzlich, als hätte jemand einen Schalter umgelegt, der Strom der Bienen ab. Das Flimmern war weg. Durch die offen stehenden Türen an der Rückseite der Kästen sah man, dass innen alles Leben erstorben war. Voxlauer sah mit verkniffenen Augen um sich. Vom Wald her war wie immer das Rauschen des Windes zu hören.

»Wo sind seine Schuhe?«, fragte ich.
»Die habe ich hier bei mir«, sagte Spengler.
Einen Augenblick lang fragte ich mich, was er wohl mit den Schuhen wollte, aber dann schob ich den Gedanken beiseite. »Draußen wimmelt es immer noch von Heimwehr und Polizei, Heinrich. Sie haben jetzt Scharfschützen postiert. Es hat nicht viel gefehlt, und ich bräuchte mir keine Gedanken mehr über einen Gnadenerlass zu machen, wenn du verstehst, was ich meine.«

Spengler runzelte die Stirn. Er warf Fey einen Blick zu. »Also dann.«

Fey stand auf und knöpfte seine Jacke zu. »Ich denke, am besten gehe ich jetzt«, sagte er so nonchalant wie möglich.

Ich sah Spengler an. »Du willst den doch nicht im Ernst da rausspazieren lassen, Heinrich? Dann haben wir ja nur noch den Staatssekretär als Pfand.«

Spengler beachtete mich nicht. Er lächelte Fey aufmunternd zu. »Gehen Sie, Herr Minister. Gehen Sie und reden Sie mit Ihren Leuten da draußen.«

Ich starrte die beiden an, unfähig, einen klaren Gedanken zu fassen. Dann wurde mir plötzlich bewusst, dass ich Fey die Tür aufhielt. Ich warf sie zu. »Du kannst doch unmöglich so blöd sein, Heinrich«, stotterte ich. Er würdigte mich auch jetzt keines Blicks.

Fey setzte seine Kappe auf und trat zur Tür. Er verbeugte sich knapp vor Spengler, tippte an seine Mütze und sagte: »Lang lebe Ihre Revolution, Herr Spengler.«

Spengler sagte nichts. Fey nickte noch einmal und ging dann leichten Schritts hinaus.

»Moment noch«, rief ihm Spengler nach. Fey erschien wieder in der Tür, die Stirn ganz leicht gerunzelt. »Ja?«

»Nehmen Sie den Opa da gleich mit«, sagte Spengler und deutete auf den Staatssekretär, der verwundert hochschaute und unsicher aufstand.

»Heinrich, bitte«, sagte ich.

»Ich kann Sie nicht mehr sehen, Opa«, erklärte Spengler in freundlichem Ton. Der Staatssekretär zögerte einen Lidschlag lang – vielleicht fragte er sich, ob es angebracht war, sich zu verbeugen, oder nicht –, dann schlurfte er eilig seinem Kollegen nach, der schon um die Ecke verschwunden war. Ich sah Spengler an, der den beiden nachschaute. »Warum, Heinrich, warum, um alles in der Welt?«

Spengler zuckte die Achseln. »Ein alter Mann mehr oder weniger, das ist doch egal. Wenn du's genau wissen willst: Ich konnte ihn einfach nicht mehr sehen, diesen Jammerlappen.«

»Ich rede von Dollfuß. Warum hast du ihn umgebracht? Glaubst du im Ernst, dass Fey was anderes vorhat, als uns zu bescheißen?«
Spengler zuckte wieder nur die Achseln.
»Willst du dich unbedingt selber ans Messer liefern, Heinrich?« Meine Stimme klang hohl und dünn, wie wenn zwei Erbsen in einem leeren Blechkanister klappern.
Spengler verzog das Gesicht. Er wirkte wie hypnotisiert oder betrunken oder im Halbschlaf. »Jetzt reiß dich zusammen, Bauer. Wir haben immer noch die Heimwehr, oder?«
»Der Chef der Heimwehr ist gerade zur Tür rausspaziert, Heinrich. Zusammen mit dem Staatssekretär für Sicherheitswesen.«
»Für Sicherheitswesen?« Spengler lachte. »Der lächerliche alte Sack war für die innere Sicherheit zuständig?«
In diesem Augenblick konnte ich zum ersten Mal, immer größer und deutlicher, den Todesengel hinter Spenglers linker Schulter sehen. Ich sah ihn ganz klar und scharf. Ich schloss die Augen, rieb sie und machte sie dann wieder auf. Er war immer noch da, nur noch mächtiger jetzt, und er wuchs immer weiter, als wollte er den ganzen Raum ausfüllen. Mir wurde plötzlich wieder übel und schwindlig. Ich musste mich gegen die Wand lehnen. Spengler nahm nichts von dem wahr, was um ihn herum vorging. Er war ganz damit beschäftigt, seine Pistole nachzuladen; sorgsam, fast andächtig legte er die Patronen ein. Ich wandte den Blick ab und starrte wieder auf das blutverkrustete Tuch, das über der lächerlich kleinen Leiche lag.
»Ich geh mal und sehe nach Ernst und den anderen«, sagte ich und tastete nach der Türklinke hinter mir.
Spengler sah auf. »Muss das sein?«
»Ich glaube schon. Ja.«
»Ist gut«, sagte er.
Ich schob mich rückwärts hinaus und schloss die Tür.
Der Kabinettssaal war menschenleer. Ich ging durch den stinkenden Vorraum auf den Korridor. Der kleine Ernst war nirgends zu sehen. Drei von unseren Leuten standen gelangweilt herum. Die

Wachposten, die wir gefangen genommen hatten, lagen noch genauso wie vorher auf dem Boden, aber jetzt schien alle Spannung aus ihren Körpern gewichen. Die Leute standen stramm, als sie mich kommen sahen. Ich grüßte automatisch.
Im Vorbeigehen fiel mein Blick noch einmal auf die Gefangenen. Ich blieb unvermittelt stehen. »Habt ihr die Männer umgebracht?«, fragte ich.
»Jawohl, Herr Obersturmführer.«
Ich atmete tief durch. »Warum? Warum habt ihr sie erschossen?«
Der junge Bursche, den ich angesprochen hatte, schaute mich verwirrt an. »Die haben keine Ruhe gegeben, Herr Obersturmführer.« Er stockte, kratzte sich am Hinterkopf. »Wir haben's ihnen zwei- oder dreimal gesagt, dass sie still sein müssen.«
Ich trat ganz nah zu ihm hin. Er war noch ganz jung, sechzehn vielleicht, höchstens siebzehn. Sein Gesicht war mit Pickeln übersät. »Ihr seid wild entschlossen, nicht lebend hier rauszugehen, oder? Ist es das?«
Er sah schweigend auf seine Stiefel nieder. Endlich sagte er: »Nein, Herr Obersturmführer.«
»Schafft die Leichen runter, verdammt!«
Die drei nickten gehorsam, offenbar erleichtert. Sie knallten die Hacken zusammen. Der junge Bursche blickte mich etwas verunsichert an. »Wohin: runter, Herr Obersturmführer?«
Die Leichen lagen schlaff da, die Gesichter am Boden, die Hände immer noch auf dem Hinterkopf übereinander gelegt. Manche hatten große kreisrunde Blutflecken auf dem Rücken, einige wirkten, als schliefen sie nur. Andere hatte man offenbar in den Bauch geschossen; um sie herum breiteten sich große Blutlachen aus. »Irgendwohin, nur runter«, sagte ich nach einer Weile. »Das werdet ihr ja wohl noch schaffen, oder?«
Einer der beiden anderen, ein Großer mit einem Schnurrbärtchen – ich schätzte ihn auf etwa neunzehn –, grinste. »Natürlich, Herr Obersturmführer. Mit denen werden wir schon fertig.«

Als Voxlauer sich auf den Weg nach Pergau hinunter machte, begann es eben zu regnen. Er hatte von einer Honigwabe aus einem der Bienenkästen ein Stück abgeschnitten und trug es, eingewickelt in eines von Elses Taschentüchern, das er in seiner Manteltasche gefunden hatte, bei sich. Auf der Straße vor dem Haus wurde er langsamer und blieb endlich stehen. Sie war im Garten und machte sich an der Eingangstür zu schaffen. Er hatte plötzlich Angst davor, ihr draußen gegenüberzutreten. Er drehte sich um und ging ein kleines Stück zurück. Erst als er die Haustür schlagen hörte, näherte er sich wieder mit zögernden Schritten dem Haus, immer noch unschlüssig, was er ihr sagen sollte.
Sie war in der Küche und wusch sich in einer Blechschüssel die Hände. Als er anklopfte, wandte sie den Kopf und schenkte ihm ein erschöpftes Lächeln. »Ah, du hast etwas mitgebracht«, sagte sie. Es klang fast, als spräche sie mit sich selbst. Sie nahm ein Küchentuch und trocknete sich die Hände ab. »Willst du nicht reinkommen?«
Voxlauer stand unsicher in der Tür, einen Fuß noch auf der obersten Eingangsstufe. »Was hast du da?«, fragte Else.
Er legte das Päckchen hin, ohne ihr in die Augen zu sehen, und setzte sich stumm und gedrückt an den Küchentisch. Er hörte sie mit dem Taschentuch nesteln, es folgte ein Seufzen, das ebenso gut Erleichterung wie Freude wie Resignation ausdrücken konnte. Dann trat sie zu ihm an den Tisch, in der Hand einen Porzellanteller, auf dem die Honigwabe lag.
»Die Bienen sind weg«, sagte er.
»Was?«
»Die waren plötzlich weg.«
Sie stellte den Teller ab. »Oskar? Was hast du?«
»Ich weiß nicht«, sagte er. Er brachte es immer noch nicht über sich, sie anzusehen. »Du brauchst nicht zu denken, ich wäre nur deswegen zu dir gekommen, um mich von dir bemuttern zu lassen.«
Else lächelte. »Aber es ist doch so: Jedes Mal, wenn du fortgelau-

fen bist, musste ich dich nachher gesundpflegen. Die Gegend, in der du dich immer verkriechst, scheint eine Brutstätte aller möglichen Krankheiten und Übel zu sein.«

»Ich hasse diese gottverdammte Hütte«, sagte Voxlauer mit einem schwachen Grinsen.

Sie lachte verlegen und fasste ihn am Haarschopf. »Oskar Voxlauer!«, sagte sie versonnen und rüttelte sacht seinen Kopf vor und zurück. »Von Rechts wegen müsste dein Name jetzt auf der schwarzen Liste stehen.«

»Da steht er doch schon längst, oder nicht?«

»Nicht auf *der* schwarzen Liste. Auf *meiner.* Ich führe auch eine.«

»Wenn einer da draufstehen muss, dann ich.«

»Ja.« Sie legte ihre Hand auf seine Stirn. »Ich glaube, du hast Fieber«, sagte sie nach einer Weile. »Ich bin sicher.«

»Das spielt jetzt keine Rolle. Verzeih mir nicht so leichthin, Else, als wäre gar nichts passiert. Das halte ich nicht aus.«

Sie ging nicht darauf ein. »Wo hast du heute Nacht geschlafen? In einem Kaninchenbau?«

»In einem Sarg«, sagte Voxlauer. »Hab ich dir schon erzählt …« Seine Stimme erstarb.

»Was ist los?«

»Mir ist schwindlig.«

Else seufzte. »Lauf nie wieder so weg. Ich habe die halbe Nacht nicht geschlafen. Wenn du so weitermachst, seh ich bald aus wie eine alte Frau.«

»Ich war in der Kolonie.«

»In der Kolonie?«

»Ja, das ist der Beweis.« Er zeigte auf die Wabe.

»Was wolltest du denn dort? Was gibt es denn da noch zu sehen?«

Voxlauer schwieg. Ihre Hände an seinen Schläfen fühlten sich schmeichelnd glatt wie poliertes Holz an; er hatte Angst, sie würde sie wegnehmen, sobald er zu sprechen anfinge. »Eine tote Maus«, sagte er endlich.

»Und Bienen.«

»Ja. Aber dann sind sie verschwunden. Ich hab dir ja erzählt ...«
Sie unterbrach ihn. »Und jetzt ab ins Bett, Herr Wildhüter.« Sie zog seinen Kopf etwas nach hinten und strich ihm die Haare aus dem Gesicht. »Du gehst jetzt ins Bett.«
Voxlauer setzte sich auf. »Aber es ist gerade erst Mittag vorbei.«
»Das hat dich doch früher auch nicht gestört, oder?«, sagte Else. »Wenn du willst, komm ich mit.«
»Ja, wenn das so ist«, sagte Voxlauer und folgte ihr schüchtern.

Irgendwann in der Nacht wachte er auf. Er war allein, aus der Küche drang Licht, und er hörte Else mit einem Mann sprechen. Er stand auf und zog sich leise im Dunkeln an. Die Stimmen klangen gedämpft und gleichförmig, oft war Elses Stimme von der des Mannes nicht zu unterscheiden. Voxlauer trat in die Küche. »Oh! Grüß dich, Pauli«, sagte er überrascht und lächelte verwirrt.
»Oskar ...« Ryslavy stand auf. Er wirkte sonderbar bedrückt.
Voxlauer sah Else an. »Warum habt ihr mich nicht geweckt?«
»Du hast ganz fest geschlafen«, sagte Else.
»Was ist los? Was heckt ihr beiden aus?«
»Ach, Oskar«, sagte Ryslavy ernst.

Maman lag im Wohnzimmer, hingestreckt auf einer mit einem Leintuch bedeckten Planke, die auf zwei Böcken ruhte. Ihre wächserne Oberlippe schimmerte feucht. Voxlauer beugte sich ganz nah über ihr Gesicht. Sie sah verjüngt aus, ihr Gesicht wirkte frischer und feiner gezeichnet und sonderbarerweise irgendwie lebendiger. Aber sie war nicht lebendig. Voxlauer legte seine Hände auf die ihren und spürte die Starre. Ein leichter Fliederduft hing im Raum. Er drehte sich zu Ryslavy um. »Habt ihr sie parfümiert?«
»Ich glaube nicht«, sagte Ryslavy. Er stand weiter hinten im Zimmer und trat unruhig von einem Fuß auf den anderen.
»Geh ruhig, Pauli.«
»Was? Ah ja. Natürlich«, murmelte Ryslavy und trat hinaus.

Der Sarg stand hinter ihr unter dem Fenster, der Deckel lehnte daneben an der Wand. Voxlauer blickte auf seine Mutter nieder. Ihre Haut schimmerte matt im gedämpften Licht der Lampe, sie wirkte wie in Bronze gegossen. Er schob die Hand unter den Schleier und berührte noch einmal ihr Gesicht. Dann zog er den Schleier wieder glatt und ging aus dem Zimmer.

In der Küche fand er Ryslavy. Er saß auf einem niedrigen Hocker, vor sich eine Flasche Bier. »Ich werde das alles bezahlen«, sagte Voxlauer.

»Ach, Oskar. Bitte, lass mir diesen kleinen Dienst.«

»Der ganze Aufwand war überhaupt nicht nötig. Sie hätte das bestimmt nicht gewollt.«

»Was für ein Aufwand?« Ryslavy runzelte die Stirn.

»Dieser Sarg. Und dass man sie so rausgeputzt hat.«

»Das ist das Einzige, was ich noch für sie tun kann, Oskar. Nimm mir das nicht weg. Ich glaube nicht, dass es ihr was ausgemacht hätte.«

»Herrgott, Pauli. Kümmer dich um deinen eigenen Kram.«

»Red bloß nicht davon, Oskar.« Ryslavy starrte auf seine Schuhe hinab.

Sie saßen eine Weile schweigend da. »Sie war immer freundlich zu mir, die gute Seele«, sagte Ryslavy. »Freundlicher als alle anderen zusammen.«

»Ich werde es dir zurückzahlen, Pauli.« Voxlauer atmete tief. »Ich bin fest entschlossen.«

Ryslavy antwortete nicht. Er hielt Voxlauer die Flasche hin, und der leerte sie auf einen Zug.

»Sie hat uns, weiß Gott, nur Gutes getan, weiß Gott«, sagte Ryslavy. »Sie war eine richtige Heilige, wenn du mich fragst. Nicht dass ich sonst mit Heiligen viel am Hut hätte, versteht sich.«

»Sei so nett und lass mich eine Weile in Ruhe«, murmelte Voxlauer.

»Ist gut, Oskar.« Ryslavy stand auf. »Ich komme dann später wieder vorbei.«

»Prima.«
Voxlauer saß noch bis tief in die Nacht da, die leere Flasche in der Hand. Im Keller war noch Bier, aber er brachte nicht die Energie auf hinunterzugehen. Das Haus mit all seinen Zimmern erschien ihm nun, da sie nicht mehr da war, viel größer. Und doch war sie da: sie lag in dem mit schwarzem Tuch ausgeschlagenen Wohnzimmer. Plötzlich kam ihm in den Sinn, dass dies die erste Nacht war, die er allein in diesem Haus zubrachte. Er saß ruhig auf dem Hocker und starrte vor sich hin. Er konnte sich nicht erinnern, sich jemals so jung gefühlt zu haben wie jetzt. Der schwache Lichtschein von einer Kerze im Wohnzimmer spielte über den Fußboden.
Am nächsten Morgen weckten ihn früh Frauenstimmen und das Geräusch von Schritten auf den Eingangsstufen. Er rührte sich nicht und lauschte. Die Frauen gingen über den Flur ins Wohnzimmer. »Die Kerzen sind heruntergebrannt«, hörte er jemanden sagen. Sie flüsterten miteinander, dann murmelten sie Gebete und verließen das Haus.
Voxlauer stand auf und trat ins Wohnzimmer. Der Schleier war beiseite geschoben, und die Jalousie stand halb offen; ein breites, flaches Band Sonnenlicht lief durch den Raum. Er ließ die Jalousie herunter und schloss den Schleier, dann setzte er sich auf die Klavierbank. Es dauerte nicht lange, dann waren wieder Schritte an der Tür zu hören. Stimmen schwatzten durcheinander, er kümmerte sich nicht darum, sondern wartete wieder untätig, bis die Leute hereinkamen. Es waren dieses Mal drei: ein hagerer Mann und zwei uralte Weiblein, die strenge schwarze Seidenkleider und weiße Hauben trugen, wie sie im 19. Jahrhundert Mode waren. Als sie ihn im dunklen Zimmer am Klavier sitzen sahen, blieben sie stehen und neigten ernst die Köpfe. Der Mann trat zu Voxlauer und streckte ihm eine bleiche, mit Altersflecken übersäte Hand hin.
»Jürgen Schuffner, Herr Voxlauer, wenn es genehm ist.« Er wartete einen Moment. »Ihr erinnert Euch bestimmt nicht an mich.«

»Ich erinnere mich genau«, sagte Voxlauer. Er lächelte. »Sie arbeiten in der Mühle.«
Der Mann schien erfreut. »Das ist lange her, Herr. Viele Jahre. Aber ich weiß es noch gut. Ihr wart oft in der Mühle, Herr. Es hat Euch gefallen dort, als Ihr ein Bub wart.«
»Sie haben Mehl gesiebt. Das war so ein großes Sieb mit zwei Griffen dran.«
»Ja, was eben alles zu machen ist in einer Mühle.« Er schwieg und drehte gedankenversunken den Hut in seinen Händen. »Die war noch eine vom alten Schlag, Eure gnädige Frau Mutter. Eine wirkliche Dame. Die gehört in eine andere Zeit, hab ich mir oft gedacht, wenn ich so sagen darf. In eine ganz andere Zeit als die heutige.«
»Sie hat es selber auch oft gesagt«, bestätigte Voxlauer.
Die Frauen gingen langsam um die Bahre herum, murmelten vor sich hin und stellten kleine, mit goldenen Ornamenten verzierte Kerzen auf. Während er ihnen zusah und den sonderbar altväterischen Lobreden des Mannes lauschte, fühlte er sich plötzlich in die sepiabraune Fläche einer Daguerreotypie entrückt. Es war ein seltsames, aber keineswegs unangenehmes Gefühl: Es war, als tauchte er in moorig trübes warmes Wasser.
»Ihr werdet nicht leicht jemanden finden von ihrem Schlag, wenn ich so sagen darf«, fuhr der Mann fort. »Sie war vom rechten Schlag, Eure gnädige Frau Mutter. Eine wirkliche Hoheit.«
»Ich habe sie nie hoheitsvoll gefunden, Herr Schuffner. Vielleicht könnte man eher sagen: gemessen förmlich.«
»Ja, wenn man der Sohn ist, empfindet man das natürlich anders.«
»Sind Sie von weit her gekommen?«
Der Mann zuckte die Achseln. »Wir wohnen jetzt droben, in der Höll. Ihr werdet Euch nicht mehr erinnern, wo das ist.«
»Doch, ich weiß es noch gut. Das ist ja eine richtige Reise, die Sie da hinter sich haben.«
Der Mann zuckte wieder die Achseln. Nach einer Weile nickte er.
»Sie hat immer zu uns gehalten, nachdem Euer Herr Onkel längst

zu diesem Saujuden nach Ammern gegangen ist.« Er redete, als beantwortete er eine Frage.
»Tja. Ich weiß nicht, ob es Sie tröstet, aber er hat das längst bitter bereut«, sagte Voxlauer.
Der Mann schnaubte verächtlich. »Der hat immer schon sein Mäntelchen nach dem Wind gehängt, Euer Onkel, nichts für ungut, Herr.«
»Nein, ich kann Sie gut verstehen.«
»Ist er nicht da?«
»Wer?«
»Der Onkel. Ist er nicht da?«
»Ich hab ihn noch nicht gesehen.«
»Irgendwann kriegt der schon noch, was er verdient hat«, sagte der Mann mit vertraulich gesenkter Stimme. »Die Sorte kommt nicht ungestraft davon.«
»Irgendwann kriegt jeder, was er verdient hat, Herr Schuffner«, erwiderte Voxlauer. »Wir auch, früher oder später.«
»Ihr sagt es, Herr. Ja, dann –« Er verbeugte sich leicht und hob den Hut, um den alten Frauen, die sich immer noch an der Bahre zu schaffen machten, das Zeichen zum Aufbruch zu geben. »Wenn wir Euch irgendwie nützlich sein können – es wäre uns eine Ehre.«
»Die Beerdigung ist morgen«, sagte Voxlauer.
»Es tut mir Leid, aber wir müssen jetzt gleich wieder heim. Trotzdem herzlichen Dank, Herr.« Die Frauen traten heran. Ihre Mienen wirkten gelassen und verständnisvoll. Sie knicksten.
»Ja, also dann, auf Wiedersehen, Herr Schuffner, auf Wiedersehen, die Damen.« Die beiden Alten knicksten wieder, den Blick gesenkt, und gingen mit raschelnden Röcken hinter dem Mann hinaus.
Im weiteren Verlauf des Tages kamen immer wieder Leute, zu zweien oder zu dritt. Meistens betraten sie schweigend das Totenzimmer, standen in steifer Haltung vor der Bahre oder saßen eine Weile auf der Bank, die Voxlauer von der Veranda geholt

hatte, und bewegten schnell und lautlos die Lippen. Die meisten blieben nur ein paar Minuten, dann sprachen sie ihm murmelnd ihr Beileid aus, verbeugten sich und gingen wieder. Im Hintergrund hörte man den ganzen Tag über gedämpftes Murmeln auf dem Gang und das unablässige geschäftige Tappen der Schritte. Die Männer verbeugten sich, wenn sie an ihm vorbeigingen, und nahmen den Hut ab, die Frauen drückten ihm flüchtig die Hand. Am frühen Abend kam Ryslavy. »Und?«, fragte er mit einem schnellen Seitenblick nach der Bahre hin.

»Ich habe den ganzen Tag einfach nur hier gesessen«, sagte Voxlauer.

»Dann komm. Geh eine Weile raus hier. Du siehst aus, als wärst du gleich als Nächster dran.«

»Pass lieber auf dich selber auf, Pauli. Wenn überhaupt, dann mach ich das Rennen höchstens mit einer Nasenlänge Vorsprung.«

»Sehr unwahrscheinlich. Du hast mindestens ein Dutzend Jahre mehr Zeit, dich vollends zu Grunde zu richten, mein Kleiner.« Er fasste Voxlauer am Arm. »Jetzt komm. Ich krieg das heulende Elend, wenn ich dich noch länger so sehe.«

Voxlauer schüttelte den Kopf. »Ich warte hier.«

»Auf was?«

Er machte eine lässige Handbewegung. »Ich muss noch die allerhöchsten Kondolenzen entgegennehmen.«

»Else hat mir erzählt, was passiert ist. Der kommt doch nicht, so wie die Dinge stehen.«

»Ja. Da ist er ganz schön erschrocken, der Herr Obersturmführer.«

»Das glaub ich dir, du Spinner.« Ryslavy grinste.

»Ich war selber genauso schockiert.«

»Ach! Vergiss es, Oskar.«

»Ist das wahr, was er gesagt hat?«

Ryslavys Grinsen erstarb. »Was denn?«

»Dass sie dich jetzt endlich doch kleingekriegt haben?«

»Das ist doch Scheiße, Oskar, gottverdammte Scheiße.« Ryslavys

Gesicht wurde hart. »Du bist wirklich ein Trottel, Oskar. Du redest daher wie ein Kleinkind, das einfach nachschwätzt, was man ihm vorsagt.« Er beugte sich zu Voxlauer hinüber. Sein Atem roch nach Wein. »Du machst dir gar nicht die Mühe, selbstständig zu denken. Du lässt dir von Kurt Bauer vorschreiben, was du zu denken hast.«
»*Ich* lass mir von dem was vorschreiben? Ich glaube, da verwechselst du was, mein Lieber. Du bist doch der, der vor ihm auf dem Bauch liegt, oder nicht?«
»Mit dir kann man nicht vernünftig reden«, sagte Ryslavy fast unhörbar leise. »Das ist sinnlos.«
»Dann lass es.« Voxlauer drehte ihm den Rücken zu. Kurz darauf hörte er die Tür knallen.

Ich sah mit bewegungsloser Miene zu, wie die drei die erste Leiche hochhoben und sie die Treppe hinuntertrugen. Schon bevor ich den Engel hinter Spenglers Schulter gesehen hatte, war ich entschlossen gewesen abzuhauen, aber jetzt wusste ich, dass mir nicht mehr viel Zeit blieb. Ich hatte noch keinen Plan, wie ich es anstellen sollte; es war ein spontaner Impuls gewesen, als ich die Leute fortgeschickt hatte. Ich hörte sie im Treppenhaus ächzen und fluchen, wenn einer unter der Last stolperte, die sie zu schleppen hatten.
Am Ende des Korridors, auf der Seite zum Ring hin, war ein großes Buntglasfenster, und links davon, halb hinter Vorhängen verborgen, gab es einen Durchgang zu einem kleinen Treppenhaus, durch das man auf den Dachboden gelangte. Durchs Fenster sah ich undeutlich hektisch bewegtes dunkles Gewimmel, das lautlos nach allen Seiten hin auseinanderstrebte. Ich konnte keine Einzelheiten erkennen, aber ich sah genug, um zu wissen, was das zu bedeuten hatte. Ich zog die Vorhänge beiseite und hastete die Treppe hinauf.
Oben gelangte ich auf einen Gang, der zwischen Maschendrahtverschlägen voller düster wirkender Holzkisten hindurchführte. Durch die Dachluken drang dämmriges Tageslicht herein. Ich ging zu einem rußverschmierten runden Fenster am Ende des Gangs und

öffnete es vorsichtig. Es bewegte sich leicht in den Angeln. Ich streckte den Kopf hinaus und sah tief unter mir vor dem Kanzleramt den Polizeigeneral stehen, der soeben den Befehl gab, das Gebäude zu stürmen.

Das Fenster befand sich weit oben in der Fassade, genau in der Mitte über dem zweiflügeligen Hauptportal, das nun vor meinen Augen von sechs Uniformierten mit einem hölzernen Rammbock aufgebrochen wurde. Es gelang ihnen mühelos beim ersten Anlauf, und sofort strömten Scharen von Heimwehrleuten in grauen Uniformen in das Gebäude. Lärm brandete auf, ein geschlossenes Ganzes im ersten Moment, das sich dann in eine Vielzahl von Geräuschen aufsplitterte. Schwarzer Rauch stieg an der Fassade zu mir herauf. Durch den Qualm knatterte Gewehrfeuer. Ich blickte zur Ringstraße hinüber; an den Rändern des Parks drängte sich eine große Menschenmenge. Ich wunderte mich, dass all diese Leute gar keine Angst zu haben schienen, von einer verirrten Kugel getroffen zu werden. Ich musste lächeln bei diesem Gedanken: ein paar Sekunden lang fühlte ich mich unsichtbar und unbesieglich in meiner Schlauheit. Dann zog ich den Kopf ein und ging wieder durch den Gang zurück.

Am anderen Ende neben dem Treppenabsatz war ebenfalls ein rundes Fenster, aber dieses war mit Farbe übermalt und der Riegel mit einem Vorhängeschloss gesichert. Durchs Treppenhaus hallten Schreie und Schüsse; ein schweres Poltern ließ darauf schließen, dass weitere Türen eingeschlagen wurden. Ich hastete leise die Treppe hinunter und zog den Vorhang ordentlich zu, damit keiner den Aufgang entdeckte, dann rannte ich wieder hinauf zum Fenster. Es war offensichtlich seit ewigen Zeiten nicht mehr geöffnet gewesen; Riegel und Scharniere waren mit Rostblasen oder dicker grünlich gelber Ölfarbe bedeckt. Ich suchte herum, ob ich irgendwo einen losen Ziegelstein oder sonst etwas fände, mit dem ich den Riegel abschlagen konnte, da fiel mein Blick auf die Lichtluken über mir, und ich hielt inne.

Es waren ungefähr zwanzig kleine Dachgauben in einer Reihe parallel zu dem Gang. Die Öffnungen waren schmal und verwinkelt, aber es sah so aus, als könnte sich ein erwachsener Mann, wenn er nur verzweifelt genug war, hindurchquetschen. Wenn man auf eine der Trennwände zwischen den Verschlägen stieg, konnte man sich zu den Dachbalken hinaufhangeln. Ich ging durch den Korridor und rüttelte an den Drahttüren. Aus dem Gebäude waren immer wieder Gewehrschüsse zu hören, manchmal, wie es schien, direkt unter mir, aber es klang, als wäre die eigentliche Entscheidung bereits gefallen. Bei der sechzehnten oder siebzehnten Tür hatte ich endlich Glück: sie war unversperrt und ließ sich ohne weiteres öffnen. Ich trat in den Verschlag und versuchte zuerst, ob ich an dem Drahtgitter hinaufklettern konnte. Die Maschen waren so weit, dass ich mit der Stiefelspitze Halt fand, aber der Draht verzog sich unter meinem Gewicht; es war klar, dass ich sehr auffällige Spuren hinterlassen würde. Ich fluchte und bog die Maschen wieder halbwegs zurecht.

Ich merkte, wie allmählich Panik in mir aufstieg. Ich kniete nieder und untersuchte die Holzkisten genauer. Auf die Deckel waren mit roter Farbe Zahlen geschrieben. Sie waren eher leicht gebaut, schienen aber stabil genug, um mein Gewicht zu tragen, wenn ich mich sehr vorsichtig bewegte. Ich hob eine davon an und stellte fest, dass sie nicht allzu schwer war. Ich machte mich daran, sie in aller Eile und ohne Lärm zu machen zu einem Stapel aufzuschichten, auf dem ich zu der Fensterluke hinaufgelangen konnte. Ich sah immer wieder ängstlich in Richtung des Treppenhauses und sprach mir flüsternd selbst Mut zu, während ich arbeitete.

Als ich beinahe fertig war, hörte ich Schritte auf der Treppe, aber dann wurde es wieder still, und ich machte weiter. Einmal ließ ich eine Kiste fallen, die offenbar irgendwelche Metallgegenstände enthielt, Besteck oder Stimmgabeln, jedenfalls etwas grauenhaft laut Schepperndes; ich verkroch mich sofort hinter den Kisten und wartete lange mit angstvoll angehaltenem Atem. Es passierte jedoch nichts, und so wagte ich mich irgendwann wieder hervor. Als der Stapel hoch genug war, machte ich die Tür zu, schob mit den Fingerspitzen den Riegel außen vor und machte mich behutsam an den Aufstieg. Die Luke ließ sich ganz leicht öffnen, und ich schlüpfte hinaus in die diesig graue Luft.

Am nächsten Morgen kamen drei Männer von der Kirchengemeinde. Sie nickten Voxlauer zu, legten die Tote in den Sarg, falteten ihr die Hände und schraubten dann den Deckel zu. Sie fuhren sie durch die Stadt zum Friedhof. In der weiß gestrichenen, kahlen Kapelle, die zur Stadt hin offen war wie der Bühnenraum eines Theaters, stellten sie den Sarg ab. Auf dem Platz davor waren bereits dreißig oder vierzig dunkel gekleidete Leute versammelt, die meisten schon alt. Auch Gustl war da und Ryslavy, der bleich und zerknittert aussah. Einige SS-Leute in Ausgehuniform standen da, aber Kurt Bauer war nicht unter ihnen. Der Pfarrer wieselte umher und schwang sein Weihrauchfass über dem Katafalk. Sein nichtssagend mildes Gesicht war Voxlauer von seiner Jugend her noch vage vertraut. Er sang mit zittrig blökender Stimme den Sarg an; es klang ziemlich falsch.
»*Odore celesti pascat animam tuam Deus.*«
Ein dumpf gemurmeltes Amen der Gemeinde beschloss diese Zeremonie. Der Gottesdienst begann. Er dauerte sehr lange. Die Anwesenden starrten die ganze Zeit vor sich hin auf den Boden. »*Pater et Filius et Spiritus Sanctus, Amen*«, sagte der Pfarrer endlich, und die Gemeinde antwortete: »Amen.« Die SS-Leute schwiegen.
Der Pfarrer wandte sich an Voxlauer. »Wenn jemand von Ihnen jetzt zu den Anwesenden sprechen möchte …«
Voxlauer sah zur linken Seite hinüber, wo Gustl stand, und bat ihn nach vorn.
Gustl nickte mit demonstrativer Würde und trat mit schweren Schritten auf die Bühne. Neben dem Sarg angelangt, verharrte er eine Weile feierlich still, dann hob er die Augen zum Himmel und seufzte melancholisch. »Liebe Trauergemeinde«, begann er.
Der Pfarrer trat einen Schritt zur Seite und senkte den Kopf. Sein

mageres bleiches Kinn drückte gegen den faltigen Hals, seine Lider flatterten nervös. »Liebe Trauergemeinde«, wiederholte Gustl und räusperte sich.
Voxlauer suchte Ryslavys Gesicht in der Menge und zwinkerte ihm zu. Ryslavy schaute weg Gustls sanft betrübte Stimme rührte die Versammlung auf wie eine milde Sommerbrise. Er wippte auf seinen kurzen Beinen und breitete die Arme aus und fuhr sie wieder ein – der Anblick erinnerte an einen dicken Vogel, der hilflos mit den Flügeln schlägt. Voxlauer sah sich die Menge der Gesichter ringsum genauer an; sie waren ihm fast alle völlig unbekannt. Ryslavy starrte mürrisch ins Leere; er murmelte vor sich hin und fingerte an seinem Kragen, der ihn zu drücken schien. Bisweilen spielte ein nervöses Lächeln um die eine Seite seines Munds. Er warf Voxlauer einen Blick zu, hob eine Braue, dann senkte er wieder den Kopf.
»... und führe ihre Seele nach all den Stürmen in einen ruhigen Hafen«, sagte Gustl andächtig.
»Amen.«
»Amen«, sagte der Pfarrer und öffnete die Augen, hob aber nicht den Kopf. Gustl verbeugte sich mit ernster Würde und trat zur Seite. Er klopfte Voxlauer ermutigend auf die Schulter, als er an ihm vorbeiging. Die Versammlung verharrte in erwartungsvollem Schweigen.
»Paul Ryslavy«, sagte Voxlauer langsam und deutlich.
Ryslavy schaute verblüfft auf. Gemurmel erhob sich.
Der Pfarrer griff ein. »Es ist üblich, dass der Sohn bei diesem Anlass ein paar Worte spricht.« Einige in der Versammlung knöpften demonstrativ ihre Mäntel zu.
»Das ist ein familiärer Anlass, Oskar«, raunte Gustl.
»Ja, Onkel Gustl. Wir möchten Paul Ryslavy bitten, zu uns zu sprechen«, sagte Voxlauer laut. »Ah, da ist er ja. Kommen Sie herauf, Herr Ryslavy, bitte.«
Ryslavy trat aus der Menge und ging zögernd zum Sarg. Einige Teilnehmer, vor allem jüngere Männer, hatten ihre Hüte aufge-

setzt und schickten sich an zu gehen. Die SS-Leute standen stramm da, die Hände an der Hosennaht, die Augen auf einen Punkt irgendwo links von Voxlauer gerichtet. Ja, steht nur ruhig stramm vor ihm, dachte Voxlauer und beobachtete Ryslavy, der sich nun ebenfalls kerzengerade aufrichtete und in seinen Ärmel hüstelte. Voxlauer fand, dass er schrecklich mitgenommen aussah. Er blickte wieder auf die Leute. Nun, desto besser.
Ryslavy stand neben dem Sarg. »Liebe Trauergemeinde«, hob er an und holte tief Luft. »Wir haben uns heute hier versammelt, um … um Abschied zu nehmen, um für immer Abschied zu nehmen von einer schönen Seele …«
Voxlauer musterte die Gesichter in der Runde. Sie starrten mit einem sonderbaren Ausdruck betretener Überraschung auf Ryslavy und den Pfarrer. Die SS-Leute blickten fast freundlich Voxlauer an. Genau das haben die sich wahrscheinlich erhofft, dachte er. Na dann, viel Vergnügen. Sollen nur ruhig machen, was sie sich vorgenommen haben.
»Sie stand uns nahe … stand jedem von uns nahe in der einen oder anderen Weise, je nachdem, welche besondere … äh … Beziehung uns mit ihr verband …« Ryslavy blickte auf die Versammlung nieder. Ein breites Grinsen ging über sein Gesicht. »Was mich betrifft, so habe ich sie wie eine Art Stiefsohn geliebt.«
Lautes Murren erhob sich. »Ja, ich weiß, da scheißen sich einige von Ihnen in die Hosen vor Schreck«, sagte Ryslavy. Er schaute zu Voxlauer hinüber und lachte wiehernd.
»Der Mann ist ja betrunken«, rief der Pfarrer und trat nach vorn.
»Der Mann hat die Beerdigung bezahlt und Ihren Auftritt auch, mein Lieber«, sagte Voxlauer und hielt ihn am Ärmel fest. »Lassen Sie ihn in Ruhe!«
»… wie eine liebe, hoch geschätzte Tante.« Mit etwas schwerer Zunge redete Ryslavy unbeirrt weiter. »Ja, sie hat mich erzogen …«
»Schluss jetzt!«, schrie Gustl. Hinter ihm standen die fünf SS-

Männer. Ryslavy brach ab, stand halb abgewendet vor der Menge und musterte sie mit verächtlichem Blick.

»Du warst schon an der Reihe, Onkel Gustl«, sagte Voxlauer.

»Alles was recht ist, Oskar. Jedenfalls –«

Der SS-Offizier hinter ihm unterbrach ihn und schob ihn beiseite.

»Ein abscheulicher Missbrauch! Ein solcher Auftritt bei einer Beerdigung!« Voxlauer erkannte ihn wieder: es war der Blonde, mit dem er bei der Polizei zu tun gehabt hatte. Der Mann baute sich vor dem Publikum auf. »Eine kleine jüdische Hetzrede will der halten«, sagte er in schneidendem Ton. Er stand Schulter an Schulter mit Ryslavy. Man hätte die beiden für Kollegen halten können, die gemeinsam eine Veranstaltung durchführten. Ryslavy rückte etwas von ihm ab und betrachtete ihn mit unbewegter Miene von der Seite.

»Wie sehr die Juden und Zigeuner unsere Frauen lieben, ist ohnehin sattsam bekannt«, sagte der Offizier. Jemand in der Menge johlte höhnisch. Voxlauer stand da und ließ seinen Blick von einem zum anderen wandern. Niemand lachte, nicht einmal ein Lächeln war zu entdecken. Ryslavy war wieder ins Publikum getreten und schaute zu ihm hinauf. Diejenigen, die sich vorher empört abgewandt hatten, waren zurückgekehrt und reckten die Hälse. Es sah so aus, als wären plötzlich weit mehr Leute da als vorher. Die älteren Trauergäste starrten wie vom Donner gerührt nach vorn; sie konnten es einfach nicht fassen. Gustl war nirgends zu sehen. Der Offizier machte Anstalten, in seiner Rede fortzufahren.

Voxlauer trat zu ihm hin. Der Mann stutzte, sah Voxlauer lächelnd in die Augen. Voxlauer war, als rückte die ganze Truppe enger zusammen.

»Wenn Sie noch ein Wort am Sarg meiner Mutter sprechen, bring ich Sie um«, sagte er.

Das Lächeln verwandelte sich in ein offenes Grinsen. Der legt es darauf an, dachte Voxlauer. Das schmale Gesicht des Mannes rötete sich ganz leicht. Genau das will er, und das soll er auch kriegen. Ich tu ihm den Gefallen.

»Herr Wiedehopp! Herr Wiedehopp! Bitte!« Das war Gustls Stimme. Unverkennbar, dieser beflissen schleimige Ton. Voxlauer sah nichts als das Gesicht mit den roten Wangen vor ihm. Es drehte sich zur Seite.

»Seit wann reden Sie mich mit dem Namen an, Kamerad?«, fragte er. Das Lächeln war verschwunden.

Ich hau ihm eine in die Fresse, dachte Voxlauer. Jetzt ist es so weit, jetzt soll es passieren. Ihm war, als liefen alle Ereignisse der letzten fünf Monate mit unausweichlicher eiserner Notwendigkeit auf diesen Moment, diese eine Tat zu, wie Schienen, die immer näher zueinander hinstreben und sich endlich in einem Bahnhof treffen. »Halt dich da raus, Gustl«, sagte er.

Gustl beachtete ihn nicht. »Schauen Sie doch. All diese Leute!« Der Offizier sah unwillig um sich. »Ich bringe das hier in Ordnung. Ein Wort genügt. Bitte. Ziehen Sie die Truppe ab. Lassen Sie mich das machen.«

Eine Zeit lang herrschte Schweigen. Gustl stand zwischen den Parteien. Die anderen vier SS-Männer waren jetzt ein geschlossener Block aus schwarzem Tuch und silbernen Knöpfen. Voxlauer spähte in der Menge nach Ryslavy. Er spürte in diesem Moment nichts als eine große Ruhe, fast etwas wie Zufriedenheit. Ryslavy war nirgends mehr zu entdecken. Gustl und der Offizier steckten die Köpfe zusammen und redeten leise miteinander.

Nach einer Weile sah der SS-Mann auf und trat einen Schritt zurück. »Lösen Sie die Versammlung auf«, sagte er und schritt mit gleichgültiger Miene an Voxlauer vorbei.

Die drei Gemeindediener blieben da. Sie standen neben dem Sarg und warteten auf Voxlauer. Er trat müde zu ihnen hin und fasste den vierten Griff des Sargs. Sie setzten sich in Bewegung. Sie gingen in gemessen feierlichem Schritt zwischen den Reihen von Grabsteinen dahin, nun ganz allein, und trugen den schweren Sarg. Am Grab stellten sie ihn auf zwei kurzen Balken aus rohem Holz über der offenen Grube ab. Neben den Balken lagen lange

Leinwandstreifen. Nach einer gewissen Anstandspause wurde der Sarg leicht angehoben, so dass man die Kanthölzer wegnehmen konnte, dann ließ man ihn an den Stoffbändern hinab. Das Ende, das zuerst auf dem Boden auftraf, machte ein dumpfes Geräusch, wie wenn ein anlegender Kahn an den Steg stößt. Jetzt verrutscht sie dort auf den Kissen, dachte Voxlauer. Der Pfarrer tauchte wieder auf und malte mit langsam kunstvoller Gebärde ein Kreuz in die Luft über dem Grab.

»Dora Anna Maria Voxlauer«, sagte er mit zittrig kratzender Stimme, »*Pulvis es, et in pulverem revertaris.*« Er ließ die Hand sinken und ging weg, ohne Voxlauer eines Blickes zu würdigen. Die drei Sargträger standen noch eine Weile da und warteten auf das übliche Trinkgeld, schließlich zogen auch sie murrend ab.

Voxlauer sah auf den Sarg mit den Stoffbändern hinunter, deren Enden neben der Grube auf der Erde lagen. »Weit weg«, sagte er. Nach einigen Minuten kam Gustl schnaufend den Weg herauf. Er warf einen kurzen Blick ins Grab, dann fasste er Voxlauer bei der Schulter. »Jetzt komm, gehen wir. Du bist ja total durchgedreht. Jetzt suchen wir uns einen Platz, wo wir gemütlich einen trinken können, und dann reden wir vernünftig miteinander. Ein kleines Gespräch von Mann zu Mann.«

Voxlauer blickte erstaunt auf. »Hast du mich immer noch nicht abgeschrieben?«

Gustl antwortete nicht, sondern lotste ihn eilig den Weg entlang und zum Friedhofstor hinaus. Voxlauer ließ sich von ihm am Arm mitziehen wie ein Bub, den man beim Schuleschwänzen erwischt hat: vorbei an der Sägemühle und über den Mühlbach und den Kanal und die Landstraße oberhalb des Schulgebäudes entlang, wo eine Kolonne von vielen schweren Lastwagen mit Langholzanhängern stand. »Weißt du, was alle diese Lastwagen hier zu bedeuten haben?«, fragte Voxlauer.

»Jetzt tut sich endlich was«, sagte Gustl. »Große Pläne werden in die Tat umgesetzt. Jetzt heißt es die Ärmel aufkrempeln. Da werden richtige Männer gebraucht, Oskar. Jetzt wird gebaut.«

»Aha.« Voxlauer betrachtete eine Weile schweigend den Fuhrpark. »Was wird denn gebaut, Onkel Gustl?«
»Die Zukunft!« Gustl strahlte.
»Die Zukunft«, sagte Voxlauer. »Wer hätte das gedacht.«
»Tu nicht so naiv, Oskar. Meinst du vielleicht, diese ewig zögerliche Zurückhaltung imponiert irgendjemandem? Du bist ein Mann in den besten Jahren!«
»Ich will überhaupt niemandem imponieren. Es ist nur so, dass mir der Unternehmungsgeist, den du von mir erwartest, vollkommen fehlt.«
Gustl sah ihn argwöhnisch an. »Liegt es nicht vielleicht eher daran, dass du immer noch die rote Fahne hochhältst?«
»Die rote Fahne?« Voxlauer musste unwillkürlich lächeln.
»Kein Mensch denkt heutzutage noch so wie du, kapierst du das nicht? Wirklich niemand. Das musst doch selbst du einsehen. Das ist vorbei. Das musst du doch spätestens heute kapiert haben, wo du dich beinahe um Kopf und Kragen geredet hättest.«
»Ich weiß nicht, ob dich das tröstet, Onkel Gustl, aber die in Tscherkassy damals haben auch nicht so gedacht wie ich. Niemand hat je, wie du es so schön ausdrückst, ›so gedacht wie ich‹, nicht einmal in Russland. Ich müsste noch viel blöder sein, als selbst du glaubst, wenn ich annähme, dass sich ausgerechnet jetzt etwas daran ändern würde.«
»Ich würde gern von mir behaupten können, *ich* hätte so gedacht wie du«, sagte Gustl langsam. »Ich würde wirklich gern verstehen, wie du dir die Dinge vorstellst.«
»Tatsächlich, Onkel Gustl?« Voxlauer blieb unvermittelt stehen. »Und was hättest du davon, du alter Arschkriecher?«
Gustl wurde rot. »Nur zu. Mach dich nur lustig über mich. Ich bin ja nur ein klappriger alter Mann. Ich weiß genau, wie du denkst. Du denkst wie dein Vater, dieser eingebildete Lackaffe. Du bildest dir ein, du bist ein Mann des einfachen Volks, bloß weil du deinem Privatlehrer freche Grimassen geschnitten hast. Nie und nimmer. In Wirklichkeit bist du einfach ein Herrensöhnchen,

wenn auch eins, das niemanden zum Herumkommandieren hat. Ein hochwohlgeborener Bettnässer. Ein Märtyrer.« Er spuckte wütend aus. »Weißt du denn, was die einfachen Leute wollen? Du weißt es so wenig wie dein Vater – der wusste höchstens was von seinem beschissenen Kaiser und von seinen maßgeschneiderten Anzügen.«

»Denk, was du willst«, sagte Voxlauer.

»Der wollte auch einen Frieden ganz für sich allein. Abgehoben von der Welt der anderen. Überhaupt war ja keiner gut genug, ihm auch nur frische Unterhosen hinzulegen. Nicht einmal deine Mutter, Gott hab sie selig, war ihm gut genug. Und wie weit ist er damit gekommen? Was hat er davon gehabt am Ende?«

»Ich kenne schon ein paar Leute, die mir gut genug sind, Onkel Gustl.«

»Willst du so enden wie dieser alte Schwachkopf? Willst du das?«

»Nein«, sagte Voxlauer und atmete tief. »Aber mein Vater war verrückt, oder nicht?« Voxlauer tippte sich mit dem Finger an die Stirn. »Ich dagegen bin vollkommen klar im Kopf. Wahrscheinlich gesünder, als für mich gut ist.« Er lachte. »Aber ich bin dir dankbar, Onkel Gustl, dass du das gefragt hast. Ich habe mein ganzes Leben lang gewartet, dass ich eine Antwort darauf geben kann.«

Gustl stand jetzt plötzlich vor ihm, eine fette rote Hand vorgestreckt. Er wirkte lächerlich. »Komm, Oskar, gehen wir zu Rindt. Tu deinem alten Onkel diesen letzten Gefallen.« Seine Wurstfinger bewegten sich vor Voxlauers Brust auf und ab. »Die ganze Wirtschaft wird auf dein Wohl trinken, bevor sie zumachen, das versprech ich dir. Du wirst sehen: wir kriegen sie alle rum, wir beide.« Er hielt inne. »Ich werde dich kein zweites Mal bitten.«

»Trotzdem danke«, sagte Voxlauer und starrte auf die Straße.

»Was?«

»Ich hab nein gesagt. Nein, danke, Onkel Gustl. Heute nicht.«

Gustls ausgestreckte Hand fuchtelte täppisch in der Luft. Der Anblick ließ an eine ungeschickt geführte Marionette denken. Sein

Gesicht war ausdruckslos und leblos bleich. »Vielleicht ist es besser so«, sagte er nach einer Weile leise.
»Ja. Kann sein.«
Die Hand fiel hinunter. »Also dann, gib auf dich Acht, Oskar. Bleib in Deckung.«
»Gib Acht, dass du selber keinen Ärger kriegst«, sagte Voxlauer. Er winkte Gustl nach, der die menschenleere Straße hinunterging.

Ich blieb drei Tage und Nächte auf dem Dach des Kanzleramts. Ich trank Wasser aus den Dachrinnen, wenn es regnete, und suchte tagsüber hinter Kaminen Schutz vor der sengenden Sonne. Ich dankte der Vorsehung dafür, dass sich die Drahtzieher das Putschs nicht dafür entschieden hatten, im Winter loszuschlagen. Kein Mensch kam auf die Idee, durch eine der Luken zu schauen; ich bezweifle heute, dass man sich auch nur die Mühe machte, den Dachboden zu durchsuchen. Am zweiten Tag begriff ich, dass wahrscheinlich niemand kommen würde, mich zu holen, und es überkam mich ein sonderbares Gefühl von Staunen bei dem Gedanken. Ich musste auch oft an die Vision in dem kleinen Nebenraum denken und dass sie offenbar allein mir vorbehalten gewesen war. Ich fragte mich, ob Spengler jetzt wohl schon tot war.
In der zweiten Nacht waren bereits keine Patrouillen mehr auf dem Ring zu sehen. Ich fühlte mich sehr schwach. Irgendwann in der dritten Nacht wachte ich auf, von einem grässlichen Durst gepeinigt, mein Mund und meine Kehle brannten. Ich rutschte über die Dachziegel zu meiner Luke, drückte sie auf und tastete dann mit den Füßen nach dem Kistenstapel unter mir. Er war noch da. Ich stieg an dem wackeligen Bau hinunter, dann musste ich mich eine Weile anlehnen und warten, bis der Schwindel, der mich gepackt hatte, nachließ. Das Flimmern vor den Augen verschwand nicht. Irgendwann war es mir egal, und ich beschloss, es trotzdem zu wagen. Ich tastete mich zur Treppe und ging hinunter. Am Vorhang angekommen, stand ich lange regungslos da und lauschte; ich war

einer Ohnmacht nahe. Nichts war zu hören außer meinem eigenen flachen, hechelnden Atem und einem fernen Summen.
Der lange Korridor war leer. Ich zog meine Stiefel aus und ging auf dem Läufer entlang, vorbei am Kabinettssaal und am Arbeitszimmer des Kanzlers, an der Stelle, wo die Leichen der Wachposten gelegen hatten, bis zu der großen Marmortreppe, die zur Eingangshalle hinunterführte. Es war dunkel, nur ein feiner Lichtschein drang von der Straßenbeleuchtung herein. Die Kristallleuchter schimmerten schwach. Ich saß eine Weile oben an der Treppe und wartete, dass der Nachtwächter seine Runde drehte. Nach einigen Minuten erschien im Erdgeschoss ein Mann und ging unten in der Eingangshalle hin und her. Ich beobachtete ihn durchs Treppengeländer und schaute auch immer wieder nach hinten auf den Gang, während ich meine Stiefel zuschnürte. Endlich verschwand der Mann wieder, und ich ging eilig die Treppe hinunter. Man hatte die Türen, die beim Sturm auf das Gebäude aufgebrochen worden waren, noch nicht repariert und nur behelfsmäßig verschlossen. Ich stieß einen Flügel auf und spazierte hinaus ins Freie.
Am Morgen blätterte ich die Zeitungen durch und erfuhr zu meiner Erleichterung, dass alle Putschisten mit Ausnahme von Glass in Polizeigewahrsam waren. Ich beschloss daraufhin, zum Westbahnhof zu gehen und wie ein ganz gewöhnlicher Tourist mit dem nächsten Zug nach Bayern zu reisen. Vorher schaute ich noch bei einem Freund und Kampfgenossen vorbei, einem Philologiestudenten, in dessen Wohnung ich Zivilkleidung deponiert hatte. Er war sehr überrascht, mich zu sehen, und gestand mir etwas verlegen, dass er aus Angst vor der Polizei meinen Anzug weggeworfen hatte. Das war nun einmal nicht mehr zu ändern, und so musste ich mir mit seinen Sachen behelfen. Ich nahm mir einen leichten Sommeranzug und ein Paar sehr schicke Halbschuhe und ließ mich für den Verlust der hundert Schilling, die in meinem Anzug gesteckt hatten, mit einem eselsohrigen Zwanzig-Mark-Schein entschädigen. Er war kein schlechter Kerl, nur ein bisschen einfach gestrickt. Sein Vater war technischer Zeichner in einem Ingenieurbüro und ein treuer Anhän-

ger unserer Sache. Er bot mir auch seinen Pass an, aber ich sah keinen Grund, weshalb ich nicht mit meinem eigenen reisen sollte.
Ich stieg völlig unbeschwert in den Schnellzug nach München, fuhr in aller Gemütlichkeit in der ersten Klasse über die bayerische Grenze und vertrieb mir die Zeit mit Plaudereien über Fußball und Sodbrennen und Politik und die neue Hutmode. Meine Reisegefährten waren zumeist Geschäftsleute, beleibte, nüchtern denkende Männer, die der Stand der internationalen Beziehungen sehr beunruhigte. Die Lage im Allgemeinen gab ihnen zu allerlei Befürchtungen Anlass, mit besonderer Sorge jedoch erfüllte sie die Möglichkeit eines britischen Handelsembargos infolge der Dollfuß-Affäre. Ich musste mich sehr zusammennehmen, um eine angemessen düstere Miene zu bewahren, denn je weiter wir uns von Wien entfernten, desto heiterer wurde meine Laune – es war wirklich allzu lächerlich, wie leicht ich davonkam. Man fragte mich, ob ich als Österreicher und daher neutral der Meinung sei, dass ein solcher Boykott beschlossen werde, und ich sagte, ja, das sei sehr wahrscheinlich. Sie wiegten ernst die Köpfe und schnalzten betrübt mit den Zungen. Ein schnurrbärtiger Bankier, aus Berchtesgaden gebürtig, der mit seiner hochgradig tuberkulös aussehenden Gattin von einer Badereise heimkehrte, fragte mich, was mich nach Deutschland führe.
»Die Ermordung des österreichischen Kanzlers«, antwortete ich.
»Ja, ja«, sagte er mit teilnahmsvollem Nicken. »Sie sind wohl sehr betroffen?«
»Das kann man so sagen, mein Herr, ja.«
»Haben Sie den Kanzler gut gekannt?«, erkundigte sich die Gattin.
»Bitte, Bertha!«, wies sie der Bankier zurecht. »Entschuldigen Sie, Herr Bauer. Meine Frau wollte nicht indiskret sein.«
Ich machte eine wegwerfende Handbewegung. »Nicht sehr gut, um ehrlich zu sein«, sagte ich zu ihr. »Ich war nur bei seiner Hinrichtung anwesend. Er ist gestorben wie ein Fisch.« Ich verdrehte die Augen und machte würgende Geräusche.
»Gütiger Himmel!«, rief die Bankiersgattin. Sie schien nicht im Mindesten abgestoßen. Sie warf ihrem Mann, der mich mit weit

aufgerissenen Augen von Kopf bis Fuß musterte, einen Blick zu. »Was genau meinen Sie damit, Herr Bauer?«, flüsterte die Frau nach einer kurzen Pause atemlosen Staunens.
Ich trug noch meine Polizistenbluse unter dem geliehenen Anzug. Kurzerhand knöpfte ich die Jacke auf und zeigte ihnen das Hemd. Natürlich glaubten sie mir am Anfang nicht recht, aber im weiteren Verlauf der Reise konnte ich sie überzeugen, und als der Zug in München einfuhr, waren sie der staunenden Bewunderung voll. Sie luden mich ein, in ihrer Stadtvilla zu wohnen, solange es mir gefiele, und mich zu »erholen«. »Wir lieben unser *ganzes* deutsches Vaterland, nicht nur das Reich!«, erklärte mir mein Gastgeber. Er war nahe dran, vor lauter patriotischer Rührung in Tränen auszubrechen. Seine Frau weinte tatsächlich, als sie mich, ganz erhitzt angesichts der Vorstellung, einen echten »Freiheitskämpfer« in ihren Mauern beherbergen zu dürfen, über den Bahnsteig geleitete. »Denk doch nur, Gottfried!«, sagte sie ein ums andere Mal.
Der Chauffeur erwartete uns vor dem Bahnhof. Wir stiegen ins Auto und fuhren davon. Meine Gastgeberin fragte mich zuvorkommend, ob ich das Verdeck lieber offen oder zu hätte, und ich sagte: »Offen.« Es war ein diesiger, warmer Nachmittag. Wir fuhren in vornehm gemächlichem Tempo an der Universität vorbei und über die Isar und die Uferstraße entlang, an der lauter prächtige Villen standen. Müdigkeit und Glückseligkeit kamen über mich und ein Gefühl ungeheurer Erleichterung. Ich schlief auf dem Sitz neben dem Chauffeur ein und wachte erst irgendwann am nächsten Vormittag wieder auf. Ich befand mich in einem Himmelbett in einem sonnendurchfluteten Raum und war so glücklich wie nie in all der Zeit, die ich fern von daheim zugebracht hatte. Ich lag da, studierte die Stuckverzierungen an der Decke und dachte in gelassener Muße über meine Zukunft nach.
Ich war nicht ganz eine Stunde wach, da klopfte es an der golden umrahmten Ebenholztür, und ein Mädchen trat ein. Sie trug ein Tablett mit Hörnchen und heißer Schokolade. Ich starrte sie an. Sie kam ohne ein Wort näher, klappte Messingfüße an der Unterseite

des Tabletts aus und stellte mir das Frühstückstischchen hin. Dann schenkte sie mir eine Tasse Schokolade ein, zog sich ein paar Schritte weit zurück und schaute mir aufmerksam zu, während ich aß. Ich machte ein bisschen Konversation und erfuhr, dass meine Gastgeber für zwei Tage weggefahren waren. Sie hatten das Personal angewiesen, mir jeden nur denkbaren Komfort zukommen zu lassen. Das Mädchen war klein und eher stämmig gebaut; es hatte kurz geschnittenes blondes Haar und dicke, nervöse Patschhändchen. »Die sind wohl viel unterwegs, die Herrschaften?«, fragte ich. Sie zuckte die Achseln und blickte auf ihre immer etwas künstlich einwärts gerichteten Fußspitzen nieder. Ich gab es auf und widmete mich wieder ganz meinem Frühstück.

Das Mädchen blieb auf seinem Posten und beobachtete mich. Ab und zu scharrte sie unruhig mit einem Absatz über das Parkett.

»Ja?«, fragte ich schließlich und stellte meine Tasse ab. »Was ist?«

Sie wurde ein bisschen rot. »Ist es wahr?«

»Ist *was* wahr?«

»Gehören Sie zu denen?« Sie stockte. »Ich meine: zur Legion?«

»Von was reden Sie überhaupt?«

Das Mädchen runzelte die Stirn. »Zur Österreichischen Legion von Reichsführer Göring«, sagte sie langsam. »Gehören Sie zu denen? Ich habe mit jemandem gewettet.«

Ich schaute sie an. Sie war hübsch. Ich hatte nie etwas von einer Österreichischen Legion gehört und war überzeugt, dass es eine Organisation dieser Art nie gegeben hatte. »Aber ja, natürlich«, sagte ich und schenkte mir noch eine Tasse Schokolade ein.

Voxlauer nahm Abschied von der Stadt. Anders als damals, als er in den Krieg zog, bemühte er sich ganz bewusst darum, alle wichtigen Details seinem Gedächtnis einzuprägen, während er langsam dahinschritt: Das träge Wasser des Kanals, die drei steinernen Brücken, die Bahnhofstraße und den Marktplatz, die Hauptkirche mit den zwei Türmen, die Ruine, die sich dahinter erhob, den Niessener Hof, der verlassen und verödet dastand, ein paar Leute am Brunnen auf dem Platz, die miteinander schwatzten und manchmal fröhlich etwas zum offenen Fenster eines Hauses hinaufriefen.

Das Tageslicht schwand bereits, als Voxlauer durch dichtes Unterholz zur Ruine hinaufstieg, um noch einmal über die Ebene zu blicken. Durch die drei großen, mit Efeu überwucherten Fensteröffnungen sah man den dunkel purpurnen Abendhimmel, die Dächer der Stadt glommen in stumpfem Rot wie Steine in einem ausgetrockneten Bachbett. Ein Güterzug, hoch beladen mit Langholz, zog nach Norden. Voxlauer saß, an die bröckelnde Wehrmauer gelehnt, im Gras. Wie schon zweimal zuvor nahm er ein undeutliches Vorgefühl wahr, das langsam und still in ihm Form annahm, anschwoll wie Wasser, das zur Welle werden will. Er wartete eine Weile mit fest geschlossenen Augen, ob ein neuer Anfall kommen würde, aber es war noch weit weg und klein und unscheinbar. Dann stieg er wieder hinunter.

Am nächsten Morgen wachte er auf seinem Strohsack auf; die Sonne schien hell auf seine Schlafstelle. Er fühlte sich leer, aber es war eine zufriedene Leere, ein Gefühl, das an eine flache weite Schale voller Milch denken ließ, und er lag lange da und sah zu, wie die Stäubchen in der Sonne tanzten, während er sich langsam ins Wache hinübertreiben ließ. Nach und nach kamen die Ereignisse der letzten Tage und setzten sich auf der Oberfläche seines Bewusstseins ab, lösten sich darin auf und verbreiteten um sich eine schweigende Trauer, die seinen Körper unter der Decke schwer und taub machte. Nach einer Stunde fühlte er sich endlich in der Lage, aufzustehen und zur Tür zu gehen. Er öffnete sie weit und blinzelte zum makellos blauen Himmel empor. Es war schon sehr heiß, und das Licht auf den Stufen war schmerzhaft hell. Voxlauer zog Hemd und Hose aus und ging am Ufer entlang bis zu einer Stelle, wo der Teich die Farbe des Himmels, ein bisschen ins Grünliche changierend, sanft widerspiegelte. Dort ließ er sich schlaff ins seichte Wasser fallen.

Er trieb mit dem Gesicht nach unten dahin und ließ die Arme

durch die Wasserpflanzen gleiten; dabei versuchte er, so lange wie möglich die Luft anzuhalten, und lauschte den Geräuschen, die wie fernes Brüllen durchs Wasser drangen. Es war, als hörte er dem Atem der Welt zu. Langsam begann er zu vergessen. Aus dem leise bewegten grünen Vorhang unter ihm stiegen in langen dünnen Ketten Luftblasen auf. Das Wasser war eiskalt, und er begann zu zittern. Er drehte sich auf den Rücken. Die Luft auf seiner Haut fühlte sich ölig an. Ein Knattern war zu hören, es wurde lauter, und nach einiger Zeit kam ein Motorrad in Sicht. Der Fahrer sah Voxlauer im Wasser und winkte ihm zu. Voxlauer tastete mit den Füßen nach festem Grund und stellte sich hin.

»Morgen, Voxlauer!«, rief Kurt gut gelaunt vom anderen Ufer herüber. »Das war ja ein sehr komischer Anblick, wie Sie da rumgeplanscht sind. Ich hab mir schon überlegt, ob ich vielleicht reinspringen soll, um Sie zu retten.«

»Ich hoffe, das hat Sie nicht in einen allzu schweren Gewissenskonflikt gebracht.«

»Sie haben mich durchschaut, Voxlauer.« Kurt zog sorgsam seine Handschuhe aus. »Sie sind wohl sehr beschäftigt im Moment?«

»Nun ja« – Voxlauer sah zu seinen Kleidern hin, die im Gras lagen –, »da wäre schon etwas, was ich ganz gern vorher noch erledigen würde.«

»Ach so, ja. Dann ziehe ich mich jetzt vielleicht besser taktvoll zurück. Ich warte in Ihrer Höhle auf Sie.«

Kurt warf den Motor an, fuhr wieder zur Straße hinauf und über die Brücke zur Hütte. Voxlauer stieg ans Ufer und zog sich an. Als er in die Hütte trat, fand er dort Kurt vor, der an dem dreibeinigen Tisch saß und sich naserümpfend umsah. »Nicht gerade gemütlich hier, Herr Wildhüter«, sagte er und schnalzte tadelnd mit der Zunge.

»Ich halte mich nicht viel hier drinnen auf.«

»Das glaube ich Ihnen.« Kurt lachte. »Kein Wunder. Diese Hütte war schon immer ein widerliches Dreckloch.« Er spuckte in eine Ecke. »Na ja, für den alten Scheißkerl war's gut genug.«

»Ich dachte immer, Ihr Onkel wäre ein Muster in allen Dingen gewesen, Herr Obersturmführer.«
»Und seinem Vorbild sind Sie wohl auch gefolgt, als Sie versucht haben, mir den Schädel einzuschlagen?« Kurt stand abrupt auf. »Wo bewahren Sie den Schnaps auf?«
»Aha, er hat Schnaps getrunken?«
»Wenn er welchen hatte. Aber er war nicht wählerisch.« Kurt sah sich noch einmal im Raum um. Er trat zur Schlafnische. »Hier hat er also seinen letzten Schnaufer getan, der arme Drecksack.«
»Ich hab gehört, er ist in einer Schneewehe erfroren.«
Kurt schüttelte den Kopf. »Sie kennen die Juden noch nicht, Oskar, obwohl sie so viel Zeit in ihrer Gesellschaft verbringen. Es ist wirklich rührend, wie gutgläubig Sie alles für bare Münze nehmen, was die Ihnen erzählen. Vielleicht ist das ja der Grund, warum die Sie als nützlichen Idioten so sehr schätzen.« Er seufzte. »Kommen Sie, gehen wir ein bisschen spazieren.«
»Wohin?«
»Zur Kapelle.«
»Machen wir eine Wallfahrt?«
»Hören Sie endlich auf mit dem Quatsch, Voxlauer. Ich hab keine Geduld mehr für so was. Gehen Sie einfach mit.« Er warf einen letzten Blick auf den Raum. »Mein Gott, wie ich dieses Loch hasse.«
Voxlauer trat nach ihm durch die Tür. »Gehen wir zu Fuß?«, fragte er, als er sah, dass Kurt keine Anstalten machte, auf sein Motorrad zu steigen.
»Allerdings, Schwiegervetter. Ich hatte so was wie eine Kreuzwegandacht im Sinn oder ein Passionsspiel.«
»Also dann: nach Ihnen.«
Kurt lachte blechern. »Sie sind bestimmt nicht abergläubisch. Die in Russland haben Gott doch schon längst für tot erklärt.«
»Das ist nicht das Problem. Es heißt zwar: ›Einer trage des anderen Last‹, aber die, die Sie sich aufgepackt haben, müssen Sie schon selbst schleppen, Herr Obersturmführer.«
Kurt lachte wieder. »Sie sind ein Reaktionär, Voxlauer. Ich habe

keinerlei christliche Schuldkomplexe. Allerdings will ich auch nicht den Lastesel für andere Leute spielen.« Er senkte die Stimme zu einem vertraulichen Flüstern. »Unter uns gesagt, Oskar: ich bin Realist.«
»Wirklich?« Voxlauer blieb abrupt sehen.
»O ja«, bestätigte Kurt stolz. »Überrascht Sie das?«
»Erstaunt bin ich schon. So ein Zufall! Wissen Sie, ich bin nämlich auch Realist.«
Kurt schaute nach vorn auf die Straße. »Sie sind wie ein Fisch, Voxlauer«, sagte er anerkennend. »Nicht zu packen, das muss man zugeben.«
»Das hab ich von meinen Forellen gelernt, Herr Obersturmführer.«

Die ausgetretenen Steinstufen vor der Kapelle waren mit Fichtennadeln übersät, und Voxlauer spürte einen Moment lang wieder jene Vorahnung, als er hinter Kurt hinaufschritt. Das kleine Andachtsbild, beleuchtet von einer unruhig flackernden Kerze, hing in einer mit einem vergilbten Schleier verhängten Nische, in die kein Sonnenstrahl drang. Davor standen in acht Reihen wurmstichige alte Bänke ohne Lehne. Kurt setzte sich vorsichtig in die dritte Reihe und streckte die Beine seitlich auf den Mittelgang. Das Holz ächzte, und eine kleine gelbe Wolke Staub flog auf, als er sich niederließ. »Kommen Sie, Voxlauer«, rief er, »hier vorn bei Unserer Lieben Frau gibt's noch jede Menge Platz.«
Voxlauer trat zögernd nach vorn, leicht gebückt, um nicht irgendwo in dem niedrigen Raum anzustoßen. »Na ja, ›jede Menge‹ ist vielleicht ein bisschen übertrieben«, sagte er und quetschte sich in eine der Bankreihen.
»Ja, ich hatte es von früher her größer in Erinnerung.«
Voxlauer saß unbequem eingezwängt da. »Möglicherweise waren Sie damals allein hier«, sagte er.
Kurt lachte und beugte sich zu ihm hinüber. Sein Gesicht war zu

einer boshaften Grimasse verzogen. »Ich war damals keineswegs allein, Schwiegervetter.«
»Was wollen Sie eigentlich von mir, Kurt? Sagen Sie mir einfach, was Sie wollen, und spielen Sie nicht mit mir wie die Katze mit einem halb toten Vogel.«
»Das ist nur recht und billig, Voxlauer. Zuerst einmal will ich, dass Sie eines wissen.« Kurt sprach ganz sanft und sah zu den Dachbalken hinauf. »Ich will, dass Sie wissen: Ich habe Ihnen tatsächlich vollkommen verziehen.«
Voxlauer lachte auf. »Ich dachte, das hätten Sie schon vor einer Woche getan.«
»Davon rede ich nicht.« Kurt machte eine ungeduldige Handbewegung, als verscheuchte er eine lästige Fliege. »Ich meine etwas anderes.«
»Was hab ich denn getan?«
»Oskar!« Kurt rang theatralisch die Hände und blickte verzweifelt Hilfe heischend um sich. »Oskar!«, donnerte er und blickte gen Himmel, »Oskar, ich frage Sie: Was haben Sie *nicht* getan?«
Voxlauer schwieg. Sie saßen da und sahen einander an. Zwischen ihnen wirbelten Sonnenstäubchen in der heißen Luft.
»Ist Else je mit Ihnen hierher gegangen?«, fragte Kurt nach einer Weile.
»Ich weiß nicht, was Sie mit mir vorhaben Kurt, aber tun Sie's jetzt.«
Kurt hob die Brauen. »Ich soll das tun, was ich mit Ihnen vorhabe, Voxlauer? So einfach ist die Sache nicht. Zuerst einmal habe ich vor, mit Ihnen zu reden. Und Sie werden mir jetzt zuhören.«
»Also: reden Sie. Fangen Sie an.«
Kurt richtete sich kurz auf und sah Voxlauer mit fast zärtlicher Miene an. Er seufzte. »Ich weiß, dass Sie mich als eine Belastung Ihres Seelenfriedens empfinden. Aber Sie sollen sich darüber im Klaren sein, dass Sie Ihrerseits meinen Seelenfrieden empfindlich stören.«
»Dann denken Sie doch einfach nicht an mich.«

»Tja, Voxlauer, das würde ich gerne tun. Nichts wäre mir lieber. Aber Sie machen mir das in letzter Zeit mehr und mehr unmöglich. Sie drängen sich ins Rampenlicht und erregen mutwillig öffentliches Ärgernis.«
»Ich habe leider keinen Einfluss darauf, wohin die Öffentlichkeit ihre Scheinwerfer richtet, Herr Obersturmführer.«
Kurt stand auf und schritt nervös hin und her. »O doch, Sie haben Einfluss darauf, Voxlauer.« Er blieb bei Voxlauer stehen und beugte sich zu ihm hinunter. »Sie müssen sich nur eine Weile lang ausschließlich um sich selbst kümmern, Voxlauer. Das empfehle ich Ihnen eindringlich.«
»Um mich selbst?«, fragte Voxlauer.
»Genau. Überlegen Sie sich das mal. Tun Sie mal, was für *Sie* gut ist. Stellen Sie nicht jeden einzelnen Ihrer Defekte spektakulär zur Schau. Demonstrieren Sie nicht bei jeder Gelegenheit, dass Sie dick mit Juden befreundet sind. Zetteln Sie keine Schlägereien an, verwüsten Sie nicht betrunken die Wohnungen anständiger Bürger. Kümmern Sie sich einfach nur um Ihre eigenen Familien- und Privatangelegenheiten. Können Sie sich das vorstellen?«
Voxlauer schwieg einen Moment und blickte mit schmalen Augen ins Kerzenlicht. »Aber ich habe keine Familie mehr«, sagte er.
Kurt packte ihn wütend am Kragen, schüttelte ihn und schrie ihn aus nächster Nähe an. Voxlauer konnte seinen heißen, bitteren Atem riechen.
»Mach keine läppischen Späße mit mir, Oskar«, zischte Kurt. »Wag es ja nicht: das kannst du dir nicht leisten. Schau mich an. Du sollst mich anschauen, du elender Wicht! Ich stehe für die Gegenwart und für die Zukunft. Der Staat, in dessen Namen ich handle, wird tausend Jahre dauern. *Tausend Jahre,* du kleiner Hosenscheißer! Schau dich doch mal um! Schau hin! Siehst du jemanden hinter dir stehen?« Ein Lächeln flackerte über sein Gesicht. »Du hast meine Kusine. Sonst niemanden. Und das reicht nicht, Voxlauer. Ich sag dir: das reicht nicht.«
Voxlauer wartete ruhig, bis Kurt fertig geredet hatte. »Wollen Sie

vielleicht noch einmal mit Ihrer Kusine spazieren gehen, Herr Obersturmführer? Ist es das, was Sie wollen?«
Kurt zuckte zusammen. Er ließ Voxlauer los und trat einen Schritt zurück. »Das hat nichts mit ihr zu tun, Voxlauer. Wir reden hier nicht über *sie*.«
»Wenn es doch so sein sollte, müssen Sie mit ihr darüber reden, nicht mit mir.«
»Hören Sie zu!« Zum ersten Mal bemerkte Voxlauer den Griff der Pistole, der aus Kurts Hosentasche hervorragte. »Hören Sie zu, Voxlauer. Sie scheinen finster entschlossen, alle Ihre Freunde zu vergraulen, und dabei haben Sie kaum welche. Mein Gott! Selbst Ihr eigener Onkel will mit Ihnen nichts mehr zu tun haben.« Kurt schüttelte den Kopf. »Wir haben uns lange miteinander unterhalten, er und ich.«
»Der alte Gustl«, sagte Voxlauer.
»Sehen Sie es jetzt? Sie stehen ganz allein da. Weit und breit keine Menschenseele, die für Sie eintritt.«
»Ich komme schon zurecht, Herr Obersturmführer. Machen Sie sich um mich keine Sorgen.«
Kurt starrte Voxlauer mit leicht gerunzelter Stirn an, dann gab er sich einen Ruck und setzte sich wieder auf die Bank. »Wir haben vor einiger Zeit an der Straße nach Italien ein paar mittellose Landstreicher aufgelesen. Siebzehn Stück oder so, richtiges Lumpenpack.« Er grinste fröhlich. »Die haben gesagt, dass sie meine Kusine kennen, ausgerechnet! Aber die haben auch sonst lauter fürchterlichen Unsinn geredet. Die haben sich in einem Weizenfeld herumgetrieben und die Körner direkt von den Ähren runtergefressen und dazu gesungen und sich aufgeführt wie eine Horde Affen. So was hatte ich noch nie gesehen.« Er schwieg einen Moment. »Kann es sein, dass das Freunde von Ihnen sind?«
Voxlauer stöhnte auf. »Was wollen Sie noch, Kurt? Was? Sie haben doch schon unser Land, verdammt. Das ganze Land.« Seine Stimme brach. »Haben Sie denn überhaupt kein Schamgefühl?«
»Ha!«, sagte Kurt. »Halten Sie sich lieber an Ihre Angelruten und

Ihre Fische, Sie sind nicht ganz auf der Höhe der Zeit. Ich will gar nichts.« Er fuhr mit dem Daumennagel über das wurmstichige Holz der Bank; helle Wölkchen stoben auf. »Im Übrigen habe ich jede Menge Schamgefühl. Es gibt nur nichts, wofür ich mich schämen müsste, das ist alles.«

»Sagen Sie mir einfach, was Sie von mir wollen, Kurt, und ich tu's. Sie brauchen es mir nur zu sagen.« Voxlauers Stimme war kaum mehr zu hören. »Aber sagen Sie es jetzt.«

Kurt fasste ihn sanft an der Schulter. »Beruhigen Sie sich, Voxlauer. Wir haben Ihre Freunde nicht offiziell festgenommen. Sie sind bloß in Schutzhaft. Ein paar Bauern in Ferlach waren mit den großzügigen Eigentumsbegriffen von denen nicht einverstanden. Die Leute waren halb verhungert, als wir sie aufgegriffen haben.«

Voxlauer fuhr sich mit der Hand übers Gesicht. »Warum erzählen Sie mir das alles dann überhaupt?«

»Es kann so nicht weitergehen, Voxlauer.« Kurt drückte seine Schulter.

Sie saßen eine kurze Weile ganz still. »Könnten Sie Else etwas antun?«, fragte Voxlauer endlich leise.

»Hören Sie, Voxlauer, hören Sie zu.« Kurt stand vor ihm. Er schwankte ein bisschen und fuchtelte mit den Armen, als würden sie an Drähten gezogen. »Wir reden hier über *Sie,* Voxlauer, nicht über Else. Verhandelt wird der Kriminalfall Oskar Voxlauer – Deserteur, Sohn eines prominenten Selbstmörders, ein Kerl, der mit den Bolschewisten geliebäugelt hat, um sich jetzt den Juden in die Arme zu werfen. Der Prozess wurde seit 1918 aufgeschoben. Jetzt müssen Sie Rede und Antwort stehen. Sie ist später dran.«

»Ich möchte wissen, was Sie mit Paul Ryslavy gemacht haben.«

»Paul Ryslavy ist ein Jude und homosexuell. Ich verspreche Ihnen, dass er nur das kriegt, was er verdient.«

»Es ist ihm also noch nichts passiert?«

Kurt fuchtelte ungeduldig mit der Hand. »Die Liste der Vorwürfe, die gegen Sie erhoben werden, ist lang, Voxlauer.« Er blätterte in

einer imaginären Anklageschrift. »Ich schlage vor, Sie geben jetzt mal eine kurze Erklärung dazu ab.«
Voxlauer atmete tief durch. »Was haben Sie sich davon versprochen, als Sie mich hierher gebracht haben? Haben Sie gehofft, Sie könnten mir Angst machen? Wenn Sie das denken, sind Sie ein Idiot.«
»Ein Idiot?«, sagte Kurt. Er lächelte fast.
»Ich war mein ganzes Leben lang ein Feigling. Alles, was ich getan habe, habe ich aus Angst getan, und alles, was ich erlebt habe, hat mich in meiner Angst bestätigt. Einzig und allein der Glaube, dass ich bereits tot war, hat mir Sicherheit gegeben, und diesen Glauben habe ich vor vier Monaten verloren. Seitdem bin ich fast irrsinnig vor Schrecken. Sie wollen mich das Fürchten lehren? Auf dem Gebiet können Sie mir nichts beibringen, wirklich nichts.« Voxlauer beugte sich ein bisschen zur Seite und rang nach Atem. »Ich würde Sie auf der Stelle umbringen, wenn ich könnte. Sie sind in meinen Augen weniger wert als irgendein Ungeziefer, und mir wäre nichts lieber, als Sie tot hier vor mir liegen zu sehen. Aber ich habe Angst vor Ihnen, Kurt, und darum kann ich's nicht. Ich hab nicht das Zeug dazu, und darum hab ich es verdient zu sterben. Das ist alles, und mehr kriegen Sie aus mir nicht heraus. Und wenn Sie noch immer keine Ruhe geben, dann kann ich nur hoffen, dass Sie an Ihren verdammten Fragen ersticken.«
Voxlauer sank in sich zusammen. Das Licht zog sich langsam aus der Kapelle zurück und vergoldete noch einmal die Bänke, den schwebenden Staub, die träge Luft. Ein Spatz flog zur Tür herein und zu den Dachbalken hinauf. Irgendwo in der Nähe blökten Schafe. Kurt hatte seine Pistole in der Hand.
»Wenn Sie mich mit dem Ding da erschießen wollen, dann tun Sie's«, sagte Voxlauer und stand auf. »Aber ich bleibe jedenfalls nicht länger hier sitzen.«
Kurt schaute auf. »Wo zum Teufel wollen Sie hin?«
»Ich geh auf dem kürzesten Weg zur Villa. Zum Haus Ihrer Kusine. Ins Bett.«

Kurt schwieg einen Moment. »Hören Sie mir zu«, sagte er, als Voxlauer an ihm vorbeiging. Seine Stimme klang völlig anders als vorher, still, zögernd, fast bittend. Voxlauer blieb stehen. Kurt hatte sich wieder hingesetzt, halb abgewandt von Voxlauer. Er hatte den Kopf vorgebeugt, eine Strähne seines dichten glatten Haars hing herunter und beschattete sein Gesicht. Man hätte ihn für einen Bauernknecht halten können, der sein Abendgebet verrichtete. »Es gibt bald Krieg, Voxlauer«, sagte er ganz leise.
»Krieg?« Voxlauer spürte wieder einen Augenblick lang die vage Angst, die irgendwo am Rand seines Bewusstseins aufkräuselte und zu einer Gewissheit anschwoll. Sie rollte heran, während Kurt ihn anblickte, wurde lautlos und unentrinnbar nah und wirklich. »Krieg?«, sagte Voxlauer und versuchte all seine Aufmerksamkeit auf den von Sonnenstäubchen erfüllten Raum zu konzentrieren.
Kurt sah ihn stumpf, fast blöde, an. Jede Spur von Lächeln war aus seinem Gesicht verschwunden. Er nickte. »Es gibt bald Krieg, Voxlauer«, wiederholte er. »Schlimme Sachen passieren im Namen des Kriegs. Schreckliche Dinge. Ob einer ein guter Kerl ist oder ein schlechter, es hilft ihm nichts, und manchmal müssen sogar Frauen, die was Besseres verdient haben, dran glauben.« Er saß schlaff vornübergesunken da und lachte. Es war ein freudlos hohles Lachen, das Lachen eines Besiegten, eine Fanfare, die blanke Verzweiflung verkündete, nicht Triumph, nicht Häme, nicht einmal Stolz. »Schreckliche Dinge, Voxlauer«, sagte er noch einmal. »Und ich werde keinen Finger rühren, um irgendetwas davon zu verhindern.«
In diesem Augenblick wusste Voxlauer plötzlich, was passieren würde.

Am Nachmittag machte ich mich auf die Suche nach Brigadeführer Mittling, einem entfernten Vetter von Spengler. Er war unser Verbindungsmann zu Himmler gewesen. Ich hatte in den Morgenzeitungen gelesen, dass der Führer sich von unserem Putsch öffentlich distanziert hatte. Das Reich, so hatte man der englischen und ita-

lienischen Presse versichert, habe unsere Aktion weder initiiert noch in irgendeiner Weise gefördert, und ich brauchte unbedingt jemanden, mit dem ich darüber sprechen konnte. Es ist denkbar, dass der Führer tatsächlich nichts von unseren Plänen wusste: Wir hatten ja lediglich Himmlers – um genau zu sein: Mittlings – Versicherung, dass die Operation von ganz oben gutgeheißen werde. Ich weiß bis heute nichts Genaueres darüber, aber ich hatte doch jedenfalls nie den geringsten Zweifel daran, dass der Führer gar keine andere Wahl hatte, als uns zu verleugnen: Er musste die ausländischen Beobachter einlullen, um zu verhindern, dass die Siegermächte, vor allem Frankreich, einen neuen Krieg anzettelten, für den wir noch nicht ausreichend gerüstet waren. Ich habe nie an ihm gezweifelt, aber an jenem Tag spürte ich gleichwohl das dringende Bedürfnis, mit jemandem über die Sache zu sprechen.
Ich wollte nicht mit dem Hausmädchen oder sonst jemandem vom Personal reden oder mit dem Bankier und seiner Gattin, falls die irgendwann wieder auftauchten, das hätte mir nichts geholfen. Ich musste zu Mittling. Das war freilich nicht so einfach, denn ich hatte den Mann noch nie gesehen und nie mit ihm gesprochen; ich wusste nicht einmal, wie er mit Vornamen hieß. Glass hatte alles, was aus München kam, eifersüchtig gehütet und jeden Abend sämtliche Schriftstücke gewissenhaft verbrannt, bevor er zu Bett ging. Nicht einmal Spengler, der doch mit Mittling verwandt war, durfte ohne besondere Erlaubnis mit ihm in Verbindung treten – freilich dürfte das seinem Vetter durchaus willkommen gewesen sein, denn das Verhältnis der beiden war nicht eben herzlich.
In dem Monat vor dem Putsch läutete regelmäßig jeden Vormittag einmal das Telefon. Glass nahm den Hörer ab, und wir verließen dann alle stumm das Zimmer und warteten draußen. In einem wenig genutzten Büro ein paar Türen weiter gab es einen zweiten Apparat, und wenn nicht abgesperrt war, benutzte ich manchmal die Gelegenheit, heimlich mitzuhören. Meistens redeten sie über Geld und über Himmler, und zwar in einer Weise, die deutlich machte, dass von dem einen nie genug da war, während man sich

vom anderen eher weniger gewünscht hätte. Sie rissen harmlos läppische Witze über diesen oder jenen aus der Truppe – mit Vorliebe machten sie sich auf Kosten von Spengler lustig – und kamen kaum je zur Sache. Mittling war Sudetendeutscher und sprach mit einem fett-süßlichen Akzent, als hätte er den Mund voller Marzipan. Es war seine Idee gewesen, dass wir uns als Polizisten verkleiden sollten. »SS oder Polizei, das ist ja fast dasselbe – schwarz sind sie alle beide«, hatte er kichernd gesagt.

»Ha!«, hatte Glass geantwortet. »Sehr gut, Brigadeführer.«

Ich ging am Nachmittag aus dem Haus und spazierte über die große steinerne Brücke in Richtung Innenstadt. Vom Kopfsteinpflaster wirbelte Staub auf, unzählige Autos und Pferdegespanne fuhren vorbei. Alle Menschen wirkten in einem Maß emsig beschäftigt und sorglos, dass es fast lächerlich war. Eine Hochstimmung lag in der Luft, ein neuer tatendurstiger Optimismus. Das war das Deutschland, das ich mir immer vorgestellt hatte, seit ich der Bewegung beigetreten war: klar und selbstgewiss in die Zukunft blickende, hart arbeitende Menschen. Hier fühlte ich mich zu Hause. Ich war noch nie im Ausland gewesen; in Bayern schien es viel mehr Fahrräder zu geben als in Österreich, und auch mehr Cabriolets.

In der Altstadt waren ganze Scharen von fröhlich vor sich hin summenden Hausfrauen auf den schmalen Gehsteigen unterwegs. Ein warmes Licht vergoldete die Straßen. Mir hüpfte das Herz in der Brust; jetzt erst wurde mir klar, dass ich einer schrecklichen Geschichte entronnen war und ein neues, wunderbares Kapitel in meinem Leben aufschlug. Ich grinste idiotisch, lachte die Leute an, die mir entgegenkamen, und verbeugte mich vor ihnen – es war mir egal, was sie von mir denken mochten. Ich musste nur einen Blick auf die Plakate und Anschläge überall um mich herum werfen, auf die Straßenlaternen und Fassaden, und wusste, dass ich frei war. Selbst die Erinnerung an Niessen und an alles, was ich verloren hatte, wurde jetzt unscharf und bedeutungslos.

Die Büros der SS waren in einem pfirsichfarbenen Gebäude unweit vom Königsplatz untergebracht. Man konnte vom Zentrum aus zu

Fuß hingehen, und ich hatte keine Schwierigkeiten hinzufinden. Ich war seltsam nervös, als ich vor dem Tor stand, und starrte eine Weile unschlüssig zu dem heiter gelben Dach hinauf. Ein Wachposten trat auf mich zu und fragte in gleichgültigem Ton, was ich da beobachtete.

»Ich schaue mir nur dieses Gebäude an«, antwortete ich. »Eine wunderbare Komposition.«

»Ach so«, sagte der Mann, »Sie sind Architekturstudent?«

»Nicht ganz. Ich bin Obersturmführer in der Österreichischen Legion von Reichsführer Göring.« Ich knallte die Hacken zusammen, so gut es eben ging in den flachen Straßenschuhen, die ich mir aus dem Schuhschrank des Bankiers genommen hatte. »Ich möchte Brigadeführer Mittling sprechen.«

Der Posten nahm Haltung an. »Dann kommen Sie am besten gleich mit rein, Herr Obersturmführer.«

Er führte mich durchs Tor, durch das doppelflügelige Portal ins Gebäude, wo offenbar gerade renoviert wurde, und eine breite Treppe hinauf zu einer zweiten Doppeltür, auf der ein frisch gemalter Reichsadler mit Hakenkreuz prangte. Er klopfte, wartete eine Weile, klopfte noch einmal, trat dann einen Schritt zurück und stand stramm. Ich tat es ihm nach. Erst jetzt wurde mir bewusst, wie zerknittert mein Anzug war.

Ein kleiner Mann mit Brille steckte den Kopf heraus. »Ja, Peter? Wen bringen Sie mir da?« Ich erkannte die Marzipanstimme sofort wieder.

»Er kommt aus Österreich, Herr Brigadeführer. Ein Obersturmführer von der ›Legion Göring‹, was immer das sein mag.«

»Stimmt das?«, fragte der Mann mit vorsichtiger Neugier. Er musterte mich eingehend. »Sind das die traurigen Reste einer Polizeiuniform, was Sie da unter Ihrer Jacke anhaben, Herr Obersturmführer?«

»Jawohl, Herr Brigadeführer. Schönen Gruß von Hauptsturmführer Glass.«

»Soso, von Glass«, sagte Mittling. Er lächelte nicht mehr.

Ich schwieg. Plötzlich fühlte ich mich unsicher. Ich hatte angenommen, Glass' Name hätte in München immer noch einen guten Klang; irgendwie war es mir ganz selbstverständlich gewesen, dass man ihn, aalglatt, wie er war, nicht für das Fiasko verantwortlich machen würde. Aber jetzt sah ich, dass er in Ungnade gefallen war, und ich, so war zu fürchten, mit ihm. Ich verfluchte mich für meine Dummheit.

»Kommen Sie mit«, sagte Mittling mit einem leisen Seufzer. Er wirkte wie ein schlecht bezahlter kleiner Büroangestellter, als er da vor mir dahinschlurfte, ein frustriertes Männchen, das sich selbst bemitleidete. Ungeachtet meiner nicht eben rosigen Lage musste ich grinsen. Er führte mich durch einen dunklen schmalen Gang in einen Bürotrakt. Die in Verschläge unterteilten Zimmer waren mit Kisten und Krimskrams vollgestellt, überall lagen dick Kalkstaub und Mörtelreste. »Wir sind gerade erst eingezogen«, sagte Mittling und bot mir mit einer einladenden Handbewegung einen Stuhl an. »Hübsch, nicht?« Er deutete auf ein kleines Buntglasfenster, durch das man auf einen von Bäumen umstandenen Hof hinaussah.

»Es ist überhaupt alles sehr schön hier im Reich.«

»Ja, wir bemühen uns«, sagte Mittling milde. Er setzte sich an seinen Schreibtisch und kramte in einer der Schubladen. »Also dann – wer, haben Sie gesagt, sind Sie: Forstner? Galicek? Bauer?«

»Bauer, Herr Brigadeführer.«

»Rauchen Sie, Bauer?«

»Jawohl, Herr Brigadeführer.«

»Eine scheußliche Angewohnheit«, sagte er und verzog ein bisschen das Gesicht. Ich hatte diese besondere Variante freudlosen Humors, die ihn auszeichnete, ganz vergessen.

»Ja, da haben Sie sicher Recht, Herr Brigadeführer.«

»Tja.« Er legte eine Kunstpause ein. »Dann schlage ich vor, dass Sie mir jetzt mal erzählen, wie Sie das geschafft haben. Ich bin sehr neugierig darauf.«

»Wie ich es geschafft habe, Herr Brigadeführer?«

»Ja, Bauer, wie Sie es geschafft haben, aus dem Kanzleramt in Wien rauszukommen und sich bis hierher in mein Büro durchzuschlagen, ohne gehängt oder erschossen oder – jedenfalls sieht es im Moment noch ganz so aus – sonst wie auch nur im Mindesten behelligt zu werden. Also: Wie haben Sie das geschafft?«

Ich sagte nichts und überlegte angestrengt, wie ich meine Rolle in diesem verfluchten Unternehmen am besten darstellen sollte. Mittling beugte sich vor und machte eine Schnute.

»Entspannen Sie sich, Bauer, nicht so verbissen! Ich sehe schon: Herr Glass hat nicht nur einen blödsinnigen Schlachtplan ausgeheckt, sondern Ihnen obendrein auch noch schlechte Manieren beigebracht.« Er seufzte gütig und hielt mir eine Zigarettendose aus braunem Bakelit hin. »Tun Sie mir den Gefallen, Bauer. Ich meine es gut mit Ihnen. Lassen Sie mich die ungekürzte Fassung hören.«

Ich zögerte einen Moment, dann – ich war selbst überrascht darüber – erzählte ich ihm ziemlich vollständig, wie es gewesen war. Ich bemühte mich nicht darum, die Ereignisse zu raffen oder Spengler oder einen der anderen Beteiligten in ein schiefes oder sonst irgendein Licht zu rücken. Mittling beäugte selbst die schmucklos nüchterne Wahrheit mit Argwohn und war schlau genug, um zu spüren, wenn er belogen wurde. Im Übrigen aber hatte ich aus irgendeinem unerfindlichen Grund auch gar nicht das Bedürfnis zu lügen: Ich war entschlossen, ihm genau das zu liefern, was er verlangte. Es dauerte nicht einmal eine Stunde, ihm alles zu erzählen. Als ich fertig war, nahm sich Mittling eine Zigarette und zündete sie an.

»Das ist ja ein richtiges Heldenepos«, sagte er und blies den Rauch aus. Er musterte mich mit ausdrucksloser Miene. »Manche Leute würden das Fahnenflucht nennen, Bauer. Die meisten würden das so nennen.«

Ich erwiderte seinen Blick so gelassen, wie es mir möglich war. »Was wird aus Spengler und den anderen?«

»Was aus denen wird? Die sind schon tot, mein Lieber. Die haben sie heute früh um sechs Uhr aufgehängt. Mit allem offiziellen Trara, wie sich's gehört.« Er zwinkerte nervös. »Eine sehr viel interessantere Frage, Herr Kurt Bauer, ist die, was aus *Ihnen* wird, finden Sie nicht auch?«

Wir saßen vielleicht eine halbe Minute lang schweigend da. Mittling trommelte mit den Fingern auf der Schreibtischplatte.
»Dann sollen sie es eben Fahnenflucht nennen, wenn sie der Meinung sind«, sagte ich.
Mittling lächelte. »Na gut. Sollen sie es Fahnenflucht nennen.« Er sprach sehr langsam und ruhig. »Wenn sie der Meinung sind.« Er griff zum Hörer eines vor ihm stehenden Telefons. »Wären Sie so freundlich, draußen zu warten, Herr Obersturmführer?«
»Jawohl, natürlich, Herr Brigadeführer.« Ich trat auf den Gang hinaus und schloss die Tür hinter mir. Ich stand da und lauschte dem verwaschen murmelnden Geräusch von Mittlings Stimme; von irgendwoher drang das Klappern einer Schreibmaschine. Etwas benommen überlegte ich, was wohl mit mir passieren würde. Zuerst war ich ziemlich nervös und verkrampft, aber das ging bald vorbei. Ich hatte noch keine Gelegenheit gehabt, Mittling zu fragen, wie die öffentlichen Verlautbarungen des Führers zu den Ereignissen zu deuten waren, und ich ahnte bereits, dass diese Gelegenheit vielleicht nie kommen würde, aber das spielte jetzt keine Rolle mehr. Als sich die Tür öffnete und Mittling mich hereinwinkte, wusste ich, dass diese Episode abgeschlossen war und dass meine Bedenken irrelevant, ja übertrieben ängstlich gewesen waren. Ein neues Kapitel meines Lebens sollte beginnen.
Mittling stand am Fenster und sah in den Hof hinunter. »Wir sind ein bisschen in einer Zwickmühle, Bauer, wie Sie sich wohl denken können. Sie sind ja bestimmt kein Dummkopf, was immer Sie sonst auch sein mögen.« Er steckte einen Finger in die Nase, zog ihn dann wieder heraus und betrachtete ihn mit abwesendem Blick. »Der Führer hat jede Verstrickung in die Dollfuß-Sache geleugnet, und damit hat er sich natürlich auch von Ihnen distanziert.«
»Das ist mir klar, Herr Brigadeführer.«
Mittling musterte mich kalt. »So? Desto besser.« Er starrte lange Zeit schweigend, die Hände vor sich übereinander gelegt, einen Packen Briefpapier auf seinem Schreibtisch an. »Sie fahren heute Abend nach Berlin. Mit dem Schnellzug um neun.«

Ich schluckte vor Überraschung. »Aber ich habe nur diesen einen Anzug hier, Herr Brigadeführer –«
»Der ist gut genug«, sagte Mittling. Er hatte sich irgendein Schriftstück vorgenommen, das er angestrengt studierte.
»Haben Sie nicht eine Uniform für mich oder wenigstens ein sauberes Hemd?« Ich schluckte wieder.
Mittling zog die Brauen hoch. »Jetzt machen Sie sich mal nicht in die Hosen, Bauer. Schließlich fahren Sie nicht zu einer Audienz beim Führer.«

Als Voxlauer im schwindenden Tageslicht den Weg von der Kapelle hinunterging, sah er sie: Sie lagen am Rand der Schonung im hohen Gras hingestreckt – man hätte sie für Figuren aus einer ländlichen Idylle halten können. Voxlauer war überzeugt, dass sie schon eine geraume Zeit hier auf ihn gewartet hatten. Sie fläzten auf dem Gras, die Mützen tief ins Gesicht geschoben, und tranken abwechselnd aus einer Weinflasche. Voxlauer nickte grüßend, als er vorbeiging. Der jüngere Bruder hob die Weinflasche und nahm, ohne die Augen von Voxlauer abzuwenden, geräuschvoll gurgelnd einen großen Schluck. Der Ältere beachtete ihn nicht, sondern ließ seinen Blick zum oberen Ende des Tals hinaufschweifen und kratzte sich dabei träge und ausgiebig den nackten sonnenverbrannten Bauch, als hoffte er, auf diese Weise Voxlauer zu irgendetwas zu provozieren. Ihre Gewehre lagen neben ihnen im Gras. Voxlauer schritt nur einen Meter von ihnen entfernt vorbei und sah ihnen offen ins Gesicht, aber sie taten, als wäre er Luft. Er ließ sie wartend hinter sich in der Dämmerung zurück.

»Irgendetwas ist im Busch«, sagte Voxlauer, als er in die Küche trat.
Else schaute vom Tisch auf. »War Kurt bei dir?«
»Ja, bis jetzt. War er bei dir auch?«
Sie nickte. Ihre Augen waren klein und rot. »Ich hab jetzt richtig

Angst, Oskar. Ich kann nicht länger so tun, als merkte ich es nicht.«

»Irgendetwas ist mit Pauli passiert. Oder vielleicht passiert es erst noch.«

Resi kam vom Wohnzimmer herein. »Wer ist Pauli?«, fragte sie.

»Niemand, Mäuschen. Geh ins Bett.«

»Er ist nicht niemand«, sagte Voxlauer mit Nachdruck.

»Grüß dich, Oskar.« Resi gähnte. Sie stand zwischen ihnen da und lehnte sich verschlafen ans Büfett. »Kann ich noch ein bisschen bei euch sitzen bleiben?«

»Das weiß ich, Oskar. Gott im Himmel! Wofür hältst du mich?« Else drehte sich halb nach Resi um. »Geh endlich ins Bett, Resi. Jetzt geh schon.« Sie wandte sich wieder Voxlauer zu und nahm seine Hand. »Ich möchte fort. Am liebsten gleich morgen.«

»Ein paar Tage noch, Else. Hab noch ein bisschen Geduld. Ich muss herausfinden, was mit Pauli los ist.«

»Wer ist Pauli?«, fragte Resi und blieb auf der Schwelle stehen.

Else drehte sich ärgerlich nach ihr um. »Du gehst jetzt ins Bett, Fräulein! Aber schnell. Verschwinde!«

Resi zog ab. Sie saßen schweigend am Tisch. Sie hörten Resi im Schlafzimmer leise vor sich hin summen. »Ich habe heute mit Kurti geredet. Es war schrecklich«, sagte Else.

»Hat er Resi hergebracht?«

Sie nickte. »Er hat in einer Weise über dich gesprochen, als wärst du schon tot.« Ihre Hände streiften nervös an der Tischkante entlang.

Voxlauer dachte nach. »Wo sollen wir hin?«

»Ich weiß nicht.« Sie lächelte schwach. »Nach Tirol?«

»Tirol wäre gar nicht schlecht. Wenn nur die Tiroler nicht wären.«

»Wohin dann?«

Voxlauer zuckte die Achseln. »Nicht nach Italien. Aber der Osten kommt auch nicht in Frage, wenn ich was mitzureden habe.«

»Es ist eigentlich egal, oder?«, fragte Else.

»Ja, ich glaube schon.«

Eine halbe Stunde später schlichen sie sich auf Zehenspitzen durchs Wohnzimmer in ihr Bett. Resi schlief zusammengerollt auf dem Sofa; ihr Atem pfiff leise. Voxlauer bückte sich müde, um seine Schuhe auszuziehen. Else strich ihm mit den Fingerspitzen am Haaransatz entlang, über die Stirn und über die Augen.
»Danke«, flüsterte er.
Sie küsste ihn leicht auf den Hals Er atmete tief ein, voller Dankbarkeit. Als er die Augen aufschlug, sah er, dass Resi sie von ihrem Sofa her beobachtete.
Er sah sie verschlagen grinsend an. »Du wirst doch nichts ausplaudern, oder?«
»Lass uns eine Weile in Ruhe, Mäuschen.«
»Was krieg ich dafür?«, fragte Resi kichernd.
»Böser, verzogener Fratz«, schimpfte Voxlauer.
»Lasset die Kindlein und wehret ihnen nicht, Oskar«, sagte Else.
»Wehret ihnen nicht, so steht's in der Bibel.«
Voxlauer ließ sich aufs Kissen zurücksinken. »Die Bibel soll der Teufel holen.«
Resi machte große Augen. »Mama!«
»Pst, Mäuschen. Gib endlich Ruhe.« Die Bettfedern quietschten ein bisschen, als sie sich neben ihn hinlegte. Er spürte die Bewegung der Matratze und dann ihr unglaublich feines Haar, das über sein Gesicht und seinen Hals strich. »Gute Nacht«, hauchte sie ihm ins Ohr.

In Berlin war ich eine Zeit lang eine umworbene Berühmtheit. Mittling hatte Freunde in den allerhöchsten Kreisen, und sie führten mich in die Gesellschaft ein. Schon in der ersten Woche wurde ich in den feinsten Häusern herumgereicht.
»Die Kommunisten haben ja schon lange in jedem Winkel der Welt ihre Leute, die für sie Wühlarbeit leisten«, sagte ein General mit Adlernase und einer Frisur, die an schmuddelige Putzwolle erinnerte, und schwenkte sein Sherryglas wie einen Marschallsstab. »Spanien, Italien, Argentinien. Aber jetzt haben endlich auch wir

eine schlagkräftige Untergrundarmee.« Er schwankte ein bisschen und krallte sich an meinem Arm fest.

»Gewiss, Herr General.«

»Sehr bedauerlich, diese Dollfuß-Geschichte. Aber Sie werden die Scharte wieder auswetzen, mein Lieber. Irgendwann kommt der große Moment, was meinen Sie?«

»Ich hoffe sehr, Herr General. Vorsicht!«

»Danke, mein Lieber, sehr aufmerksam. Herrgott! Fünfzig Kerle wie Sie, und wir ...«

Solche Sprüche bekam ich überall zu hören, vor allem wenn die Leute schon etwas getrunken hatten. Himmler erschien nie bei diesen Gesellschaften, aber er ließ mir in einem kurzen Schreiben durch Brigadeführer Schellenberg, den Leiter der Auslandsabteilung, bestellen, dass ich »im Rahmen des Vorhabens, das uns mehr als jedes andere an der internationalen Front eine Herzensangelegenheit ist«, eng mit ihm und Schellenberg zusammenarbeiten sollte. Vorerst jedoch erschöpfte sich meine Tätigkeit darin, jeden Abend etliche unendlich öde Empfänge zu besuchen.

Die geheimnistuerische Aura des Subversiven, die mich umgab, wenn ich in diesen Salons auftrat, wirkte auf alle Beteiligten wie ein Aphrodisiakum. Ich wurde in diesen Wochen wie ein Ausstellungsstück in der Stadt herumgezeigt und konnte meinerseits die ganze Herrlichkeit ringsum als Zaungast bestaunen. Ich befand mich nun in einer wirklich großen Stadt, in einer deutschen Großstadt, die ganz und gar von Begeisterung für unsere Sache durchdrungen war. Die Leute redeten mich jetzt achtungsvoll als SS-Obersturmführer an, auch wenn das nur ein leerer Titel war, und sagten mir tausend schmeichelhafte Dinge. Schellenberg und einige andere redeten davon, dass bald tatsächlich eine Österreichische Legion gegründet werden sollte, in der sich all die Illegalen, die nach dem gescheiterten Putsch über die Grenze geflohen waren, organisieren sollten, aber mir wurde bald klar, dass diese Bäume nicht in den Himmel wachsen würden. Schon jetzt gab es zu viel Konkurrenz auf der mittleren Führungsebene im Reich, zu viele ehrgeizige junge Offiziere drängten sich um Posten in der Bürokratie: die Expansion würde unvermeidlich kommen. Und wenn man dann Österreich annektiert hatte, würden Reichsdeutsche und eben nicht Österreicher dort Karriere machen. Und so wurde ich denn, dank der Protektion einflussreicher Gönner, deutscher Staatsbürger.

Die Witwe eines preußischen Adligen nahm mich, als mein Ruhm noch frisch und unverbraucht war, in ihr Haus auf und schenkte mir die Garderobe ihres verstorbenen Gatten, dem ich, wie sie sich einbildete, ähnlich sah. Maria von Lohn war fünfundsechzig, aber gut erhalten. Ich schlief ein Mal mit ihr; danach machte sie mir in einem Anfall von Selbstzerknirschung eine melodramatische Szene und verbannte mich für immer aus ihrem Schlafzimmer. Ich hielt mich dann an ihrer Schwiegertochter Lotte schadlos, gelegentlich ging ich auch mit deren Kammerzofe Liesl ins Bett; sie war aus dem Rheinland, eher üppig gebaut und sehr entgegenkommend. Ich wohnte drei Jahre lang bei den von Lohns. Die ganze Konstellation hatte etwas von einer leicht ordinären Boulevardkomödie, und ich fand dieses Leben im Großen und Ganzen recht vergnüglich. Ich weiß auch gar nicht, wo ich sonst hätte unterkommen können, nachdem der Glanz meiner Heldengeschichte verblasst war, und er verblasste ziemlich rasch.

Lottes Mann Gustav war ein hohes Tier bei der SS und oft von Berlin abwesend. Seinen guten Beziehungen und ihren Überredungskünsten war es zu verdanken, dass ich die deutsche Staatsbürgerschaft bekam. Einflussreiche Freunde des Hauses unterstützten meinen Antrag auf politisches Asyl. Ich wünschte sehnlich, so erklärte man den zuständigen Behörden, Deutscher zu werden, und das stimmte ja auch.

»Genau wie unser Führer«, sagte Lotte oft naserümpfend zu mir. »Der wollte auch kein Österreicher mehr sein.« Lottes nationale Gesinnung ließ sehr zu wünschen übrig. »Bestimmt haben da auch irgendwelche Weiber die Fäden gezogen. Verlogener Patron!«

»Der Führer hat nur seine Sekretärin, Fräulein Braun.«

»Sekretärin! Dass ich nicht lache!« Sie machte eine obszöne Geste und kicherte.
»Also bitte, Lotte!«
Sie setzte sich abrupt auf und runzelte die Stirn. Sie hatte auf dem Bett gelegen und mir zugesehen, wie ich mich vor dem Spiegel anzog. »Schau dich doch mal an, Kurt Bauer. Dieser verkniffene Mund: ein wahrhaft reichsdeutsches Gesicht. Als du noch Ausländer warst, hast du mir besser gefallen.« Sie lachte. Ich habe dieses typische unfrohe Lachen von ihr immer noch im Ohr; es hatte etwas dünn Tschilpendes, und man hörte zugleich einen Backfisch lachen und eine Frau, die ihre besten Jahre hinter sich hat. Es war das Lachen einer Trinkerin. Wenn ich heute versuche, sie mir vorzustellen, entgleitet mir ihr Gesicht immer wieder – kein Wunder –, aber an ihr Lachen erinnere ich mich genau.
»Ich weiß schon, dass dir das nicht imponiert, aber ich bin heute zu einem Gespräch mit dem Reichsführer-SS bestellt«, sagte ich und zog meine Krawatte zu.
»Mit dem kleinen Heinrich Himmler, der so einen komischen Zwicker trägt?«
»Genau.«
»Wahrscheinlich sollst du für ihn jemanden ›umlegen‹ – so sagen die Mörder immer in diesem amerikanischen Film mit Edward G. Robinson, aber ich weiß schon, dass dir das nicht imponiert.«
»Du mit deinem ewigen Amerika«, sagte ich und betrachtete mich im Spiegel.
Lotte verzog missbilligend den Mund. »Du hast dich heute ja mal richtig fein gemacht. Kannst dich gar nicht an dir satt sehen, was, Kurtchen?«
Ich lächelte nachsichtig ihrem Spiegelbild zu. »Auf diesen Tag habe ich eine Ewigkeit lang gewartet, mein Schatz, das weißt du doch.«
»Du siehst albern aus in Papas Anzug.«
»Deine Schwiegermama findet das nicht.«
»Mama ist eine senile alte Kuh.«

Ich wandte mich nach ihr um. Sie funkelte mich wütend an. Ich schaute weg. »Ich werde bestimmt niemanden umlegen, Lottchen«, sagte ich.
»Versprochen?«
Ich hob die rechte Hand zu einem feierlichen Eid. Lotte schlüpfte schimpfend wieder unter die Bettdecke. Sie wirkte immer viel jünger, als sie wirklich war, selbst am Morgen, wenn sie, wie meistens, verkatert aufgewacht war. Sie ging auf die vierzig zu und hatte Sommersprossen im Gesicht wie eine Siebzehnjährige. »Hau endlich ab, du eitler Fatzke«, sagte sie. Sie lächelte jetzt wieder. Ich bückte mich nach meinem Hut und ging

Die Reichsführung-SS residierte damals in einem unauffälligen grauen Gebäude unweit des neuen »Hauses der Flieger«. Die Posten am Tor kannten mich mittlerweile und winkten mich ohne großes Zeremoniell durch. Die glauben, ich will zum alten Schellenberg, dachte ich, und diese Vorstellung erfüllte mich mit tiefer Befriedigung. Einer der Chargen, die in der Eingangshalle Dienst hatten, ein Neffe von Lotte, der andauernd spitze Bemerkungen fallen ließ, die auf mein Verhältnis zur Familie von Lohn anspielten, lächelte mir zu, als ich vorbeiging. Ich konnte nur schwer der Versuchung widerstehen, ihn zu fragen, wie ich zum Büro des Reichsführers käme. Aber natürlich wusste ich genau, wohin ich zu gehen hatte: Ich schritt demonstrativ forsch durch den Raum und die linke der beiden Treppen hinauf in dem köstlichen Bewusstsein, dass alle Blicke auf mich gerichtet waren, und ich genoss es, mir auszumalen, wie sie da unten verblüfft ihre Augen aufrissen, als ich dem Posten meinen Namen nannte und ohne ein weiteres Wort eingelassen wurde.
Der Steinboden des Korridors war blitzsauber und auf Hochglanz poliert. Ich war deswegen ein bisschen überrascht, als ich ins Vorzimmer des Reichsführers trat und feststellte, dass dort ein noch schlimmeres Chaos herrschte als bei Mittling: Aus überall umherliegenden eselsohrigen und schmutzigen Aktendeckeln quollen

Schriftstücke und Fotos jeglicher Größe, der ganze Fußboden war damit übersät. Als ich eintrat, sah ich einen Mann neben einem dreibeinigen Tischchen kauern und in einem Haufen großformatiger Umschläge wühlen. Ich stand fast eine Minute lang wie gebannt da, ehe ich meine Fassung wiedergewann und mich mit einem Räuspern bemerkbar machte. Der Mann sah auf, murmelte missmutig etwas, was man als Begrüßung deuten konnte, und drückte dann auf einen Klingelknopf neben seinem Schreibtisch. Ich musste sehr lange warten, ehe sich die mit einem Schachbrettmuster verzierte Tür zum Allerheiligsten – offenbar von irgendeinem Mechanismus bewegt – einen Spaltbreit öffnete und der Sekretär mir einen Wink gab einzutreten. Ich drückte die Tür schüchtern auf.

Himmlers Arbeitszimmer entsprach nun wieder durchaus den Erwartungen, die der Korridor in mir geweckt hatte: ein hoher rechteckiger Raum, karg möbliert mit drei hochlehnigen schmucklosen Stühlen und einem schmalen Schreibtisch mit Stahlblechplatte vor zwei großen quadratischen Fenstern, die auf die Straße hinausgingen. An einem Garderobenständer hing die Uniform eines Hauptsturmführers der SS. Der Reichsführer war nirgends zu sehen. Ich stand stocksteif in gespannter Erwartung vor dem Schreibtisch, aber es passierte mehrere Minuten lang gar nichts. Ich trat ans Fenster, ging schließlich zum Garderobenständer hinüber. Ich hielt eben einen der Stiefel, die dort standen, neben meinen Fuß, als Himmler eintrat, so leise, dass ich zusammenzuckte, als er mich ansprach.

»Obersturmführer Kurt M. Bauer«, sagte er und musterte mich mit angestrengt zusammengekniffenen Augen. »Der letzte unserer ruhmlosen Freiheitskämpfer. Das sind Sie doch, oder? Die Hoffnung unserer immer noch geknechteten Brüder im Süden.« Er presste die Lippen zusammen. Seine Miene wirkte nicht unfreundlich, dennoch hatte sein kurzsichtig spähender, hellwacher Lehrerblick etwas zutiefst Beunruhigendes. Seine Augen hinter den dicken Brillengläsern waren so winzig klein, dass man nie genau erkennen konnte, was er gerade im Visier hatte. Es waren harmlose, farblose, wohlmeinende Augen.

Ich schüttelte den Kopf. »Nein, Reichsführer. Die Österreicher haben mich schon längst vergessen.«
»Ja, hoffen wir mal.« Himmler lächelte. »Setzen Sie sich, Herr Bauer, bitte. Ist doch besser so.« Er machte eine Pause. »Man hört viel Gutes von Ihnen. Sie haben sich treu ergebene Freunde gemacht. Freunde, deren Stimme Gewicht hat.«
»Ich tue mein Bestes, um ihrer würdig zu sein, Reichsführer.«
»Ja«, sagte er. Seine Stimme klang nicht mehr so gütig wohlwollend. »Ohne Zweifel.« Er saß eine Weile in Gedanken versunken da, sein Atem pfiff leise durch die Nase. »Sie sind jetzt deutscher Staatsbürger, habe ich mir sagen lassen.«
»Jawohl, Reichsführer.«
»Ich bitte Sie, Herr Bauer. Das hier ist eine ganz zwanglose Unterhaltung, keine Dienstbesprechung. ›Herr Himmler‹ genügt vollständig.«
»Jawohl, natürlich«, sagte ich und versuchte, meine Enttäuschung niederzukämpfen. »Natürlich, Herr Himmler.«
Er lächelte. »Sie haben gute Arbeit geleistet bei Ihrem Einsatz, Bauer. Und vor allem: Sie haben es überlebt und können der Welt Zeugnis von großen Dingen geben.«
»Ich habe es überlebt, aber ich rede nicht darüber, Herr Himmler.«
Er lächelte wieder und lehnte sich zurück. »Ja, das wissen wir.«
Eine Weile war es still im Raum. Himmler sah auf die Schreibtischplatte nieder, wo einige Passfotos nebeneinander aufgereiht lagen, dann blickte er zu der Uniform an dem Garderobenständer hinüber.
»Es tut einem in der Seele weh, Bauer, Sie hier so in Zivil sitzen zu sehen«, sagte er endlich. »Noch dazu in einem Anzug, der Ihnen nicht mal richtig passt.«
Ich rutschte voller Unbehagen auf meinem Stuhl hin und her. »Ja, das ist mir bewusst, Reichsführer.«
»Wir würden Sie gern wieder in Uniform sehen.«
Ich bemühte mich, mir mein Entzücken nicht anmerken zu lassen, und schwieg. Himmler musterte mich geduldig mit blinzelnden Au-

gen und strich sich mit einem schlanken Finger über den gestutzten blonden Schnurrbart, offenbar in Erwartung einer Antwort. Ich dachte an das Foto von ihm, das in Wien über dem von Glass so geliebten Sofa gehangen hatte. Eine schlechte Aufnahme, dachte ich. In Wirklichkeit ist er überhaupt nicht hässlich.

Himmler blickte mich weiter schweigend an. Nach einer Weile schlug der Ausdruck in seinem Gesicht um, als wäre er jetzt in seinen Überlegungen an ein befriedigendes Ende gelangt. Er setzte sich auf. »Wir haben da jemanden in Schutzhaft«, sagte er. »Der war früher Parteigenosse, Schutz-Staffel. Wir wären Ihnen sehr dankbar, wenn Sie dem mal einen Besuch abstatten würden, ich meine: in Ihrer Eigenschaft als Zivilist.« Himmler lächelte schwach. »Vielleicht können Sie ihn ja dazu überreden, dass er endlich Vernunft annimmt. Der gebärdet sich wie ein Wilder in letzter Zeit und macht uns jede Menge Ärger. So unglaublich es klingt: Sie und er haben gemeinsame Erfahrungen.« Er machte eine Pause. »Es ist so weit mit ihm gekommen, dass er jetzt an Selbstmord denkt. Ich sage Ihnen ganz ehrlich, Bauer: Wir sind mit unserem Latein am Ende. Das ist immer eine schwierige Sache mit solchen Krisen, wenn das gegenseitige Vertrauen in unserer kleinen Gemeinschaft gestört ist, aber das brauche ich Ihnen natürlich nicht zu sagen ...«

Ich nickte.

»Ich habe oft die Erfahrung gemacht«, fuhr er fort, »dass man solche Fälle allenfalls von Mann zu Mann klären kann, unter vier Augen und in aller Privatheit.« Er schwieg und strich sich über den Schnurrbart. »Was meinen Sie als Privatmann dazu, Bauer?«

»Ich bin ganz Ihrer Ansicht, Reichsführer. Private Lösungen sind immer die besten.«

»Nicht immer, Bauer, nicht immer. Manchmal ist ein gewisses Maß an Öffentlichkeit vorzuziehen.« Er runzelte kaum merklich die Stirn. »Aber nicht in diesem Fall.«

»Dieser Mann ... ist der Österreicher?«

Himmler nickte. Seine Miene drückte tiefes Bedauern aus. Einen Wimpernschlag lang trafen sich unsere Blicke. Seine Augen waren jetzt fast nicht mehr zu sehen unter den verkniffenen Lidern, und ich hatte den Eindruck, dass er mich gar nicht mehr wahrnahm. Ich spürte, dass ich entlassen war, und stand auf.

»Vielen Dank, dass Sie sich Zeit für mich genommen haben, Reichsführer. Ich werde Ihnen dann von dem Treffen Bericht erstatten.«

Himmler winkte lässig ab. »Nicht nötig, Herr Obersturmführer, nicht nötig.« Er lächelte mir noch einmal freundlich zu und schlug dann einen braunen Aktendeckel auf, der auf dem Schreibtisch lag. »Weidemann im Vorzimmer wird Ihnen alles Weitere erklären. Heil Hitler.«

»Heil Hitler.« Ich trat hinaus und schloss leise die Tür.

Als ich Himmler das nächste Mal sah, fuhr er an der Seite des Führers im offenen Wagen auf dem Ring dahin und winkte der jubelnden Menge zu. Sein kleiner Kopf nickte freundlich, seine kurzsichtigen Augen in dem blassen Dutzendgesicht blinzelten in der blendenden Mittagssonne. Ich saß drei Autos weiter vorn und sah, erfüllt von einer Mischung aus Jubel und Reue und Stolz, auf die Kavalkade hinter mir, während von allen Seiten der Lärm, die Farben, die Gerüche der Stadt auf mich einstürmten, in die ich nun endlich, wie ich immer gewusst hatte, zurückgekehrt war, um sie in Besitz zu nehmen.

Zwei Tage später holperte Ryslavys Auto die Straße zur Villa hinauf. Es war schwer mit Kisten und Paketen vollgeladen: bisweilen stiegen Staubwolken in der Mittagssonne auf, wenn das Bodenblech unter der Hinterachse über den Schotter streifte. Voxlauer war im Garten. Als Paul beim Haus ankam, stand Else schon an der Tür.

Ryslavy hupte, stieg aus und salutierte. »Sturmführer Apfelschnaps meldet sich zur Verfügung!«

Else lachte. »Wir hatten uns schon Sorgen um Sie gemacht, Herr Ryslavy.«

»Was soll das ganze Zeug da bedeuten?«, fragte Voxlauer und wies auf das Gepäck.

Ryslavy zuckte die Achseln. »Manche nennen das Steuerflucht.«
»Ich nicht.«
Else ging halb die Treppe hinunter. »Kommen Sie rein. Ich mache uns Kaffee.«
»Nicht nötig, Fräulein Else, danke«, sagte Ryslavy. Er zögerte einen Moment. »Ich wollte eigentlich Oskar fragen, ob er mit mir zu den Teichen rauffährt.«
»Dann trinken wir nachher Kaffee. Wenn wir wiederkommen«, schlug Voxlauer vor.
»Oh«, sagte Else leise. Sie ging ins Haus.
»Ist sie jetzt beleidigt?«, flüsterte Ryslavy.
»Längst nicht so wie ich. Komm, steig ein.«
Ryslavy zog einen Schlüsselbund hervor und suchte umständlich nach dem Schlüssel. Die hoch aufgetürmte Ladung auf dem Gepäckständer am Heck war mit einer alten, viel zu großen Plane abgedeckt, die sich mächtig bauschte und überall zwischen den kreuz und quer gespannten Lederriemen hervorquoll.
»Wie ein Zirkuszelt«, sagte Voxlauer und zupfte mit skeptischer Miene an der Plane.
»Was ist?«
»Willst du zum Zirkus, Pauli?«
Ryslavy schien ihn nicht zu hören. Er fummelte hektisch und mit hochrotem Kopf an der Autotür. »Ich dachte mir, ich muss mir die Sache da oben doch noch ein letztes Mal ansehen, bevor ich losfahre«, sagte er forciert unbefangen. »Zum Angeln reicht die Zeit natürlich nicht. Aber ich will trotzdem mal gucken, was sie treiben, die undankbaren kleinen Biester.« Er machte sich immer noch am Türschloss zu schaffen, aber sein Blick wirkte leer und abwesend.
»Bist du überhaupt fahrtüchtig, Pauli?«, fragte Voxlauer, die Hand am Türgriff auf der Beifahrerseite. »Ich hoffe, du bist dir bewusst, dass ich dir mein Leben anvertraue.«
»Stocknüchtern, Oskar.« Zum Beweis führte er langsam den Zeigefinger an die Nasenspitze. Voxlauer stieg ein, beugte sich zur anderen Seite hinüber und öffnete von innen.

»Voilà!« Ryslavy hob triumphierend einen kleinen messingfarbenen Schlüssel hoch. »Jetzt kann's losgehen. Fahren wir!«
Der Motor sprang an, der Wagen schoss vorwärts wie eine Kanonenkugel, haarscharf am Eckpfosten des Gartenzauns vorbei, und kam auf einem steil ansteigenden Wiesenstück zum Stehen. Ryslavy fluchte und setzte zurück, und dann waren sie plötzlich auf dem holprigen Zufahrtsweg, und der Wagen wurde schneller. Ryslavy rutschte nervös auf dem Fahrersitz hin und her. Wenig später hatten sie die Straße zum Tal hinauf erreicht, und das Auto raste wild auf der unebenen Piste dahin. »Nicht so schnell, Pauli, um Gottes willen!«, schrie Voxlauer.
»Was ist?«, fragte Ryslavy.
»Herrgott, Pauli!«
Ryslavy grinste. »Halt dich fest, Oskar. Die Strecke wird jetzt ein bisschen tückisch, wenn ich mich recht erinnere.« Der Wagen brach jäh nach links aus und schlidderte wild bockend in eine Kurve. »Gib Obacht auf die Kisten«, schrie Ryslavy, der seine ganze Körperkraft aufbieten musste, um das Lenkrad zu bändigen.
»Lieber Gott!«, keuchte Voxlauer immer wieder und fuhr sich mit der Hand über die Augen. Die Kurve vor ihnen schien sich ins Unendliche zu dehnen. Er krallte sich an der Rückenlehne und am Türgriff fest. Seine Eingeweide gerieten in ähnlich schlingernde Bewegung wie das Gefährt, in dem er saß. Aber dann war es ganz plötzlich vorbei, der Wald lag hinter ihnen, und das Auto fuhr sacht am Ufer des Teichs entlang, das wirre weiße Blitzen auf der rechten Seite wurde langsam zu einem Bild mit scharfen Konturen, das eine Reihe von Birken zeigte. Ryslavy stellte den Motor ab, und sie glitten leicht und geräuschlos neben der grünen Wasserfläche dahin.
»Ja, das war wirklich schnell«, sagte Ryslavy strahlend.
Voxlauer schwieg und schnappte nach Luft.
»Sei mir nicht böse, Oskar. Das bisschen Spaß wirst du mir doch gönnen.«

»Halt an«, sagte Voxlauer, riss die Tür auf und beugte sich hinaus. Ryslavy bremste, Voxlauer taumelte hinaus auf das sonnenbeschienene Gras.
»Warte!«, schrie Ryslavy. »Jetzt bleib doch stehen!« Er zog die Handbremse und hastete Voxlauer nach, der vor ihm die Straße hinaufging.
»Oskar! Warte! Komm zurück! *Oskar*?!«
Voxlauer blieb stehen. »Der Teufel soll dich holen, Pauli. Ich setz mich nicht mehr in diesen Karren. Ich bin doch nicht lebensmüde.«
»Du kannst nicht hier bleiben.« Ryslavy blickte vielsagend über das Wasser und die Bäume hin. »Das alles gehört nicht mehr mir.«
»Ach so, ja. Du hast das ja denen geschenkt.«
»Ich hab es ihnen *verkauft,* Oskar. Ich hab's verkauft. Das hat einen ganz schönen Haufen Geld gebracht, das kann ich dir sagen.«
»Lüg mir nichts vor, Pauli. Blanker Diebstahl war das.«
Ryslavy schwieg. »War schon jemand da von denen?«, fragte er schließlich und sah zur Hütte hinüber.
Voxlauer zuckte die Achseln. »Ein paar Holzlaster sind rumgefahren.«
»Hast du mit irgendjemandem geredet?«
Voxlauer nickte.
»Mit wem?«
»Ein ganz schön hohes Tier von der Polizei war da«, sagte Voxlauer. »Er hat mir versprochen, dass die Behörden den Fall gewissenhaft untersuchen werden.«
Ryslavy schüttelte den Kopf. »Dass du dir ausgerechnet *die* rausgesucht hast, wo es doch jede Menge schöne und gebildete Frauen hier in der Gegend gibt, ist mir ein Rätsel.« Er lächelte bitter. »Besonders viel Glück hat sie uns nicht gebracht, das wirst du ja wohl zugeben.«
Voxlauer sah ihn an. »Du denkst doch nicht im Ernst, dass *sie* irgendwas dafür kann, oder?«

»Nein, natürlich nicht. Hör einfach nicht zu, wenn ich so daherrede.«
»Ist wohl besser so – solange ich noch die Wahl habe, meine ich.«
Voxlauer betrachtete eine Weile schweigend das Auto. »Weißt du«, sagte er dann, »ich bin nicht so sicher, dass du es wirklich schaffst.«
Ryslavy nickte und sah an ihm vorbei zum Auto. Er wirkte fast schuldbewusst. »Trotzdem, du lässt mich fort, oder?«
»Ja«, sagte Voxlauer. »Es sieht so aus. Ich halte dich nicht.«
»Und ihr kommt nicht mit? Bist du sicher?«
»Sei ehrlich, Pauli, nur dieses eine Mal: Du willst doch gar nicht, dass wir beide mitkommen, und Resi noch dazu.«
»Doch, natürlich«, sagte Ryslavy, aber er wurde rot dabei.
Sie standen da und sahen einander in die Augen.
»Wo willst du hin?«, fragte Voxlauer.
»Wir haben Verwandte in Budapest. In Nürnberg auch. Ich habe mir überlegt, vielleicht ist Budapest das Richtige für uns.« Ryslavy räusperte sich. »Ach, übrigens: Sie haben mir verboten, die Stadt zu verlassen. Hast du schon einmal etwas so Schwachsinniges gehört?«
»Scheiden tut eben auch denen weh. Wahrscheinlich weinen sie sich schon jetzt die Augen nach dir aus.«
»Vielleicht brauchen sie mich als Watschenmann; zur Erheiterung des Volks an hohen Feiertagen. Anders kann ich's mir nicht erklären.«
Voxlauer seufzte. »Das kann kein Mensch kapieren, was in diesen Hohlköpfen vorgeht.«
Sie schwiegen eine Zeit lang. »Ich hätte eher gedacht, du wolltest nach Italien«, sagte Voxlauer und spähte übers Wasser.
»Italien? Soll das ein Witz sein? Die haben in Mailand schon Säuberungen veranstaltet.«
Voxlauer lachte. »Da verwechselst du was, Pauli. Säuberungen gibt es bei den Kommunisten, die Faschisten halten bloß große Massenaufmärsche ab.«

»Die Faschisten säubern auch, wenn ihnen danach zu Mute ist, darauf kannst du Gift nehmen. Wo ist also der Unterschied?«

»Die Kommunisten veranstalten Säuberungen«, sagte Voxlauer. »Das ist der Unterschied.«

Sie gingen langsam zurück zum Auto. »Wo hast du deine Tochter gelassen?«

»Die ist bei meiner Schwiegermutter.«

»Du machst dich jetzt besser aus dem Staub.«

Ryslavy nickte. »Ich setz dich bei der Villa ab.«

»Fahr du nur allein«, sagte Voxlauer. »Mich bringen keine zehn Pferde mehr in diesen rasenden Sarg.«

»Steig endlich ein, verdammt. Kränk mich nicht.«

»Schau, dass du fortkommst.«

Sie standen vor dem Auto und sahen einander betreten an. »Du bist fristlos entlassen«, sagte Ryslavy endlich, öffnete die Wagentür und setzte einen Fuß auf das Trittbrett.

»Servus, Pauli.«

»Servus.« Ryslavy stieg ein.

»Kurt wollte heute hier raufkommen«, sagte Voxlauer und sah Ryslavy in die Augen. »Mit dem Motorrad.«

»Hier herauf?«

Ryslavy überlegte einen Moment. »Wann?«

»Ungefähr jetzt. Er könnte jeden Augenblick hier sein.« Voxlauer zögerte. »Er wollte allein kommen«, fügte er dann hinzu.

Ryslavy starrte ihn an. Er hatte jedes Wort verstanden, trotzdem wirkte er vollkommen verwirrt. Es dauerte eine Weile, bis er sich wieder gefasst hatte. »Also dann, Servus, Oskar«, wiederholte er leise und streckte die Hand aus, um die Wagentür zu schließen.

»Ja«, sagte Voxlauer und trat einen Schritt zurück.

Ryslavy zog die Tür zu und winkte seinem Freund durch die staubige Scheibe zu. Er startete den Motor, hupte, fuhr ein Stück in Richtung der Brücke und wendete. Er winkte Voxlauer noch einmal zu, als er an ihm vorbeifuhr. Der Wagen wurde schneller,

rollte die sonnenbeschienene Straße dahin und verschwand schließlich zwischen den Bäumen.
»Gib Obacht in den Kurven!«, rief Voxlauer ihm nach.

Die Limousine fuhr am Gebäude des Rasse- und Siedlungshauptamts und am Tempelhofer Feld vorbei durch Vorstadtgegenden, die mir unvertraut waren, und durch leicht hügeliges Waldgelände zu einem halb verfallenen Gaswerk. Man hatte mir eine kleinkalibrige Pistole ausgehändigt – eigentlich eine Handtaschenwaffe –, dazu eine schmale Schachtel Patronen, eine Rolle Klebeband und eine Taschenlampe. Die Sachen lagen lose in einem zu großen Karton und rumpelten und klapperten andauernd, während das Auto auf immer kleineren Straßen dahinfuhr. Normalerweise wäre mir der Lärm auf die Nerven gegangen, aber jetzt machte er mir nichts aus, ich nahm ihn kaum wahr. Ich sollte etwas tun, was ich noch nie getan hatte.
Die verschiedenen Gebäude der Anlage standen, lose zu einem Halbkreis gruppiert, mitten im Wald. Der Wagen hielt vor einer Halle mit einem grünen Schiebetor. Ich stieg aus und sah mich im Halbdunkel um. Die Fahrt hatte nicht sehr lange gedauert, aber ich hatte doch Zeit genug gehabt, mich zu sammeln. »Ist es hier?«, fragte ich den Fahrer. Er nickte, ohne den Kopf nach mir zu wenden.
Das Tor war mit einem Vorhängeschloss gesichert. Ich ging um das Gebäude herum. Etwas abseits dahinter stand ein heruntergekommenes schiefergedecktes Häuschen, dessen Mauern von Rauch und Ruß geschwärzt waren. Durch eines der schmutzigen Fenster im Erdgeschoss schimmerte Licht. Ich ging zur Tür; sie war unverschlossen. In dem verdreckten Treppenhaus brannte eine nackte Glühbirne und beleuchtete riesige Wasserflecken auf der Tapete unterhalb der durchhängenden Decke. Ich blieb unten an der Treppe stehen und lauschte. Dann ging ich zum Ende des schmalen Korridors und trat in einen winzig kleinen unbeleuchteten Raum, in dem ein Mann saß, Hals, Hände und Fußgelenke mit Draht an einen Stuhl gebunden. Es war staubig und dunkel in dem Raum, aber ich erkannte den Mann trotzdem sofort. Es war Glass.

Voxlauer schritt durch die Licht-und-Schatten-Muster, die die Nachmittagssonne auf die Straße zeichnete. Seine Sohlen wirbelten den allgegenwärtigen roten Staub auf. Schmeißfliegen glitzerten am Boden; sie flogen auf, als er sich näherte, und summten um seinen Kopf herum. Er hörte von rechts das stete Rauschen des Wassers und von allen Seiten das des Windes in den Bäumen. Nach der Abzweigung zur Kolonie begann er eine halb vergessene Melodie vor sich hin zu summen, ein Lied, das sein Vater oft am Abend gesungen hatte. Er hörte einen Moment lang die fröhliche Begleitung des Klaviers und sah seine Mutter in der Tür stehen, heiter und gelassen, und die Familie zum Essen rufen. Die ganze Szene hatte einen sepiafarben goldenen Ton, wie die Fotos, die er am ersten Tag in dem alten Haus – das lag nun eine Ewigkeit zurück – angeschaut hatte. Er stellte sich auch Maman als eine Art Foto vor, ein Lichtbild, gelassen, heiter und für alle Zeit unveränderlich. Die Fragen, die ihn gequält hatten, was heute und morgen werden würde, ebbten ab vor diesem Bild wie Fieberschauer unter einer Bettdecke. Als er in Pergau ankam, fühlte er sich ruhig und entschlossen.
Else saß auf den Eingangsstufen, quer über den Knien hielt sie einen Besen. Die Falten ihrer Kleiderschürze hingen auf den Kiesweg nieder. Es war ein altes Kleid, abgetragen und fadenscheinig und schwarz vor Schmutz. »Du kannst jetzt nicht rein«, sagte sie müde. »Die ganze Bude steht unter Quarantäne.«
»Ach so, darum das schwarze Kleid«, meinte Voxlauer. »Oder ist vielleicht jemand gestorben?«
»Sehr witzig. Das Kleid war blau, bevor ich mit dem Hausputz angefangen habe – wenn du verstehst, was ich meine.« Hinter ihr sah man einen grauen Haufen Kehricht auf dem Boden.
Voxlauer trat zu ihr und legte eine Hand auf ihre Stirn. Ihr Haar war schweißnass. »Wir könnten doch einen Spaziergang machen, bis der Staub sich gelegt hat«, schlug er vor.
»Wo ist Pauli?«
»Weg.«

Else stand mit einem Seufzer auf und holte eine Kehrschaufel aus der Küche. Sie fegte den Staub zusammen und schaffte ihn weg. Dann knöpfte sie die Schürze auf und zog sie aus. Sie wischte sich den Schweiß vom Gesicht und vom Hals und schüttelte den Kopf. »Ich frage mich, warum ich das überhaupt mache, wo wir doch morgen gar nicht mehr da sind. Vielleicht glaube ich es im Grund meines Herzens noch nicht.«

»Ich auch nicht.«

»Man kann sich das kaum vorstellen, nicht?« Sie nahm ihn bei der Hand und ging mit ihm den Zufahrtsweg hinunter. »Ich habe Resi vor einer Stunde zum Bus gebracht.«

»Zu was für einem Bus?« Voxlauer runzelte die Stirn.

»Zu dem neuen großdeutschen Bus, Oskar. Die haben eine Busverbindung eingerichtet: Pergau–Niessen–Sankt Marein.«

»Möge sie tausend Jahre währen!«

»Mir genügt es schon, wenn sie nur ein paar Tage währt, bevor die Karre in den Straßengraben rumpelt.« Sie hakte sich unter.

Sie gingen durch den Ort, über den wie immer leblos daliegenden Marktplatz und am Friedhof vorbei in Richtung der Straße, die ins Tal hinunterführte. »Wohin gehen wir?«, fragte Voxlauer, als sie die Felder hinter sich gelassen hatten. »Zum Kamm hinauf?«

»Bleiben wir lieber auf der Straße«, sagte Else.

»Ich würde lieber da raufsteigen.«

»Ach, komm. Hier sind wir schon so lange nicht mehr gegangen.«

Ein Stück weiter unten wurde die Straße schmal und schlecht; tiefe Rinnen zogen sich über die Fahrbahn, und neben den engen Kurven fiel das Gelände steil ab. Voxlauer spürte, wie Angst in ihm aufkam. »Dann ist er also weg«, sagte Else und wandte sich nach ihm um. »Pauli, meine ich.«

»Ja, er ist weg.«

»In der ungebrochenen Überzeugung, dass niemand anders als ich an allem schuld ist, so ist es doch, oder?« Sie lächelte. »Wahrscheinlich ist es sinnlos zu fragen, warum eigentlich.«

»Nein, Else, das glaubt er nicht.«

»Wenn nicht, dann wäre das eine reichlich merkwürdige Art, sich zu verabschieden. Er hat es kaum der Mühe wert gefunden, mal kurz an seinen Hut zu tippen.«

»Er hat mich sogar gefragt, ob wir nicht doch mitfahren wollten.«

»Hätten wir das tun sollen?«

Voxlauer nickte. »Ja, es wäre besser gewesen.«

»Aber du wolltest das auch nicht, oder?«

Voxlauer zögerte einen Moment. »Nein, offenbar nicht.«

»Es wird schon alles gut gehen«, sagte Else. »Meinst du nicht? Wir werden es schon schaffen.«

Sie gingen weiter bis zu einer tief ausgewaschenen Kurve. Man sah von dort weit über die Wälder hin. Sie blieben eine Weile stehen und blickten hinauf zu den Felsen. Die Wiese bei der Kolonie lag im vollen Sonnenlicht. Weiter oben sah man, schwarz und halb verdeckt von Latschengestrüpp, eine runde Öffnung, die sich deutlich von dem hellen Fels abhob.

Else zeigte mit dem Finger hinauf. »Siehst du die Höhle da zwischen den Felsen?«

»Ich hab gehört, da hat mal ein alter Einsiedler gehaust.«

»Ja, vor vielen Jahren. Wir Kinder haben ihn nie zu Gesicht bekommen. Papa hat behauptet, er habe ihn selber gesehen, aber er hat oft alle möglichen Gruselgeschichten erfunden, um uns ein bisschen Respekt einzuflößen, wenn wir unartig waren. Allerdings hat man tatsächlich am Abend manchmal Rauch gesehen da oben, im Winter auch untertags.«

»Und ihr habt nie Lust gekriegt, ihm einen Besuch abzustatten?«

Else lachte. »Wir hatten natürlich Angst, besonders Kurt. Aber wir haben Bilder von ihm gemalt. Er sah ungefähr so wie du aus, bloß drei bis vier Meter größer, und er hatte einen Spazierstock so dick wie ein Butterstampfer. Und als Hut hatte er ein kaputtes Ofenrohr auf dem Kopf.«

»Ja, ziemlich genau so, stelle ich mir vor, sehe ich wohl aus.«

»Wenn du einen schlechten Tag hast, Oskar«, sagte sie und strich ihm über die Wange. »Später, als wir schon größer waren, hat

Kurt einmal versucht, ihn aufzuspüren. Er ist mitten in der Nacht losgezogen, ausgerüstet mit einer Kerze, einer Schachtel Streichhölzer und einem Spaten, aber er hat in der Höhle nur einen Haufen zerlumpter Frauenkleider gefunden. Er hatte noch Wochen später Albträume.«

»Wegen den Kleidern?«

»Wegen dem Mann, denke ich doch.« Sie lachte.

Sie gingen weiter. »Piedernig hat ihn gekannt«, sagte Voxlauer.

»Das kann ich mir nicht vorstellen. Damals war er doch noch gar nicht –«

Voxlauer blieb unvermittelt stehen. »Was ist das für ein Geräusch?«

»Was für ein Geräusch?«

Er hob die Hand. »Hör doch mal!«

Ein Heulen drang durch den Wald herauf, schrill und hoch wie der Lärm von einer Bandsäge. Die Bäume dämpften das Geräusch. Es dauerte an und wurde immer lauter, als die beiden den Hang hinunterstiegen. Unter dem Heulen oder dahinter war noch ein anderes Geräusch, schwächer und schwer zu identifizieren – es war nicht einmal eindeutig zu sagen, ob es sich überhaupt um etwas Hörbares handelte, aber es war doch unstreitig irgendwie da und trieb die beiden in hektischer Eile vorwärts. Sie kamen in ein sumpfiges Gebiet, und der Lärm war jetzt durchdringend und allgegenwärtig, er hing über ihnen wie eine Glocke aus dröhnend vibrierendem Glas. Voxlauer hielt sich die Ohren zu und rannte los. Else lief bereits, so schnell sie konnte, und schrie ihm zu, er solle sich beeilen.

An einer Kurve, wo die Straße zum Bach hin lief und dann wieder in den Wald, ragte ein leer laufendes Rad aus dem Graben empor, eingehüllt in blauschwarzen Rauch. Als Voxlauer, der hinter Else herhetzte, die Umrisse des Rads und den Qualm sah, wusste er sofort, was passiert war. Als er näher kam, erblickte er die restlichen Teile des schwer beschädigten Motorrads und den Mann, der darunter im Gras lag.

In den drei Tagen bis zu seinem Tod redete Kurt nur wenig. Er schnappte in kurzen, abgerissenen Zügen, die etwas mühsam Hackendes an sich hatten, nach Atem. Else brachte ihm immer wieder Fleischbrühe und in Milch eingeweichte Brotbröckchen, aber er aß fast nie etwas davon. Manchmal beobachtete Voxlauer, wie die beiden miteinander flüsterten. Wenn Kurt ihn aus den Augenwinkeln sah, verstummte er und blickte ihn lange ruhig und unbewegt an.

Die Fenster standen offen, die warme Sommerluft drang ins Zimmer. Bisweilen tat Kurt einen tiefen Atemzug und seufzte leise wie ein alter Mann, der sich niederbückt, um seine schweren Stiefel auszuziehen. Er lag oft stundenlang da, kaum merklich atmend, bis plötzlich die Bewegung seiner Brust stockte und Blut ihm in den Mund und über die Lippen quoll. Voxlauer in der Küche hörte ihn keuchen; er stürzte hinüber ans Bett und half Else, ihn auf die Seite zu drehen. Dann schrie Kurt vor Schmerz und verfluchte sie beide, bis ihm die Luft wegblieb, und ließ sich anschließend wieder in einen Zustand angespannt verkrampfter Ruhe zurücksinken. Irgendwann schlief er ein, flach durch die Nase atmend, und sie konnten sich selbst zwei oder drei Stunden unruhigen Schlafs stehlen, immer wieder unterbrochen, wenn Kurt in seinem Bett wild um sich schlug.

Voxlauer hatte den Unfall dem Krankenhaus in Niessen und der Polizei gemeldet, nachdem sie Kurt in Elses Haus gebracht hatten. Am nächsten Morgen fuhr dann ein wunderbar schwarzglänzendes Horch Cabriolet vor. Darin saßen der kleine SS-Offizier, der bei der Beerdigung gewesen war, und ein Militärarzt, beide in olivgrüner Felduniform, und zwei SS-Soldaten, die eine Krankentrage dabeihatten. Der Arzt und der Offizier stiegen zum Haus hinauf und klopften an der Tür; die beiden Gemeinen blieben neben dem Auto stehen und warteten.

»Else Bauer?«, fragte der Arzt, als Else ihnen öffnete.

»Ja.« Sie sah den Offizier an, dann Voxlauer, der hinter ihr stand,

dann wieder den Arzt. »Kommen Sie rein«, sagte sie nach kurzem Zögern.
Der Offizier drehte sich um und winkte seinen zwei Untergebenen. Diese brachten die Trage und stellten sie auf dem Gras ab. Als er hinter dem Arzt eintrat, sah er Voxlauer, blieb unvermittelt stehen und runzelte leicht die Stirn. »Wer ist der Mann?«, fragte er.
»Ein Freund der Familie«, antwortete Else. »Kommen Sie jetzt?«
Der Offizier stand regungslos da.
»Sie sind doch wegen meines Vetters gekommen, oder nicht?«, sagte Else, schon in der Tür zum Schlafzimmer.
Der Offizier antwortete nicht. Else ging mit dem Arzt hinein. Der Offizier und Voxlauer standen einander gegenüber. »Ist das Ding da für mich bestimmt?«, fragte Voxlauer und schaute hinaus zu den zwei Soldaten, die sich an der Trage im Gras zu schaffen machten.
»Nicht dass ich wüsste, Herr Voxlauer. Sind Sie krank?«
»Ich bin müde«, sagte Voxlauer und setzte sich an den Tisch. »Sollten Sie nicht mit dem Doktor gehen und ihm assistieren?«
»Ich werde da im Moment nicht gebraucht.« Der Offizier zog ein Päckchen Zigaretten aus seiner Brusttasche. »Sehr friedlich hier oben«, bemerkte er, die Zigarette im Mund.
»In jüngster Zeit weniger«, sagte Voxlauer.
»Ja, natürlich.«
Voxlauer trommelte mit den Fingern auf der Tischplatte.
»Was den Unfall betrifft«, sagte der Offizier, »haben Sie da vielleicht irgendeine Idee, wie das zugegangen ist?«
»Keine Ahnung.«
»Haben Sie gestern Abend irgendjemanden auf der Straße oder sonstwo gesehen?«
Voxlauer seufzte. »Ich besitze nicht einmal eine Schubkarre. Das macht die Sache ein bisschen schwierig für Sie, nicht?«
»Ich will eine Zeugenaussage von Ihnen, Herr Voxlauer. Selbst Sie werden doch einsehen, dass es wichtig ist zu erfahren, was Sie

beobachtet haben. Sie sind doch ein verlässlicher Zeuge, oder? Bei klarem Verstand? Unsentimental? Nüchtern?«

»Was ich auszusagen hätte, würde Ihnen nicht gefallen.«

»O doch, Herr Voxlauer, es würde uns sehr gefallen. Wir würden sehr gern Ihre Aussage hören, wenn Sie sich dazu durchringen könnten, eine zu machen. Wenn aber nicht, so werden wir bestimmt auch ohne Ihre Hilfe zu einer befriedigenden Lösung des Falls gelangen.«

Voxlauer schwieg.

»Also, was ist?«, fragte der Offizier.

»Was ist was?«

»Können Sie sich dazu durchringen oder nicht?«

Voxlauer sah hinaus durch die Tür. Er roch den scharfen Qualm der Zigarette und den schweren Duft von Gras, der in der Luft lag. »Ich hab mich dazu durchgerungen, am Leben zu bleiben«, sagte er.

Der Offizier studierte lächelnd seine Fingernägel. »Tatsächlich? Damit habe ich nicht gerechnet, ehrlich wahr. Mir scheint fast, als sollte unser Obersturmführer, Gott hab ihn selig, was Sie betrifft am Ende doch Unrecht behalten.«

»Der Obersturmführer ist noch nicht tot, denke ich doch.«

»Für uns schon«, sagte der Offizier. Seine schmalen Lippen formten jedes einzelne Wort mit genau kalkulierter Präzision. »Hören Sie gut zu, Herr Voxlauer. Mein Vorgänger hat Ihnen in einer seiner zahllosen Launen ein gewisses Maß an Protektion gewährt, aber damit ist nun Schluss. Von höherer Stelle ist bereits die Weisung ergangen, ihn als Opfer mörderischer jüdischer Heimtücke zu betrachten und den Täter in einem öffentlichen Verfahren unnachsichtig zur Verantwortung zu ziehen. Ihre Zeugenaussage könnte in diesem Zusammenhang von gewissem Interesse sein und höheren Orts positiv vermerkt werden. Andernfalls kann es Ihnen passieren, dass man Sie als Komplizen verurteilt und aufhängt. Können Sie mir folgen?«

»O ja«, sagte Voxlauer leise.
»Und?«
»Ich hab es Ihnen schon gesagt: Ich möchte am Leben bleiben.«
Der Offizier zuckte die Achseln. Der Arzt und Else kamen zurück.
»Er ist nicht transportfähig«, sagte Else und nahm Voxlauers Hand.
»Ich soll bei der Polizei in Niessen eine Zeugenaussage machen. Ich habe dem Herrn hier erklärt, dass das nicht geht. Wir haben alle Hände voll zu tun.«
»Ja, das stimmt.« Else wandte sich an den Offizier. »Das muss doch nicht unbedingt jetzt sein, oder?«
»Na gut. Wenn er hier gebraucht wird, um den Obersturmführer zu pflegen«, sagte der Offizier und sah Voxlauer an.
Die vier standen in dem kleinen Raum. Einen ganz kurzen Augenblick lang herrschte Schweigen. Dann seufzte der Arzt tief – es klang wie eine professionelle Pflichtübung und keineswegs besonders betroffen – und wischte sich mit einem Taschentuch den Schweiß vom erhitzten Gesicht. »Der Obersturmführer braucht Zeit, bis er wieder leichter atmen kann.« Er warf Voxlauer einen Blick zu. »Bewegen Sie ihn nicht mehr als unbedingt nötig. Er befindet sich in einem extrem empfindlichen Stadium der Genesung.«
»Zu demselben Schluss bin ich auch gekommen«, sagte Voxlauer.
»Könnten Sie ihm nicht etwas gegen die Schmerzen geben?«, fragte Else.
Der Arzt sah sie erstaunt an. »Herr Bauer ist ein Soldat der Schutz-Staffel, Fräulein«, sagte er. Er blickte den Offizier an und hüstelte. Der Mann drückte hastig seine Zigarette aus und ging zur Tür.
»Heil Hitler, Fräulein Bauer.« Die beiden nickten grüßend und gingen zum Auto, gefolgt von ihren zwei Untergebenen. Dann fuhren sie weg – die Trage ließen sie stehen.

Voxlauer schloss die Läden gegen die Mittagshitze, leerte die Bettschüssel aus, in der Urin, gemischt mit Blut, schwamm, und schüttelte die Kissen auf. Kurt blickte benommen zu ihm auf. So wie er jetzt dalag mit halb geschlossenen Lidern, das Licht der Lampe hinter ihm, trat die Familienähnlichkeit mit Else deutlich hervor: ein rundes, glattes Gesicht, feierlich ernst und androgyn, die großen dunklen Pupillen, die schweren Lider. Seine Augen folgten Voxlauers Bewegungen. »Else?«, murmelte er. Er schloss die Augen, riss sie dann plötzlich wieder auf und runzelte finster die Stirn. »Else«, wiederholte er.

»Sie ist schon da«, sagte Voxlauer.

Else kam aus der Küche. Sie war barfuß und strich sich das zerzauste Haar aus dem Gesicht. Kurts Blick fand sie und ruhte auf ihr, dann schloss er die Augen. »Er hat nach dir gefragt«, sagte Voxlauer im Weggehen.

Else wandte sich dem Kranken zu. »Kurti?« Seine Augen öffneten sich und schlossen sich wieder.

»Der hat nicht mal frische Verbände angelegt«, sagte sie über die Schulter zu Voxlauer.

Kurt verzog das Gesicht und stieß ein leises krächzendes Lachen aus. Er wedelte schwach mit der Hand. »Lass gehen«, sagte er heiser. Ein Schluckauf unterbrach ihn. »Egal.«

Kurz darauf öffnete er weit die Augen. »Else.«

Sie setzte sich ans Bett und beugte sich zu ihm nieder. Er sagte ganz leise etwas zu ihr, das Voxlauer nicht verstehen konnte. Sie hielt Kurts Hand und redete flüsternd auf ihn ein. Plötzlich bäumte sich sein ganzer Körper auf, Kurt ächzte und spuckte, strampelte wütend mit den Beinen die Decke weg und warf den Kopf hin und her. »Oskar!«, schrie Else. Voxlauer eilte herbei und half ihr, Kurt hochzuheben und auf die Seite zu drehen. Sein Mund war schon voller Blut, es tröpfelte zwischen den Zähnen durch, als er den Kopf schlaff auf das Kissen sinken ließ. »Ich hol die Schüssel«, sagte Voxlauer und rannte in die Küche.

Es dauerte eine Weile, bis er sie gefunden hatte. Als er wieder ins

Schlafzimmer trat, hatte sich Kurt beruhigt und atmete in gleichmäßig keuchenden Stößen. Sein Gesicht schimmerte bleich in dem dämmrigen Licht, das durch die Ritzen der Fensterläden drang. Else saß regungslos am Fußende des Betts und starrte wie betäubt vor sich hin. Ihre Hand lag auf Kurts Unterarm. Kurt sah Voxlauer an, entzog Else seinen Arm und winkte. Seine Lippen bewegten sich stumm: »Voxlauer.«
Voxlauer kauerte sich neben dem Bett nieder.
»Da sind Sie ja, Voxlauer.« Das Weiße in Kurts Augen hob sich schimmernd von dem Gelb des Gesichts ab. Aus der linken Augenhöhle, die von Schrammen und Blutergüssen umgeben war, sickerte es feucht, der Augapfel war an den Rändern dunkel verfärbt. Kurt stöhnte auf.
»Was ist?«, fragte Else und griff wieder nach seinem Arm.
Kurts Blick wanderte zu ihr. »Lass uns eine Minute allein, Liesi.«
Else stutzte und öffnete den Mund zum Sprechen, aber sie sagte nichts, sondern stand einfach auf und ging aus dem Zimmer. Kurt sah ihr mit großen, schimmernden Augen nach. Er wandte sie langsam, widerwillig Voxlauer zu.
»Es ist Zeit, dass ich Ihnen sage, wie sehr ich das alles bedauere, Schwiegervetter.« Kurt wies auf den Hocker neben dem Bett.
Aus der Küche hörte man Else mit Geschirr hantieren. »Ihr Bedauern interessiert mich nicht, Kurt«, sagte Voxlauer.
Kurt versuchte wieder zu lachen; er brachte nur ein raues, stockendes Krächzen zu Stande, das sogleich in sich zusammenbrach. »Das glaub ich Ihnen nicht«, keuchte er.
»Das kann ich Ihnen nicht verbieten.« Voxlauer stand auf.
»Zwei von Ihren Freunden aus der Kolonie sind tot.«
Voxlauer erstarrte und blickte wie betäubt nach den Fensterläden hin.
»So ist's besser.« Kurt atmete tief ein. »Jetzt setzen Sie sich wieder hin und hören Sie zu.«
»Else!«, schrie Voxlauer.

»Nein! Seien Sie ruhig, Voxlauer! Hören Sie mir zu. Ich will nicht Else. *Voxlauer*!«

»Else!«, rief Voxlauer noch einmal. Durch die Ritzen der Fensterläden sah er sie undeutlich draußen im Garten. Sie bückte sich gerade nach irgendetwas im Gras.

»Halten Sie mir Else vom Leib, Voxlauer«, stöhnte Kurt. Voxlauer sah zu ihm nieder: Kurt suchte verzweifelt seinen Blick, die Zähne gefletscht vor Schmerz und vor Anstrengung, den Oberkörper aufrecht zu halten. Voxlauer beobachtete, wie ihm das Blut ins Gesicht stieg. Genauso sieht es aus, wenn ich meine Anfälle habe, dachte er. Er empfand kein Mitleid und keinerlei Betroffenheit, nur ein Gefühl von abstrakter, steriler Neugier angesichts der zähen Beharrlichkeit, mit der dieser bebende Körper vor ihm am Leben hing. Irgendetwas in Kurts Zügen, die so völlig aller Würde beraubt waren, oder in seinem eigenen entrückten Geisteszustand rief in ihm die Erinnerung an den Soldaten wach, den er damals an der Isonzofront erschossen hatte. Noch Jahrzehnte später, gegen Ende seines eigenen Lebens, sollte er an diese beiden Bilder denken: wie er, umgeben von Husaren, dastand und auf den Deserteur im Schnee hinabsah und wie er am Fußende des Betts kauerte, während Kurt seine letzten bewussten Momente durchlitt, und ihm war dann jedes Mal, als wäre zwischen diesen beiden Fixpunkten ein Draht gespannt, auf dem alle Ereignisse seines Lebens während dieser Zeit wie Perlen auf einer Schnur in einer exakten Ordnung aufgereiht waren. Er wartete noch einen Moment, bevor er das Schweigen brach.

»Ist gut, Kurt. Legen Sie sich hin. Ich höre zu.«

»Ich sterbe«, sagte Kurt schwach und fiel wie ein Stein zurück auf das Kissen.

Voxlauer sagte nichts. Er hörte die Haustür schlagen: Else kam wieder ins Haus.

»Gehen Sie«, murmelte Kurt. Seine Augen irrten ab.

Voxlauer trat vom Bett weg. Kurts Augen waren jetzt geschlos-

sen, auf seiner Stirn standen Schweißtropfen. »Voxlauer!«, sagte er laut.
Voxlauer, bereits im Weggehen, drehte sich um. »Ja, Kurt?« Aber Kurt wandte den Kopf ab und scheuchte ihn mit einer ungeduldigen Handbewegung fort.

Als sie zwei Tage später frühmorgens aufwachten, fanden sie ihn wie ein zusammengeknülltes Stück Papier im Bett liegen, die Knie an die schwer verletzte Brust gedrückt, den Kopf im Kissen vergraben, den einen Arm an den Körper gelegt, den anderen über die von Blut und Schweiß besudelte Bettdecke ausgestreckt. Voxlauer strich über die bleiche, erstarrte, kühle Haut, die mit winzigen Pusteln übersät war. Er beugte sich über den zusammengerollten Körper, streckte ihm mit einiger Gewalt die steifen Beine lang aus und deckte ihn zu. Else stand scheu an der Tür zur Küche. Durch die offenen Fenster wehte ein warmer Wind durchs Zimmer und bewegte leicht Kurts Haare, zauste sie und strich sie wieder glatt. Voxlauer neigte sich etwas vor und schnupperte, aber er roch nur den Morgendunst und eine feine Spur von Schweiß. Dann trat er von der Leiche weg und ging, vorbei an Else, hinaus ins Freie.
Am Himmel schwebten dünne Wolkenschleier, die sich über den Felsen zu einem massiven Band verdichteten. Voxlauer stand vor der Tür und schaute hinauf. Auf dem stumpf grünen Kupferdach des Kirchturms von Pergau zeigten sich die ersten Sonnenstrahlen. Eine Kette Dohlen flog dort auf: es sah aus, als flatterte an der Turmspitze ein langer dunkler Wimpel, der vor Voxlauers Augen immer dünner und feiner wurde. Nach einer Weile kam Else und setzte sich neben ihn auf die Eingangsstufen. Sie blickten schweigend über das Tal hin. Nichts in ihrem Gesicht oder in der Art, wie sie da saß, hätte irgendeinen Beobachter auf den Gedanken bringen können, dass sie litt. Wenig später stand sie auf und ging wieder ins Haus.

Am Nachmittag, als sie eben damit beschäftigt waren, ein Leintuch um Kurts Körper zu wickeln, stutzte Else plötzlich, horchte und trat ans Fenster.
»Da kommt jemand den Weg herauf«, sagte sie flüsternd.
»Wer ist es?«
Sie drehte sich nach ihm um und legte den Finger an die Lippen.
»Jetzt sei doch mal still!«, zischte sie.
Er verstummte. Er stand wie erstarrt neben dem Bett, in der Hand einen Zipfel des Leintuchs. »Soll ich nachschauen gehen?«
Sie schüttelte den Kopf. »Ich geh selber. Du bleibst hier und rührst dich ja nicht! Keinen Mucks, Oskar, hörst du!«
Sie ging eilig hinaus in die Küche. Die Haustür quietschte in den Angeln.
»Es sind die Holzersöhne«, rief sie ihm zu.
Voxlauer zuckte zusammen.
»Die Mutter ist auch dabei. Komm her, Oskar, sieh mal!«
Er ging zögernd in die Küche und blieb in einiger Entfernung von ihr stehen. Die Holzersöhne hatten ein paar Schritte vor dem Haus Halt gemacht und standen mit mürrischen Mienen zu beiden Seiten der Mutter. Sie wirkten nervös und befangen.
Frau Holzer knickste. »Guten Abend, Fräulein Bauer.« Die Söhne hoben die Köpfe.
»Guten Abend«, sagte Else. »Was wollen Sie von mir?«
»Wir möchten ihn gern sehen, bitte schön«, sagte der mit den langen Haaren. »Den Obersturmführer.«
»Er ist tot.«
»Ja, Fräulein. Wir möchten ihn gern sehen.«
»Mein Vetter wird ein großes Begräbnis kriegen. Im Rahmen der Feierlichkeiten in Niessen wird es mehr als genug Gelegenheit geben, ihn noch einmal zu sehen.«
»Für solche Feiern haben meine Söhne keine Zeit«, sagte Frau Holzer mit ehrerbietig gesenktem Blick. »Es gibt eine Menge Arbeit auf dem Hof, und ich allein schaffe vieles nicht mehr.« Sie verstummte und nestelte verlegen an ihrem Rock, als ob sie mit

dem Gedanken spielte, noch einmal zu knicksen. Sie hielt die Augen immer noch gesenkt. »Wenn Sie es uns vielleicht doch ermöglichen würden, Fräulein, wir wären Ihnen wirklich sehr dankbar dafür.« Sie warf einen verstohlenen Blick in Voxlauers Richtung. »Die beiden werden sich bestimmt anständig benehmen, das verspreche ich Ihnen.«

Else sah sich nach Voxlauer um und hob die Brauen. Auch die Holzersöhne glotzten ihn an. Der Ausdruck in ihren weit auseinander stehenden Augen war halb finster drohend, halb wehmütig – Voxlauer wurde nicht recht schlau daraus, und es war ihm auch gleichgültig. Einen Augenblick lang wunderte er sich über seine plötzliche Gelassenheit.

»Von mir aus«, sagte er und wandte sich ab.

»Also gut«, stimmte Else zu. »Kommen Sie rein, alle drei. Wir richten ihn gerade her. Er wird dann später abgeholt.«

Frau Holzer nickte dankbar und ging die Stufen hinauf. »Herzlichen Dank, Fräulein. Wenn ich Ihnen vielleicht etwas helfen kann, ich habe schon oft bei Trauerfällen –«

Else unterbrach sie. »Wir sind so gut wie fertig, danke.«

Voxlauer stand ans Küchenbüfett gelehnt da und sah zu, wie sie an ihm vorbei ins Schlafzimmer gingen, ganz ähnlich wie drei Tage vorher, als der Arzt und der SS-Mann Kurt besucht hatten. Er hatte keine Ahnung, was sich nun, nach Kurts Tod, verändern würde. Während er wartete, zwang er sich, Überlegungen dazu anzustellen. Jetzt wird es sich zeigen, ob er wirklich seine Hand über uns gehalten hat, dachte er. Über *mich*, verbesserte er sich – dass Else, die Witwe eines großen Mannes, außer Gefahr war, hatte die Art und Weise, wie der Arzt und der Offizier mit ihr gesprochen hatten, deutlich gemacht. Jetzt kann sie so ein Leben führen wie Maman, dachte Voxlauer, wenn sie möchte; er musste lächeln.

Wie auch immer, es ist gut, dass er tot ist, dachte er. Das ist sicher. Alles Mögliche hätte passieren können, wenn er am Leben geblieben wäre.

Nach ein paar Minuten standen sie wieder draußen in der Abendsonne. Auf der untersten Stufe blieb Frau Holzer stehen und zupfte an ihrem Rock.

»Vielen Dank, Fräulein.« Sie zögerte, schaute Else an, strahlend vor mütterlicher Güte. »Und Sie, Herr Voxlauer?«, sagte sie und sah ihm ins Gesicht. »Kommen Sie wieder rauf zu uns, um Milch zu holen?«

»Nicht sehr wahrscheinlich«, antwortete Voxlauer und blickte den beiden Männern nach.

»Nun ja, gut«, sagte sie leise und wandte sich zum Gehen.

Die Söhne waren bereits am Zufahrtsweg angelangt und scharrten ungeduldig mit den Füßen. »Also dann, guten Abend«, sagte Else.

»Guten Abend.« Frau Holzer trat behutsam auf den Rasen. »Guten Abend«, wiederholte sie. Sie wirkte plötzlich sehr gealtert. Ihre Söhne marschierten schon los, den Weg hinunter. An der ersten Biegung machten sie Halt und warteten; wie sie vor dem Hintergrund des dichten Waldes standen und wachsam zum Haus hinaufspähten, wirkten sie wieder feindselig und wild. Als ihre Mutter bei ihnen ankam, ging ein Ruck durch sie – es war, als nähmen sie Haltung an –, und sie gingen hinter ihr drein. Dann tauchten die drei ins leuchtende Grün der Bäume ein und verschwanden.

In dieser Nacht stiegen Else und Voxlauer zum Kamm hinauf. Blinkendes Sternenlicht fiel durch die Fichten, und die Harztränen an den Stämmen schimmerten wie Perlenschnüre. Vom Talboden stieg Dunst auf, hoch bis unter die Felsen. Am Fuß des Kugelbaums saßen sie fröstelnd aneinander geschmiegt, eingehüllt in den alten Militärmantel, der einst Annas Mann gehört hatte, sahen hinunter auf die Stadt und tranken aus einer Blechtasse Birnenschnaps. In der Ferne, über den Dolomiten und im Süden, wo Italien und das Meer lag, wetterleuchtete es. Von der Stadt herauf hörte man die Schläge der Turmuhr. Die Äste des alten Baums knarrten und raunten. Die Tasse wanderte hin und

her, bis der Schnaps zu Ende war. Nach einer Weile sagte Else: »Ich glaube, sie haben die Sache durchgezogen.«
Voxlauer sah sie an. Ihr Profil, ganz nahe vor seinen Augen, war nur undeutlich auszumachen. »Wer?«
»Na *sie*. Pauli und seine Tochter.«
Voxlauer schaute weg. Der Wind von Süden frischte auf, und das Rauschen der Zweige über ihnen wurde immer lauter. Er dachte an seine letzte Begegnung mit Pauli, wie sonderbar er sich benommen hatte, an seine halsbrecherische Fahrweise, an das überladene Auto. Er dachte daran, wie in der Kapelle plötzlich diese Vorahnung über ihn gekommen war, an den Ausdruck in Kurts Gesicht, als dieser so über ihn gebeugt dastand, und dass er sich in diesem Moment entschlossen hatte, ganz klammheimlich, so dass es sogar ihm selbst nicht mehr bewusst gewesen war, als er nachher zur Villa wanderte. Endlich sagte er: »Vielleicht war es Pauli. Aber Emelia war nicht mit im Auto. Das hast du doch selbst gesehen.«
Else schaute ihn verwirrt an. Dann verstand sie plötzlich. »Ach so! Nein, so habe ich's gar nicht gemeint. Ich wollte nur sagen: Sie haben es geschafft rauszukommen.« Sie lehnte sich zu ihm hinüber und küsste ihn. Ihr Atem roch süß und harzig nach Schnaps.
»Oh!«, sagte Voxlauer.
Sie blickte wieder ins Tal hinunter. »Aber sie werden es auf jeden Fall Pauli anhängen, oder nicht? Ja, natürlich. Er hat sich schließlich aus dem Staub gemacht.«
»Möglicherweise haben sie ja sogar Recht damit.«
»Ja. Vielleicht.« Else zog den Mantel enger um sich. »Es spielt jetzt keine Rolle mehr.«
»Weißt du, Else, ich habe gewusst, das es passieren würde. In der Kapelle, als ich Kurt zum letzten Mal gesehen habe.«
»Was?«
»Na ja: dass Kurt nicht mehr lange zu leben hatte. Ich habe es glasklar vorausgesehen.«
»Red nicht solches Zeug, Oskar. Was soll das?«
»Ich habe nur das Gefühl gehabt, dass ich dir das sagen muss.« Er

zögerte einen Moment. »Weißt du: ich habe mir gewünscht, dass es passiert.«
»Jetzt reicht's«, sagte sie energisch und packte ihn am Bart. »Ich hab genug von dem Unsinn. Ich kann es nicht mehr hören.« Ihre Finger legten sich fest um sein Kinn. »Versprich es mir: kein Wort mehr davon.«
»Ist gut«, sagte Voxlauer. »Herrgott, ja, ist gut.«
Sie lehnten sich wieder zurück und sahen zu, wie das Gewitter näher kam. »Was sollen wir jetzt machen?«, fragte Else leise.
»Ich habe keine Ahnung«, sagte Voxlauer und nahm ihr die Tasse aus der Hand. Else schwieg.
»Else?«
»Hier.«
»Was meinst du?«
Sie seufzte. »Wir werden schön brav sein und keinen Ärger machen. Alle beide.« Sie lehnte sich etwas zur Seite und sah ihn an. »Sollen die sich hier in ihrem Dreck breit machen.«
Voxlauer antwortete nicht.
»Oskar?«
»Ich bin betrunken«, sagte Voxlauer. Er holte tief Luft. »Ja, lassen wir sie.« Er fröstelte. »Sollen sie sehen, wie sie zurechtkommen.«
Else sagte nichts. Sie schmiegte sich an ihn und zog den Mantel um sie. Eine feuchte Kälte stieg vom Boden auf. Er konnte ihren Atem ins Dunkel aufsteigen sehen wie Rauch aus einem kleinen Haus, dessen Fensterläden geschlossen waren. Er legte den Kopf weit zurück gegen den Stamm des Baums, bis er seinen eigenen Atem sehen konnte. Wo das Wetterleuchten gewesen war, hatte sich eine blaue Wolke gebildet, die sich langsam über den ganzen Himmel ausbreitete. Die Elektrizität in der Luft war deutlich zu spüren. Sie saßen lange oben auf dem Kamm, eingehüllt in den Mantel, und trieben in den Schlaf hinüber. Sie wussten, dass der Krieg näher kam, aber es war ihnen gleichgültig.

Anmerkung

Die im Roman wiedergegebene Erzählung von Robert Walser ist nachzulesen unter dem Titel »Seltsame Stadt« in: Robert Walser, Das Gesamtwerk, hrsg. von Jochen Greven, Genf/Hamburg 1972, Bd. I, S. 133–135.